Für Lasse.
Trust me.
You are magic.

I have seen your
darkest nights
and brightest days
and I want you to know
that I will be here
forever
loving you
in dusk.

Atticus

Autumn

Ich bin wirklich hier. In Kalifornien. Rund dreitausend Meilen entfernt von meinem bisherigen Leben. Von meiner Familie. Es fühlt sich unwirklich an. Frei, gut … und gleichzeitig furchtbar.

Denn für meinen Traum lasse ich Mom im Stich. Mit meinen vier kleinen Geschwistern, dem alten Haus, das ich trotz der abblätternden Farbe und der viel zu kleinen Zimmer liebe. Und mit den Geldsorgen, die sie genauso langsam, aber unaufhörlich auffressen wie die Termiten unsere Veranda. Es ist nur eine Frage der Zeit, wann alles so instabil wird, dass es zusammenbricht.

Wie läuft es bei euch, Mom?, tippe ich in mein Handy.

Mein Herz verkrampft sich bei dem bloßen Gedanken daran, mein Stipendium für das Grafikdesign-Studium an der UC Berkeley und mein neues Leben unter kalifornischen Schäfchenwolken aufzugeben, sollte sie auch nur andeuten, sie käme nicht zurecht.

Uns geht es hervorragend, Süße. Mach dir keine Sorgen. Genieß lieber das Stipendiatendinner. Du wirst sie alle umhauen. Kuss, Mom und die Kleinen.

Ich lächle und wünschte, ich könnte sie in diesem Moment umarmen. So fest wie bei unserem Abschied vor fünf Tagen. Weil ich sie vermisse. Und noch mehr, weil sie mir die Wahrheit verschweigt, um mir diesen Neuanfang zu ermöglichen. Eine Wahrheit, die ich trotz allem kenne. Es geht ihr nicht hervorragend. Sie strampelt sich ab, arbeitet so viel, dass sie sich zwischen ihren Jobs und meinen Geschwistern zerreißt. Wir leben in einer Gegend, in die sich kein Fetzen Perspektive verirrt. Menschen, die dort aufwachsen, greifen nicht nach den Sternen. Weil niemand sie dazu ermutigt. Und weil die glühenden Himmelskörper an diesem Ort weiter entfernt erscheinen als anderswo.

Und doch bin ich hier. Weil Mom anders ist und mir beigebracht hat, meine Träume zu verfolgen und hart dafür zu arbeiten. Nur deswegen habe ich das Stipendium bekommen, studiere an meiner Traum-Uni und wohne zum ersten Mal in meinem Leben in einem Zimmer, das nur mir gehört. Fast nur mir. Mein Blick wandert zu der karg eingerichteten Zimmerhälfte meiner Mitbewohnerin Tess hinüber. Sie ist so gut wie nie hier, und das ist neben ihrer unkomplizierten Art das, was ich bis jetzt am meisten an ihr mag.

Mit einem Lächeln stelle ich die Musik lauter, schließe meine Augen und tanze, als müsste ich den Raum füllen, der plötzlich so viel Luft zum Atmen lässt.

»Du bist jetzt aber kein Hippie oder so was?«, reißt mich plötzlich eine Stimme aus meiner Tanz-als-würde-dir-keiner-zusehen-Performance.

Es ist Tess. Ich habe sie nicht kommen hören, aber sie ist da, lehnt im Türrahmen und starrt mich an, als hätte ich eine Schraube locker.

»Von dem Geruch von Räucherstäbchen muss ich nämlich kotzen«, sagt sie, wirft ihre Tasche aufs Bett und schließt die Tür hinter sich.

Ich will die Musik ausstellen, aber Tess schüttelt den Kopf. »Lass an. Ist eine gute Band.« Sie kneift die Augen zusammen und mustert mich. »Dachte nicht, dass Klangschalentussis auf *My Chemical Romance* stehen.«

»Ich besitze keine Klangschale«, erwidere ich mit einem Grinsen und setze auch ihre direkte Art auf die Liste der Dinge, die ich an meiner neuen Mitbewohnerin mag. »Und auch keine Räucherstäbchen. Ich bin einhundert Prozent hippiefrei, versprochen.«

»Du tanzt also nur so durchs Zimmer?« Argwöhnisch mustert sie mich. Der Gedanke scheint noch bedenklicher für sie zu sein als eine Hippie-Mitbewohnerin.

»Der Stipendiatenempfang macht mich nervös. Deswegen dachte ich, ich lasse etwas Dampf ab«, erkläre ich, um Tess die Sorge zu nehmen, sie könnte es mit einer komplett Irren zu tun haben.

»Piekfeine Veranstaltung.« Sie nickt. »Aber mach dir keine Sorgen. Die Sportler-Stipendiaten ...« Genussvoll verdreht sie die Augen.

»... machen diese ganze Stock-im-Hintern-Veranstaltung erträglich?«, rate ich und bringe Tess damit zum Lachen.

Sie ist ebenfalls Stipendiatin, bereits im zweiten Jahr, und hat angeboten, mich später zu begleiten. So kenne ich wenigstens schon jemanden und sie kann mir zeigen, wie alles läuft.

Ohne Rücksicht darauf zu nehmen, dass ich im Grunde eine Wildfremde für sie bin, zieht Tess sich das Shirt über den Kopf und schält sich dann auf einem Bein hüpfend aus ihrer Jeans. Nur in Unterwäsche öffnet sie ihren Kleiderschrank. Er beherbergt ein wildes Durcheinander an Klamottenbergen. Zielsicher zerrt sie mehrere Kleider und Röcke heraus und breitet sie auf dem Bett aus. Dann erfolgt ein Auswahlverfahren, das sich mir nicht ganz erschließt. Als sich nur noch zwei Kleider in der engeren Auswahl befinden, dreht sie sich zu mir um.

»Was meinst du? Das oder das?« Abwechselnd hält sie erst ein blassrosa Kleid vor sich, dann ein schlichtes und doch aufregendes schwarzes.

»Sehen beide toll aus.« Ich zucke die Schultern.

Sie vertagt die Entscheidung und deutet auf meinen Kleiderschrank. »Was ziehst du an?«

Neben meinen langen und kurzen Jeans und einer Handvoll verschiedener Tops hängen eine Reihe Flanellhemden im Schrank, die ich überwerfe, wenn es kühler wird. Sie haben Dad gehört und aus irgendeinem trotzig bescheuerten Grund habe ich sie all die Jahre aufbewahrt und mit nach Kalifornien geschleppt.

Daneben, ganz links, befindet sich das Kleid, das ich mir extra für den Empfang gekauft habe. Von dem Trinkgeld, das ich in den letzten Jahren im *Hillstones* bekommen und eisern gespart habe. Es ist ein zartes dunkelblaues Kleid, dessen Chiffon bis kurz über meine Knie fällt. Ein schmaler cognacfarbener Gürtel betont die Taille. Ich ziehe es aus dem Schrank und halte es vor mich.

Tess pfeift durch die Zähne. »Heißes Teil. Steht dir bestimmt mega.« Sie zwinkert mir zu.

»War auch megateuer. Aber wo die Liebe hinfällt.« Ich ziehe eine Grimasse und lache. Es ist total verrückt und untypisch für mich, so viel Geld für ein bisschen Stoff auszugeben, aber ich bereue es nicht. Es ist das erste Mal, dass ich mir den Luxus gönne, etwas für mich zu tun, und ich habe mir fest vorgenommen, das Beste aus meiner Zeit hier zu machen.

Tess nickt. Ihrem vollen Kleiderschrank nach zu urteilen, versteht sie mich genau. »Wenn ich *daneben* noch eine Chance auf einen Sportler-Hotti haben will, erfordert das definitiv das kleine Schwarze«, beschließt sie und stößt mich leicht an der Schulter an. »Wir werden heute total viel Spaß haben. Was meinst du?«

Ich meine, dass ich Tess mag. Mit jeder Sekunde mehr. So sehr, dass ich dieses Zimmer sogar freiwillig mit ihr teilen würde.

Ryan

Meine Laune ist nicht wirklich partytauglich. Wenn man das hier überhaupt als Party bezeichnen kann. Ich schwenke mein Glas, als wäre das Wasser darin Whiskey, und lehne mich gegen eine der Säulen der Wheeler Hall, in der das alljährliche Stipendiatendinner zum Semesterbeginn stattfindet. Ein Typ, der aussieht, als hätte er eine der Säulen im Hintern stecken, wirft mir einen missbilligenden Blick zu. Wahrscheinlich sind die Dinger heilig oder so etwas. Warum musste Nate mich auch unbedingt herschleppen? Und warum zum Teufel bin ich mitgegangen?

Die Antwort entlockt mir ein tiefes Seufzen. Weil ich zu Hause nichts anderes zu tun gehabt hätte, als an Willow zu denken. Ich schiebe ihr Bild weg, bevor ich mich daran festbeißen kann. Das hört sich einfach an. Ist es aber nicht.

»Sieht vielversprechend aus.« Nate reißt mich aus meinen Gedanken, während er den Raum weiter nach potenziellen Flirtopfern abscannt. »Ein paar Mädels haben schon zugesagt, später mit auf die Party bei Kappa Nu zu kommen.«

»Super«, brumme ich und wedle mit meiner Hand, als hätte das je ausgereicht, ihn zu verscheuchen. Natürlich bleibt er vollkommen unbeeindruckt. »Du darfst mir später danken, wenn die geilste After-Party der Welt vorbei ist. Ich habe den Freshies versprochen, dass wir sie in deinem Truck mitnehmen.« Er wartet meine Zustimmung nicht ab. »Wie ist deine Ausbeute?«

Er redet genug für uns zwei, deswegen zucke ich nur mit den Schultern, um zu zeigen, dass ich keine klargemacht und auch kein Interesse daran habe, das zu ändern.

»Du bist ein beschissener Wingman, Hunter.«

»Vielleicht, weil ich nie zugestimmt habe, dein Wingman zu sein.« Ich ziehe eine Augenbraue nach oben und sehe ihn düster an.

»Wenn du meinst.« Er formt mit Daumen und Zeigefinger beider Hände einen Bildausschnitt, in dem ich das Zentrum bin. »Könnte funktionieren. Gibt ja das Gerücht, dass Frauen auf diese düstere und geheimnisvolle Masche stehen. Das werden wir gleich mal testen.« Er zwinkert mir zu und winkt ein paar Mädchen heran, die genau in dem Moment den Saal betreten.

Ich kann ein Stöhnen nicht unterdrücken. »Nate, ernsthaft. Ich will einfach nur meine Ruhe.«

»Ruhe?« Er macht ein Würgegeräusch, das zeigt, wie viel er davon hält. »Wir sollten lieber herausfinden, ob du deine Taktik ändern musst.« Nate hat genau wie ich ein Baseball-Vollstipendium an der UC Berkeley und ist auf dem Feld ein unglaublicher Stratege. Leider verwechselt er das echte Leben oft mit dem Spielfeld. Wie ich ist er im zweiten Jahr, und seitdem wir gemeinsam in der Uni-Mannschaft spielen, hängen wir zusammen ab. Egal, wie sehr er mich manchmal mit seiner guten Laune nervt, er ist ein verlässliches Gegengewicht und reißt mich mit. Wahrscheinlich sind wir deswegen Freunde. Auch wenn er im Grunde keine Ahnung hat, wer ich eigentlich bin. Sicher könnte ich das ändern, aber es gibt Gründe, warum ich mein Privatleben und das Studentendasein strikt voneinander trenne.

Die Mädchen erreichen uns. Und als wäre das nicht schlimm genug, entdecke ich Megan unter ihnen. Vor einem halben Jahr haben wir auf einer Party miteinander rumgemacht. Seitdem hängt sie, wann immer sich die Gelegenheit ergibt, an mir wie eine Klette. Ich sehe das nicht als Kompliment. Eher als ein Zeichen dafür, dass sie kein Nein akzeptiert. Denn ich habe ihr von Anfang an klargemacht, dass ich nie mehr wollte, als dass sie meinen damals echt miesen Abend etwas besser macht. Sie war einverstanden, nur eine Ablenkung. Nicht mehr. Allerdings fühlt sich die Art, wie sie sich gerade an mich schmiegt und mir zur Begrüßung einen Kuss auf die Wange haucht, verteufelt nach mehr an.

»Na, hast du mich vermisst?« Eine Frage, die sie als Scherz tarnt.

Ich löse sanft ihren Arm von meiner Taille und mache einen Schritt nach hinten. »Ich vermisse generell niemanden.« Meine Stimme taucht in tiefes Schwarz. Weil es eine verdammte Lüge ist, die sich wie Batteriesäure durch meine Brust ätzt. Es stimmt, dass mir Megan nichts bedeutet. Genau wie mir jedes andere Mädchen egal war, mit dem ich in den letzten zwei Jahren etwas hatte. Aber es gibt einen Menschen, den ich immer vermissen werde. Willow.

»Wir sollten uns langsam setzen. Das Dinner müsste bald losgehen«, höre ich Nate sagen. Eine unmissverständliche Einladung an Megan und ihre Freundinnen, sich zu uns zu setzen. Ich werfe ihm meinen tödlichsten Blick zu, bringe ihn damit aber nur zum Lachen. Als er vollkommen ungerührt den nächstbesten Tisch ansteuert, zeige ich ihm den Mittelfinger, füge mich aber gleichzeitig in mein Schicksal. Was bleibt mir auch anderes übrig. Die

Feier bei Kappa Nu beginnt erst in zwei Stunden. Zwei Stunden, bis die ohrenbetäubend laute Musik und das ein oder andere Bier dafür sorgen werden, dass meine Gedanken aufhören, sich um den immer gleichen Menschen zu drehen.

Natürlich setzt sich Megan neben mich. Das war nicht anders zu erwarten. Sie glaubt offenbar, dass meine abweisende Art und meine klare Ansage nur dafür gedacht sind, ihren Kampfgeist zu wecken.

Ich brauche dringend Abstand. Der Stuhl schrappt über den Holzboden, als ich ihn zurückschiebe, obwohl ich mich gerade erst hingesetzt habe. »Will noch jemand was?«, werfe ich in die Runde und deute auf mein Glas. »Ich gehe was zu trinken holen.« Doch sobald ich mich einen Schritt vom Tisch entferne, steht Megan ebenfalls auf. »Ich begleite dich«, gurrt sie, die Stimme so anschmiegsam wie ihre Hand, die sich auf meinen Unterarm stiehlt.

Ich atme geräuschvoll aus. Überlege, ob ich sie einfach mitgehen lasse, obwohl Abstand zwischen sie und mich zu bringen der einzige Grund war, überhaupt aufzustehen. Ob ich es ertrage, noch zwei Stunden von ihr angegraben zu werden? Die Antwort ist Nein. »Meg, mein Glas ist noch halb voll«, sage ich deswegen leise. Aber egal, wie sehr ich mich bemühe, jeder am Tisch hört mich. Eine öffentliche Abfuhr wäre unfair, also schließe ich sie in meine Arme, murmle dicht an ihrem Ohr: »Ich brauche nicht wirklich einen Drink. Ich wollte nur etwas Zeit für mich. Abstand.«

Sie macht sich von mir los, starrt mich an. Als hätte ich ein Versprechen gebrochen, das ich nie gegeben habe.

»Ich habe dir von Anfang an gesagt, dass ich keine Beziehung will.« Obwohl es mir leidtut, bleibe ich unnachgiebig. »Nicht mal etwas, was von Weitem so aussieht.«

Megan atmet zitternd ein, schafft es aber schnell, ihre Gesichtszüge wieder unter Kontrolle zu bringen. »Ahnt ja keiner, dass du das so ernst meinst.«

»Todernst.« Meine Stimme lässt keinen Zweifel.

Blut pulsiert unter Megans heller Haut und sie lacht kühl. »Wir hatten Spaß. Ich dachte einfach, das könnte man wiederholen.« Ihre Stimme schwankt. Sie fährt sich durch die Haare. »Aber wie es aussieht, stehst du nicht auf Spaß. Ist kein Ding.« Mit den Worten setzt sie sich und steigt in das Gespräch am Tisch ein, als wäre nichts gewesen. Nur die Art, wie sie mir demonstrativ den Rücken zudreht, zeigt, dass es sehr wohl ein Ding ist.

Mein Glas stelle ich auf dem Tisch ab und fahre mir mit den Händen durch die Haare. Nates Blick kreuzt meinen, ich sehe ein Kopfschütteln darin. Ich glaube, er ist der Einzige, der das mit den Augen kann. Auf seine Vorwurfsvoller-großer-Bruder-Masche kann ich gerade echt verzichten. Also ignoriere ich ihn, lasse die Bar hinter mir, steuere auf die Türen zu, die auf die Dachterrasse der Wheeler Hall führen, und lasse all die Menschen hinter mir. Hier draußen umgeben mich nur das Rauschen des Windes und das Geräusch einer Sirene, die aus Upper Rockridge zu hören ist. Tief sauge ich die klare Luft in meine Lungen. Sie trägt das Salz des Pazifiks in sich. Ein Geruch, der mir augenblicklich Ruhe schenkt. Licht fällt durch die bodentiefen Fenster auf die Steinplatten. Ich entferne mich so weit, dass mich die Helligkeit von drinnen nicht mehr erreicht. Sobald mich die Dunkelheit verschluckt, habe ich nicht länger das Gefühl, zwischen mir und der Welt würde ein Abgrund klaffen. Von der Brüstung aus kann man den

Großteil des Campus überblicken. Die Gebäude, die durch weitläufige Grasflächen, Fichten und Pinien voneinander getrennt sind. Ich stütze meine Hände auf den Sandstein und ziehe meinen Körper hinauf.

»Ähm, kann ich dich eventuell davon abhalten, dich ausgerechnet von der Wheeler Hall in den Tod zu stürzen?«

Ich zucke überrascht zusammen. So viel zum Thema Alleinsein. Anscheinend hatte nicht nur ich die Idee, hier rauszukommen. »Ist die Wheeler Hall denn so ungeeignet?«, kontere ich und hoffe, meine abweisende Art wird mir die Ruhe verschaffen, die ich brauche, um meine Gedanken zu sortieren. Ohne den Blick von ihr zu lösen, setze ich mich auf die Brüstung. Ein Bein über dem Abgrund, das andere auf der sicheren Terrassenseite.

Sie hat dunkle, lange Haare, die ihr in sanften Wellen über die Schultern fallen. Ein hübsches Gesicht, das im Gegensatz zu Megans nicht vollkommen überschminkt ist. Ihr Kleid ist ein Stück hochgerutscht, weil sie wie ich rittlings auf der Balustrade sitzt und Kleider wie ihres nicht dafür gemacht sind. Dieser Tatsache schenkt sie allerdings nicht einen Fitzel Beachtung, auch nicht meinem Blick.

»Ungeeignet vielleicht nicht«, antwortet sie. »Aber das Gebäude steht im National Register of Historic Places und ist eines der Wahrzeichen der Uni. Ich würde einfach gern verhindern, dass es wegen dir am Ende als Suicide Hall in die Geschichte eingeht.« Sie lacht zart.

»Suicide Hall klingt wirklich scheiße. Haunted Hall wäre vielleicht besser. Oder Hall of Horror«, schlage ich vor und ihr Lachen zupft an meinen Mundwinkeln. »Aber keine Angst, ich werde nicht dafür sorgen, dass sich einer dieser Spitznamen etabliert. Die Frage ist, wie sieht es mit dir aus?« Immerhin sitzt sie genau wie ich direkt über dem Abgrund, anstatt sich drinnen zu amüsieren.

»Ich trinke einen Virgin-Mojito und befinde mich auf der berühmten Dachterrasse der Wheeler Hall. Mitten in Berkeley.« Sie klingt ehrfürchtig, so als würde sie jede Sekunde davon auskosten. »Ich müsste total verrückt sein, mich ausgerechnet jetzt umzubringen.« Sie legt den Kopf in den Nacken, sieht in die Sterne und lacht leise. Ein Geräusch, das sich in meinem Inneren ausbreitet, bis es verklingt.

»Warum guckst du mich so an?«, fragt sie mich nach stillen Sekunden und richtet den Blick auf mich, nicht länger in den Himmel.

Sie hat recht. Ich starre sie an. Und ich kann nicht damit aufhören. Nicht, weil sie hübsch ist. Nicht, weil ihr Kleid so viel ihres Schenkels zeigt, dass es einen verrückt machen könnte. Oder weil sie zu diesem atemberaubenden Kleid schlichte, leicht verwaschene Chucks trägt. Es ist ihr Lachen. Oder besser die Tatsache, dass sie damit aufgehört hat. Irgendein völlig wahnwitziger Teil von mir wünscht sich dieses Lachen zurück. Dabei wollte ich eben noch, dass sie verschwindet. Ich zucke mit den Schultern. Auf keinen Fall werde ich ihr das stecken. Das ist absurd. Genauso irre wie die Tatsache, dass mich der Klang an die vier Millisekunden auf der Homebase erinnert, die zwischen Pitch und Schlag verstreichen und meine Probleme verlässlich aus dem Fokus rücken. Dieser Wimpernschlag, in dem die Zeit stillsteht, die Welt unscharf wird und jede Faser meines Körpers auf den Schlag konzentriert ist. In dem alle Probleme aufhören zu existieren. Selbst die, die nicht einmal mit Alkohol und schlechter Kappa-Nu-Party-Musik verschwinden.

»Ich bin übrigens Autumn«, stellt sie sich vor und rutscht etwas näher.

»Ryan«, antworte ich etwas zu spät und versuche, das Raue aus meiner Stimme zu vertreiben. Es gelingt mir nicht. »Warum bist du hier und nicht ...?« Ich deute auf den Saal, in dem das Essen, an dem wir beide teilnehmen sollten, gleich beginnt.

Sie zögert. »Ich brauchte fünf Minuten nur für mich. Um zu realisieren, dass ich wirklich hier bin. Ich meine ... Berkeley. Ich habe so lange davon geträumt.« Sie verstummt, als würde ihr plötzlich bewusst werden, dass sie zu viel gesagt hat. Einem Wildfremden. »Vielleicht bin ich aber auch einfach nur froh, nicht mehr vor Juckpulver auf der Hut sein zu müssen, und wollte diesem feierlichen Gedanken Raum geben.«

Obwohl sie das Gesicht zu einer Grimasse verzieht, zeigt ihr Lächeln, dass sie diese Streiche ebenso liebt, wie sie froh ist, ihnen entkommen zu sein. »Hört sich an, als hättest du einen kleinen Bruder?« Ich lache wissend. Damit kenne ich mich aus. Meine große Schwester Amy und mich trennen sieben Jahre und ich habe sie in den Wahnsinn getrieben.

Sie nickt und verdreht die Augen. »Um genau zu sein, habe ich nicht nur einen Bruder, sondern auch drei Schwestern. Alle jünger.«

Ich verziehe das Gesicht. »Hört sich verdammt anstrengend an.«

»Dass deine Vorstellungskraft ausreicht, bezweifle ich.« Ein Grinsen überzieht ihr Gesicht. »Aber jetzt bin ich hier. Ich beginne ein neues Leben.« Sie zuckt mit den Schultern. »Und der Masterplan für den Neuanfang sagt, ich sollte lieber hier sein und nicht dort drinnen.«

»Und was genau sieht dieser Plan noch vor?« Überraschenderweise frage ich nicht nur aus Höflichkeit.

»Jede Sekunde genießen, nichts tun, was ich nicht will, und alles ausprobieren, was ich in den letzten Jahren verpasst habe.« Sie sieht mich prüfend an. »Und warum sitzt du lieber hier anstatt bei deinen Freunden?«

Dieses Mal bin ich es, der den Kopf in den Nacken legt, aber ich blicke nicht in die Sterne, sondern schließe die Augen. »Ich bin vor Nate geflüchtet.« Kurz schweige ich, weil es sich verflucht noch mal nach einer Lüge anfühlt, nur die halbe Wahrheit zu sagen. »Mein Kumpel. Er denkt, ich wäre sein Wingman.« Ich verziehe das Gesicht. »Keine Ahnung, wie er darauf kommt, aber ich liefere auf jeden Fall nicht die Ergebnisse, die er sich erhofft hat.«

»Was genau erwartet er denn?«

Ich stoße die Luft aus. »Keine Ahnung. Eine Wagenladung partywütiger Mädchen, die ihm zu Füßen liegen, vermutlich.«

Sie lacht. Und fuck, ich lache mit. Das zweite Mal in nur fünf Minuten. Das ist neuer Rekord.

»Was passiert, wenn du die nicht auftreiben kannst? Musst du dann in der Gemeinschaftsdusche des Wohnheims schlafen?«

»Ich wohne nicht mit Nate auf dem Campus. Aber er wird es mir vermutlich morgen beim Training heimzahlen.« Nate ist Pitcher und kann einen Batter wie mich mit seinen Fastballs an den Rand der Verzweiflung bringen. Das macht ihn zu einem unserer wertvollsten Teammitglieder. Aber als Gegner möchte man ihn nicht haben. Nicht einmal im Training.

»Du könntest mich retten, indem du mit zur Verbindungsparty bei Kappa Nu kommst.« Jetzt ist es offiziell.

Ich bin geistesgestört. Wieso sage ich so etwas? Drinnen sitzt Megan als lebender Beweis dafür, dass ich verflucht scheiße darin bin, es unverbindlich zu halten. Und für mehr bin ich einfach nicht der Typ. Nicht mehr.

»Bittest du mich gerade um ein Date?« Sie dreht sich suchend um, als müsste ich jemand anders meinen. Dann runzelt sie die Stirn. »Wir kennen uns doch gar nicht.«

Im Saal ertönt der Gong, der den Beginn des Essens ankündigt, aber Autumn macht keine Anstalten, aufzustehen. Und ich bleibe ebenfalls sitzen.

»Kein Date«, sage ich. Ich date nie. »Ich versuche nur, dich bei deinem Plan zu unterstützen, dein Leben hier in Berkeley in vollen Zügen zu genießen. Ist eine gute Party. Und ganz nebenbei würdest du mir helfen, meinen besten Freund nicht zu enttäuschen.«

»Eine Win-win-Situation also.« Sie nickt, wirkt aber nicht überzeugt. Die Hände auf die Brüstung gestützt, beugt sie sich zu mir. »Okay, vielleicht sage ich Ja. Erzähl mir etwas über dich. Nur um sicherzugehen, dass du kein Psychopath bist, der mich in seinen Keller lockt oder so. Dann sehen wir weiter.«

Nicht einmal Nate weiß mehr über mich, als dass ich gut Baseball spiele, einen zwanzig Jahre alten Ford Pickup fahre und mit ihm die Studentenpartys unsicher mache. Also krame ich in meinem Hirn nach etwas ähnlich Unverbindlichem. So wie ich es immer tue. »Ich bin ein ziemlich guter Batter.« Als ich ihren verständnislosen Blick sehe, füge ich hinzu: »Schlagmann beim Baseball. Dafür habe ich mein Stipendium bekommen.«

»Ah.« Sie nickt. »Beeindruckend.«

Bei ihr klingt es wie eine Frage. Natürlich imponiert ihr das null.

»Erzähl mir das Erste, was dir einfällt, wenn du an dich selbst denkst«, fordert sie mich auf.

Ich lebe den Traum, Baseball zu spielen und auf eine Eliteuni zu gehen auf Kosten anderer. Ich war egoistisch, mehr als einmal, habe damit Leben zerstört und weigere mich dennoch, es als Fehler zu sehen. Aber diese Seite von mir zeige ich nicht. Nie. Und ich mache auch bei Autumn keine Ausnahme. »Ich wohne in einem Poolhaus«, stoße ich dumpf die am wenigsten aussagekräftige Information hervor, die mir einfällt.

»In einem Poolhaus?« Autumn mustert mich, als könnte sie diese Antwort nicht so recht einordnen. »Das ist echt das Erste, was dir zu deiner Person einfällt?« Sie stößt entgeistert die Luft aus. »Dass deine Eltern stinkreich sind?«

Ein Typ, der sich über das Geld seiner Eltern definiert, ist mit Sicherheit niemand, den sie auf eine Party begleitet. Das sollte mir egal sein. Trotzdem relativiere ich meine Aussage. »Genau genommen wohnen meine Eltern in einem kleinen Haus in Twin Peaks. Aber mein Schwager versucht seit drei Jahren, mit seinem abartigen Reichtum meinen Charakter zu verderben.« Ein Lächeln gleitet über ihr Gesicht und lässt den eigentlichen Grund, aus dem ich dorthin gezogen bin, verblassen.

»Warum wohnst du nicht bei deinen Eltern, wenn sie auch in San Francisco leben?« Sie stellt ihre Beine auf der Brüstung auf und knibbelt an den Schnürsenkeln ihrer Chucks herum. Sieht wackelig aus, aber ich unterdrücke das Bedürfnis, sie festzuhalten, obwohl ich sonst eher dazu neige, andere Menschen vom Dach schubsen zu wollen. Stattdessen lasse ich den Erinnerungsorkan abebben, den sie mit ihrer Frage heraufbeschworen hat. »So spare ich rund zwanzig Minuten pro Strecke«, präsentiere ich die plausibelste Erklärung.

Sie reagiert nicht und aus irgendeinem Grund rede ich genau deswegen weiter. »Und ich bin im letzten Highschool-Jahr ziemlich heftig mit meinen Eltern aneinandergeraten. Hätte mir meine Schwester nicht geholfen und mich bei sich wohnen lassen, hätten wir vermutlich so viel Erde verbrannt, dass wir nie wieder ein Wort miteinander gewechselt hätten.« Wieso erzähle ich ihr das? Das ist zu nah an der Wahrheit und gleichzeitig nicht mal ein Bruchteil davon. Ich rutsche von der Brüstung und lehne mich mit dem Oberkörper dagegen, spüre die Wärme, die in dem Stein gespeichert ist. Mit einer winzigen Bewegung meiner Hand könnte ich Autumns Bein berühren. Aber ich tue es nicht. Eine Weile verharren wir so. Wortlos. Sonst fliehe ich vor der Stille, aber das hier ist anders. »Was ist mit deinen Eltern?«, frage ich schließlich. »Sind sie damit einverstanden, dass du so weit weg von zu Hause studierst?«

Sie umschlingt ihre Beine mit den Armen und zögert, bevor sie doch noch antwortet. »Mein Dad lebt nicht bei uns. Er wohnt in Texas.« Klingt, als würde ihr das zusetzen, auch wenn sie versucht, es zu verbergen.

»Wie lange schon?«

»Das ist nichts, worüber ich rede.« Sie weicht meinem Blick nicht aus, sondern hält ihm stand. Trotzig, als wollte sie ihrem Dad, mir und der ganzen Welt zeigen, dass, was auch immer vorgefallen ist, sie nicht kleingekriegt hat.

Ich nicke. »Okay.« Wer könnte besser als ich verstehen, dass man die kaputten Teile seines Lebens nicht vor einem Fremden ausbreiten will? »Was ist mit deiner Mom?«

Autumn reibt sich über die Stirn, während ein Lächeln

über ihre Lippen huscht. »Auch wenn sie mich eigentlich zu Hause braucht, will sie, dass ich hier studiere. Ihr ist wichtig, dass ich glücklich bin.«

»Hört sich an, als wäre sie eine tolle Mom.«

»Ist sie. Und gerade deswegen denke ich oft, ich sollte nicht in Berkeley, sondern bei ihr sein, um zu helfen.« Autumn hält den Atem an, als wäre das etwas, was sie sich sonst nicht einmal vor sich selbst eingesteht. »Es ist nicht fair, dass ich auch noch gegangen bin«, schiebt sie leise hinterher.

So wie ihr Dad. Das ist eine Menge Druck, den sie sich selbst macht. All die Fehler ihrer Eltern auszugleichen. Ich hole Luft, um ihr genau das zu sagen, aber sie legt mir ihre Hand auf den Unterarm und schüttelt den Kopf.

Die Worte bleiben mir im Hals stecken. Ich starre auf ihre Hand. Auf meinem Arm. Und sage nichts.

Gedämpfte Geräusche einer anderen Welt jenseits der bodentiefen Terrassenfenster dringen zu uns. Dort sind Licht, Ausgelassenheit, Lachen. Dinge, deren Nähe ich sonst krampfhaft suche. Weil ein Teil davon zu werden bedeutet, die Dunkelheit in mir zu vertreiben.

Ich verstehe es nicht, aber alles, was ich jetzt tue, ist, meine Hand über die von Autumn zu schieben. Und nichts zieht mich in diesem Moment weg von ihr, hin zum Licht.

Autumn

Ich spüre jeden Millimeter Haut, mit der Ryans Hand meine berührt. Sekunden werden zu Minuten. Ich spüre ihn bis in meine Haarspitzen. Und das, obwohl sich nur unsere Hände berühren. Ihm nahe zu sein lässt all die guten Gründe verschwimmen, aus denen ich mich von Typen wie ihm fernhalten wollte.

Vorsichtig ziehe ich meine Hand zwischen seinen Fingern hervor. Dann rutsche ich von der Brüstung, schlinge die Arme um meine Mitte und lehne mich neben ihn.

»Vielleicht sollten wir …« Ich deute in Richtung des Saals, wo das Stipendiatendinner schon fast vorüber ist. Kellner flitzen herum und räumen bereits den Hauptgang ab.

»Ja, vermutlich.« Er sieht noch immer über den Campus, dann zu mir und würdigt den Saal keines Blickes. »Wenn wir uns beeilen, bekommen wir vielleicht noch Nachtisch.«

»Dessert ist sowieso der einzig wichtige Gang«, stelle ich voller Inbrunst fest. Mom und ich haben mindestens einmal im Monat den Jacobs-Nachtisch-Tag zelebriert. Wenn die Kleinen im Bett waren, haben wir beide es uns auf dem Sofa gemütlich gemacht, um uns herum zig verschiedene Desserts – klassische, Ausgefallenes aus aller Welt und natürlich unsere Favoriten. Das war unsere Zeit. Und ich habe jede Sekunde davon geliebt. »Ich meine, wenn in fünf Minuten die Welt untergeht, würdest du dann nicht auch lieber einen Cowboy-Cookie mit Vanilleeis im Magen haben als Rosenkohl?«, frage ich Ryan, die Gedanken noch immer erinnerungsklebrig wie eine zarte Zuckerglasur auf einem Lemon Pie.

»Guter Punkt.« Ryan lacht und das erste Mal erreicht dieses Lachen auch seine Augen. Die er nur auf mich richtet, als wären ihm alle Desserts der Welt scheißegal. So, als würde er selbst dann noch hier mit mir stehen, wenn wir tatsächlich nur noch fünf Minuten bis zur Apokalypse hätten. Ich schlucke schwer und versuche, mich zusammenzureißen.

Diesen Blick hat er mit Sicherheit für Situationen wie diese hier perfektioniert. Und selbst wenn das hier keine übliche Masche ist, heißt das noch lange nicht, dass ich meinen Vorsatz, mich vorerst nur auf mich zu konzentrieren und meine Freiheit zu genießen, ohne mich in irgendetwas oder irgendwen zu verstricken, wegen ihm über den Haufen werfe.

Er kappt die Verbindung zwischen uns, indem er sich umdreht und ebenfalls den Rücken an die Mauer lehnt. So plötzlich, dass ich das Gefühl habe, mein Gleichgewicht zu verlieren. Den Blick richtet er kurz auf seine Schuhspitzen, bevor er wieder mich ansieht. »Wir sollten das Dessert wirklich nicht verpassen, aber bevor wir reingehen …« Er zögert. »Hältst du mich nun für einen Psychopathen oder kommst du nachher mit?« Er sieht mich herausfordernd an.

Alles in mir schreit Ja. Dabei wäre ein klares Nein deutlich vernünftiger. Allerdings war der Plan, nicht mehr nur vernünftig zu sein, sondern das Leben zu genießen. Auf dieser Party könnte ich jede Menge Spaß haben. Ausgelassen mit Tess tanzen. Dieses Flirren zwischen Ryan und mir noch ein wenig länger genießen, auch wenn es nirgendwo hinführt. »Darf ich jemanden mitbringen?«, platzt es aus mir heraus. Meine Frage wäscht das Leuchten aus Ryans Augen. Er geht vermutlich davon aus, ich würde von einem Typen sprechen, und braucht zwei Sekunden, bis er sich wieder fängt. »Klar, bring jemanden mit«, sagt er dann fest und so unerschütterlich, als würde ihm meine Frage nichts ausmachen.

»Prima.« Mein Herz schlägt schneller, als ich ihm ganz nah komme. Jeder Partikel in der Luft zwischen uns vibriert. »Dann ist es abgemacht«, flüstere ich. »Tess und ich fahren mit euch zur Party.« Ich warte nicht ab, wie er auf die Tatsache reagiert, dass ich nur meine Mitbewohnerin mitbringen will, drehe mich um und gehe zurück ins Innere der Wheeler Hall und an unseren Tisch.

Tess empfängt mich ungeduldig. »Wo zum Henker bist du so lange gewesen? Ich wollte schon die Nationalgarde alarmieren.«

Meine Wangen brennen und ich senke den Blick auf die noch unbenutzte Serviette, die an meinem Platz liegt. »Ich habe wohl irgendwie die Zeit vergessen.« Den Grund verschweige ich, auch wenn sich der gerade am anderen Ende des Saals neben einer Blondine auf einen Stuhl fallen lässt und meine Aufmerksamkeit auf sich zieht.

Tess bleibt mein Blick nicht verborgen. Sie folgt ihm durch den Saal. »Ryan Hunter? Woher kennst du bitte Ryan Hunter?«, quietscht sie, als hätte ich einen Promi kennengelernt und vergessen, ihn ihr vorzustellen.

»Von der Dachterrasse«, erwidere ich so beiläufig wie möglich, aber in dem Moment dreht er sich zu mir um. Unsere Blicke verhaken sich über den Saal hinweg und meine Stimme gerät ins Wanken.

»Der Typ ist so heiß.« Tess stöhnt und fächelt sich Luft zu.

»Und das weiß er auch«, gebe ich zu bedenken und verdrehe die Augen. Gut auszusehen ist immerhin keine Leistung. Nur Zufall. Nichts, was Typen für mich anziehend macht. Das Problem ist, dass er nicht nur gut aussieht. Mir hat auch unser Gespräch gefallen. Sein Lachen, wenn es seine Augen erreicht hat. Die ruhige, etwas zu ernste Art. Ich denke auf jeden Fall zu viel über ihn nach, anstatt mich auf das Dinner, meine Mitbewohnerin und all die neuen Eindrücke zu konzentrieren.

Tess grinst. »Ich kann immer noch nicht glauben, dass du das Essen verpasst hast, um mit Ryan Hunter auf der Dachterrasse abzuhängen. Auf jeden Fall weißt du, wie man sich amüsiert.« Sie gibt mir ein Highfive und schiebt mir mit der Serviette ein noch heißes Schälchen Apple Crumble zu. »Nachtisch. Damit du nicht verhungerst, Badass.« Sie lacht leise.

Ich bin kein Badass. Sonst würde ich loslassen, anstatt alles zu analysieren. Mit dem Löffel durchbreche ich die Crumble-Schicht und konzentriere mich auf das Dessert. Heißer Dampf entweicht. »Was das Amüsieren angeht, habe ich noch einen Anschlag auf dich vor«, sage ich wie beiläufig und schiebe mir den ersten Löffel in den Mund. Der warme, fruchtig-süße Geschmack lässt mich genüsslich aufstöhnen. Hungrig schiebe ich einen weiteren hinterher, bevor Tess mir den Löffel entwendet und fragend die Augenbrauen hochzieht.

»Könntest du mich vielleicht nicht so auf die Folter spannen? Ich bin kotzungeduldig. Insbesondere, wenn es um Ryan, Spaß und einen Anschlag auf mich geht.«

Ich erobere mein Besteck zurück, erlöse Tess aber, bevor

ich weiteresse. »Es geht nicht um ihn, sondern um uns.« Ich würde mir gern glauben. »Er hat gefragt, ob wir später mit auf eine von den Verbindungspartys kommen.« Ich tue so, als wäre es keine große Sache. Dabei spüre ich seine warme, dunkle Stimme selbst jetzt noch in jedem Winkel meines Körpers. Niemand sollte mir mit nur einer Frage so tief unter die Haut gehen.

»Er hat was?« Tess starrt mich an. »Aber nicht die Kappa-Nu-Party heute Abend? Das ist *die* Party überhaupt. Da kommt man nur mit Einladung rein. Letztes Jahr hat mich Simon mitgenommen. Heißer Typ. Aber ein kompletter Vollidiot. Dieses Jahr habe ich noch niemanden dazu bekommen, mich einzuladen.«

»Doch.« Ich nicke. »Mich. Er hat mich gefragt und ich nehme dich mit. Also, wenn du Lust und noch nichts anderes vorhast ...?«

»Ob ich was anderes vorhabe?« Sie lacht. »Du bist lustig. Dich fresse ich im Fall der Fälle als Letztes.« Stürmisch umarmt sie mich. »Das ist so mega.« Dann schiebt sie mir ihr unberührtes Dessert zu. »Du brauchst vielleicht mehr als eine Portion. Sonst hältst du am Ende nicht lange genug durch. Ich bin sehr ausdauernd, wenn es ums Feiern geht.« Sie sieht zu Ryan hinüber, dann wieder zu mir. »Übrigens guckt er ständig zu dir rüber. Keine Ahnung, was genau ihr da draußen gemacht habt, aber du scheinst einen bleibenden Eindruck hinterlassen zu haben.«

Ich unterdrücke den Impuls, nachzuprüfen, ob stimmt, was sie sagt, während der illoyale Teil von mir einen Salto schlägt. Echt jetzt? Ich drehe durch, weil er zu mir rübersieht? »Wir haben uns nur unterhalten«, murmle ich. »Wahrscheinlich passt er nur auf, dass wir nicht durch die Hintertür verschwinden und dadurch seinen Ruf als Wingman ruinieren.« Ich erkläre Tess, dass er mich nur deswegen gefragt hat und dass ich allein wegen meiner sozialen Ader zugesagt hätte.

Tess zieht eine Augenbraue nach oben. Natürlich glaubt sie mir kein Wort. Ich glaube dem Mist ja selbst nicht. Deswegen unterbreche ich sie auch nicht, als sie mir euphorisch alle Informationen über Ryan liefert, die sie hat. Er ist Batter für die Cal Golden Bears, das Uni-Baseballteam. Im Hauptfach studiert er Wirtschaft und ist total beliebt, was laut Tess an seinem »Killerbody« oder aber an seinem besten Freund liegen muss. Denn er ist eher der schweigsame, unnahbare Typ, kein Gute-Laune-Magnet wie Nate. Meistens hält er sich im Hintergrund. Und er ist absolut besessen vom Sport.

»Wenn du mich fragst, ist Nate so liebenswert wie Obi-Wan Kenobi. Und dein Hot-Bat wäre in Relation dazu dann wohl der Todesstern. Zumindest wenn man seine Eroberungen fragt.« Tess beendet ihre Ausführungen, indem sie mich über seinen Beziehungsstatus in Kenntnis setzt. Single. Überzeugter. Was nicht heißt, dass er abstinent lebt, wie Tess grinsend hinzufügt.

»Der Todesstern also«, murmle ich. Das würde erklären, warum ich mich fühle, als wäre ich in sein Gravitationsfeld geraten. Ich bin froh, dass ich meine Emotionen hinter jeder Menge Apple Crumble verstecken kann. Er lässt also nie mehr zu als ein Abenteuer. Sein Interesse an mir beschränkt sich damit wohl auf einen One-Night-Stand. Ich weiß nicht, wie ich das finden soll. Ich reagiere auf ihn. Das lässt sich nicht leugnen. Sex ohne Gefühle würde perfekt zu meiner obersten Regel passen, niemals, wirklich nie mein Herz zu verschenken und den Spaß mehrerer Jahre hier in Berkeley nachzuholen. Aber auch wenn ich mich ausprobieren wollte, sollte ich es vielleicht langsam angehen lassen und nicht gleich in die Königsdisziplin von Probier-neue-Dinge-aus einsteigen, indem ich etwas mit einem Typen anfange, der mehr in mir bewegt, als er sollte. Ich könnte mich erst mal auf Schach, Yoga oder Volleyball beschränken. Ich sollte. Aber das klingt im Vergleich zu Ryan leider todlangweilig.

»Schmeckt es?« Tess grinst, als wüsste sie genau, worüber ich nachgrüble.

»Ist sehr lecker«, nuschle ich und schiebe meine brennenden Wangen auf die Wärme des leckeren Desserts. Entschlossen starre ich auf die zimtigen Äpfel und Streusel und schaufle die Mischung in mich hinein. Wie um zu betonen, dass ich allein den Apple Crumble meinte. Aber Tess lässt sich nicht täuschen. Sie prustet los und ich kann nicht anders, als mit einzustimmen.

Ryan

Die Stimmung ist so ausgelassen, als hätten wir die Conference Championships gewonnen. Die Jungs tanzen auf der Ladefläche meines Pick-ups und grölen den Song *Savage Love* von Derulo mit, der aus den Boxen dröhnt. Den Text haben sie zu »Sandwich Love« umgedichtet und flippen total aus, als Megan auf den Spaß einsteigt und sich textgetreu zwischen Cal und Xander schmiegt. Keine Ahnung, ob sie versucht, mich eifersüchtig zu machen. Aber es berührt mich null.

Autumn sitzt zusammen mit ihrer Freundin Tess auf der Rückbank des Wagens, was mich hingegen ganz und gar nicht kaltlässt. Ich höre ihre Stimme, ihr Lachen, und wünschte, ich müsste nicht fahren, nicht aufpassen, dass keiner der Verrückten von der Ladefläche fällt.

Cal, unser Second Baseman, schlägt mit der Hand auf das Dach der Fahrerkabine. »Alter, gib mal Gas, sonst kommen wir erst auf der Party an, wenn wir alle schon unseren Abschluss haben.«

Ich halte meine Hand aus dem Fenster und zeige ihm den Mittelfinger. Ich werde ganz sicher nicht schneller fahren und riskieren, dass sich jemand verletzt. Es ist schon bescheuert genug, überhaupt Menschen auf der Ladefläche über den Campus zu karren. Ich mache das nur, weil sich so wenigstens keiner betrunken hinters Steuer klemmt.

Zehn Minuten später erreichen wir endlich das Verbindungshaus von Kappa Nu. Das Gebäude ähnelt einem Organismus, der im Rhythmus der heiseren Bässe atmet, die aus Fenstern und Türen pulsieren. Menschen stehen auf dem Rasen vor dem Haus und in Grüppchen auf der Steintreppe vor dem Eingang. Plastikbecher liegen auf dem Boden, und irgendjemand wollte wohl das Klischee bedienen und hat den Ahornbaum, der mittig auf dem Vorplatz steht, mit Klopapier umwickelt.

Noch bevor ich richtig eingeparkt habe, springen Cal und Xander von der Ladefläche auf den Asphalt und sorgen unter lautem Gegröle dafür, dass sich das Auto leert. Ich folge dem Tross als Letzter ins Haus und will Autumn fragen, ob ich ihr etwas zu trinken holen darf oder ob sie tanzen will. Am liebsten wäre mir allerdings, wir würden irgendwohin verschwinden, wo wir reden können. Nur sie und ich, wie auf der Dachterrasse. Aber gerade als ich mich zu ihr umdrehen will, springt mich etwas von hinten an. Jemand. Sam. Unser Catcher. Er hat die Macke, Freude, Begeisterung oder seinen steigenden Alkoholpegel mit sehr viel Körperlichkeit auszudrücken. Seine Arme pressen meinen Brustkorb zusammen. Verzweifelt drehe ich mich zweimal um die eigene Achse, um ihn loszuwerden. Wie ein Beutetier, das mit einem Puma auf dem Rücken kämpft. Als ich ihn endlich abgeschüttelt habe, reicht er mir lachend ein Bier, das er als Friedensangebot vom Tisch neben sich angelt. Die Hälfte verschüttet er zwar, aber ich nehme es trotzdem entgegen und sehe mich nach Autumn um. Sie ist mit ihrer Freundin auf die Tanzfläche verschwunden, bewegt sich im Rhythmus der Musik, lacht, umarmt Tess und singt ausgelassen den Songtext mit. Ich überlege, wie stalkermäßig manisch es auf einer Skala von Pennywise bis Ted Bundy rüberkäme, wenn ich nach nicht einmal zwei Minuten Spaß, den sie auf der Tanzfläche hat, zu ihr renne und sie bitte, mit nach draußen zu kommen, wo wir ungestört sind.

Aber meine Gedanken werden von dem Vibrieren meines Handys unterbrochen. Mom und Dad dürften um diese Uhrzeit schon im Bett liegen. Vielleicht ist es meine Schwester. Ihr Mann, Cas, ist auf Geschäftsreise. Es könnte etwas mit den Mädchen sein. Ich ziehe das Telefon aus der Tasche und gebe Nate zu verstehen, dass ich seine Hilfe brauche, um Sam loszuwerden. Wenn ich eine Chance haben will, wenigstens etwas zu verstehen, muss ich den Anruf draußen annehmen. Er begreift sofort, legt unserem Teamkollegen den Arm um die Schultern und zieht ihn mit sich. Endlich ungestört, schiebe ich mich durch die breiten Glastüren in den Garten. Erst als ich allein bin, sehe ich auf das Telefon und bleibe wie angewurzelt stehen. Willows Gesicht nimmt das komplette Display ein. Eine Aufnahme aus dem letzten Sommer. Ich erinnere mich an jeden Augenblick dieses Tages am Cove State Beach. Und mit jedem ungeduldigen Vibrieren kehrt die irrationale Hoffnung zurück, dieses Mal würde es gut gehen. Dieses Mal würden meine Ex und ich uns aufeinander zubewegen, anstatt uns abzustoßen.

»Hi«, sage ich und schaffe es einfach nicht, all das aus meiner Stimme zu tilgen, was zwischen uns steht.

Zunächst kommt keine Antwort. Nur Stille. Ein statisches Rauschen, das mich fertigmacht. Schon bevor sie etwas sagt. Denn es ist nicht die gute Art von Ruhe, sondern die vor einem verdammten Hurrikan.

Und schon bricht der Sturm los. »Du bist auf einer verfickten Party? Ist das dein Ernst, Ryan«, zerfetzt ihre Stimme das, was auch immer an Zuversicht in mir war.

»Da brauche ich dich ein einziges Mal und du amüsierst dich lieber? Was auch sonst.«

Natürlich hört sie die Musik, auch wenn ich mich so weit wie möglich in den Garten zurückgezogen habe. Ich zwinge meine Stimme zur Ruhe. »Wenn du mich brauchst, kann ich jetzt sofort losfahren. Sag mir einfach, wohin ich kommen soll, und ich setze mich ins Auto.« Und lasse mein neues Leben wieder einmal zurück, um nach dem porösen Strohhalm zu greifen, den sie mir hinhält.

»Vergiss es. Ich wusste, auf dich Arschloch kann man sich nicht verlassen«, zischt sie weiter, als hätte ich ihr nicht gerade angeboten, alles stehen und liegen zu lassen. »War ja nie anders.«

Mein Brustkorb zieht sich zusammen. Weil es nicht stimmt. Ich will ihr genau das sagen, aber ich weiß nur zu gut, dass die Wahrheit keine Rolle spielt. Der Strohhalm, den ich nicht greifen konnte, geht in Flammen auf.

»Ich bin doch rangegangen«, murmle ich bitter. Warum kann sie mir nicht einfach eine Chance geben? Warum muss jedes Wort ein Kampf sein? Mit der freien Hand reibe ich über meinen Nacken. Ich sollte auflegen. Aber ich kann nicht. Weil ich weiß, dass sie eben auch recht hat. Dass ich ihr etwas schuldig bin. Weil ich Spaß habe, meinen Weg gehe, während in ihrem Leben nichts mehr so ist wie zuvor. Weil ich nur mein Herz verloren habe. Nicht mein ganzes bisheriges Leben.

»Fuck you, Ryan«, brüllt sie in die statische Stille und legt auf.

Vier Monate ist es her, dass sie sich das letzte Mal gemeldet hat. Vier Monate, in denen ich auf diesen Moment gewartet habe. Sechs, seitdem ich sie das letzte Mal gesehen habe. Und jetzt habe ich es verbockt, weil ich auf eine

Party gegangen bin. Fraglich, wann sie sich das nächste Mal meldet. Ob sie es überhaupt tut.

Schwer lasse ich mich auf die gemauerte Umrandung des Grillplatzes fallen und konzentriere mich aufs Atmen, analysiere jedes ihrer Worte, den Klang ihrer Stimme. Wie war sie drauf? Nur wütend? Verzweifelt? Ist sie stabil? Ich weiß, ich werde keine Antworten darauf bekommen. Ich weiß ja nicht einmal, wo sie wohnt. Und selbst wenn, würde sie mich nicht helfen lassen.

Schritte nähern sich und ich setze mein Ich-bin-Sportler-und-die-Welt-kann-mir-nichts-anhaben-Gesicht auf. Noch ein unverbindliches Lächeln obendrauf, dann drehe ich mich um.

Es ist Autumn. Und ich weiß nicht, wie, aber sie schafft es einfach so, meine Maske zu pulverisieren.

»Hi«, sagt sie leise zu dem Ballon-Ich, aus dem bei ihrem Anblick jegliche Luft entweicht. »Alles okay?«

Nichts ist okay, also schweige ich. Weil ich nicht lügen will. Nicht bei ihr.

»Darf ich mich zu dir setzen?«

Mein Leben fühlt sich an wie eine instabile Bombe. Könnte sein, dass sie urplötzlich detoniert und jeden verletzt, der in meiner Nähe ist. Trotzdem lege ich meine Hand auf den warmen Stein neben mir und nicke.

Autumn

Tess und ich haben getanzt, gelacht und ein bisschen getrunken. Aber die zwei Bier können unmöglich dafür verantwortlich sein, dass Brauseperlenschnüre in meinem Magen aufsteigen, seitdem ich neben Ryan sitze.

Er sieht traurig aus. Leer irgendwie. Als hätte jemand alles in ihm fortgespült, inklusive all der Worte, die manchmal sowieso nichtssagend sind. »Ist alles okay?«

Er schüttelt den Kopf und fährt sich mit einer Hand durch die kurzen blonden Haare. »Nein, aber das ist auch nichts, was durch Reden besser wird.« Er lächelt gezwungen und gibt es dann auf. Entschlossen steht er auf. »Als wir hier angekommen sind, wollte ich dich fragen, ob du Lust hast zu tanzen. Seitdem ist alles irgendwie anders. Aber das würde ich noch immer gern tun.« Er hält mir die Hand hin und sieht mich fragend an.

Ich tanze gern. Mit meinen Geschwistern am Sonntagmorgen auf Moms Bett, um sie aus den Federn zu kriegen. Oder mit meinen Freundinnen auf diese verrückte Weise, aber das hier ist etwas ganz anderes.

Ihm entgeht das Nein nicht, das schon auf meiner Zunge liegt und nur darauf wartet, ausgesprochen zu werden.

»Du könntest etwas Neues ausprobieren«, bittet er mich.

»Auch wenn ich nicht so aussehe, ich habe schon mal getanzt«, erwidere ich lächelnd und gebe ihm nichts außer meiner Hand. Der Rest von mir klammert sich an dem Brocken Widerstand fest, den Ryan mit seinem intensiven Blick noch nicht zerlegt hat.

»Nicht mit mir.« Er macht einen Schritt auf mich zu. Dann noch einen und legt mir die Hand auf den Rücken. »Nicht so.« Unsere Körper sind einander so nah, dass jeder meiner Sinne überfordert ist. »Und nicht zu solcher Musik.« Er lacht. Ein kurzes, dunkles Geräusch, das genauso schnell wegbricht, wie es gekommen ist.

Erst jetzt achte ich auf das Lied, das zu uns in den Garten dringt. Gangsterrap. Keine Musik, die sich besonders gut dazu eignet, eng umschlungen zu tanzen. Trotzdem gebe ich nach. Weil mich alles an dieser Situation reizt. Sein ›Nicht zu solcher Musik‹. Sein ›Nicht so‹. Aber vor allem er selbst.

Sanft beginnt Ryan, sich mit mir zu drehen. Unsere Bewegungen passen kein Stück zu dem Rhythmus der Musik. Und doch ist es absolut perfekt.

Alles, was ich in diesem Moment spüre, ist Ryans durchtrainierter Körper an meinem, sein Atem auf meiner Haut, als er den Kopf leicht gegen meinen lehnt. Mein Puls rast. Mein Herz stolpert. Und meine Beine wollen mich nicht mehr tragen. Als wäre Ryan pures Kryptonit für mich. Es ist bestimmt nicht gesund. Und dennoch schlinge ich meine Arme um seine Mitte, nehme jede winzige Berührung auf, speichere sie ab. Ich falle. In diesen Tanz. In ihn und uns. Ein Uns, das gegen meine oberste Regel verstößt. Aber mein Unterbewusstsein leistet ganz hervorragende Arbeit, indem es mir einredet, das hier wäre nur Spaß. Ich genieße das Leben. Und das ist doch genau, was ich mir vorgenommen hatte.

Ryan löst seine Wange von meiner und dreht den Kopf

so weit, dass seine Lippen meine Wange streifen. Es ist keine richtige Berührung, aber sie reicht aus, um meinem Herzen Schluckauf zu bereiten. Ernst sieht er mich an. Durchdringend. Entschlossen. Aber bevor er die Ahnung des Kusses, der zwischen uns schwebt, wahr werden lassen kann, taucht Tess in unserer Slowdance-zu-Gangsterrap-Welt auf und katapultiert uns zurück in die Realität.

»Da bist du ja. Zum Glück habe ich dich gefunden«, brüllt sie mir kichernd und viel zu laut entgegen und stolpert um ein Haar über ihre eigenen Füße. Ich weiß nicht, ob ich ihr dankbar sein oder jeden Zentimeter Rasenfläche hassen soll, den ich zwischen Ryan und mich legen muss, um sie aufzufangen.

»Wir müssen los«, lallt sie und schlingt ihre Arme um meinen Hals.

»Wohin?« Eigentlich will ich nirgendwo anders sein, aber je mehr Abstand zwischen mir und Ryan entsteht, desto klarer wird mein Verstand und sagt mir, dass das hier keine gute Idee ist.

»Es gibt noch eine andere Party bei Delta Phi. Die checken wir aus«, nuschelt Tess und klammert sich an mir fest.

»Du meinst Delta Psy«, korrigiert Ryan sie.

»Meinetwegen.« Tess winkt ab. »Ich verstehe sowieso nicht, was das mit diesen pseudointelligenten griechischen Buchstaben soll. Das ist doch total unkreativ.« Die Arme noch immer um meinen Hals geschlungen, zerrt sie mich über den Rasen in Richtung Straße. »Aber egal, solange die Verbindungstypen wissen, wie man feiert. Party.« Das Ypsilon von Party zieht sie so sehr in die Länge, dass es in ein wildes Wolfsgeheul übergeht. Und sie kriegt eine Antwort. Einige ihrer Freundinnen warten bereits vor dem Haus an zwei dort parkenden Ubern und stimmen ein.

Ich drehe mich zu Ryan um, obwohl Tess unnachgiebig an mir zerrt.

»Jetzt komm schon, Autumn«, fordert sie mich ungeduldig auf. Ich soll ihr in das vordere der zwei Autos folgen, aber noch ist mein Blick mit Ryans verhakt, der an derselben Stelle steht, an der wir vor nicht einmal zwei Minuten getanzt haben.

Er macht einen Schritt in meine Richtung. Als wollte er etwas sagen, mich zurückhalten, Tess schütteln, weil sie dafür verantwortlich ist, dass ich gehe. Mitten in dem schrecklichen Gangsterrap-Song, mitten in unserem Tanz. Inmitten eines Moments, der eine Erinnerung hätte werden können. Aber dann bleibt er doch stehen, sieht mir hinterher. Stumm. Vielleicht ist es richtig so. Vielleicht sollten wir beide keine Erinnerung sein.

Ryan

Ich mag das Gefühl, wenn ich meinem Körper alles abverlange. Wenn meine Lunge brennt und ich jeden Muskel spüre. Wenn nichts anderes mehr Platz in meinem Kopf hat. Deswegen war ich schon über eine Stunde vor dem Beginn des Trainings auf dem Baseballfeld. Nach dem Warm-up habe ich Bälle vom Batting Tee geschlagen, bis die anderen nach und nach eintrudelten und der Coach das offizielle Training eröffnete. Die immer gleiche Bewegung bringt Routine in den Abschlag. Oft mache ich über Stunden nichts anderes, als einen Ball nach dem anderen über das Feld zu schicken. Bis meine Muskeln wie von allein die richtige Geschwindigkeit, den perfekten Abschlagszeitpunkt und den richtigen Drive finden. Im Spiel bleibt keine Zeit, das Hirn zu bemühen. Da muss das Muskelgedächtnis funktionieren. Laut Nate arbeite ich wie ein Besessener an diesem Erinnerungsvermögen. Das ist meine Form von Meditation.

Das Training läuft wie immer. Aufwärmen, Krafttraining, Stretching, Sprint- und Stoppübungen, unterbrochen von kleinen, nicht ernst gemeinten Kabbeleien und flachen Witzen, Wurf- und Schlagtraining, Sprungübungen.

Wir stecken mitten in dem abschließenden Trainingsspiel, als ich plötzlich Autumn am Spielfeldrand entdecke. Sie achtet nicht auf uns Spieler. Dafür ist sie viel zu sehr in ein Telefongespräch vertieft, das sie führt. Seit dem Stipendiatendinner und der anschließenden Party habe ich sie nicht mehr gesehen. Das ist jetzt über eine Woche her. Eine Woche, vollgestopft mit Kursen, Trainingseinheiten und administrativem Kram zum Semesterbeginn. Trotzdem habe ich an sie gedacht. Zu oft. Was dazu geführt hat, dass ich noch mehr als üblich trainiert habe. Ich bereue keine Sekunde dieses Abends – und doch habe ich ein schlechtes Gewissen. Das müsste sich ausschließen, tut es aber nicht. Ich wollte sie wiedersehen, aber ihre Freundin hat sie auf der Party ins Uber gezerrt, bevor wir Nummern austauschen konnten, und außer einem Vornamen weiß ich nichts von ihr. Berkeley ist groß. Ihr zufällig auf dem Campus über den Weg zu laufen war mehr als unwahrscheinlich.

Aber jetzt ist sie hier. Zumindest für die nächste Minute. Danach wird sie das Ende des Platzes erreichen und hinter der Tribüne verschwinden. Ich stehe auf der First Base und sollte auf den Schlag von Xander warten, um die nächste zu erreichen. Er steht auf dem Abschlagpunkt und lässt seinen Schläger probeweise kreisen, prüft den Abstand zwischen der äußersten Ecke der Homebase und seiner Position, wartet auf den Ball von Nate. Dann schlägt er. Ein weiter Ball ins Outfield. Zur zweiten Base schaffe ich es auf jeden Fall. Vermutlich würde ich sogar die dritte erreichen, aber anstatt loszusprinten, verlasse ich die gerade Linie, die die Plattformen miteinander verbindet, und renne in die entgegengesetzte Richtung zum Spielfeldrand.

Ich höre Xander, der dieses Trainingsspiel genauso ernst nimmt wie ein Ligaspiel, hinter mir fluchen und kann es ihm nicht verdenken. Normalerweise bin ich genauso und würde jedem meiner Mitspieler für so eine Romeo-Aktion den Arsch aufreißen.

Trotzdem renne ich weiter, ignoriere ihn und die anderen. Sogar den Coach, der mir eine Mischung aus Verwünschungen, Androhung von Strafeinheiten und ein Trillerpfeifenstakkato hinterherschickt. Atemlos erreiche ich Autumn, die mittlerweile ihr Gespräch beendet hat. Sie erschrickt, als ich neben ihr zum Stehen komme.

»Hi.« Nicht unbedingt die intelligenteste Begrüßung, aber ich bin ziemlich außer Atem und mein Kopf ist ein Vakuum. Mit einer ungeduldigen Bewegung wische ich mir den Schweiß von der Stirn und entdecke einige Grashalme auf meinem Trikotärmel, die sich vorher in meinem Gesicht befunden haben müssen. Der perfekte Aufzug, wirklich, Hunter.

»Hi«, antwortet sie trotzdem mit einem Lächeln.

Und ich wünschte, sie würde nicht nur lächeln, sondern lachen. Dieses Geräusch erzeugen, das alles aus dem Fokus rückt.

Sie sieht sich um, als würde sie erst jetzt begreifen, wo sie sich befindet. »Ich habe mit meiner Mom telefoniert und dafür ein ruhiges Plätzchen gesucht.« Sie hält ihr Handy hoch. »Ich stalke dich nicht oder so.«

»Wie schade.« Ich sehe sie fest an und einen Augenblick lang verflüchtigt sich die Zeit. Keiner von uns sagt etwas, aber dann deutet Autumn hinter mich.

»Vielleicht solltest du …«

Die Welt kämpft sich zurück in meine Wahrnehmung und damit auch mein Coach, der wie ein Wahnsinniger in meine Richtung brüllt.

»… lieber zurückgehen?«, beendet sie den Satz. »Sieht aus, als würdest du dir gerade mächtig Ärger einhandeln.«

Ich zucke mit den Schultern. »Könnte sein, dass mich der Coach in den Keller sperrt und mich eine Million Liegestütze machen lässt, bevor ich wieder Tageslicht sehe.« Ich grinse schief und zwinge meinen Atem in einen ruhigeren Rhythmus. Bevor ich gehen kann, muss ich tun, wofür ich diese ganze Aktion überhaupt gestartet habe. »Darf ich kurz?« Ich deute auf ihr Telefon. »Ist ein Notfall.«

»Ein Notfall?« Sie sieht mich irritiert an, gibt mir aber, ohne zu zögern, ihr Handy.

Mit wenigen Klicks manövriere ich mich in ihr Telefonbuch, tippe meine Nummer ein und speichere sie ab.

»Ich glaube nicht, dass einem Mädchen deine Nummer zu geben im Allgemeinen als Notfall gilt.« Sie grinst. »Die werden dir den Kopf abreißen.« Mit einem weiteren Blick hinter mich fügt sie ein »Und zwar alle!« hinzu und streckt dann ihre Hand nach dem Telefon aus. Aber noch kann ich es ihr nicht zurückgeben.

Jemand wirft mir einen Ball gegen den Helm, um meine Aufmerksamkeit zu erlangen. Obwohl ich den Kopfschutz trage, tut es weh. Das kann nur Nate gewesen sein. »Kommst du jetzt oder was?«, schreit er über den Platz.

»Es geht nicht schneller, wenn du mich k.o. wirfst, Nate.« Ich konzentriere mich wieder voll auf Autumn. »Ich muss los, sonst bringen sie mich echt um, aber vorher …« Schnell wähle ich meine Nummer, sodass ihre automatisch an mein Telefon übermittelt wird. Erst dann gebe ich ihr das Handy zurück. »Nicht, dass du mir noch mal entwischst«, sage ich leise und sehe sie noch eine Sekunde länger an, obwohl hinter mir der Coach wie ein wild gewordenes Nashorn näher kommt.

»Du solltest echt gehen«, sagt sie, aber ich mache keine Anstalten.

»Erst wenn du mir sagst, dass ich dir schreiben darf.« Selbst wenn das bedeutet, dass mir der Coach vor ihren Augen den Kopf abreißt.

»Du bist total irre«, stößt sie mit einem verzweifelten Lachen hervor. »Aber ja.« Sie gibt mir einen winzigen Schubs. »Ja, ja, ja. Und jetzt geh endlich.«

Autumn

Ich sehe Ryan hinterher, als er zu seiner Mannschaft zurücktrabt. Seinen Coach erreicht er auf halber Strecke und fängt sich einen unsanften Schlag gegen den Helm ein.

»Wusste ja, dass du auf Extraeinheiten stehst, Hunter, aber fragen hätte gereicht.« Er zieht eine Mappe unter seinem Arm hervor. »Für die Aktion darfst du dir jedes Sandkorn unseres Platzes ganz genau ansehen. Zehn Runden auf der Aschebahn im Anschluss ans Training. Und jetzt ab auf die zweite Base, wo du stehen würdest, wenn du deinen verdammten Job gemacht hättest.«

Das ist hart, aber Ryan scheint diese absurd überzogene Strafe nicht besonders zu beeindrucken. Allein bei der Androhung einer solchen Laufeinheit würde ich schon kollabieren, geschweige denn, dass ich mehr als drei Runden durchhalten würde.

Ryan hingegen läuft lässig zurück auf die zweite Base und wartet auf den Abschlag, der es ihm ermöglichen soll, zur nächsten Markierung vorzurücken. Zumindest die Regeln des Spiels habe ich drauf, seitdem mein kleiner Bruder Gus in der Junior League spielt.

Ich müsste eigentlich aufbrechen. Schon jetzt komme ich zu spät zu meinem Probetöpferkurs, trotzdem bleibe ich noch ein wenig länger an der Umzäunung des Platzes stehen und sehe Ryan zu. Vielleicht, weil es mich davon ablenkt, über das Gespräch mit Mom nachzugrübeln. Sie braucht mich zu Hause, und je mehr sie versucht, mir das Gegenteil einzureden, desto weniger glaube ich ihr. Es ist schön, ihre Stimme zu hören und mit meinen Geschwistern zu reden, aber jeder Anruf verstärkt auch das Gefühl, ich hätte Mom nicht allein lassen dürfen. Aus irgendeinem irrationalen Grund lässt Ryan dieses Empfinden in den Hintergrund treten. Und ich bezweifle, dass Töpfern eine ähnliche Wirkung haben wird.

Er steht hoch konzentriert auf seiner Base, bereit, loszusprinten, sobald der Schlagmann den Ball trifft.

In der nächsten Sekunde höre ich Holz auf Leder schlagen. Ryans Körper spannt sich an, schnellt vorwärts. Er ist schnell. Richtig schnell. Ich kann meinen Blick nicht von ihm lösen. Er legt noch einmal an Geschwindigkeit zu, holt alles aus sich heraus und überwindet die letzten Meter, indem er seitlich auf die Base zurutscht. Fast zeitgleich mit dem Ball erreicht er die Plattform und mir entweicht der angehaltene Atem.

»Safe«, urteilt der Coach nach einigen Sekunden und nickt Ryan wohlwollend zu. »Aber die zehn Runden stehen.«

Die Worte des Trainers machen meine Hoffnung zunichte, Ryan würde durch seinen Einsatz vielleicht doch noch glimpflich davonkommen.

Er hebt die Hand und nickt, anstatt die Entscheidung des Coachs zu diskutieren. Wahrscheinlich fehlt ihm nach dem Sprint einfach die Luft dafür. Obwohl es im Grunde um nichts ging, umklammern meine Hände das Geländer, das den Spielfeldrand umgibt. In meinem Inneren feiere ich, dass Ryan die Base zugesprochen bekommen hat. Vielleicht feiere ich aber auch nur, wie heiß er bei der Aktion aussah.

Ich sollte dringend verschwinden und mich mit Ton beschäftigen, anstatt ihn weiter anzustarren. Also wende ich mich ab und versuche, nicht allzu beeindruckt von der Tatsache zu sein, dass er zehn Runden Straflauf in Kauf genommen hat, um meine Nummer zu bekommen.

Ryan

Auf dem Nachhauseweg von Berkeley nach Sausalito erreicht mich eine Nachricht von Amy. Sie will mit mir und den Kids einen Film ansehen. Reste vom Abendessen sind auch noch da.

Als ich an einer Ampel warten muss, schicke ich ihr eine knappe Nachricht, dass ich noch was für die Uni tun will und vollkommen erledigt bin. Dann schiebe ich das Telefon zurück in meine Hosentasche. Meine Schwester hat so eine Art, alles aus einem herauszuquetschen, die mich oft in den Wahnsinn treibt und der ich nach dem Training und Coach Bennings Strafeinheit nichts entgegenzusetzen hätte. Und dann wären da noch meine beiden Nichten, die viel zu viel Energie haben. Einen Amy-Hunter-Familienabend packe ich in meiner jetzigen Verfassung nicht.

Den Pick-up stelle ich am Straßenrand ab. Ich weiß nicht, warum, aber ich habe ihn noch nie auf dem Grundstück meiner Schwester geparkt. Vielleicht, weil mein Wagen genauso wenig hierherpasst wie ich. Rostig und verbeult in dieser heilen Vorstadtidylle. Müde überquere ich die Straße, drücke das Gartentor auf und stolpere fast über eine umgekippte Mülltonne. Das müssen die Waschbären gewesen sein, von denen Cas erzählt hat. Ich beseitige das Chaos und umrunde dann das Haus. Im hinteren Bereich des Grundstücks liegt das Poolhaus. Es ist zwar nicht riesig, aber größer als übliche Gebäude dieser Art und erinnert dadurch eher an ein Gästehaus. Mein Leben spielt sich aber nur in zwei der drei Räume ab – im Bad und im Wohnbereich mit der kleinen Küche. Ich schlafe auf dem Sofa. Zum Glück ein saubequemes, monsterbreites Teil.

Nachdem ich die Tür aufgeschlossen habe, werfe ich den Schlüssel auf die Kommode direkt dahinter. Meinen Rucksack auf den Boden. Ich laufe in die Küche, fülle ein Glas mit Wasser und leere es in einem Zug. Erst dann falle ich der Länge nach auf die Couch. Eine Weile bleibe ich so liegen, das Gesicht ins Polster gedrückt, und versuche, meine schmerzenden Muskeln zu ignorieren. Umständlich schäle ich mich, noch immer im Liegen, aus meinem Shirt und strample dann meine Hose von den Beinen. Geduscht habe ich bereits auf dem Campus. Ich taste nach der Wolldecke und ziehe sie halb über mich. Dann fische ich mein Handy aus der Hose und schreibe eine Nachricht. An Autumn. Eigentlich bin ich zu müde, aber ich will nicht, dass sie denkt, ich würde Spielchen spielen. Hi, was machst du gerade? Nicht gerade die einfallsreichste Nachricht.

Ich bin bereits halb weggedämmert, als ein Vibrieren ihre Antwort ankündigt. Schläfrig blinzle ich das Foto an, das Autumn mir geschickt hat. Ich drehe das Handy, aber das macht den Anblick nicht besser. Was auch immer sie da fotografiert hat, sieht aus wie ein Schwanz aus Ton.

What the fuck?, ist alles, was mir dazu einfällt.

Ich drücke auf Senden und rolle mich auf den Rücken, um das Foto noch mal genauer unter die Lupe zu nehmen. Eindeutig ein Phallus. Ich lache leise in mich hinein, als mich ihre Antwort erreicht.

Du erinnerst dich an meinen Plan, möglichst viel Neues auszuprobieren? War heute töpfern und habe mich an einer Vase versucht #ifailed

Ganz offensichtlich. Bisher hat mich Töpfern kein Stück interessiert, aber mit ihr wäre es sicher spaßig, Ton in alle möglichen skurrilen Formen zu bringen. Oder alternativ die Töpferszene aus Ghost nachzuspielen. Der Gedanke von Autumns Körper an meinem, dazwischen nur verschmierter Ton und Leidenschaft, ist heiß. Verdammt heiß. Ich zwinge mich, an etwas anderes zu denken.

Zum Beispiel an die perfekte Antwort auf ihre letzte Nachricht. Ich will alles von ihr wissen. Warum sie so versessen darauf ist, so viel Neues auszuprobieren wie möglich. Wieso sie erst jetzt damit anfängt. Was sie die letzen achtzehn Jahre davon abgehalten hat. Und wieso sie ans andere Ende des Landes ziehen musste, um ihr Leben nach ihren Vorstellungen leben zu können.

Ist doch sehr formschön. Bei Nate würde dein Kunstwerk sicher einen Ehrenplatz neben seiner Tequila saufenden Sombrerofrosch-Lampe bekommen.

Das ist nicht einmal im Ansatz, was ich schreiben wollte, aber es ist oberflächlich genug, um die Grenze zu wahren, die ich vor langer Zeit gezogen habe und die ich nicht übertrete. Nie.

Er hat eine Froschlampe, die Tequila säuft?

Keine Ahnung, ob sie Feuer und Flamme ist oder entsetzt. Ich gehe von Letzterem aus. Immerhin kenne ich die Lampe.

Frag nicht! Nate ist der beste Typ überhaupt, aber an ihm ist definitiv kein Innenarchitekt verloren gegangen.

Sie schickt ein lachendes Emoji und ich stelle mir das Geräusch dazu vor. Unwillkürlich reagieren meine Zellen darauf. Obwohl sie gar nicht hier ist. Und dieses Geräusch nur eine Erinnerung.

Wie schlimm war das Straftraining?

Ich mache ein Selfie von mir, platt auf dem Sofa liegend, und schicke den ersten Versuch an sie, auch wenn man sieht, wie fertig ich bin. Kein Filter. Kein zweiter Versuch, die Realität zu schönen. Irgendwie habe ich nicht das Gefühl, das bei Autumn tun zu müssen. Tödlich anstrengend, setze ich unter das Foto.

Jetzt habe ich ein schlechtes Gewissen, kommt prompt die Antwort.

Das ist süß, aber unnötig. Ich bin zu dir gelaufen, nicht umgekehrt.

Es dauert eine Weile, bis ihre Antwort eingeht.

Trotzdem hätte ich dich abhalten müssen. Besteht Gefahr, dass dein Coach dich doch noch in den Keller wirft?

Sie sorgt sich um mich. Das ist gut. Besser als alles andere am heutigen Tag.

Ich denke, er wird sich beherrschen, aber du könntest es wiedergutmachen. Am Samstag auf der Party im Cunningham-Wohnheim? Du schuldest mir nämlich noch einen Tanz.

Wieder dauert es endlose Minuten, bis die drei Punkte anzeigen, dass sie antwortet. Dann verschwinden sie. Beginnen erneut, sich zu bewegen. Verschwinden. Sie weiß nicht, ob sie zusagen soll. Fuck. Ich lege mir den Arm über die Augen und winkle ihn an, sodass ich Druck auf meine Schläfen ausübe. Frustriert stoße ich die Luft aus. Das war zu schnell. Zu offensichtlich. Zu sehr, was wir beide nicht sind. Zu sehr Wollen auf meiner Seite. Und bestimmt zu sehr Klammern für sie, die gerade erst ihre Freiheit gefunden hat. Auch wenn ich nicht weiß, was sie so sehr eingeengt hat, dass sie erst hier wieder richtig atmen kann. Sie wird das sicher nicht sofort wieder ändern wollen.

Meine Gedanken werden langsamer, diffuser. Das Handy kippt, liegt nun auf meinem Bauch, sodass ich unseren Chat nicht mehr sehen kann. Ich bin zu müde, um es anzuheben, aber ich halte es in der Hand. Wenn sie antwortet, kriege ich es mit. Ich muss einfach nur warten. Geduld zeigen. Versau es nicht, Hunter. Nicht dieses Mal. Das sind die letzten klaren Gedanken, die nach und nach zerfasern und wirren Träumen Platz machen.

Autumn

Er hat nicht geantwortet. Erst tut er alles, um an meine Nummer zu kommen, handelt sich sogar Ärger mit seinem Coach und den Teamkollegen ein. Wir chatten auf diese Weise, die einen einnimmt und all meine Regeln außer Kraft setzt, und dann antwortet er einfach nicht mehr. Das ist so schräg.

»Arrrg«, brumme ich, stülpe mir sekundenlang die Bettdecke über den Kopf, bevor ich sie dann doch mit einem Prusten zurückschlage und aufstehe.

Tess sitzt auf ihrer Matratze, legt den Kopf schief und betrachtet mich wie ein missglücktes Experiment, während sie sich den Schlaf aus den Augen reibt. »Alles okay?«

Nein. »Ja.« Ich seufze.

»Sehe ich.« Sie lacht. »Dein Gesicht ist der Inbegriff guter Laune.«

Ich stehe auf und schnappe mir meinen Bademantel und ein Handtuch. Vor ihrem Bett bleibe ich kurz stehen. »Genau. Denn meine liebe Freundin und beste Mitbewohnerin begleitet mich gleich zu dem Makramee-Kurs, für den ich uns angemeldet habe. Und darauf freue ich mich so sehr, dass ich deswegen die gute Laune höchstpersönlich bin.« Ich liege Tess seit Tagen damit in den Ohren, seitdem schwankt sie zwischen Verweigerung und totaler Begeisterung, den Laden aufzumischen.

»Ich habe nicht zugesagt.«

Aber sie hat sich bereits ein Projekt ausgesucht. Ein todschicker, extrem schwieriger Web-Hängestuhl, den sie hier ins Zimmer hängen will.

»Nebensächlichkeiten«, sage ich grinsend, trete in den Flur und schließe die Tür hinter mir, sodass Tess' lachend gerufenes »Manipulatives Biest« am Holz abprallt.

Ich gehe duschen, genieße das heiße Wasser, und als ich schließlich aus dem Bad trete und zurück zum Zimmer laufe, fühle ich mich wieder wie ein Mensch.

Tess ist mittlerweile angezogen und wartet bereits auf mich. Schnell schlüpfe ich in eine Jeansshorts, ein blassrosa Shirt und meine Chucks. Eines von Dads Hemden wickle ich mir um die Taille für den Fall, dass es noch kühl ist. Dann ziehe ich Tess vom Bett hoch und schleife sie nach draußen.

Der Makramee-Kurs findet im Keller des Performance Art Center, kurz PAC, der Uni statt. Ein ungelüfteter Raum, in dem sich eine Handvoll Studentinnen zusammengefunden haben, die allesamt deutlich weniger euphorisch wirken als der Kursleiter, Mister Garret. Ein hagerer Typ ohne Haare, der aussieht, als würde er noch bei seiner Mom wohnen, und dessen Augen leuchten, als er uns die Grundlagen und die einfachsten Knoten erklärt und schließlich über das richtige Material sinniert.

Ich komme mir vor wie in einem Paralleluniversum. Das ist so nerdig, dass es schon wieder lustig sein könnte, wäre Mister Garret nicht so unheimlich. »Er kommt ja voll in Fahrt, wenn es um die Wahl des richtigen Seils geht«, flüstere ich Tess zu.

»Wir befinden uns in einem Keller. Er redet vor lauter Mädels von Seilen und Knoten.« Sie grinst. »Natürlich geht ihm da einer ab.«

Ich muss so laut lachen, dass mich ein strenger Blick von Mister Garret trifft.

»Leider sieht er nicht aus wie Mister Grey.«

Ich gebe ein leises Würgegeräusch von mir. Tess liebt den Film *Shades of Grey* und den Hauptdarsteller. Mir ist der Typ zu geleckt. Genau wie Mister Garrets drei Haare, die an seinem Schädel kleben. Endlich wird das Material ausgeteilt. Zusammen mit einer Anleitung für einen ... Wandschmuck.

Ich halte das Papier hoch, drehe und wende es und runzle die Stirn. Das war nicht unser Plan. Wir wollten einen Hängestuhl knoten. Auch wenn das sehr ambitioniert ist, habe ich Tess versprochen, es zu probieren. Ich melde mich und schiebe Mister Garret das Papier zu, als er zu unserem Tisch kommt.

»Gibt es ein Problem?«

»Wir dachten daran, einen Hängestuhl zu knoten und keinen ...«

»... Wandteppich«, kommt mir Tess zu Hilfe.

Mister Garret starrt uns sekundenlang an, als wären wir nicht ganz dicht, bevor er den Kopf schüttelt. »Jeder fängt mit diesem Wandschmuck an. Sie bauen ja auch nicht die Sixtinische Kapelle, bevor sie sich an einem Hühnerstall versucht haben.« Er scheint sehr zufrieden mit seiner Erklärung. »Außerdem sind Hängestühle keine gute Wahl. Die Relation von Körpergewicht, Knotenstärke, Verarbeitung und Befestigung stimmt viel zu selten.« Sieht so aus, als hätte er das bereits mehr als einmal schmerzlich erfahren. Er schiebt die Anleitung über den Tisch zu uns zurück und wendet sich dann an alle. »Wir fangen mit dem Ankerstichknoten an.« Dann erklärt er weitschweifig, wie wir den Wandschmuck angehen müssen. Tess und ich bemühen uns redlich. Wirklich. Aber eine Dreiviertelstunde später steht fest, nicht nur der Hängesessel war deutlich zu ambitioniert für uns. Wir sind beide vollkommen talentfrei, was Makramee betrifft. Das beweist das undefinierbare Gebilde in unseren Händen. Wahrscheinlich haben zwei Personen, die sich gegenseitig in ihrem Baumwoll-Geknote herumfuhrwerken, die Lage auch nicht wirklich verbessert. Mister Garrets triumphierend spöttisches Lächeln begleitet uns nach draußen.

»Was machen wir jetzt damit?« Tess hält das Gebilde hoch, das eigentlich ein Vintage-Wandschmuck werden sollte.

»Hast du nicht irgendjemanden, den du nicht besonders magst? Dem könnten wir das schenken«, schlage ich hoffnungsvoll vor.

Sie reicht mir das Desaster und schüttelt den Kopf. »So sehr hasse ich niemanden. Ich muss los zu meiner Schicht im *Haywires*. Pass gut auf das hässliche Entlein auf.« Tess gibt mir einen Kuss auf die Wange. »War trotzdem lustiger als gedacht mit Mister Grufti-Keller-Fesselknotenspiele«, ruft sie mir noch zu und verschwindet im nächsten Moment um die Ecke.

Jetzt bin ich allein mit meinem Horror-Makramee und mache in einem Anflug purer Frustration und Belustigung ein Foto von der Katastrophe und poste sie auf Instagram. Darunter setzte ich die Hashtags #Makramee #friendstime #ifailed #again und jede Menge lachender Smileys.

Ich will das Telefon gerade wieder in meine Tasche stecken, als plötzlich ein Kommentar unter meinem Post angezeigt wird.

Hast du das etwa auch getöpfert? ;-)

Ich starre auf den Satz. Auf den Usernamen. Ryanhunterbat. Er ist es. Ich lächle. Warum lächle ich denn bitte? Ich sollte ihn ignorieren, wie er es seit gestern Abend mit mir getan hat. Stöhnend presse ich meine Tasche an mich und lasse mich unter einen der vielen Bäume auf dem Campus fallen.

Der Geruch von frisch gemähtem Gras umgibt mich, als ich meine Bücher und Studienunterlagen um mich herum ausbreite. Aber bevor ich beginnen kann, in meinen typischen Ich-lerne-Tunnel abzutauchen, klingelt mein Handy. *Dessert, kein Rosenkohl* erscheint in der Anruferkennung. Der Name bringt mich zum Lachen und die Ausläufer dieses Lachens mischen sich unter mein *Hi*.

»Ich bin gestern einfach eingepennt. War echt fertig. Sorry, dass ich deswegen nicht mehr geantwortet habe«, stößt Ryan hervor, noch bevor er mich begrüßt. Er atmet geräuschvoll aus. »Der Morgen war verrückt, aber jetzt sitze ich im Auto auf dem Weg zur Arbeit und wollte die kurze Pause unbedingt nutzen, um dich anzurufen.«

Augenblicklich regt sich mein schlechtes Gewissen, weil ein Teil von mir mit dem Gedanken gespielt hat, er hätte mir mit Vorsatz nicht geschrieben. Danke auch, Dad, dass ich bei jedem Typen vermute, er wäre genau so ein Mistkerl wie du.

»Was machst du gerade?« Ryans Stimme zieht mich aus den Erinnerungen zurück ins Hier und Jetzt.

»Eigentlich lerne ich.« Ich berühre die Leopardensprenkel aus Sonnenlicht, die auf den Boden fallen. »Aber irgendwer hält mich davon ab.«

»Ich störe dich?«

Normalerweise wäre die Antwort Ja. Ich liebe es zu lernen und hasse jede Form von Ablenkung. Aus dem Grund habe ich zu Hause in der Bibliothek gebüffelt oder wenn die Kleinen abends im Bett waren. Meine Schwester Summer sagt immer, ich würde zum Hulk werden, wenn man mich beim Lernen stört. Aber sie vergleicht sowieso alles und jeden mit dem Marvel-Universum. Die Frage bleibt, wieso Ryan mich nicht zu einem grünen Monster werden lässt. »Stören ist ein hartes Wort, aber ich sollte mich nicht abhalten lassen«, sage ich widerstrebend. »Sonst schaffe ich mein Pensum nicht.«

»Ich würde ja auflegen.« Ich kann das Grinsen in seiner Stimme hören. »Damit du siehst, was für ein netter Kerl ich bin, weil ich deinen Wunsch, strebsam zu sein, respektiere. Aber dann …« Er lacht. »… dann müsste ich auflegen. Du siehst das Problem?«

Er will mit mir sprechen. Wärme breitet sich in mir aus.

»Ich habe eine halbe Stunde, bis ich bei der Arbeit ankomme, und die würde ich wirklich gern nutzen, um herauszubekommen, was genau das da auf deinem Instagram-Post ist. Und ob du Samstag nun kommst oder ob dich mein Dornröschen-Fauxpas abgeschreckt hat.«

Ryan

Autumns Lachen verteilt sich über den Lautsprecher im Wageninneren.

»Ich habe bei den Hashtags gespickt. Deswegen weiß ich, das soll Makramee sein. Aber ohne diese Hilfe wäre ich ehrlich gesagt aufgeschmissen gewesen.« Ich lenke den Wagen aus Berkeley hinaus und nehme den Eastshore Freeway Richtung San Francisco. »Ist dieses Knüpfzeugs ein North-Carolina-Ding oder stehst nur du im Speziellen auf merkwürdige, zum Scheitern verurteilte Hobbys?«

Autumn schweigt und ich kann mir vorstellen, wie sie prüfend die Stirn runzelt. »Das ist eher ein Autumn-Ding«, sagt sie schließlich. »Ich probiere alles aus, weil ich etwas finden möchte, was mich so catcht wie dich Baseball.«

»Seit ich denken kann, ist Baseball Teil meines Lebens. Dad hat gespielt. Aktiv, bis eine Knieverletzung seine Karriere bereits vor dem Eintritt in die Major League beendete. Wir haben schon zusammen Bälle geworfen, als ich gerade mal laufen konnte.« Und als ich das Stipendium für Berkeley bekam, war Dad wenigstens einmal stolz auf mich. »Wieso fängst du erst jetzt an, nach etwas zu suchen, was dir liegt?«

Autumn stößt geräuschvoll den Atem aus. »Das ist ein ganz schön tiefsinniges Gespräch für eine Fahrt zur Arbeit.« Fast denke ich, sie wird die Frage nicht mehr beantworten, aber dann redet sie doch weiter. »Ich habe dir erzählt, dass ich einen ganzen Haufen Geschwister habe. Mom ist mit uns allein, also musste ich viel zu Hause helfen. Ich wollte sie unterstützen. Da blieb einfach nicht viel Zeit, mein eigenes Leben zu leben.«

Obwohl Autumn ein Mensch zu sein scheint, der vor Verantwortung nicht zurückschreckt, höre ich die Erleichterung heraus, dass sie sich jetzt mal um sich selbst kümmern kann. »Erzählst du mir von deiner Familie?«

»Erzähl du mir von deiner«, kontert sie. »Dann ziehe ich vielleicht gleich.«

»Da gibt es nicht viel zu erzählen.« Ich schließe eine Sekunde lang die Augen, bevor ich mich wieder auf den Verkehr konzentriere, der sich auf der San Francisco Bay Bridge staut. Als hätte jemand einen blauen Farbverlauf gemalt, spannt sich der blasse Horizont über das dunkle Wasser der Bucht. »Okay, also.« Ich überlege, was ich ihr sagen kann, ohne allzu viel preiszugeben. »Meine Eltern wohnen in Twin Peaks. Sie sind durchschnittlich erfolgreich, durchschnittlich lange verheiratet, durchschnittlich glücklich, haben zwei Kinder, einen Jungen, mich, und ein Mädchen, meine Schwester. Ein Haus, eine Hypothek, einen weißen Gartenzaun …«

»Da fehlt ja nur noch der Labrador«, schiebt sich Autumns Stimme dazwischen.

Ich mag es, dass sie so sarkastisch klingt, wie ich mich fühle, wenn ich beschreibe, wie meine Familie nach außen wirkt. »So ein Hund würde vielleicht mal für ein bisschen Stimmung sorgen.«

Autumn ist Feuer und Flamme. »Wenn er zum Beispiel morgens zu ihnen ins Bett springt und sie von einer Hundezunge im Gesicht geweckt werden«, sagt sie und lacht. »Oder wenn er ihnen in die Hausschuhe kotzt.«

»So langsam dämmert mir, warum das mit dem Hund nie geklappt hat, obwohl ich ihn jedes Jahr auf meinen Wunschzettel für den Weihnachtsmann geschrieben habe.«

Das Lachen von Autumn reißt mich mit.

»Aber ehrlich, wie ist deine Familie so?«, fragt sie.

»Wie gesagt, schrecklich normal«, weiche ich aus. »Was ist mit deiner Mom? Deinen Geschwistern?«

Ich höre etwas rascheln. Die Hintergrundgeräusche verändern sich. Offenbar hat sie das mit dem Lernen aufgegeben und geht woandershin.

»Mom reinigt Zimmer in einem Motel. Und damit das Geld reicht, arbeitet sie abends und am Wochenende zusätzlich in einem Diner.« Sie verleiht ihrer Stimme Nachdruck, als müsste sie sich für meine Reaktion wappnen.

Keine Ahnung, wer etwas anderes als Anerkennung für eine solche Frau aufbringt. »Zwei Jobs. Und fünf Kinder. Das ist ein Brett.« Ich würde untergehen. Sang- und klanglos. »Wie alt sind deine Geschwister?«

Autumn seufzt. »Ich bin mit Abstand die Älteste. Summer ist zehn. Winter acht. April hat nur ein Jahr Abstand. Und Gus ist gerade fünf geworden.«

Ich lache leise. »Ihr heißt Autumn, Summer, Winter und April?«

»April kann von Glück sagen, dass Mom Spring als Name nicht gefiel. Deswegen ist sie von Jahreszeiten auf Monatsnamen umgestiegen.«

»Warte, dann ist Gus die Kurzform von August?« Ich habe mittlerweile Downtown San Francisco erreicht, wo sich die Straße an wolkenhohen Glas-Betonbauten vorbeischlängelt und mich dann an den Pieren entlang zur Golden Gate Bridge führt. »Sehr konsequent.«

»Ich gebe zu, dass es lustig ist.«

»Vor allem sind die Namen ziemlich cool«, sage ich und wiederhole ihren in meinem Kopf. »Und passend.«

»Ich bin also wie schmuddeliges Regenwetter, nasse Füße und eine kalte, laufende Nase?«

Eher wie der perfekte Indian Summer im Licht der untergehenden Sonne. Oder die frische Luft, wenn man frühmorgens zwischen Tau und Nebel steht und ungewohnt tief durchatmen kann. Ich schüttle den Kopf. So was sollte ich nicht denken. Geschweige denn aussprechen. »Einigen wir uns darauf, dass du die Kuscheldecke an einem verregneten Sonntag bist?« Ich fahre mir über die Augen und erwarte, dass Autumn sich totlachen oder auflegen wird, aber stattdessen schenkt sie mir ein versöhnliches »Okay«. Und Stille. Die Sorte, in die man sich einwickeln will. Offenbar stimmt etwas mit meiner Zurechnungsfähigkeit nicht. »Was ist mit deinem Dad?« Menschen trennen sich. Das ist heutzutage keine große Sache, aber er müsste Autumn und ihre Mom doch trotzdem unterstützen.

»Es ist das Schlimmste überhaupt, wenn Väter nicht für ihre Kinder da sind.« Mehr sagt sie nicht. Aber das ist auch genug. Etwas in mir verhärtet sich.

»Deine Eltern sind also schrecklich normal«, sagt Autumn, in dem Bemühen, das Gespräch von ihrer Familie wegzulenken. »Ist okay, wenn du mir nicht mehr über sie erzählen willst, aber mach sie nicht zu Familie Smith.« Eine Tür klappt ins Schloss und die Hintergrundgeräusche, die unser Gespräch begleitet haben, verstummen. »Vielleicht könntest du mir etwas über deine Schwester erzählen. Ihren Namen zum Beispiel.«

Das könnte sie spielend einfach selbst hinausfinden, wenn sie ein wenig in meinen Feeds stöbern würde. Und doch brauche ich einige Sekunden, bevor ich antworte. Weil ich mein Leben sonst mit niemandem teile. Und weil ich ihr bereits viel zu viel erzählt habe. »Amy.«

Autumn kommentiert meine knappe Antwort nicht und bringt mich genau dadurch dazu, weiterzureden. Ihr Dinge zu sagen, die ich bisher nicht mal Nate erzählt habe. »Sie ist neun Jahre älter als ich. Und sie liebt mich. Egal, wie oft ich Mist baue, ich kann immer auf sie zählen. Und das, obwohl ich immer das Nesthäkchen war und früher eine echte Plage.«

»Aber jetzt wohnst du sogar bei ihr.« In Autumns Feststellung schwingt ein Lächeln mit.

»Jepp, in ihrem Poolhaus«, bestätige ich, während ich die Mautstation der Golden Gate Bridge passiere, die stadteinwärts die anfallenden Kosten registriert und auf dem Chip in meinem Wagen speichert. Stadtauswärts kosten mich das Gefühl des Nachhausekommens, das ich jetzt seit drei Jahren mit der Brücke verknüpfe, und der Blick über die Bay nichts. »Ihr Mann Cas und sie haben es mir angeboten und ich lebe wirklich gern bei ihnen. Auch wegen Ari und Kenzie – meinen Nichten.«

»Du spielst freiwillig den Babysitter?«

»Sie sind super«, rechtfertige ich mich. »Wohldosiert, versteht sich, und nicht gerade, wenn sie mich um sechs Uhr morgens wecken.« Aber selbst dann kann ich ihnen nicht lange böse sein. Sie sind das Stück Familie, das mir so sehr fehlt. Unterhalb des Highways liegen die weißen Holzhäuser Sausalitos wie Bauklötze in den Hügeln, die die Richardson Bay umgeben. »Was machst du, wenn du nicht gerade Töpfer- oder Makramee-Kurse crashst?«, lenke ich unser Gespräch in eine andere Richtung.

Sie seufzt. »Ich versuche, einen Job zu finden. Aber das

ist noch schwerer als die Suche nach dem richtigen Hobby.«

»Stimmt. Ich kann mich mal umhören, wenn du willst.« Der Bridgeway führt direkt an der Wasserlinie entlang durch den historischen Teil von Sausalito. Eine halbe Meile hinter dem Jachthafen biege ich in eine der schmalen Seitenstraßen ein.

»Gern. Das wäre toll.«

Ich will das Gespräch noch nicht beenden, auch wenn ich den Wagen bereits vor Dads Werkstatt parke. Aber ich möchte auch nicht mit ihm aneinandergeraten, weil ich zu spät komme. Wenn es um die Arbeit geht, versteht er keinen Spaß.

Mit dem Handy am Ohr steige ich aus. Genau in dem Moment, als Dad aus dem Gebäude kommt und in meine Richtung sieht, dann auf seine Uhr und wieder zu mir.

Ich habe noch drei Minuten und er tut so, als hätte ich mich um Stunden verspätet. Als würde ich das ständig tun. Ich hasse den stillen Vorwurf, der darin mitschwingt, ich würde nichts ernst genug nehmen. Nicht einmal den Job, den er mir angeboten hat, um mich über Wasser zu halten. Dabei reiße ich mir echt den Arsch auf.

»Ich bin jetzt da und muss reingehen, sonst kriege ich am Ende schon wieder Ärger, weil ich mich mit dir unterhalte.«

»Haben sie bei deiner Arbeit etwa auch einen Keller, in den sie dich stecken, wenn du nicht artig bist?« Autumns gespielte Besorgnis wird von einem Lachen fortgespült.

»Ich arbeite bei meinem Dad. Es wird also maximal auf Stubenarrest hinauslaufen«, witzle ich. Wahrscheinlich würde es Dad sehr entgegenkommen, wenn er diese Strafe noch verhängen dürfte. Dann könnte er mich besser kontrollieren. Früher war er nie besonders streng zu mir. Eher der gute Kumpel, der mit mir im Garten Bälle geworfen und mich am vierten Juli in dieselbe Schürze gesteckt hat, die auch er trug, um das Essen für uns zu grillen. Aber die unbeschwert freundschaftliche Verbindung haben wir in den letzten Jahren verloren. Als ich vom Weg abgekommen bin. Und er nicht in der Lage oder willens war, trotz allem hinter mir zu stehen. Mom versucht ständig, zwischen uns zu vermitteln, ist aber nicht besonders erfolgreich.

»Sehen wir uns Samstag?« Ich muss sie fragen, bevor ich auflege.

»Mal sehen. Vielleicht«, ist alles, was sie sagt, dann ein lässiges »Bye«. Mehr Lachen als ein Wort.

»Bye«, murmle ich. Kein Plan, ob sie es noch hört oder schon aufgelegt hat. Bevor ich zu Dad gehe, stopfe ich das Handy in meine Hosentasche und begrüße ihn. Auf dieselbe Art wie immer. Mit einer Umarmung, die von seiner Seite eine Spur zu fest ausfällt. Fremde nehmen in der Regel an, das wäre ein Ausdruck unseres guten Verhältnisses. Für mich ist es die stille, aber unumstößliche Ermahnung, ja keinen Mist mehr zu bauen. Als er mich wieder freigibt, zeigt er zur Hebebühne hinüber. »Viel zu tun heute. Wird Zeit, dass du kommst.«

»Ich bin pünktlich«, sage ich, immerhin sind es noch zwei Minuten bis zum Arbeitsbeginn.

»Wie du meinst.« Er schüttelt den Kopf und dreht mir den Rücken zu. »Nimm du dir den Chevy vor. Braucht 'ne neue Lichtmaschine. Der muss bis morgen fertig sein. Und achte auf die Anzugdrehmomente.«

Ich bin nicht minderbemittelt. Und das ist nicht die erste Lichtmaschine, die ich wechsle, aber ich spare mir einen Kommentar. Stattdessen mache ich mich an die Arbeit. Wenn ich keine Nachtschicht einlegen will, muss ich mich ranhalten.

Schweigend arbeiten wir nebeneinanderher. Zwischen uns nur die Geräusche des Werkzeugs und altmodische Countrysongs aus dem Radio. Dad steht auf die Musik. Ich eher nicht. Drei Stunden ertrage ich seinen Musikgeschmack, bevor er einem besonders penetranten Song den Saft abdreht und für heute Schluss macht. Den Empfang stellt er für mich auf Bluetooth. Aber er geht nicht einfach. Vorher kommt er zu mir herüber und wirft einen Blick auf meine Arbeit, gibt ein Brummen von sich, nickt und wischt sich die ölverschmierten Hände an einem Lappen ab. »Ist 'ne komplizierte Sache bei dem Modell.«

Das ist keine Anerkennung, sondern Dads subtile Art, mich zu fragen, ob ich mir wirklich zutraue, das Auto fristgerecht fertig zu bekommen.

Ich nicke. Er nickt. Nonverbale Kommunikation. Darin sind wir besser als mit Worten, die so oft Gräben zwischen uns schlagen.

»Schließ ab, wenn du gehst.«

Wieder nicke ich, obwohl es überflüssig ist, dass Dad mich daran erinnert. Sekunden später schließt sich die Tür hinter ihm und ich atme erleichtert auf.

Ich ziehe mein Handy aus der Tasche, schalte meine Playlist an und drehe *Burn Out* von den Imagine Dragons voll auf. Diesen Teil meines Jobs mag ich. Allein sein, gute Musik hören, niemand, der mir auf die Finger guckt und jede meiner Bewegungen analysiert. Außerdem repariere ich Dinge, die kaputtgegangen sind. Etwas, was mir in meinem eigenen Leben nicht gelingt.

Autumn

Schon als Ryan mich das erste Mal fragte, wusste ich, dass ich zu der Party im Cunningham-Wohnheim gehen würde. Und dass wir jeden Tag auf dem Weg zu seiner Arbeit telefoniert haben, hat meinen Entschluss noch gefestigt. Ich war mir absolut sicher, dass es eine gute Idee wäre, Ryan heute hier zu treffen. Aber das war, bevor er sich, einen Becher in der Hand, an die Wand neben dem Eingang gelehnt und seinen Blick auf mich geheftet hat. Bislang haben wir kein Wort miteinander gewechselt. Und doch fühlt sich mein Magen an, als würde ich aus dem zehnten Stock in die Tiefe stürzen. Freier Fall. Kein angenehmes Gefühl für ein sicherheitsliebendes Wesen wie mich. Und gleichzeitig fühle ich mich so fucking lebendig, dass es kaum auszuhalten ist. Ich stehe unter Strom. So sehr, dass ich mich nicht rühren kann. Unbeweglich verharre ich auf der anderen Seite des Raums und erwidere seinen Blick. Mit einem Prickeln auf meiner Haut und Gedanken, die durch mein Hirn poltern und nur ein Thema haben. Ihn.

Ich will ihm so nah sein wie bei unserem Tanz vor einer Woche. Denn das, was seitdem zwischen uns flirrt, dehnt sich mit jeder Sekunde mehr aus. Über die Köpfe der Tanzenden hinweg. Es schwingt in der Musik mit, deren Bässe meinen Körper erfassen.

»Ich gehe eben was zu trinken holen.« Total verschwitzt hüpft Tess im Takt der Musik vor mir auf und ab, die

Haare wirr, die Augen euphorisch glänzend. Seit unserer Ankunft tanzt sie sich mit einem Lacrosse-Spieler namens Seth die Seele aus dem Leib. »Brauchst du auch was?«

Ich schüttle den Kopf. Jedenfalls nichts, was Tess in der Küche finden wird. Ich sehe wieder zu Ryan, während Tess mich allein lässt, um zu der provisorischen Bar im Nebenzimmer zu tanzen.

Jetzt gibt es niemanden mehr, der verhindert, dass ich mein Getränk abstelle und auf Ryan zugehe. Und er auf mich. Wie zwei Magnete, die einander anziehen.

Meine innere Stimme redet mir erfolgreich ein, dass ich hier bin, um mein Leben das erste Mal in vollen Zügen zu genießen. Sie sagt mir, das hier wäre nur Spaß. Und ich bin gut darin, den Teil verstummen zu lassen, der mich mit grell blinkenden Lichtern davor warnt, dass Ryan die Art von Spaß sein könnte, die mir das Genick bricht.

Als er mich erreicht, ergreift er wortlos meine Hand. Die Berührung zündet ein spontanes Synapsenfeuerwerk. Mein Magen vollführt einen Looping. Mein Herz ist plötzlich schwerelos.

Wortlos zieht er mich an sich. Wie beim ersten Mal schlingen wir die Arme umeinander und wiegen uns sanft im Takt der Musik, drehen uns so langsam, dass wir ein Fremdkörper in der wogenden Masse der Tanzenden sind. Immer wieder rempeln uns Menschen an, aber ich bemerke es kaum. Alles, was ich wahrnehme, ist, dass der Raum zwischen uns immer kleiner wird. Mit jedem Beat schwindet die Distanz ein wenig mehr. Ich lege meinen Kopf an seine Brust. Unsere Körper sind aneinandergeschmiegt. Ich spüre Ryan, seine angespannten Muskeln, fühle, wie er hart schluckt – als die Musik plötzlich ausgestellt wird, weil irgendwer ein Trinkspiel über das Mikro ankündigt. Sekundenlang verharren wir eng aneinandergepresst, bevor wir uns voneinander lösen und er einen Schritt zurück macht.

Ryan sieht mich eindringlich an, zögert, als wollte er mir die Möglichkeit geben zu gehen, bevor wir uns noch weiter in diese Sache verstricken. Aber ich kann nicht. Stattdessen bleibe ich stehen und halte seinem Blick stand. Er jagt einen Schmetterlingstornado durch meinen Bauch. Und als er mir seine Hand hinhält, nehme ich sie und folge ihm zur Treppe. Die Musik setzt wieder ein. Noch lauter. Die Bässe lassen die Treppenstufen vibrieren, die Ryan mich hinaufzieht, um einen Ort zu finden, der nur uns gehört.

Das Wohnheim hat drei Stockwerke und viele Zimmer. Aber die Räume sind entweder belegt oder abgeschlossen.

»Shit«, murmelt er ungeduldig und findet einige Sekunden später endlich eine Tür, die sich öffnet. Er stößt sie auf und ich folge ihm in das Halbdunkel. Regale mit Putzmitteln und Werkzeug erstrecken sich über die gesamte Länge. Das muss die Abstellkammer sein. Kein besonders schöner Ort, aber das ist mir egal. Entschlossen ziehe ich die Tür zu, lehne mich dagegen und strecke die Hand nach Ryan aus.

Niemals hätte ich damit gerechnet, dass es sich bei dem Spaß in meinem neuen Leben um einen heißen Baseballspieler handeln würde. Ich beiße mir auf die Unterlippe und greife nach dem Bund seiner Jeans. Entschlossen ziehe ich ihn daran näher.

Mein Herz rast, als er mir so nah kommt, dass mich sein Geruch einhüllt. Leicht verschwitzte Haut, Minze und Cola. Scheiß auf Yoga. Fick dich, Makramee. Das hier ist so viel besser.

Ich spüre seine harten Muskeln an meinem Körper. Seinen Atem, der auf meine erhitzte Haut trifft. Ich stehe in Flammen. Das Prickeln, das seit unserem ersten Treffen von mir Besitz ergriffen hat, ist zu einem Flächenbrand geworden.

Ich seufze leise und dieses winzige Geräusch bricht den letzten Rest Distanz zwischen uns auf. Ryan drängt mich gegen die Tür und presst seine Lippen auf meine.

Ich umschlinge seinen Hals, vergrabe meine Hand in seinem Haar. Mir entweicht ein Stöhnen, das sich an Ryans Atem bricht, bevor seine Zunge meine Lippen teilt und er meinen Mund erobert. Er schmeckt genauso, wie er riecht. Ich hatte ja keine Ahnung, wie gut Cola und Minze zusammenpassen.

Seine Lippen sind weich und warm, seine Küsse hungrig, und ich erwidere sie mit geradezu manischer Intensität.

In der atemlosen Hitze unserer Körper hebt er mich hoch und ich schlinge meine Beine um seine Hüften. Wir umklammern einander. Unsere Bewegungen rastlos, drängend. Noch nie habe ich so geküsst. Mit dem gesamten Körper. Aber ich bin auch noch nie einfach mit einem Jungen auf einer Party in einer Abstellkammer verschwunden.

Ich stöhne auf, als Ryan seine Hand unter mein Top schiebt. Zentimeter um Zentimeter wandern seine Finger über meine pulsierende Haut. Lust ballt sich bei dem bloßen Gedanken in meinem Inneren zusammen, dass er gleich meine Brust berühren wird. Aber Ryan verharrt knapp unter meinem Rippenbogen, spürt meinem stolpernden Atem nach, sieht mich an. Und dann schüttelt er ganz langsam den Kopf, setzt mich ab und macht einen Schritt rückwärts. Dann noch einen.

»Ich bin mir ziemlich sicher, das hier sticht den Töpferkurs aus.« Seine Stimme ist rau. Wie mein Innerstes. »Zumindest für mich. Aber wir sollten das trotzdem nicht tun.« Seine Worte legen eine Gänsehaut auf meine Haut.

»Und warum nicht?«, krächze ich. Denn ich will das hier unbedingt.

Ryan sieht mir tief in die Augen. »Weil es am Ende darauf hinauslaufen könnte, dass wir mehr wollen. Aber ich gebe nicht mehr. Nie.«

»Ich bin nicht auf der Suche nach einer Beziehung.« Ich bin keines dieser Mädchen, die ihr Glück von einem Typen abhängig machen. »Aber du hast recht, vielleicht ist das hier trotzdem keine gute Idee.« Denn auch wenn meine wenigen Erfahrungen ausnahmslos auf bedeutungslosem Sex beruhen, sagt mir die Art, wie ich auf ihn reagiere, mit Ryan wäre es anders. Er bewegt mehr in mir, als er sollte, und ich habe ehrlich keine Ahnung, ob ich meinem Herzen klarmachen kann, dass es sich aus dieser Sache raushalten soll. »Vielleicht sollten wir zu den anderen zurückgehen«, murmle ich. Fast wünschte ich, Ryan würde mir widersprechen, aber er stimmt mir mit einem Nicken zu.

Sanft streicht er mir eine Haarsträhne hinters Ohr. »Sollten wir. Sonst werde ich dich ganz sicher noch mal küssen. Und noch mal.« Er beißt sich auf die Lippe und schüttelt den Kopf. »Vermutlich würde ich so bald nicht wieder damit aufhören.«

»Vermutlich würde ich das auch nicht«, sage ich leise und lächle, als er meine Hand ergreift und wir gemeinsam die Kammer verlassen, um nichts zu tun, was wir später bereuen würden.

Ryan

Ich werde von einem penetranten Klopfen geweckt. Das kann nur Amy sein. Nur sie klopft das komplette Morsealphabet auf Wohnungstüren, um endlich hineingelassen zu werden. Wildes Gekicher mischt sich darunter. Kenzie und Ariana, meine Nichten, sind also auch mit von der Partie.

»Kommt rein«, brumme ich und lege mir den Arm über die Augen, um das Sonnenlicht abzuhalten, das mit meiner Schwester und ihren Töchtern in den Raum flutet.

Kenzie hüpft auf das Sofa und auf mir herum, während mir Ari ausführlich von ihren Kindergarten-Erlebnissen der Woche erzählt, obwohl ich sie jeden Tag gesehen habe und im Bilde bin. Dann bekomme ich noch einen ausführlichen Bericht über unseren neuen, laut Ari supersüßen, gestreiften Mitbewohner, mit dessen Mülltonnenchaos ich gestern Abend bereits Bekanntschaft gemacht habe. Sie hat das Vieh Mister Snuggels getauft, so wie es aussieht, adoptiert und benutzt nicht nur ihre zarte Stimme, sondern auch sämtliche Gliedmaßen, um mich davon zu überzeugen, den Waschbären ebenfalls in der Familie aufzunehmen. Es entlockt mir ein Lächeln, obwohl es ziemlich anstrengend ist, wenn ein Tornado mit drei Trichtern über einen hinwegrollt, bevor man überhaupt richtig wach ist.

»Jetzt lasst ihn doch erst mal die Augen aufbekommen.« Wenigstens Amy hat ein Einsehen und pflückt Kenzie von mir. Mit der noch freien Hand hält sie Ari liebevoll den Mund zu, die sich davon kein Stück beeindruckt zeigt und fröhlich weiterbrabbelt. »Ihr beide raus hier und Abmarsch, den Tisch decken.« Lachend sieht Amy ihren Kindern nach, die auf die Terrasse flitzen. »Wir essen draußen«, sagt sie bestimmt. Es ist nicht so, als hätte ich eine Wahl, ob ich mit von der Partie bin oder nicht. Sie gibt mir einen Kuss aufs Haar und zieht mir dann die Decke weg. »Du siehst übrigens scheiße aus.«

»Danke«, murmle ich und tue so, als würde mich ihre ehrliche Meinung kränken. Dabei ist es das, was ich an meiner Schwester am meisten schätze. Sie nimmt nie ein Blatt vor den Mund. Das kann anstrengend sein, ist aber eine Eigenschaft, die viel mehr Menschen haben sollten. »Gib mir fünf Minuten.«

»Zwei.« Sie hält mir die Hand hin und zieht mich in die Senkrechte. »Du würdest bestimmt nur halb so verrockt aussehen, wenn du in einem vernünftigen Bett schlafen würdest.« Ihr Blick wandert zu dem Schlafzimmer am Ende des Flurs. »Ich meine, ich sage ja nicht, dass du da drin was verändern sollst, aber was würde es schaden, wenn du das Zimmer wieder benutzt?«

Alles in diesem Raum erinnert mich an Willow. Alles, was von ihr in meinem Leben geblieben ist, befindet sich auf den zwölf Quadratmetern am Ende des Flurs. Ich werde den Teufel tun, mich dem auszusetzen, indem ich dort schlafe. Das ist nichts, was ich diskutieren werde. Nicht einmal mit Amy. Stattdessen rapple ich mich auf und gehe ins Bad. »Das Sofa ist übrigens hammerbequem. Das wüsstest du, wenn du es mit Cas damals vernünftig eingeweiht hättest«, rufe ich über die Schulter und wackle mit den Augenbrauen. Die Tür ziehe ich hinter mir zu, bevor mich das Kissen treffen kann, das Amy nach mir wirft. Es prallt mit einem dumpfen Geräusch gegen das Holz und fällt dann zu Boden.

Ohne einen Blick in den Spiegel zu werfen, betrete ich die Dusche. Minutenlang lasse ich das heiße Wasser meine Muskeln massieren. Die Hände stütze ich gegen die Fliesen und bemühe mich, nicht an Willow zu denken. Bedenklich ist, dass Autumn die einzige Ablenkung ist, die funktioniert. Aber nicht die Erinnerung an unser Rumgeknutsche schenkt mir Frieden, sondern die Erinnerung an unsere Gespräche, ihr Lachen, wie es war, mit ihr zu tanzen. Vor einer Woche im Garten, bevor ihre Freundin dazwischengeplatzt ist. Und auch auf der Party gestern.

Dabei ist körperliche Anziehung das Einzige, was ich mir erlaube. Ablenkung. Bedeutungsloser Sex. Nicht mehr.

Aber wir hatten keinen Sex. Fuck. Weil ich die Notbremse gezogen haben.

Ich stelle das Wasser auf eiskalt, halte es aus, bis die Kälte Autumn aus meinem Hirn verscheucht, und drehe erst dann den Hahn zu. Danach trockne ich mich ab, ziehe mir Shorts und ein ärmelloses Shirt über und gehe zu Amy und den Mädchen hinaus.

Sie sitzen bereits am Tisch. Amy hat auf mich gewartet, aber die Mädchen löffeln schon ihr Porridge mit einer homöopathischen Dosis Oreo-Krümeln und jeder Menge Obst.

»Kriege ich auch was ab, Flummi?«, frage ich und klaue Ari eine Weintraube. Sie quietscht vergnügt und schirmt ihr Essen mit ihrem Winzkörper ab.

Halbherzig versuche ich, weiter an ihr Frühstück zu

kommen, und lasse mich schließlich auf den Stuhl neben sie fallen.

Amy schiebt mir meinen Proteinshake zu und verzieht angewidert das Gesicht. »Ich verstehe echt nicht, wie du das Zeug jeden Morgen trinken kannst, wenn es doch leckeren Orangensaft gibt.«

»Du übertreibst. So schlimm ist es nicht.« Wie um meine Worte zu beweisen, leere ich das Glas zur Hälfte und mache mich dann über die Pancakes und den Obstteller her.

»Es schmeckt wie diese Abnehmshakes.« Amy schüttelt sich. Nach Aris Geburt hatte sie die wahnwitzige Idee, den Babypfunden mit einer radikalen Diät zu Leibe zu rücken. Keine Ahnung, wieso. Ich finde, sie sieht toll aus.

»Was hast du heute so vor?«

Ich stopfe mir ein großes Stück Pfannkuchen in den Mund und grinse, als ich es hinuntergeschluckt habe. »Wenn du so fragst, fahre ich wahrscheinlich meine geliebten Nichten zum Ballett.«

Amy nickt erleichtert. »Wenn du keine Zeit hast, müsste ich die Besprechung für die Thanksgiving-Aufführung ausfallen lassen. Ich bin doch seit Neuestem in diesem Mütterkomitee in Kenzies Schule. Und die treffen sich heute das erste Mal.«

»An einem Sonntag?« Ich ziehe die Augenbrauen nach oben.

Amy nickt. »Damit auch die berufstätigen Eltern eine Chance haben, sich einzubringen. Also, könntest du es einrichten?«

»Kein Problem. Ich wollte später noch ein paar Bälle schlagen. Aber ich kann Kenzie und den Flummi vorher zum Ballett bringen und später wieder abholen.« Ich wuschle Ari durch die Haare und liebe es, wie sie vor Kichern fast vom Stuhl fällt.

»Schmeiß sie danach einfach bei Mom und Dad raus. Mom liegt mir sowieso schon in den Ohren, dass du dich nie dort blicken lässt. Also, tu ihr den Gefallen und bleib wenigstens fünf Minuten. Ich hole die Mädchen dann dort ab, sobald wir fertig getagt haben.«

Ich nicke, auch wenn ich wenig begeistert bin, Dad zu Hause zu begegnen. Wenn wir uns außerhalb der Werkstatt sehen, geraten wir fast immer aneinander. Aber mir ist auch bewusst, dass es nicht fair ist, Mom deswegen zu meiden. »Vielleicht kann ich sogar ein bisschen bei euch mittanzen?«, wende ich mich an Ari und schiebe den Gedanken an meinen Vater von mir.

»Du kannst das doch gar nicht.« Ari schüttelt tadelnd den Kopf. »Du hast ja nicht mal die richtigen Schuhe.«

»Das ist ein wirklich gutes Argument.« Ich wackle mit den nackten Zehen. »Dann muss ich mir vielleicht deine leihen.«

Entrüstet sieht Ari mich an. Dann stellt sie ihren winzigen Fuß neben meinen und schüttelt ernst den Kopf. »Das wird nicht passen.«

»Nein, wohl nicht«, gebe ich genauso bierernst zurück und lasse zu, dass Ari auf meinen Schoß krabbelt und mich tröstend umarmt, um diese Tatsache durch jede Menge Liebe wieder wettzumachen. Einen Moment lang erwidere ich ihre Umarmung, bevor ich ihr meinen Mund auf den Oberarm presse und ein lautes Pupsgeräusch erzeuge. Ari windet sich vor Lachen, was mich nur noch mehr anspornt.

»So, Mädchen, wenn ihr fertig seid, räumt bitte eure Schüsseln in die Spüle, und wer gleich mit Onkel Ryans

Truck zum Ballett und danach zu Grandpa und Grandma fahren will, sollte sich schleunigst umziehen.«

Amy weiß genau, wie sehr ich es hasse, wenn sie mich Onkel Ryan nennt. Ihre Augen funkeln vergnügt, aber ich esse lieber mein Frühstück weiter, als auf ihre Steilvorlage einzusteigen.

»So macht das keinen Spaß«, stellt sie enttäuscht fest. »Du musst dich schon ärgern.«

»Du kannst nun mal nicht alles haben«, sage ich mit einem Schulterzucken. »Ich spiele schon den Chauffeur, da kriegst du nicht auch noch die Genugtuung, dass du es schaffst, mich auf die Palme zu bringen.« Ungerührt lasse ich noch eine Weintraube in meinem Mund verschwinden und gebe Ari frei, damit sie Kenzie ins Haus folgen und sich umziehen kann.

»Du trainierst heute also noch?« Amy macht keinen Hehl daraus, was sie davon hält, dass ich Extra-Trainingseinheiten einlege. Weil sie weiß, warum ich das tue.

»Lass es, Ames.« Ich hebe die Hand, als hätte meine Schwester sich je davon abbringen lassen, mir ins Gewissen zu reden.

»Ich meine ja nur, dass du dich endlich wieder auf neue Dinge einlassen solltest, anstatt dich zu bestrafen, indem du ständig auf diese armen Bälle einschlägst.«

»Ich bestrafe mich nicht. Ich spiele einfach gerne Baseball.« Die Arme vor der Brust verschränkt, lehne ich mich auf meinem Stuhl zurück. »Und gut darin zu sein ermöglicht es mir, in Berkeley zu studieren. Also trainiere ich. Das ist alles.« Mich beim Sport zu verausgaben ist eine verdammt gute Ablenkung. Und was bitte spricht dagegen, wenn es gleichzeitig meine Zukunft sichert?

»Du bist gut genug, sonst hättest du das Stipendium

nicht bekommen. Und ich sage ja auch nicht, dass du das Training schwänzen oder dir keine Mühe mehr geben sollst. Alles, was ich sage, ist, sei etwas weniger hart zu dir selbst und lass gute Dinge in dein Leben.«

Ich deute mit einem Kopfnicken zu Kenzie und Ari hinüber. »Tue ich doch. Und die zwei besten Dinge stammen sogar von dir.« Ich stehe auf und gebe Amy einen Kuss auf die Wange. »Mach dir bitte keine Sorgen. Es geht mir gut.« Sie und die Mädchen haben den größten Anteil daran. Wessen Herz würde bitte nicht leicht werden bei Aris und Kenzies unmöglicher Kombination aus Tutus, Gummistiefeln und Rappermützen.

Autumn

Ich sitze auf meinem Bett. Auf dem Ende meines Stiftes kauend, arbeite ich mich durch die Aufzeichnungen der heutigen Vorlesungen. Tess spielt währenddessen Luft-Drums zu einem Stück, das nur sie über ihre Kopfhörer hören kann.

Mein Handy liegt verkehrt herum auf dem Bettüberwurf, damit ich mich nicht durch neue Mitteilungen ablenken lasse. Oder besser durch die, die nicht kommen. Es ist jetzt genau einen Tag her, dass ich Ryan geküsst habe. Und noch immer schmelzen beim bloßen Gedanken daran meine Synapsen. Als wäre das Kopfkino von Ryan und mir eine verfluchte Starkstromleitung.

Aber wir waren uns einig, dass es keine gute Idee wäre, weiterzumachen. Daran hat sich in den letzten vierundzwanzig Stunden nichts verändert. Er ist nicht bereit, mehr zu geben. Ich auch nicht. Und doch stolpere ich bei ihm kopfüber in dieses Mehr. Also ist es nur vernünftig, wenn wir uns nicht mehr sehen.

Das Display leuchtet. Ein schmaler Lichtstreifen, der auf dem Stoff der Decke aufblitzt und meine gesamte Aufmerksamkeit auf sich zieht. Ich kann nicht anders. Seufzend drehe ich es um. *Dessert, nicht Rosenkohl.*

Mein Magen vollführt einen Salto und verpasst den Schmetterlingen darin ein Schleudertrauma.

Na, was hast du heute getöpfert?

Ich brauche die Nachricht nicht zu öffnen. Sie ist so kurz, dass ich sie auf dem Sperrbildschirm lesen kann.

Ich lache.

»Alles okay?«, fragt Tess und zieht ihre Kopfhörer herunter.

»Ja, alles gut.« Ich zeige auf mein Handy. »Nur eine Nachricht.«

»Von wem?« Tess rollt mit ihrem Stuhl ganz nah heran und mustert mich neugierig. »Ich muss wissen, wer das da schafft.« Sie umkreist mit dem Finger in der Luft meinen Mund, der noch immer zu einem breiten Grinsen verzogen ist. »Nachdem du den ganzen Tag aussahst, als würde es in Berkeley regnen.«

Ich wedle ihre Hand fort. »Nur meine Mom.«

»Just for the record, ich glaube dir kein Wort«, stellt Tess klar, rollt aber wieder zurück an ihren Schreibtisch.

Ich sperre das Handy, stopfe es in meine Hosentasche, stehe auf und ziehe eines von Dads Flanellhemden aus dem Schrank. Ich wohne gern mit Tess zusammen. Viel lieber, als ich je angenommen hätte. Aber sollte Ryan anrufen, wie er es diese Woche fast jeden Abend getan hat, möchte ich allein sein. Zwischen uns ist mehr als Freundschaft. Und weniger als Sex. Aber das kann ich Tess unmöglich erklären, solange ich es selbst nicht verstehe. »Ich gehe noch etwas frische Luft schnappen.«

Tess deutet mit Zeige- und Mittelfinger erst auf ihre Augen, dann auf mich und zurück. »Ich kriege schon noch raus, wer für deine gute Laune verantwortlich ist.« Sie lacht.

Ich winke, drücke die Zimmertür hinter mir zu und laufe zum Treppenhaus, von da aus nach oben anstatt zum Hauptausgang. Schon beim Nachhausekommen habe ich die Party vor dem Wohnheim bemerkt. Deswegen zieht es mich auf das Dach, wo ich allein sein kann. Bereits an meinem ersten Tag hier habe ich diesen Ort gefunden und ihn zu einem meiner liebsten Plätze erklärt. Der Ausblick ist atemberaubend schön und bisher hat sich noch nie jemand außer mir hierherverirrt. Der Himmel ist so nah, dass es aussieht, als könnte ich die Sterne berühren. Oder in die Weite der Dunkelheit dazwischen eintauchen. Hier kann ich nachdenken, mich sortieren, Pläne schmieden, Ruhe finden. Und mit Ryan schreiben. Die gemauerte Brüstung hat die Wärme der Sonne gespeichert. Ich setze mich darauf und tippe in mein Handy.

Sorry, musste erst mal meine Mitbewohnerin abschütteln und ein ruhiges Plätzchen suchen. Habe heute versucht, Gitarre zu spielen. Aber selbst die Saiten haben Reißaus genommen. #ifailedagain

Wie bei unserem ersten Treffen auf dem Dach der Wheeler Hall lasse ich ein Bein über dem Abgrund baumeln. Das andere verhindert, dass ich hinunterfalle.

Du sollst das Instrument spielen, nicht es zerstören. ;-)

Und das sagst du mir erst jetzt? Ich füge einen entsetzten Smiley hinzu. So wird das nie etwas mit dem perfekten Hobby für mich.

Wenig später poppt seine Antwort auf.

Du wirst etwas finden. Vielleicht solltest du von künstlerisch wertvoll auf sportlich umschwenken.

Ich lache leise. Sagt der Sportler.

Die drei Punkte zeigen an, dass er zurückschreibt. Nur, weil du dann zukünftig häufiger auf dem Sportplatz bist. Es geht nichts über Training mit Ausblick.

Ich umschlinge meinen Körper und verdränge die Erinnerung daran, wie Ryan mich an sich gepresst hat. Wie er mich geküsst hat.

Du hast mich noch nie beim Sport gesehen, sonst würdest du das nicht sagen.

»Würde ich.«

Ich fahre herum, als ich Ryans Stimme hinter mir höre. »Was …? Ich …«, stammle ich und krabble zuallererst von der Brüstung. Eine 1-a-Übersprunghandlung, aber auf jeden Fall eine gute Idee. Denn bei Ryans Anblick wäre ich um ein Haar vom Dach gestürzt.

»Woher wusstest du, dass ich hier bin?«

»Intuition?« Er grinst und gibt dann zu: »Ich war in der Gegend und habe dich hier oben sitzen sehen.« Er reibt sich über das Kinn, als wüsste er nicht, ob er hiermit eine Grenze übertritt.

Ich weiß es auch nicht. Alles, was ich weiß, ist, dass ich mich freue, ihn zu sehen. So sehr, dass alles in mir summt und vibriert.

»Aber wenn es nicht passt …« Er deutet hinter sich zu der angelehnten Tür. Eigentlich ist der Aufgang zum Dach nicht erlaubt, aber irgendjemand hat das Schloss so präpariert, dass sich die Tür nicht mehr verschließen lässt.

»Doch, natürlich.« Auch wenn es unsere erst gestern gezogene Grenze wieder einreißen wird, will ich, dass er bleibt. Ich deute auf den Boden und er nickt mit einem halben Lächeln, wartet, bis ich sitze, und lässt sich dann neben mich fallen. Eine Weile sagt keiner von uns etwas.

Ich tue so, als würde ich in die Sterne sehen. Als würde das Firmament meine Aufmerksamkeit bündeln. Dabei richten sich all meine Zellen nach Ryan aus.

Alles an ihm fesselt mich. Sein Aussehen. Dass er nie zu viel oder zu wenig sagt. Seine dunkle Stimme. Und sein

Schweigen, in dem ich ihn fühle, obwohl wir einander nicht berühren.

Und dann schiebt er plötzlich Zentimeter für Zentimeter seinen kleinen Finger über meinen, berührt mich. Und ich fühle. Zu viel.

Ryan

»Woher wusstest du, dass ich hier bin?«, fragt Autumn.

»Intuition?« Ich grinse. »Ich war in der Gegend«, setze ich zu einer weniger unheimlichen Erklärung an und reibe mir über das Kinn. »Aber wenn es nicht passt …« Ich deute hinter mich zur Tür, die auf das Dach führt. Auch wenn Gehen das Letzte ist, was ich will.

»Doch, natürlich.« Ihre Stimme ist leise, aber klar.

Sie kommt auf mich zu, ohne meinen Blick loszulassen. Und ich tue es ihr gleich. Meine Kehle ist trocken und mein Kreislauf hat sich noch immer nicht erholt.

Wir setzen uns auf den rauen Boden des Daches. Hier oben ist jede Menge Platz, und doch sitzen wir so eng beieinander, dass sich unsere Knie berühren.

Eine Weile sagt keiner von uns etwas.

Autumn hat den Kopf in den Nacken gelegt und sieht in die Sterne. Sie hört selbst dann nicht damit auf, als ich meinen kleinen Finger ganz langsam über ihren schiebe. Nur ein winziges Lächeln gleitet über ihre Lippen. Dann sinkt sie auf den Rücken und lässt einen leisen Schrei los, der ihre Emotionen in sich trägt und in der Dunkelheit verhallt. Sie zeigt ganz ungefiltert, was sie empfindet. Es fasziniert mich.

Ich lege mich neben sie und sehe sie an, als sie das Ganze wiederholt. Ihre Wangen sind gerötet. Und der zweite Schrei ist etwas lauter, bevor er in ein helles, feines Lachen übergeht.

»Das macht keinen Spaß, wenn du mich so ansiehst.« Sie dreht ihr Gesicht zu mir und blickt mich herausfordernd an. »Mach lieber mit.«

Aber ich weiß, meine Emotionen herauszulassen wird mir keinen Frieden schenken. Nichts besser machen. Das habe ich ausprobiert. Wie so ziemlich jeden anderen Tipp, den Amy mir über die Jahre gegeben hat. Autumn ist die Einzige, die etwas verändert hat. Bei ihr zu sein, repariert irgendetwas in mir. Wahrscheinlich hat es mich deswegen hierher gezogen – der perfekte Abschluss eines fast perfekten Tages, der daraus bestand, Kenzie und Ari nach dem Ballett zu Mom zu kutschieren, mit ihr und den Mädchen Chocolate Chip Cookies zu backen, zum dreihundertsten Mal *Frozen* anzusehen, während Dad ununterbrochen vor sich hin gebrummt hat. Wahrscheinlich hat er recht und ich sollte mir Gedanken machen, warum ich mich immer noch über Olaf den Schneemann kaputtlachen kann. Aber weder die Zeit mit den Mädchen und meinen Eltern noch das Training haben es geschafft, Autumn und das, was in der Abstellkammer passiert ist, aus meinem Kopf zu kriegen. Deswegen hat es mich hierher gezogen. Von Nate weiß ich, dass Tess hier wohnt, und mit ihr Autumn. Sie auf dem Dach zu finden war dann keine wirkliche Schwierigkeit mehr, vor allem weil sie auf der Brüstung saß und ihre Chucks über die Kante baumelten.

Sie muss in meinen Augen gesehen haben, was ich fühle, denn plötzlich wird sie still und schluckt, weicht aber nicht zurück. Auch dann nicht, als ich sie berühre, meine Hand an ihrem Hals hinaufschiebe, in ihr Haar, und sie an mich ziehe. Unsere Lippen berühren sich und für den Bruchteil einer Sekunde verharre ich. Versuche, den Moment tief in mir abzuspeichern, ihn festzuhalten. Ihren

Atem, der zittrig gegen meinen stößt. Das Gefühl ihrer Haut unter meinen Händen. Den schwachen Druck ihrer Lippen. Ich intensiviere den Kuss. So wie schon in der Abstellkammer. Atemlos, hungrig, mit allem, was ich habe.

Autumn entweicht ein Stöhnen. Ein kehliges Geräusch, das mich so anmacht, dass ich hart werde.

»Ryan«, keucht Autumn und stoppt mich.

Sie berührt meine Wange und streicht nachdenklich darüber. Berührt meine Lippen, und fuck, diese winzige Berührung bringt mich um den Verstand.

»Ich habe mir geschworen, dass ich hier in Berkeley so viel Neues ausprobieren werde, wie ich nur kann.« Unsere Lippen sind nur Millimeter voneinander entfernt. »Ich habe mir geschworen, dass ich kein Angsthase mehr sein werde, der Chancen verpasst.« Ihre Lippen streifen meine. »Vielleicht wollen wir am Ende mehr und deswegen ist das hier eine blöde Idee, aber ich will es trotzdem. Es ist …«

… zu berauschend, um es nicht zu tun. Und sie hat recht. Ich will es genauso sehr wie sie. Vielleicht sogar mehr. Deswegen reagiere ich auf ihren zarten Kuss, hitzig und voller Leidenschaft, und ziehe scharf die Luft ein, als Autumn mein Shirt nach oben schiebt. Atemlos unterbreche ich unseren Kuss gerade so lange, wie ich brauche, um mir das Stück Stoff über den Kopf zu zerren. Dann senke ich meine Lippen wieder auf ihre, spüre das Beben ihres Brustkorbs, als ich ihr Top nach oben schiebe.

Sie umklammert meinen Arm, meine Hüfte, zieht mich noch näher. Und wie von selbst rutsche ich zwischen ihre Schenkel, bewege mich an ihrer Jeans. Langsam küsse ich mich an ihrem Kinn abwärts, lecke, sauge, knabbere an jedem Zentimeter Haut, den ich auf meinem Weg erwische. Sanft schiebe ich ihr Shirt weiter nach oben, berühre die Unterseite ihres BHs, die zarte Spitze, die ihre Brüste umspannt. Autumn hält die Luft an und lässt sie mit einem verzweifelten Seufzen entweichen, als ich ihren Bauch küsse, ihren Rippenbogen, und meine Zunge denselben Weg sucht wie meine Hände zuvor.

Autumn bewegt sich unter mir. Meine Erregung reibt an ihrer Mitte, unsere Körper laden sich mit jeder Bewegung wie statisch auf. Wir klammern uns aneinander. Da sind ihre Lippen, die gegen meine nackte Schulter gepresst sind. Meine Zunge, die eine Gänsehaut auf ihren Körper malt. Zu viel Kleidung, die uns trennt. Ich stöhne rau und umschließe durch den Stoff ihres BHs die Spitze ihrer Brust. Autumn erzittert. Ihr Shirt ist zu einem schmalen Stück Stoff auf Höhe ihres Schlüsselbeins aufgerollt.

Sie hat die Augen geschlossen, ist im Rhythmus unserer Körper verloren, während sie den Bund meiner Hose sucht und beginnt, sie aufzuknöpfen. Mit den gleichen fahrigen Bewegungen, mit denen ich ihr im selben Moment das Oberteil über den Kopf ziehen will. Aber plötzlich höre ich Gelächter, Stimmen, die näher kommen. »Shit«, stoße ich voller Inbrunst hervor und halte inne. Kein Zweifel. »Da kommt jemand.« Frustriert rolle ich mich von Autumn hinunter, helfe ihr beim Anziehen und angle nach meinem Shirt.

»Verdammt, hier kommt nie jemand hoch«, schimpft sie und zerrt ihr Shirt in die richtige Position. »Das darf doch nicht wahr sein.«

Ich ergreife ihre Hand und ziehe sie hinter den Lüftungsschacht neben uns, damit man uns nicht sofort bemerkt. Denn noch sind wir trotz unserer Bemühungen ziemlich derangiert. Und das Glühen von Autumns Wangen, das Glänzen ihrer Augen würde auch dem letzten betrunkenen oder bekifften Typen zeigen, was wir hier oben gemacht haben. Atemlos lehnen wir uns gegen den Schacht und lachen in uns hinein. Ein wenig hysterisch, noch immer erregt und leicht frustriert. Als die kleine Gruppe das Dach erreicht, schließe ich gerade den obersten Knopf meiner Hose. Der Geruch von Marihuana breitet sich aus und die Jungs, die nur wenige Meter entfernt von uns stehen, uns aber nicht bemerkt haben, übertrumpfen sich mit vollkommen skurrilen Frauengeschichten.

Autumn wendet sich mir zu, verdreht die Augen und grinst. Ich tue dasselbe. Und noch etwas mehr, als ich sie im nächsten Moment an mich ziehe und sie in einen tiefen, lautlosen Kuss ziehe, der uns nicht verrät.

Autumn

Ich liege in meinem Zimmer und starre das Telefon an, gehe in Gedanken immer wieder den gestrigen Abend durch. Wie Ryan plötzlich hinter mir stand, obwohl er gar nicht wissen konnte, wo ich war. Als hätte ihn irgendetwas zu mir geführt. Auf das Dach des Wohnheims. Schicksal vielleicht. Dabei glaube ich nicht an Vorherbestimmung. Habe es immer für eine Ausrede von Menschen gehalten, die ihr Leben nicht in die eigenen Hände nehmen wollen. Aber was für eine Erklärung gibt es sonst dafür, dass sich unsere Wege immer wieder kreuzen? Wieso bin ich bereit, für ihn meine Pläne umzuschmeißen und mich auf den einzigen Typen einzulassen, der mich je aus dem Gleichgewicht gebracht hat? Schon jetzt kann ich an nichts anderes mehr denken als daran, wie er mich geküsst hat. Wie wir atemlos an unseren Klamotten gezerrt haben und um ein Haar von einer Gruppe Kiffer dabei überrascht worden wären, wie wir miteinander rumgemacht haben. Ich spüre diesen stillen, unverrückbaren Kuss, den er mir im Schutz des Lüftungsschachts gegeben hat. Und wie er mich gehalten hat, bis die Typen endlich gingen.

Tess ist heute bei ihren Eltern und kommt erst morgen zurück. Ich wollte den Tag nutzen, um zu lernen. Stattdessen hadere ich nun mit mir, ob ich ihm schreiben und ihn einladen soll. Ein Filmabend. Ein klischeehafteres Synonym für *Ich will mit dir schlafen. Kommst du vorbei?* gibt es vermutlich nicht. Genervt klappe ich das Buch vor mir zu und drehe mich mit dem Handy in der Hand auf den Rücken.

»Jetzt trau dich schon«, flüstere ich mir Mut zu. Auf der Party und auch gestern hat sich die Energie zwischen uns ganz natürlich aufgebaut und sich schließlich entladen, ohne dass wir viele Worte verlieren mussten. Aber es ist etwas ganz anderes, Ryan zu fragen, ob er vorbeikommen will, damit wir Sex haben. Ich reibe mir über die Augen und beginne trotz allem zu tippen.

Ich wollte den neuen Clooney-Film gucken. Hast du vielleicht Lust, vorbeizukommen? Tess konnte ich nicht dazu überreden. Sie weigert sich standhaft. Angeblich, weil sie das Bild des Sexiest Man Alive nicht mit dem eines Mannes mit Rauschebart und geschorenem Schädel überschreiben will. Deswegen ist sie zu ihrer Familie geflüchtet.

Ich lege das Telefon auf meine Brust. Warte. Als es endlich brummt, sehe ich nicht sofort nach. Ryan fühlt dieselbe Anziehung wie ich, wenn wir zusammen sind, aber er ist gerade meilenweit entfernt. Es könnte also gut sein, dass er ablehnt. Meine Kehle ist staubtrocken und mein Puls flattert, als ich das Handy schließlich anhebe und nachsehe.

Tess findet Clooney sexy? Nicht mal zu seinen besten Zeiten, sorry ;-) Der Film soll gut sein. Bin aber noch beim Training.

Frustriert stoße ich die Luft aus. So eine verdammt vage Antwort. Das ist weder eine Zu- noch eine Absage. Vielleicht ein Korb, der bewusst so formuliert ist, dass er nicht allzu sehr wehtut. Ich mache mir eindeutig zu viele Gedanken über diesen Kerl.

In der festen Überzeugung, dass damit jetzt Schluss sein muss, werfe ich das Handy auf den Schreibtisch und wende mich wieder meinen Büchern zu. Zwar muss ich jeden Satz dreimal lesen. Aber ich gebe nicht auf. Denn sobald ich aufhöre, mich auf die Grundlagen der visuellen Kommunikation zu konzentrieren, wandern meine Gedanken zu Ryan. Als wären sie Metallspäne, die sich nach einem Magneten ausrichten. Wie in diesem Physikexperiment, das wir im Abschlussjahr an der Highschool machen mussten. Ich habe Physik schon immer gehasst.

Ein Klopfen reißt mich aus den Erinnerungen an meinen kurzsichtigen Nerd-Physiklehrer Mister Wilson. Das ist schon der dritte Besuch für Tess, den ich abwimmeln muss. Seufzend kehre ich in die Realität zurück und reiße die Tür auf. »Tess ist nicht da.«

»Das sagtest du schon.« Ryan lehnt lässig im Rahmen und grinst mich an. Seine Haare sind feucht und ein angenehmer Duft von Seife umgibt ihn. »Darf ich reinkommen? Ich glaube, ich habe eine Einladung zu einem Filmabend.« Er hält sein Handy hoch und schiebt es dann in seine Hosentasche.

Ich nicke, brauche aber zwei Sekunden, bis ich die Tür ganz aufziehe und ihn eintreten lasse.

»Ich dachte, du bist beim Sport.«

»War ich auch.« Er sieht sich in dem Zimmer um und dreht sich dabei langsam um die eigene Achse, als wollte er jedes Detail meines derzeitigen Zuhauses abspeichern. Aber dann fällt sein Blick auf mich. Und der Raum um uns hört auf zu existieren.

»Wollte eine Extra-Trainingseinheit einschieben«, stößt er rau hervor, während sein Blick eine Gänsehaut auf meinen Körper legt. »Aber dann hast du geschrieben.« Er zuckt mit den Schultern, und mit jedem Zentimeter, den er auf mich zugeht, wird seine Stimme leiser. Sein Shirt berührt bereits den Streifen nackter Haut an meinem Bauch. Und seine Nähe jagt Hitze durch meinen Körper.

»Und du bist so versessen darauf, Clooney zu sehen, dass du direkt hergekommen bist?«

Er schüttelt den Kopf. »Nicht Clooney.« Eine knappe Bewegung. Zwei Worte. Nicht mehr. Aber das ist auch nicht nötig. Ryan überwindet das letzte bisschen Distanz, das uns davor bewahrt hat, in Flammen aufzugehen. Seine Lippen suchen meine und sofort driften wir in einen heißen, tiefen Kuss ab, der mein Inneres ins Chaos stürzt. Ein wundervolles, heißes, atemraubendes Chaos.

Ich verliere die Kontrolle. Ich, der Kontrollfreak. Und ich kann einfach nicht genug davon bekommen. Unter wilden Küssen taumeln wir einander umklammernd rückwärts, bis ich die Kante meines Bettes spüre.

Ohne hinzusehen, wischt Ryan meine Unterlagen auf den Boden, um Platz zu schaffen, bevor wir gemeinsam fallen.

Ich keuche. Habe das Gefühl, mich aufzulösen. Sein Gewicht auf mir, seine Erregung nicht nur an meiner Mitte, sondern in jeder ungeduldigen Bewegung, mit der er mich weiter in einen Strudel aus Verlangen treibt. Er presst seine Lippen auf mein Schlüsselbein. Seine Zungenspitze berührt meine Haut, die Hände meine Taille. Das Beben unserer Körper jagt Tsunamis durch meine Venen.

Ungeduldig zerre ich erst an seinem Shirt, dann an der Hose. Er hilft mir, indem er sie an seinen Beinen hinabstrampelt.

Ohne den Blick von seinem durchtrainierten Körper zu lösen, wandert anschließend mein Top zu seinen Sachen auf den Boden. Darunter trage ich nichts.

Der Anblick meiner nackten Brüste entlockt Ryan ein

leises Stöhnen. Er schiebt sich über mich, bevor ich mir auch die Jersey-Shorts ausziehen kann. Seine Lippen streifen meine Brüste und fast erwarte ich, dass er seine Lippen wieder um meine Spitzen legen und dieses unglaubliche Gefühl des Sich-Auflösens erzeugen wird. Aber sein Mund wandert weiter über meinen Bauch und erreicht schließlich meinen Hüftknochen. Von dort aus küsst er sich unbeirrt am Bund meiner Hose entlang und zieht sie bei jedem Aufeinandertreffen von Lippen und erhitzter Haut ein Stück weiter hinab. Ich vergrabe meine Hände in seinen Haaren. Jeder meiner Muskeln vibriert. All meine Gedanken werden von ihm gebündelt. Ich will ihn. Jetzt. »Ryan«, flüstere ich gequält und stöhne auf, als ich endlich vollkommen nackt vor ihm liege. Kurz löst er sich von mir, angelt nach seiner Hose, holt ein Kondom aus der Tasche und zieht es sich über. Sein Mund findet meinen, als er zwischen meine Schenkel gleitet. Ich schlinge meine Beine um seine Hüften, will ihn in mir spüren. Aber anstatt uns beiden Erlösung zu verschaffen, hält Ryan inne.

Er streicht mir die Haare aus dem Gesicht und sieht mich ernst an. »Bist du dir sicher? Mehr als das hier …«

… ist er nicht bereit zu geben. »Ich bin kein Mädchen, das auf einen Prinzen wartet«, sage ich. Die Stimme zerklüftet. Der Atem abgehackt.

»Da trifft es sich gut, dass ich keiner bin.«

Ich lache leise, aber Ryan verwandelt den Laut in ein tiefes Stöhnen, als er in mich eindringt. Ich schlinge meine Beine noch enger um ihn, dränge ihn tiefer, bestimme den Rhythmus, mit dem er unsere Leidenschaft vorantreibt.

Sein Atem stößt heiß gegen meinen Hals. Seine Berührungen setzen meinen Körper in Brand. Ich umklammere seinen Hintern, bäume mich auf und zerberste in diesem perfekten Wust aus Hitze, Berührungen und uns. Es ist, als würde ich in diesem Moment ein Stück von mir verlieren. An ihn.

Ich bebe noch immer, als auch Ryan kommt und sich unsere Höhepunkte miteinander vermischen. Mit meinen Lippen fange ich sein tiefes Stöhnen ein. Ein hitziger Kuss, der an Intensität verliert, je ruhiger unser Herzschlag wird. Bis Ryan seine Lippen schließlich von meinen löst und sein Gesicht an meinem Hals vergräbt. Sein Daumen malt winzige Kreise auf mein Schlüsselbein. Wie ein letzter Funken Glut, der das Feuer daran hindert auszugehen, lässt er diesen Moment nicht enden.

Ich sitze im *Haywires* am Tresen und lerne. Eigentlich mache ich das lieber an einem der ruhigeren Tische in der Ecke, aber das Café ist so voll, dass ich mit einem der Barhocker vorliebnehmen muss. Tess und ihr Chef Jake sind total im Stress.

»Fuck«, stößt Jake leise hervor und gibt der chromglänzenden Kaffeemaschine einen Schlag gegen die Seite. »Nicht du auch noch. Komm schon.« Er lehnt die Stirn für einen Moment gegen das Metall und atmet tief durch.

»Alles okay?«

Er sieht zu mir, ohne die Stirn von der Kaffeemaschine zu lösen. »Nein, leider nicht. Aber danke, dass du nachfragst.«

»Vielleicht könnte ich helfen.«

Jake beäugt mich misstrauisch, nachdem er sich von der Kaffeemaschine gelöst hat. »Du bist ein schwarzes Loch für jedes falsch zubereitete koffeinhaltige Getränk, das

Tess zusammenbraut.« Er winkt ab, als ich etwas erwidern will, was Tess entlastet. »Schon gut, wir würden den Kaffee sonst wegkippen. Aber solange du keine Maschinen reparieren oder Tess klonen kannst, kannst du mir nicht aus der Patsche helfen.«

Ich schiebe meine Uni-Unterlagen zusammen und binde mir die Haare zu einem Knoten auf dem Kopf zusammen. »Weder das eine noch das andere, aber es könnte an dem Kaffeesatzbehälter liegen, dass die Maschine zickt. Und was das Klonen von Tess angeht: Wenn du willst und ihr Not am Mann habt, könnte ich helfen.«

Jake runzelt die Stirn. »Hast du das denn schon mal gemacht?« Während er spricht, zieht er den Kaffeesatzbehälter aus der Maschine, leert und säubert ihn und setzt ihn dann wieder ein. Die Maschine gibt ein ungesundes Geräusch von sich, das an einen Schluckauf erinnert, und nimmt sprotzend den Dienst wieder auf.

»Das …« Jake lacht. »Ich fass es nicht, aber das beantwortet wohl meine Frage, ob du schon mal in einem Café gearbeitet hast.« Er wirft mir eine *Haywires*-Schürze zu. »Dein Angebot steht?«

Ich nicke und wickle mir die Schürze um. Tess kommt angelaufen und schiebt Jake die nächsten Bestellungen über den Tresen. Dann fällt ihr Blick auf mich. »Er hat dich eingestellt?«

Ich will ihr gerade sagen, dass ich nur einspringe, aber sie lässt mich gar nicht zu Wort kommen. »Zum Glück. Seit Wochen liege ich ihm in den Ohren, dass wir dich im Team brauchen und nicht Ich-habe-ständig-irgendein-Wehwehchen-und-kann-nicht-arbeiten-Amber. Sie hat uns heute schon wieder versetzt. Du bist also meine Rettung. Die Leute stapeln sich.« Ohne Luft zu holen, fährt sie fort.

»Die Tische sind im Uhrzeigersinn nummeriert. Du kümmerst dich um die Tische eins bist zwölf. Ich übernehme den Rest. Schreib einfach die Bestellungen auf, Tischnummer dazu und Jake macht alles fertig. Wenn sich die Bestellungen häufen und kaum noch was zum Aufnehmen ist, wechsle ich hinter den Tresen, damit die Bestellungen schneller rausgehen. Das brauchst du aber nicht. Lauf einfach nur. Das rettet uns. Die meisten Leute sind okay, aber es gibt auch Ärsche, deswegen kassier immer gleich ab, okay?«

Ich nicke. »Ich fange einfach an, und wenn ich Fragen habe, schreie ich.«

Fast drei Stunden fühlt sich die Arbeit eher an wie die Schlacht um Helms Klamm, bevor es langsam ruhiger wird. Aber der Stress stört mich nicht. Es macht mir Spaß. Tess und ich sind wie Legolas und Gimli. Wir verlieren unser Ziel, die Kunden zufriedenzustellen, keine Sekunde lang aus den Augen, sind total bei der Sache, necken uns aber gegenseitig, spornen uns an und sorgen für eine ausgelassene Stimmung. Dementsprechend üppig fällt das Trinkgeld aus, als wir am Ende unserer Schicht abrechnen.

»Das ist dein Anteil.« Tess legt mir die Hälfte des Trinkgelds auf den Tresen.

Das ist irre. So viel Geld für etwas, was mir wirklich Spaß gemacht hat. Viel mehr noch als mein Job in Charlotte. Wahrscheinlich, weil es dort keine Tess gab.

»Und der mickrige Lohn für die vier Stunden, die du geholfen hast. Und danke noch mal für deine Hilfe.« Jake zählt den Mindestlohn ab und schiebt ihn mir herüber. Es ist nicht viel, aber zusammen mit dem Trinkgeld ein guter Verdienst. Besser als in den meisten anderen Studentenjobs.

»Jake?« Ich brauche einen Job, und das hier ist die einmalige Gelegenheit, einen zu bekommen. Ich kann sie nicht verstreichen lassen und Tess einfach aus dem *Haywires* folgen. Sie steht bereits an der Tür.

Er sieht auf und lächelt.

»Du hast gesehen, dass ich unter Stress arbeiten kann.« Es ist mir sogar gelungen, hinter das Kassensystem zu steigen und einige Bestellungen selbst zu bongen. Und der Umgang mit der Kaffeemaschine sollte nicht viel anders sein als bei meinem letzten Job. »Ihr habt mich ins kalte Wasser geschmissen und ich bin geschwommen. Ich möchte Teil des Teams sein.«

Er sagt nichts, mustert mich und nickt dann. »Ich muss mit Amber reden, dann melde ich mich bei dir. Aber inoffiziell sage ich schon mal: Herzlich willkommen im Team.«

Vorfreude macht sich in mir breit. Es fühlt sich nicht nur verdammt gut an, so erfolgreich gewesen zu sein. Es fühlt sich fantastisch an, die Initiative ergriffen und so einen Job ergattert zu haben. »Okay.« Ich versuche, nicht vor Freude zu quietschen, sondern professionelle Contenance zu wahren, schreibe ihm meine Nummer auf eine der Servietten und laufe dann zu Tess. Sie wartet, schließt mich in ihre Arme und gemeinsam beschließen wir, dass dieser Erfolg mit jeder Menge Eis und einem Filmemarathon im Bett gefeiert werden muss. Zu mehr sind unsere Füße nicht mehr zu gebrauchen.

Ryan

Es ist Dienstag. Zwei Tage ist es jetzt her, dass Autumn und ich Sex hatten. Nur Sex. Die Fronten sind klar. Deswegen habe ich versucht, sie nicht zu stalken, uns Zeit zu geben und die Dinge etwas abkühlen zu lassen. Aber jetzt stehe ich doch vor dem Raum, in dem ihr heutiger Yogakurs stattfindet, und warte auf sie. Nicht einmal achtundvierzig Stunden später. Und ich kann nicht einmal behaupten, ich wäre hier, um Sex mit ihr zu haben. Denn das ist unmöglich. Tess ist im Wohnheim. Und das Poolhaus fällt aus mehreren Gründen ebenfalls flach.

Die Tür öffnet sich und Menschen strömen aus dem Kursraum. Autumn ist eine der letzten. Ihre Bewegungen sind etwas steif. Als sie mich sieht, erhellt sich ihr zuvor angestrengter Gesichtsausdruck.

»Hi.« Ich deute auf mich, den Flur und auf sie. »Du hast gesagt, heute würdest du Yoga töpfern.« Ich lächle. »Nate hat das mal ausprobiert, als er schwer verschossen in eine der Kursleiterinnen war, und hatte danach einen epischen Muskelkater.« Ich lege mir eine Hand in den Nacken, lasse sie wieder fallen. *Reiß dich zusammen, Hunter.* »Also, was ich sagen will … Ich dachte, du könntest vielleicht eine Mitfahrgelegenheit zum Wohnheim brauchen.«

Sie reibt sich über den Oberarm und schüttelt vorsichtig ihre Beine aus. »Dich schickt der Himmel. Mir tut alles weh. Wem zum Teufel macht so etwas Spaß?« Sie schüttelt den Kopf. »Ich meine, zwischendurch dachte ich, ich hätte einen Knoten in meinen Gliedmaßen und müsste den Rest meiner Tage auf einer stinkenden Yogamatte liegen, weil ich mich nie wieder entwirrt bekomme.« Vorsichtig macht sie einen Schritt und beißt die Zähne zusammen. »Ich dachte immer, Muskelkater bräuchte einen Tag, bis man ihn spürt.«

»Nicht unbedingt.« Ich weiß, wovon ich spreche. Regelmäßig übertreibe ich es so, dass ich schon beim Verlassen des Platzes spüre, dass die Nachwirkungen des Trainings übel werden. »Aber Yoga hat definitiv auch etwas Gutes.« Mit meinem Daumen zeige ich auf ihren Po, der in einer verboten engen und superheißen Yogahose steckt. Allein dieser Anblick bringt mich um den Verstand. »So langsam verstehe ich, warum auch Typen in dem Kurs sind.«

Autumn lacht und ich lege ihr wie selbstverständlich meine Hand in den Nacken, dann den ganzen Arm um ihre Schultern. »Halt dich bei mir fest, dann geht es sicher besser.« Was für eine dämliche Ausrede dafür, dass ich ihren Körper an meinem spüren will. Aber es funktioniert, das ist alles, was zählt. Sie legt mir ihren Arm um die Hüfte und eng umschlungen gehen wir zum Auto. Wir brauchen eine halbe Ewigkeit, aber das stört mich nicht. Ich höre ihr zu, als sie von Tess erzählt, deren Idee die Sache mit dem Yoga war, dann von ihrem Lachanfall, als sie »die einbeinige Taube« machen sollte. Eine Figur, der sie fast den Rausschmiss aus dem Kurs zu verdanken gehabt hätte. Und von ihren nächsten Ideen. Ich rate ihr zu Bauchtanz, anstatt vegan zu backen.

»Und dieser Rat ist ganz uneigennützig, ja?« Mit der

freien Hand schlägt sie mir spielerisch gegen die Brust. Ich fange sie ab, halte ihre Hand in meiner und starre darauf. Händchenhalten ist etwas, was sonst definitiv eine Grenze übertritt. Aber anstatt Abstand zwischen uns zu bringen, verschränke ich meine Finger mit ihren. Schweigend gehen wir weiter.

»Ich habe übrigens endlich einen Job«, verkündet Autumn plötzlich. »Tess arbeitet im *Haywires*, und ich lerne gerne dort, während sie arbeitet.« Sie zuckt mit den Schultern. »Sie hatten neulich einen Engpass und ich bin spontan eingesprungen.«

»Und danach hat er dich einfach so eingestellt?« Das ist wie ein Sechser im Lotto.

»Ich vermute, Tess wird ihn bekniet haben, nachdem ich ihr pausenlos vorgeheult habe, dass ich einen Job brauche. Dass ich mich nicht ganz blöd angestellt habe, weil ich in Charlotte bereits gekellnert habe, hat dann wohl den Ausschlag gegeben.« Sie lächelt mich an. »Das ist so mega.«

»Ist es«, stimme ich zu und löse mich widerwillig von ihr, weil wir den Truck erreicht haben. Ich ziehe den Schlüssel aus meiner Tasche und entriegele ihn. Dann öffne ich ihr die Tür und wir bleiben dicht voreinander stehen. »Herzlichen Glückwunsch.«

»Danke.« Sie fixiert meinen Mund mit ihrem Blick, beißt sich auf die Lippe. Der Kuss schwebt zwischen uns, aber wildes Gejohle von der anderen Straßenseite erinnert mich daran, dass wir nicht allein sind. Sam. Ausgerechnet. Er macht jede Menge anzüglicher Bewegungen und schüttelt seine Coladose so, dass es aussieht, als würde er ejakulieren.

»Sorry, er ist ein Idiot«, versuche ich mich für meinen

Teamkollegen zu entschuldigen. »Wir sollten einfach fahren.«

Autumn nickt.

Ich schließe die Tür, nachdem sie auf den Beifahrersitz geklettert ist. Dann umrunde ich das Auto und schiebe mich hinters Lenkrad. Als ich anfahre und wir mit Sam auf einer Höhe sind, lässt Autumn ihr Fenster hinunter. »Tut mir so leid für dich«, ruft sie ihm zu. »Zu früh zu kommen ist wirklich tragisch.« Sie streckt ihm die Zunge raus und lacht, während ich den Wagen beschleunige und der Fahrtwind ihre Haare verwirbelt.

»Jetzt bekommt er vermutlich eine Depression«, stoße ich lachend hervor. Mir gefällt, dass sie einem Typen wie Sam die Stirn bietet, anstatt sich durch sein Neandertaler-Gehabe einschüchtern zu lassen. Ich gebe ihr ein Highfive. Eine freundschaftliche Geste, wenn ich danach nicht meine Finger mit ihren verflechten würde.

Wenig später halten wir auf dem Seitenstreifen vor ihrem Wohnheim. Die Lichter, die den Vorplatz erleuchten, erreichen uns nicht, sodass die Schatten ein intimes Dunkel im Wageninneren schaffen. Das Radio dudelt leise und dämpft das Geräusch des Sitzes, als ich mich zu Autumn hinüberbeuge, um das zu tun, was ich schon vor dem Kursraum tun wollte. Ich küsse sie. Tief und zügellos. Ein Kuss, der meinen Atem beschleunigt und nach einem Versprechen schmeckt, das keiner von uns beiden geben kann.

Ihre Hände suchen sich den Weg in meinen Nacken, als ich sie auf meinen Schoß ziehe. Unsere Lippen noch immer fest miteinander verbunden.

Autumns Körper ist so dicht an meinen gepresst, dass ich die Hitze ihrer Haut spüre. Ich schiebe meine Hand unter den Stoff ihres Yogashirts, streichle ihre Brüste. Ihr leises Stöhnen, das ungeduldige Zittern zeigen das, was ausschließlich zwischen uns sein sollte. Wir wollen einander. Körperlich. Jede Zelle von mir will Sex mit Autumn.

Aber ich kann sie nicht einfach in der Fahrerkabine meines Trucks nehmen. Das könnte uns jede Menge Ärger einbringen, sollte uns jemand erwischen. Dennoch lasse ich zu, dass sie ihre Hand in meine Hose schiebt und meine Härte umfasst. Und während sie mich küsst, reibt sie mich, reizt mich, sodass ich den Kopf in den Nacken lege und die Augen schließe. Ich stöhne. Berühre sie wie sie mich durch den Stoff der Hose, aber irgendwo zwischen unseren hypnotischen Bewegungen und dem Feuer, das meinen Verstand lahmlegt, zündet ein letzter Funken Vernunft. Ich löse ihre Hände von mir, umschlinge und halte sie, bis unser Verlangen abebbt. Erst dann gebe ich ihr Raum und sehe sie an. Streiche ihr die wirren Haare aus dem Gesicht und lehne meine Stirn an ihre. »Du solltest jetzt gehen.« Obwohl das das genaue Gegenteil von dem ist, was ich will. »Sonst erwischt uns noch jemand.«

Autumn nickt, rührt sich aber nicht. »Ich könnte mit zu dir kommen«, schlägt sie vor.

»Das geht nicht.« Ich küsse sie und setze dann zu einer Erklärung an. »Meine Schwester ist schlimmer als die Campus-Wache. Das ist keine Option.« Aus diesem und noch so viel mehr Gründen.

Sie nickt, lässt ihre Hände dann an meinen Wangen hinabgleiten und auf ihre Oberschenkel fallen. »Dann sollte ich wohl wirklich gehen.« Sie verzieht das Gesicht zu einer Grimasse und ich sehe, dass meine Abfuhr sie getroffen hat.

So kann ich sie nicht gehen lassen. Sie öffnet bereits die

Tür, rutscht von meinem Schoß und springt auf den Asphalt neben dem Wagen, aber ich halte sie an der Hand zurück, bevor sie gehen kann.

»Was machst du morgen?«

Sie verdreht die Augen. »Tess wohnt auch morgen Abend noch mit mir da oben. Und dein Poolhaus ist ja tabu.«

»Ich rede von tagsüber.« Es gelingt mir nicht, die Hoffnung aus meiner Stimme zu tilgen.

Sie deutet in Richtung Campus und schüttelt den Kopf. »Morgen ist Mittwoch. Normale Leute studieren da.« Sie verschränkt die Arme und zwingt mich dazu, sie loszulassen.

»Nimm dir frei. Nur diesen einen Tag.« Ich steige ebenfalls aus dem Auto, umrunde es, bis ich vor ihr stehe.

»Auf keinen Fall«, stößt sie hervor, aber ich sehe, wie der Widerstand in ihrem Blick erste Risse bekommt. »Das Studium ist wichtig für mich.«

»Für mich auch.« Und nicht nur für mich. So viel hängt davon ab, dass ich es nicht versaue. »Aber es ist nur ein Tag. Und ich habe eine Überraschung für dich, die total ich-probier-Neues-aus-kompatibel ist.«

»Ich probiere morgen schon etwas Neues aus. Ich habe einen Origami-Kurs.«

Lachend schüttle ich den Kopf. »Sorry, aber das kann ich nicht zulassen. Origami? Echt jetzt?« Ich ziehe sie an mich. Noch immer hat sie ihre Arme vor der Brust verschränkt. »Bitte«, flüstere ich in ihr Ohr. »Nur einen Tag. Und ich verspreche dir, dass du die Überraschung lieben wirst.«

Tatsächlich lässt sie ihre Arme widerstrebend sinken und schlingt sie um meine Mitte. »Okay. Aber nur, weil ich Angst vor diesem verfluchten Papiergefalte habe.« Ihr Atem fühlt sich heiß an durch den Stoff meines Shirts. Selbst dann noch, als sie längst im Wohnheim verschwunden ist.

Autumn

In meiner Tasche steckt eins von Dads Flanellhemden sowie mein Handy, Sonnencreme und allerlei anderer Kram, den ich unter Umständen brauche. Oder auch nicht, denn ich weiß immer noch nicht, wohin wir überhaupt fahren.

Wir haben San Francisco vor etwa einer Viertelstunde hinter uns gelassen und folgen der Interstate 101 Richtung Süden.

Das Radio ist das einzig Moderne an seinem Wagen. Es spielt Ryans Playlist ab. Indie-Rock, der übermütig macht und das Herz leicht. Vor allem, wenn man die Musik mit Fahrtwind und Sonne mischt.

Ich lege meine Füße in das hinuntergelassene Fenster und lehne mich im Sitz zurück. Die Landschaft zieht an uns vorbei. Sonnenlicht, Küste, Bäume, die das Glitzern des Ozeans filtern, und immer wieder winzige Ortschaften, die aussehen, als hätte man sie aus Postkarten ausgeschnitten. Ryan klopft den Beat des Songs mit der Hand mit, die auf meinem Oberschenkel liegt. Und ich füge die Berührung der Mischung aus Musik, Fahrtwind und Sonne hinzu, die man für einen perfekten Moment braucht. Einer Mischung, die mich so sehr im Hier und Jetzt verankert, dass es mir egal ist, wohin wir fahren. Ich glaube, zum ersten Mal in meinem Leben lasse ich so richtig los.

Gegen Mittag erreichen wir unser Ziel: Montara, ein

kleines, malerisches Küstenstädtchen. Ryan besorgt uns Burger und selbst gemachte Limonade in einem kleinen Diner nahe des Montara Point Lighthouse. Wir essen unseren Lunch auf einem der Felsen, die neben dem Leuchtturm über dem Meer thronen.

Die Sonne kitzelt meine Haut und ich recke das Gesicht gen Himmel. »Es ist wirklich wunderschön«, sage ich leise und meine damit nicht nur diesen Ort, sondern vor allem uns. Wie wohl ich mich mit Ryan fühle. »Du hattest recht, das ist etwas, was ich auf die Liste neuer Dinge setzen kann. Ich habe noch nie so am Meer gesessen und Burger gegessen.«

Ryan betrachtet mich zweifelnd. »Du kommst aus North Carolina. Wie kann es sein, dass du noch nie Burger am Meer verdrückt hast?«

Ich lege den Cheeseburger zwischen uns auf den Stein und trinke einen Schluck Limonade, bevor ich antworte. »Erstens komme ich aus Charlotte. Das liegt fast drei Stunden von der Küste entfernt. Und zweitens hatte ich, wann immer wir doch mal am Meer waren, genug damit zu tun, Kinder und Strandspielzeug zu sortieren, Streit zu schlichten und den Alleinunterhalter zu spielen. Das hier ist ganz anders.«

»Das glaube ich.« Er stützt die Hände hinter seinem Rücken ab und blinzelt in die Sonne. »Und ich bin froh, dass dir das Essen so gut gefällt, auch wenn ich dich enttäuschen muss. Das ist nicht die eigentliche Überraschung.« Ein leises Lachen lässt seinen Oberkörper vibrieren.

»Was dann?« Ich rutsche näher an Ryan heran, aber er verschließt seinen Mund pantomimisch mit einem Schlüssel.

»Warte es ab.«

Schnaubend stoße ich die Luft aus und bringe ihn damit noch mehr zum Lachen. »Schön, dass ich dich amüsiere«, brumme ich und will ihm sanft in die Seite boxen, aber Ryan erwischt meine Faust, bevor ich ihn treffe, und zieht mich daran zu sich. Ich zapple zwar. Aber er hat leichtes Spiel und hält erst inne, als ich in seinen Armen liege. Ich spüre seinen Herzschlag, die Sonne, die unsere Körper wärmt. Wir sitzen einfach da und in diesem Moment ist da kein Drängen nach mehr. Es reicht, dass wir einander nahe sind.

Eine Weile lasse ich zu, dass mir dieser Moment einen Teil meines Herzens stiehlt, aber dann mache ich mich los und klettere vom Felsen. Ryan lässt mich Dinge fühlen, die nichts zwischen uns verloren haben. »Wenn du mir nicht endlich verrätst, was du vorhast, schwöre ich, trampe ich zurück nach Berkeley und rede nie wieder ein Wort mit dir«, sage ich und lege damit mehr Abstand zwischen uns, als es die vier Fuß Distanz schaffen könnten.

Seufzend springt er von dem Felsbrocken in den Sand neben mich. »Also gut, ich zeige es dir.«

Nach nicht einmal fünf Minuten Fahrt erreichen wir den eigentlichen Strand von Montara. Ein lang gezogenes Band aus hellem Sand, das sich um die Steilküste schlängelt und sich in der Ferne hinter Hügeln verliert. Ryan stellt seinen Truck auf dem Parkplatz ab. Nur wenige Meter trennen den Wagen von den Wellen, die stetig auf den Sand rollen. Neben uns stehen hier nur ein weiterer Pick-up und ein martialisch anmutender Strandbuggy.

»Tadaa«, ruft Ryan mir über den Wind zu, der unsere

Haare verwirbelt. Dabei breitet er seine Arme weit aus und grinst über das ganze Gesicht.

Etwas unschlüssig sehe ich mich um.

Ryan versucht es noch mal. »Tadaa.« Und dieses Mal deutet er mit einem Schlüssel, den er in seiner Hand hält, auf den Buggy.

»Ist das dein Ernst? Du hast einen Schlüssel für das Ding?« Aus jeder meiner Poren dringt Vorfreude. »Wir fahren wirklich damit über den Strand?«

Er nickt, bevor er berichtigt: »*Du* fährst damit über den Strand.« Den Schlüssel legt er mir in die Hand und küsst mich. Salzige Luft und das Kreischen der Möwen mischen sich in diesen Kuss, und noch während unsere Lippen einander berühren, quietsche ich los.

Ich löse mich von ihm, hüpfe mit ausgebreiteten Armen um die eigene Achse und mache Tess' Wolfsgeheul Konkurrenz.

Ryan lacht und hält mir die halbhohe Fahrertür des Buggys auf. Dann steigt er auf den Beifahrersitz. »Das Ding gehört Cas, meinem Schwager. Ein Freund von ihm aus dem Ort stellt den Buggy in seiner Werkstatt unter und hält ihn instand, sodass er bereit ist, wenn Cas herkommt und eine Runde drehen will. Amy, er und die Kids verbringen seit Jahren die Ferien in ihrem Haus in Montara.« Er macht eine vage Handbewegung. »Er bietet mir immer wieder an, dass ich herfahren und das Teil nutzen darf, aber bisher hab ich es immer ausgeschlagen.«

»Du machst das nicht?« Ich schüttle fassungslos den Kopf. »Ich habe das einmal ausprobiert«, fahre ich fort. »Als Kind. Mit Dad.« Ein Schatten legt sich über meine Begeisterung, aber ich dränge ihn weg. »Das war so mega.«

»Dann los.« Mit einem Lachen dreht Ryan den Schlüssel im Zündschloss und der Motor heult auf. »Fahr dich erst mal ein. Das Ding hat richtig Wumms unter der Haube. Cas macht keine halben Sachen.«

Vorsichtig teste ich das Gas. Ryan hat recht. Das Gefährt hat mehr PS, als für das geringe Gewicht gesund sein kann, aber es macht unwahrscheinlichen Spaß, den Buggy mit einem Kickstart über die Sanddünen zu schicken. Und so jagen wir den Strand hinauf. Ryan hält sich an den Überrollbügeln fest, stellt sich bei voller Fahrt hin und brüllt das Adrenalin, das durch seinen Körper schwappt, in den Wind.

Er trägt Shorts und ein weites Muskelshirt mit einem Surfermotiv auf der Brust. Die Haare sind längst von Sand und Salzwasser durchzogen. Immer weiter rasen wir direkt an der Wasserlinie entlang. Hier ist der Boden so eben, dass Ryan die Arme löst und in Richtung Himmel streckt.

Mein Blick fällt auf ein Tattoo, das sich unter seinem Arm auf den Rippen abzeichnet. Es ist mir bisher nicht aufgefallen. Zwei Bergspitzen, die leicht verschnörkelt und doch nur stilisiert sind. Ich konzentriere mich wieder auf den Strand, den Buggy, unser Abenteuer und gebe noch mehr Gas, während ich mich frage, was ihn ausgerechnet mit Bergen verbindet.

Die Sonne ist nur noch ein schmales rotgoldenes Band, das bald vom Ozean verschluckt werden wird, als wir vollkommen aufgekratzt zum Pick-up zurückkehren. Zwischendurch ist auch Ryan gefahren und hat sich einen Spaß daraus gemacht, die Kurven so zu nehmen, dass ich gegen seinen Körper gepresst wurde. Aber die meiste Zeit hat er mir das Lenkrad überlassen, und als wir aussteigen, bin ich noch immer voller Adrenalin. Ich hatte ewig nicht mehr so viel Spaß.

»Ich sterbe vor Hunger«, stoße ich atemlos hervor. Zwischen den Dünen blitzen vereinzelt die Lichter von Montara auf. Ich deute in deren Richtung. »Wir könnten vielleicht noch eine Kleinigkeit essen, bevor wir zurückfahren.« Keine Ahnung, ob wirklich nur der Hunger für meine Frage verantwortlich ist oder ob ich einfach noch nicht will, dass dieser Tag endet.

Ryan schüttelt den Kopf und streicht über meine Arme, auf denen sich eine leichte Gänsehaut gebildet hat. »Du solltest dir etwas überziehen.« Dann dreht er sich mit einem Grinsen um und beginnt, die Plane von der Ladefläche seines Pick-ups zu lösen. Darunter kommen jede Menge Decken und Kissen zum Vorschein. Genauso wie ein Karton mit Holzscheiten, eine Kühlbox und eine Lichterkette, die Ryan an der Rückwand der Fahrerkabine befestigt und mit dem Zigarettenanzünder zum Leuchten bringt.

Ich warte, bis er zurück zur Ladeklappe kommt, und schlinge meine Arme um seine Hüfte. »Du hast mir verschwiegen, dass du ein Romantiker bist«, frotzele ich gespielt entsetzt und sehe zu den winzigen Lichtern, die die einbrechende Dunkelheit erhellen.

Er lacht. »Reiner Pragmatismus. Das hat mit Romantik nichts zu tun.«

»Und welchen praktischen Sinn genau haben Feenlichter am Strand?«

Er schiebt seine Hand in meinen Nacken, drängt mich rückwärts, bis er mich gegen die Seite des hinteren Kotflügels presst, und küsst mich fordernd. »Ich will dich sehen, wenn ich das hier tue.« Sein Blick reicht bis in mein Innerstes. »Das ist alles. Ich will dich sehen.«

In meinem Magen tobt eine ganze Horde Schmetterlinge und ich bin froh, dass Ryan mich freigibt, bevor ich etwas Bescheuertes sage oder tue. Etwa ihm zu beichten, dass das hier längst weit mehr für mich ist als Sex. Dass ich mich verliebt habe. Nicht mit einem Knall. Ganz langsam, aber unaufhaltsam. So wie man dem Schlaf entgegendriftet, obwohl man sich mit aller Macht darum bemüht, die Augen offen zu halten. Entgegen allen Regeln. Es ist einfach passiert. Aber ich sage all das nicht. Denn das wäre nicht fair. Er ist nicht bereit für mehr. Das hat er von Anfang an klargemacht.

Ich helfe Ryan, das Lagerfeuer zu entzünden und die Ladefläche des Pick-ups in ein Meer aus Decken und Kissen zu verwandeln, wo wir es uns gemütlich machen. Aus der Kühlbox zaubert er zwei Pale Ale und Wasserflaschen sowie verschiedene Sandwiches hervor. Hungrig machen wir uns über das Essen her. Als ich danach wohlig seufzend den Kopf zurücklege und die Augen schließe, stellt Ryan eine kleine Schachtel auf meinen Bauch.

Ich blinzle und sehe, dass sie das Logo des Diners trägt, wo wir am Mittag unsere Burger gekauft haben. »Was ist das?«

»Sieh nach«, fordert Ryan mich auf und streicht mir eine Haarsträhne aus dem Gesicht, die der Wind sofort zurückbläst.

Vorsichtig öffne ich die Verpackung, zum Vorschein kommt ein Lava-Cake. Dunkel wie Ryans Blick, der auf mir liegt. Süß wie seine Geste. Der Kern so flüssig wie mein eigener. Ich weiß nicht, was ich sagen soll, ohne zu viel zu sagen. Also schweige ich und blinzle die Tränen weg. Noch nie hat jemand einen Tag nur für mich so wunderschön gemacht.

»Du hast gesagt, du stehst auf Desserts«, sagt Ryan, anscheinend unsicher, ob er etwas falsch gemacht hat.

Ich nicke und sehe ihm direkt in die Augen, auch wenn ich mich dadurch angreifbar mache. Scheiß drauf, er darf sehen, wie gerührt ich bin. »Sehr sogar«, flüstere ich. Mit dem Kuchen in der Hand rutsche ich auf seinen Schoß, breche ein Stück des Gebäcks ab und halte es ihm vor den Mund.

Ryan lässt es zwischen seinen Lippen verschwinden und schlingt eine der Decken um meine Schultern. In dem wohligen kleinen Raum, der dadurch zwischen uns entsteht, essen wir den Nachtisch, während wir einander unablässig in die Augen sehen. Keiner von uns sagt etwas. Erst als ich die leere Schachtel neben uns stelle, flüstere ich ein leises »Danke!«. Dabei bin ich Ryan so nah, dass ihn mein Atem streift, bevor unsere Lippen miteinander verschmelzen. Er schmeckt nach Schokolade und dem Salz des Ozeans. Eine weitere perfekt unperfekte Kombination, die mich für immer an ihn erinnern wird. Ich übernehme die Führung, intensiviere den Druck meines Mundes, knabbere sanft an seiner Lippe und stürze mich sofort in den nächsten, tiefdunklen Kuss.

Mein Atem beschleunigt sich. Mein Herz vibriert. Genau wie meine Haut unter Ryans Berührungen.

Ich nestle an seiner Hose herum und Ryan hilft mir, sie ein Stück hinunterzuschieben. Wieder küsse ich ihn, umschließe seine Härte mit einer Hand und spüre, wie er auf mich reagiert. Seine Bauchmuskeln spannen sich an. Sein Atem stockt, und als ich meine Hand auf und ab bewege, stöhnt er rau. Wie gestern Abend in seinem Auto reize ich ihn. Nur wird uns dieses Mal niemand stören. Wir sind vollkommen allein am Strand.

Ohne meine Lippen von seinen zu lösen oder das Spiel meiner Hand zu unterbrechen, taste ich nach meiner Tasche und suche nach den Kondomen, die ich mitgenommen habe. Als ich endlich eines finde, öffne ich es und streife es Ryan über. Er küsst meinen Hals, malt mit seiner Zunge Bilder auf meine Haut. Bilder aus Lust, Nähe und Verlangen. Ich rutsche höher und schließe die Augen, als Ryan meinen Rock nach oben und meinen Slip beiseiteschiebt, sodass ich mich auf ihn hinabsenken kann.

Für einen Moment verharren wir. So eng verbunden, wie es zwei Menschen nur sein können. Dann beginne ich, mich zu bewegen. Fest umklammern wir einander. Meine Wange ist gegen Ryans kurzes Haar gepresst. Sein Atem setzt meinen Hals in Flammen und bringt mich dazu, den Rhythmus meiner Bewegungen zu steigern, bis ich schließlich zitternd komme. Und Ryan mit mir. Als wären wir eins.

»Deswegen habe ich dich nicht hergebracht«, flüstert er schwer atmend in meine Halsbeuge.

Dabei sollte Sex alles sein, was uns verbindet. »Ich weiß«, wispere ich. Keine Ahnung, woher, aber ich bin mir so sicher wie noch nie, dass da mehr ist. Die Art von mehr, die keiner von uns wollte.

Noch immer halten wir einander fest, sind noch nicht bereit, aus dem Kosmos aufzutauchen, in den uns der Sex und was auch immer da gerade noch passiert ist, geschleudert haben. Wir atmen im selben Takt. Unser Puls vollführt dasselbe Rennen.

»Was bedeutet dein Tattoo? Die zwei Bergspitzen?«, frage ich leise, das Gesicht noch immer in seine Haare gepresst. Doch diese Frage bringt die Einheit, die wir bis gerade eben gebildet haben, ins Taumeln. Ryans Atem ist nicht mehr im Einklang mit meinem. Seine Muskeln verhärten sich und kündigen an, was er nur Sekunden später wahr macht, indem er mich sanft von seinem Schoß schiebt. Den Blickkontakt vermeidet er dabei, konzentriert sich ganz auf die Suche nach seinem Shirt, das irgendwann auf der Ladefläche gelandet ist. Als er es findet, streift er es sich achtlos über. Das Kondom entsorgt er in die leere Verpackung des Lava-Cakes, zieht die Hose hoch und springt von der Ladefläche. Er überwindet die kurze Entfernung zum Feuer und legt Holz nach. »Das sind keine Berge«, antwortet er knapp und viel zu spät.

Ich richte ebenfalls meine Kleidung und fasse meine Haare zu einem Knoten auf meinem Kopf zusammen. Dann ziehe ich die Beine an, schlinge meine Arme darum und sehe ihm zu. Auch wenn ich gern wüsste, was die Tätowierung darstellt, frage ich nicht noch einmal nach. Alles an Ryan signalisiert mir, dass er nicht darüber reden will, und ich weiß leider zu gut, wie es ist, wenn andere einen zwingen wollen, über Dinge zu reden, über die man nicht sprechen kann oder will. Nachdem Dad gegangen war, meinte Mom, es würde mir helfen, mit einem Therapeuten über meine Wut zu sprechen.

Aber reden hilft nicht immer. Zumindest dann nicht, wenn Dinge unabänderlich sind und man die Worte nicht der Person an den Kopf knallen kann, die für den ganzen Mist verantwortlich ist.

Also lasse ich ihm den Raum, den ich mir damals gewünscht hätte, und tatsächlich weicht wenig später die Anspannung aus Ryans Körper. Kurz stochert er noch im Feuer herum, aber sobald die Flammen wieder auflodern, klettert er zurück auf die Ladefläche des Pick-ups und setzt sich neben mich. An denselben Platz, an dem wir gerade eben noch unbeschreiblichen Sex hatten. Nur trennen uns jetzt Zentimeter kalter, salziger Luft und die unausgesprochenen Worte, die zwischen uns hängen. »Tut mir leid«, stößt er leise hervor. »Ich rede einfach nicht gern darüber.« Er streicht über die Stelle an seinem Brustkorb, wo das Tattoo vom Shirt verborgen wird. Erst jetzt sieht er mich an.

»Dann erzähl mir einfach irgendetwas anderes über dich.« Ich lächle. »Etwas, was Nate nicht über dich weiß.«

Er hebt den Arm und ich zögere nicht, an seine Brust zu rutschen. »Okay.« Eine Weile denkt er angestrengt nach und bohrt seinen Blick in die Dunkelheit zwischen den Sternen am Firmament, aber dann geht plötzlich ein Ruck durch seinen Körper. »Ich hab's.« Er betrachtet mich zweifelnd. »Allerdings muss ich dich töten, wenn du das jemals ausplauderst, und das wäre wirklich schade.«

Ich hebe zwei Finger, drücke einen Kuss drauf und halte sie an meine Brust. Das alte Pfadfinderehrenwort.

Ryan nickt und seufzt. »Okay, in meinem ersten Jahr an der Highschool war ich in der Theatergruppe.«

»Das ist keine wirklich spektakuläre Offenbarung.« Ich runzle die Stirn.

»Doch, schon, denn ich war so schlecht, dass die einzige Rolle in Shakespeares *Macbeth*, an der ich nicht gescheitert bin, die sämtlicher Leichen war.«

Ich pruste los. »Ernsthaft?«

»Ansonsten habe ich bei der Bühnentechnik geholfen.« Er lacht lautlos, aber ich spüre die Vibration in seinem Brustkorb. »Die Aufgabe war hochkomplex. Ich musste zwei wirklich schlecht bemalte Pappmaschee-Wände hin- und herrollen.«

»Ich war beim Vorsprechen für dasselbe Stück an meiner Highschool.« Ich kuschle mich an ihn.

»Und? Hast du eine anspruchsvollere Rolle bekommen?« Seine Lippen bewegen meine Haare, und der Kuss, den er anschließend an dieselbe Stelle drückt, mein Herz.

»Keine Ahnung, ob ich eine Chance gehabt hätte. Mom hat angerufen, bevor ich an der Reihe war. Summer hatte sich den Arm gebrochen, deswegen war sie mit April und ihr im Krankenhaus. Irgendjemand musste Gus aus dem Kindergarten abholen.«

»Was ist mit deinem Dad?«

»Ich rede nicht gern darüber«, nutze ich seine Worte von vorher und spüre, wie er nickt. Er baut keinen Druck auf. Alles, was Ryan tut, ist, mit mir etwas tiefer zu rutschen, bis wir auf dem Rücken liegen und die Sterne über uns betrachten können.

»Mein Vater ist abgehauen, als Mom mit Gus schwanger war.« Ich atme tief durch, versuche, nicht zu hinterfragen, warum ich ihm das erzähle. Warum ich diese Erinnerungen überhaupt zulasse. »Er war beruflich oft in Texas, und wie sich herausstellte, hatte er dort noch eine andere Familie gegründet. Oder vielleicht waren auch wir die andere Familie. Ich weiß es nicht. Auf jeden Fall hat meine Mom herausgefunden, dass er ein Doppelleben führte, und ihn vor die Wahl gestellt. Sie oder wir. Offenbar waren sie liebenswerter.« Es gelingt mir nicht, die Bitterkeit aus meiner Stimme zu löschen.

»Er ist ein Arschloch.« Ryan sieht mich ernst an. »Wenn er dich nicht liebt, ist er ein Idiot.« Und dann küsst er mich so, als müsste er mich davon überzeugen, dass er recht hat. Rational gesehen weiß ich, dass wir nichts falsch gemacht haben, dass wir genauso viel wert sind wie die

Familie, für die Dad uns im Stich gelassen hat. Aber das Problem an Gefühlen ist, sie scheren sich kein Stück um rationale Erklärungen, nicht um Wissen oder Tatsachen.

»Ich habe ihn nie wiedergesehen.« Viel zu spät bemerke ich, dass Tränen über meine Wangen laufen. Zum allerersten Mal. Nicht einmal, als Dad unser Haus für immer verlassen hat, habe ich geweint.

Ryan küsst mich noch einmal sanft und hält mich dann einfach fest. So fest, dass es mir leichtfällt zu glauben, dass er Gefühle für mich hat. Etwas, was Dad nie geschafft hat.

Ryan

Das Bellen eines Hundes weckt mich. Stimmfetzen zerfasern im Sturm. Mir ist kalt, obwohl ich unter zwei dicken Wolldecken liege. Vorsichtig blinzle ich in die Morgendämmerung und entdecke Autumn, dicht an mich gekuschelt, mein Arm um sie geschlungen. Das ist normalerweise der Moment, in dem ich Panik bekomme. Die Nacht zusammen zu verbringen, miteinander wach zu werden. Das ist zu nah. Aber das hier fühlt sich gut an, richtig. Auch wenn ich weiß, dass es das vermutlich nicht ist. Zum ersten Mal bin ich jedoch so weit, dass ich zumindest in Erwägung ziehe, Amys Rat anzunehmen und wieder gute Dinge in mein Leben zu lassen. Autumn ist so etwas Gutes. Genau genommen ist sie mehr als das. Ich fahre mir über die Augen. Vorsichtig, um Autumn nicht zu wecken. Doch dann sehe ich auf das Display meines Handys.

»Shit.«

Autumn bewegt sich, wacht aber nicht auf.

Ich rüttle leicht an ihrer Schulter. »Wir müssen los!«

»Hmm«, murmelt sie und rollt sich wie eine Katze zusammen.

Ich küsse ihren Nacken, ihren Hals und presse schließlich meine Lippen auf ihre. Und tatsächlich schlägt sie die Augen auf. Vielleicht könnten wir einfach hierbleiben und da weitermachen, wo wir gestern aufgehört haben, aber anstatt ihr genau das vorzuschlagen, rapple ich mich auf.

Wir müssen zurück. Und zwar so schnell wie möglich, wenn wir noch vor dem Beginn der ersten Kurse in Berkeley sein wollen.

Einen Tag zu fehlen ist eine Sache. Zwei Tage in Folge können wir uns das nicht leisten. Das würde auffallen und könnte uns im schlechtesten Fall das Stipendium kosten.

»Ich muss eingeschlafen sein. Müssen wir schon zurück?«

»Nicht nur du bist eingeschlafen. Es ist halb sechs morgens.«

Autumn schreckt hoch und sieht sich suchend um. »Wie …?«

»Wie das passieren konnte?« Ich zucke die Schultern. »Keine Ahnung, aber wir sollten losfahren und unterwegs etwas zu essen holen. Ich setze dich direkt bei der Uni ab. Hast du was zu schreiben dabei?«

Sie nickt und schüttelt dann den Kopf. »Ich muss mich umziehen. Und ich habe nur einen Block und einen Stift. Keine Bücher. Nichts.«

»Nicht optimal, aber es wird gehen.«

Sie verzieht das Gesicht. »Lass mich raten, du hast das schon zigmal so gemacht?«

Ich ziehe die Lichterkette hinunter und springe danach in den Sand, um die Laderaumplane unter dem Truck hervorzuziehen. »Ehrlich gesagt, ist das gerade das erste Mal.« Ich lächle sie an. »Du hast ganz offensichtlich einen schlechten Einfluss auf mich.«

Mit einem Stirnrunzeln rutscht sie von der Ladefläche. »*Du* hast *mich* überredet, die Uni zu schwänzen.« Sie streckt sich, während ich die Plane befestige.

»Ich wäre wegen dir fast in einen Keller gesperrt worden.«

Autumn lacht. »Okay, du hast gewonnen.« Wir stehen unmittelbar voreinander, getrennt nur durch zwei Schritte, die keiner von uns überwindet. Obwohl ich sie wie gestern in die Arme nehmen und küssen möchte. Aber ich weiß nicht, was sie davon hält. Diese Unsicherheit ist hervorragendes Futter für den Schisser in mir, der mir einreden will, ich hätte kein Anrecht auf Glück, einen Neuanfang oder irgendetwas Gutes in meinem Leben. Und dass ich bis jetzt ganz hervorragend mit der Regel gefahren bin, mich auf niemanden einzulassen. Doch das reicht mir jetzt nicht mehr. *Nur weil du die Spielregeln veränderst, Hunter, glaubst du, das würde alles ändern?*

Autumn streicht sich die Haare aus dem Gesicht und lächelt. »Ich bin ziemlich froh, dass du mit mir hergefahren bist. Es hat echt Spaß gebracht und …« Sie verstummt und sieht mich an.

Und der Rest war noch besser. Jede Sekunde, die wir einander nahe waren, hat diese Nacht zu etwas ganz Besonderem gemacht. Ich habe mich gut gefühlt, losgelöst von meiner Vergangenheit. Ich will Autumn in mein Leben lassen. Nicht nur für einen kurzen Augenblick, in dem sie nicht mehr sieht als die Oberfläche. Ich will ihr alles zeigen. All den Mist, das Gute, mich. Aber alles, was ich tue, ist, zu nicken. Weil das zu viel Wollen ist. Dann strecke ich meine Hand aus und ziehe sie in meine Arme, als sie sie ergreift.

Eng umschlungen stehen wir so im Wind, während die Sonne langsam über den Horizont klettert.

Autumn hat es gerade noch rechtzeitig zu ihrem ersten Kurs geschafft. Ich hingegen werde zu spät kommen. Nicht erheblich, aber doch so sehr, dass es auffallen wird.

Dass ich zudem aussehe, als würde ich direkt vom Strand in das Seminar platzen, und keinerlei Unterlagen dabeihabe, wird den Eindruck vermutlich nicht verbessern. Trotzdem gelingt es mir nicht, das Lächeln aus meinem Gesicht zu wischen.

Vor der Tür zum Kursraum atme ich tief durch, klopfe und warte, dass Professor Hedge mich hereinbittet. Er hasst es, wenn man zu spät kommt. Und verbittet sich, dass man eintritt, ohne dass er einen dazu auffordert.

Seine von einem hellen Grau durchzogenen Locken tauchen in dem schmalen Türfenster auf. Ein Blickduell folgt, dem ich standhalte, dann öffnet er die Tür. »Mister Hunter, schön, dass Sie es noch einrichten konnten, vorbeizuschauen.« Er deutet auf seine Armbanduhr. »Wenn mich nicht alles täuscht, wollen Sie Ihren Abschluss in Wirtschaft machen, nicht in Meeresbiologie?« Er sieht auf ein Stück Seetang, das an meinem Shirt klebt und das ich bis jetzt übersehen habe. Pikiert zieht er die Augenbrauen nach oben.

»Tut mir sehr leid.« Ich spare es mir, seinen Intellekt durch dämliche Ausreden zu beleidigen.

»So sehr, dass Sie nicht nur zu spät, sondern auch ohne Unterlagen hier auftauchen?«

Ich will gerade zu einer Erklärung ansetzen, als sich Nate zu Wort meldet.

»Seine Sachen habe ich schon hier.« Er sitzt in der vierten Reihe ganz außen und hebt einen Rucksack auf die Tischplatte. »Er hatte mich gebeten, sie schon mit reinzunehmen, weil er noch …« Hier erschöpft sich Nates Talent für kreative Geschichten und er sieht mich Hilfe suchend an.

»Weil ich noch einer Kommilitonin helfen musste, die

es sonst nicht rechtzeitig in ihren Kurs geschafft hätte«, beende ich den Satz.

Hedge kneift die Augen halb zu, mustert mich und kehrt an seinen Platz hinter dem Pult zurück. Mit einer ungeduldigen Handbewegung gibt er mir zu verstehen, dass ich mich um Himmels willen endlich setzen soll.

»Alter«, empfängt mich Nate flüsternd, als ich mich neben ihn fallen lasse. »Wo warst du?«

»Ich musste einfach mal einen Tag raus hier.« Ich sehe ihn nicht an, nehme nur Block und Stift von ihm entgegen.

»Der Coach ist ausgerastet und wird dich ab sofort an den Eiern packen.« Nate hebt abwehrend seine Hände. »Seine Worte, nicht meine.«

Professor Hedge sieht missbilligend zu uns herüber und bringt Nate zum Verstummen. Der kritzelt stattdessen etwas auf den Zettel vor ihm und schiebt ihn zu mir rüber.

Ich will alles wissen, Alter, alles!

Ich grinse, stoße ihm leicht gegen den Oberarm und schüttle den Kopf.

Er unterstreicht *alles* dreimal und bohrt seinen Blick in meinen. Ich bin niemand, der über Dinge redet, nur weil man ihn böse ansieht oder Wörter auf einem Notizblock unterstreicht. Trotzdem nehme ich den Stift in die Hand. Weil ich das Gefühl habe zu platzen. Vor Glück. Und das ist eine ganz neue Erfahrung. Eine, die gleichermaßen irre und beängstigend ist. Nate ist mein bester Freund. Wenn nicht ihm, wem könnte ich mich sonst anvertrauen? Amy vielleicht, aber sie wäre zu begeistert, dass ich mich verliebt habe, und würde das Tempo anziehen, bis mir schwindelig würde.

Sie heißt Autumn, kritzle ich auf das Blatt.

Und sie ist keine Megan? Nate schafft es, so auszusehen,

als würde er Professor Hedges Ausführungen folgen, während er das aufschreibt.

Ich denke, mir gelingt das weniger. Nein, schreibe ich zurück. Nur ein Wort, aber es bringt Nate dazu, mir unter dem Tisch ein Lowfive zu geben. Sogar eine kleine Miniexplosion seiner Hand ist drin und bringt mich zum Lachen.

Du lachst sogar. Echt gruselig.

Total, gebe ich zu.

Die folgende Stunde kämpfe ich mich zusammen mit Nate und den anderen durch die Grundlagen der Wirtschaftsökonomie in Dritt- und Schwellenländern. Aber sobald die Vorlesung zu Ende ist und die Studenten aus dem Raum strömen, nehme ich mein Handy und schreibe Autumn. Wir haben uns fest für übermorgen verabredet. Zum Picknick auf dem Dach ihres Wohnheims. Aber das reicht mir nicht. Ich muss sie früher wiedersehen. Kann ich dich heute noch kurz sehen? Das Training ist gegen neun zu Ende. Dann melde ich mich, okay?

Am liebsten würde ich sie schon zum Lunch treffen, aber zwischen Uni und Baseball muss ich dringend ein paar Stunden bei Dad in der Werkstatt abreißen. Er war nicht begeistert, dass ich mir gestern freigenommen und ihn mit der Arbeit allein sitzen gelassen habe. Das sollte ich wiedergutmachen. Keine zwei Sekunden später kommt die Antwort.

Dachte, du fragst nie ;-) Melde dich einfach, sobald du fertig bist. Ich töpfere solange Origami.

Autumn

Ryan hat gesagt, er würde sich nach dem Training melden. Jetzt ist es bereits nach zehn und mein Handy bleibt stumm. Baseballspiele können unter Umständen ewig dauern, aber es ist nur ein Training. Würde der Coach wirklich so sehr überziehen? Ich erinnere mich an die Strafe, die Ryan sich neulich eingehandelt hat, als er zu mir gelaufen war, um meine Nummer zu bekommen. Zehn Runden auf der Aschebahn. Vollkommen überzogen. Wie hoch fällt da wohl die Strafe für das Schwänzen einer kompletten Trainingseinheit aus? Denn er wird gestern nicht nur seine Kurse verpasst haben, sondern wahrscheinlich auch das Training.

Unmotiviert scrolle ich durch meinen Instagram Feed, obwohl ich eigentlich lernen müsste, und sehe in die lachenden Gesichter meiner Freunde. Tess hat einen Kaffee mit einem aufwendigen Kakaomuster auf dem Schaum gepostet. Darunter der Hashtag #ididit #coffeeart. Ich erkenne den Tresen des *Haywires* und kommentiere den Beitrag mit einem Daumen hoch und einem Herz. Es folgen Posts von Künstlern und Promis. Dann ein Foto meiner Geschwister, das Mom gepostet hat und unter das ich ein #Missu mit Herz setze. Der nächste Beitrag in der Timeline ist ein Video, das Ryan eingestellt hat. Unwillkürlich schlägt mein Herz schneller. Man sieht nur einen Teil seines Arms und seinen muskulösen Oberkörper. Beides erinnert mich daran, wie es war, in seinen Armen einzuschlafen und wieder aufzuwachen. Das Bild schwenkt auf eine Vorrichtung, auf der ein Baseball liegt. Zweimal schwingt Ryan den Schläger, bevor er perfekt abschlägt. Die Kamera richtet sich auf sein Gesicht und auf das breite Grinsen, das seine Augen zum Strahlen bringt. Er zeigt das Victory-Zeichen und lacht. Dann friert das Bild ein. Darunter steht: #perfectendoftraining.

Das war vor über einer Stunde. Ich rufe unseren Chat auf. Keine Nachricht, dass er es heute doch nicht schafft.

Hi, alles okay? Ich schicke die Nachricht ab, bevor ich mir Gedanken darüber machen kann, ob es gegen unsere Regeln ist. Die Häkchen erscheinen. Die Nachricht ist zugestellt. Aber er liest sie nicht. Vielleicht schlägt er sich gerade mit einem wütenden Trainer rum. Eine Weile schaffe ich es, mich mehr oder weniger erfolgreich auf den Stoff zu konzentrieren, den ich von gestern nachholen muss.

Doch irgendwann gebe ich auf. Ich will nicht gedanklich im Kreis rennen und mir ausmalen, was Ryans Schweigen bedeuten könnte. Ich werde ihn einfach anrufen. Das Freizeichen ertönt. Es klingelt fünfmal. Dann drückt Ryan mich weg. Ich lasse das Handy sinken. Atme ein. Aus. Ein. Kälte breitet sich in meinem Magen aus. Ich versuche es noch einmal. Dieses Mal drückt er mich schon beim zweiten Klingeln weg. Ich lege das Telefon beiseite und lasse mich auf mein Bett fallen. Die Hände presse ich auf meinen Bauch, der sich schmerzhaft zusammenzieht. Ryan hat bestimmt gute Gründe dafür. Ich darf nicht gleich das Schlimmste annehmen. Er ist nicht Dad. Auch wenn das hier genau das Verhalten ist, das Heath Jacobs perfektioniert hat. Nachrichten nicht beantworten, dann Anrufe nicht mehr annehmen und schließlich ganz verschwinden.

Ich schließe die Augen. Ryan ist in keiner Weise wie Dad. Und ich bin nicht wie Mom. Ich verschenke mein Herz nicht so, dass nichts von mir übrig bleibt, wenn man es mir bricht. Aber ich habe ihn so weit an mich herangelassen, dass er unweigerlich Teile von mir mitnehmen würde, wenn er jetzt aus meinem Leben verschwindet.

Ryan

Ich bin nicht erschöpft – ich bin todmüde. In meinen Venen fließt Blei und macht jeden Schritt zu einer Qual. Und ausgerechnet heute hat sich Coach Benning entschieden, nach dem Schlagtraining noch an den Kurzstreckensprints zu arbeiten. Nate stöhnt neben mir. Ein eindeutiges Zeichen, dass er mehr Kraft übrig hat als ich. Ich beiße nur noch die Zähne zusammen. Zu schwächeln kann ich mir aber nicht erlauben, sonst packt mich Benning am Ende wirklich bei den Eiern.

»Trinkpause«, brüllt er in diesem Moment über den Platz und klopft mir auf den Rücken, als ich vollkommen erledigt an ihm vorbeitrotte. »Guter Einsatz, Hunter.«

Ich nicke und lasse mich dann neben der Bank auf den Boden fallen. Auf dem Rücken liegend erhole ich mich etwas. Noch zwanzig Minuten, dann sind wir hier durch und ich kann Autumn sehen. Auch wenn ich heute nicht lange bleiben kann. Ich muss wirklich dringend ins Bett und zu Kräften kommen, sonst klappe ich spätestens morgen zusammen.

»Hey, Ry.« Nate stößt mit seinem Schuh gegen meinen. »Dein Telefon klingelt schon wieder.« Er hält es hoch. »Hab's schon beim Laufen gehört.«

Weil er auf Höhe meiner Tasche zwischen den Markierungen hin- und hergerannt ist. Willows Bild nimmt das Display ein. Ich stöhne unterdrückt. Nicht ranzugehen ist keine Option. Zumal das Klingeln nach einer kurzen Pause wieder einsetzt.

»Also, Männer, das ist kein Sonntagspicknick. Weiter geht es!« Der Coach.

Ich nehme Nate das Telefon ab und halte es hoch. »Ich muss da rangehen. Familie«, erkläre ich knapp und warte ab, bis Coach Benning nickt.

»Aber beeil dich. Die Zeit häng ich dir hinten ran.«

War ja klar. Ich unterdrücke ein Stöhnen und ziehe mich neben die Tribüne des Stadions zurück, bevor ich den Anruf entgegennehme.

Ohrenbetäubendes Brüllen dringt aus dem Hörer. Stimmengewirr im Hintergrund. »Ry?«

»Was ist passiert?«, frage ich alarmiert.

»Kannst du kommen? Jetzt!«

»Wohin?«, ist alles, was ich frage, während ich mir bereits die Trainingsjacke überwerfe und meine Tasche von der Mannschaftsbank schnappe. »Nate«, rufe ich meinem besten Freund zu, der mir am nächsten ist. »Sag dem Coach Bescheid. Ich muss weg. Ein Notfall.« Instinktiv ist mir klar, dass etwas Schlimmes passiert sein muss. Nicht das übliche Chaos und Drama. Dieses Mal ist irgendetwas katastrophal schiefgelaufen. »Sag mir, wohin ich kommen soll«, bitte ich eindringlich und renne zu meinem Wagen. Aber statt meiner Ex meldet sich jetzt eine Männerstimme.

»Mister Hunter?«

»Ja.« Adrenalin pumpt durch meinen Körper, als sich mir ein Officer Diaz vom San Francisco Police Department vorstellt und mir eine Adresse im Mission District gibt. Neunzehnte Straße Ecke Folsom Street. Eine der übelsten Gegenden von San Francisco. Scheiße.

Ich bedanke mich bei Officer Diaz, der mir versichert, dass die Lage unter Kontrolle sei. Ich soll langsam und vorsichtig fahren, aber auf direktem Weg zur neuen Adresse meiner Ex-Freundin kommen. Meine Hand umkrampft das Handy. Wie soll ich ihm glauben? Ich meine, die Polizei ist vor Ort. Das Weinen im Hintergrund, das mit einer Folge der *Wiggles* um die Wette brüllte. Meine Ex, die ausgerechnet mich kontaktiert. Verfluchter Mist. Ich schlage auf das Lenkrad. Einmal, zweimal, dreimal, während ich den Wagen beschleunige und über die abendlich ruhigen Straßen rase. »Shit, shit, shit.« Aufgebracht fahre ich mir mit der Hand durch die Haare und atme mehrmals tief durch. So wie ich es vor jedem Abschlag tue. Die Konzentration auf das gerichtet, was als Nächstes passiert.

Ich werde Willow sehen. Egal, was für eine Scheiße meine Ex, Valerie, gebaut hat, ich werde meine Tochter sehen.

Ich schaffe es in unter fünfzehn Minuten zu der angegebenen Adresse. Anstatt der fünfundzwanzig, die mein Navi anfangs berechnet hatte. Den Wagen stelle ich hinter einem der zwei Streifenwagen am Straßenrand ab. Die Gegend ist total abgefuckt. Hastig springe ich aus meinem Truck, schiebe mich an mehreren Gestalten vorbei, die vor der Bar im Erdgeschoss des Hauses herumlungern, und renne die Stufen des engen Treppenaufgangs hinauf. Der Flur ist dunkel, der Teppich abgewetzt. Ich folge ihm bis zur letzten Wohnung auf der zweiten Ebene. Die Tür ist nur angelehnt. Ich stoße sie auf und pralle gegen einen Beamten, der direkt dahinter steht.

»Hey, immer langsam.« Er stoppt mich. »Sie sind Mister Hunter?«

Ich nicke, beachte ihn aber kaum. »Wo ist meine Tochter?«

»Ihrer Tochter geht es so weit gut. Ich bin Officer Diaz. Gern erkläre Ihnen alles. Wie wäre es, wenn wir dafür zu meinem Kollegen und Ihrer Freundin gehen und uns setzen?«

Durch einen Türspalt hinter dem Mann kann ich Teile der Küche ausmachen. Ich höre Willow, sehe ein rosafarbenes Shirt. Sie scheint okay, aber ich muss sichergehen.

Die Hand des Polizisten hält mich jedoch zurück. »Ich verstehe, dass Sie zu Ihrer Tochter wollen, aber lassen Sie uns erst noch ein paar Dinge klären.« Der Officer deutet hinter sich, wo eine fremde Frau leise mit Willow redet. »Die Kleine hat sich gerade erst beruhigt. Sie ist bei Miss Felton vom Child Protective Service in guten Händen. Das gibt uns die Möglichkeit, die Angelegenheit in Ruhe mit Ihrer Freundin zu regeln, ohne Ihre Tochter erneut aufzuregen.«

Willow nicht sofort in meine Arme zu schließen fällt mir so schwer, dass es körperlich wehtut. Trotzdem nicke ich, tue, was das Beste für sie ist, und folge dem Polizisten ins Wohnzimmer. Der Raum ist klein und vollgestellt, aber sauber. Val sitzt vollkommen verheult auf dem Sofa. Daneben steht ein weiterer Polizist.

»Setzen Sie sich doch«, fordert mich Officer Diaz' Kollege freundlich auf.

Ich sehe ihn nicht an, bleibe stehen und fixiere Val. »Was ist hier los?«, frage ich und schlucke hart an der Wut, die durch meine Adern kriecht. Sie muss es episch verbockt haben, wenn Polizei und Jugendamt in ihrer Wohnung aufkreuzen.

»Ich würde nie etwas tun, was Willow schadet«, stößt sie trotzig hervor. »Ich war nur ganz kurz mal weg und die behaupten, das wäre Kindswohlgefährdung.«

Ich reibe mir über das Gesicht, sehe mich jetzt doch nach einem Stuhl um, aber der einzige Sessel beherbergt einen riesigen Haufen Wäsche. Also lehne ich mich gegen die Wand.

»Wir wurden von den Nachbarn alarmiert, die sich Sorgen machten, weil Ihre Tochter anhaltend weinte und sie beobachtet hatten, dass Ihre Freundin sie in der Wohnung allein gelassen hatte.«

»Ex-Freundin«, korrigiere ich tonlos.

»Sie leben also getrennt.« Der Officer notiert sich diese Information. »Laut den Nachbarn kam es schon öfter vor, dass das Kind sich selbst überlassen wurde. Wussten Sie, dass die Kindsmutter ihren Verpflichtungen nicht nachkommt?«

Val hält sich an keine Regeln. Verpflichtungen interessieren sie einen Scheiß. Wenn es um sie geht. Oder um mich. Aber ich habe immer gedacht, in Bezug auf Willow würde sie sich zusammenreißen. Das schlechte Gewissen kickt in mein System, als ich an ihren Anruf neulich auf der Party denke. An das Gefühl, etwas wäre nicht in Ordnung, das ich deutlich gespürt und doch beiseitegeschoben habe. »Nein, das wusste ich nicht«, murmle ich tonlos und balle die Hände zur Fäusten. »Wir haben kaum Kontakt.«

»Aber es ist richtig, dass Sie sich das Sorgerecht teilen?«

Ich nicke. Theoretisch. Praktisch hat Val das nicht zugelassen. Und ich habe mich gefügt, anstatt zu kämpfen. Weil ich gehofft hatte, es würde die verhärteten Fronten aufweichen, wenn ich nach ihren Regeln spiele.

»Jay hat mich ins *Dixies* eingeladen«, wirft Val kläglich ein. »Er wollte unbedingt, dass ich hinkomme. Wir hatten ein paar Probleme in letzter Zeit und Willow hat tief und fest geschlafen. Also …« Sie macht eine Geste, die andeutet, dass jeder in ihrer Situation so gehandelt hätte. »Sie wacht sonst nie auf. Ich dachte, es wäre okay.«

»Du dachtest, es wäre okay, unsere Tochter allein zu lassen?«, frage ich und zwinge mich, leise zu sprechen. Für Willow, die nur einen Raum von uns entfernt sitzt. Obwohl ich Val am liebsten anbrüllen würde. »Um mit irgendeinem Scheißtypen feiern zu gehen?« Ich kann es nicht fassen. Sie ist ja nicht mal eben Milch im Laden um die Ecke holen gegangen. Ich kenne das *Dixies*. Es liegt bestimmt dreißig Minuten entfernt von hier. Willow hätte sonst was passieren können. Davon, wie traumatisierend es gewesen sein muss, in einer leeren Wohnung vollkommen allein aufzuwachen, will ich gar nicht anfangen. Mein Telefon klingelt. Wütend befördere ich es aus der Tasche und drücke den Anrufer weg, ohne auf das Display zu gucken.

Officer Diaz legt mir beruhigend die Hand auf die Schulter. Klar, in seinem Job sind solche Situationen Alltag. Ich hingegen denke, so etwas sollte niemals Alltag sein. Jedenfalls nicht für meine Tochter. »Wie lange? Wie oft?«

Val zuckt kläglich mit den Schultern. »Nicht lange. Er wollte sich nur mit mir vertragen, Ry. Das war es. Wenn meine bescheuerten Nachbarn nicht bei jeder Kleinigkeit gleich die Bullen rufen würden, hättest du deswegen gar nicht zu kommen brauchen.«

»Val«, stoße ich hart hervor. »Diese Leute hätten nicht anrufen müssen, hättest du unsere Tochter nicht allein gelassen. Sie ist erst zwei, verflucht!« Wieder vibriert mein Handy. Autumn. Scheiße. Ich drücke sie weg und stelle das Telefon auf Flugmodus, während ich mir mit der anderen über die Schläfe reibe.

»Sie hat geschlafen«, stößt sie trotzig hervor. »Und ich bin sofort zurückgefahren, nachdem wir uns vertragen hatten. Ich war keine zwei Minuten nach denen hier.« Abwehr liegt in ihrem Blick. »Hör verdammt noch mal auf, mir Vorwürfe zu machen. Kommst hier als Superdaddy-Retter an, mit deiner Eliteuni-Jacke und deinem moralischen Getue, aber soll ich dir was sagen, Ryan? Ich habe genau wie du ein Recht darauf, ein Privatleben zu haben.«

Hat sie. Das ist der Grund, aus dem man sich die Verantwortung für ein Kind teilt. Gerade wenn man so jung ist wie wir. Aber Val war es wichtiger, mich zu bestrafen, als meine Hilfe anzunehmen. »Ich habe dir immer wieder gesagt, dass ich sie sehen will, dass ich sie dir abnehme«, presse ich hervor. »Ich wollte für sie da sein. Für euch.«

»Ach ja.« Val schnaubt hysterisch. »Deswegen hast du auch Schluss gemacht, ja? Und mich aus dem Poolhaus geschmissen? Erst trittst du mir in den Arsch und dann soll ich deine Hilfe annehmen? Ich scheiße auf dein Mitleid, Ry.«

Wer hier wem in den Arsch getreten hat, ist sicher Auslegungssache. Sie hat irgendeinen Typen in meiner Küche gefickt, während ich arbeiten war.

»Wir werden das hier und heute sicher nicht klären können«, geht Officer Diaz dazwischen. »Und wir von der Polizei sind auch keine Familienberatung. Außerdem sollte die Kleine dringend zur Ruhe kommen. Deswegen schlage ich vor, wir besprechen jetzt, wie es weitergeht. Wären Sie, Mister Hunter, willens und in der Lage, das Kind zu sich zu nehmen?«

Die Antwort ist ein klares Ja. Ich will mich um Willow kümmern. Das wollte ich immer. Ich möchte dafür sorgen, dass sie diesen Mist hier vergisst. Aber ich weiß auch, dass Val, egal, wie viel Scheiße sie gebaut hat, ihre Bezugsperson ist. Nicht ich. Willow hat mich seit einem halben Jahr nicht mehr gesehen. Die anderthalb Jahre davor nur unregelmäßig, wenn Val einen guten Tag hatte oder sich Geld von mir leihen wollte. An das erste halbe Jahr, in dem sie mit Val und mir im Poolhaus gelebt hat, wird sie sich kaum erinnern. Egal, wie sehr ich sie liebe, ich bin nicht derjenige, den sie jetzt braucht.

»Gibt es eine Möglichkeit, dass sie in ihrem gewohnten Umfeld bei ihrer Mom bleibt und ich den beiden helfe?«, frage ich vorsichtig.

Officer Diaz schüttelt den Kopf. »Da es leider nicht das erste Mal ist, dass ihre Ex-Freundin das Wohl ihrer Tochter gefährdet hat, können wir es nicht bei einer Verwarnung belassen. Miss Hart wird sich für die Verletzung der Aufsichtspflicht vor Gericht verantworten müssen. Das bedeutet im besten Fall eine Geldstrafe. Im schlechtesten Fall jedoch Freiheitsentzug. In jedem Fall wird das Jugendamt Ihre Tochter nicht in der Obhut der Mutter lassen. Da Sie, Mister Hunter, das Sorgerecht mit ihr teilen, wäre es die schnellste und für das Kind schonendste Lösung, wenn Sie es bei sich aufnehmen.« Er seufzt und steckt das Notizbuch weg. »Entscheiden Sie sich dagegen, müssen wir Ihre Tochter dem Child Protective Service übergeben, und die werden sie dann in einer Pflegefamilie unterbringen.«

Das ist keine Option »Nein.« Ich schüttle den Kopf. »Ich nehme sie auf jeden Fall.«

»In Ordnung.« Er kritzelt wieder etwas in sein Notizbuch. »Dann schlage ich vor, Miss Hart, mein Kollege begleitet Sie, und Sie packen ein paar Sachen für die Kleine.«

»Glückwunsch«, murmelt Val bitter und stößt den Atem aus, als sie aufsteht. »Damit hast du jetzt ja endlich, was du immer wolltest.« Tränen rinnen ihr über das Gesicht. »Aber besser, sie ist bei dir als bei denen.«

Das erste Mal seit Langem etwas, worin wir uns einig sind.

»Sobald wir so weit sind, kommen Sie, Mister Hunter, und Ihre Tochter erst einmal mit auf die Polizeistation. Dort regeln wir den Papierkram, gehen sicher, dass Sie die nötigen Voraussetzungen erfüllen, und nehmen Ihre Daten auf. Aber jetzt kommen Sie erst einmal mit. Ihre Tochter freut sich sicher, Sie zu sehen.«

Ich nicke wortlos und folge ihm, als Officer Diaz die Tür zur Küche aufdrückt und den Raum betritt. Er stellt mir Miss Felton vom Child Protective Service vor, aber ich habe nur Augen für Willow, die neben dem schmalen Esstisch auf dem Boden sitzt. Sie trägt die winzigen Feenflügel auf dem Rücken, die ich ihr vor über einem Jahr geschenkt habe. Seitdem hatte sie sie auf jedem einzelnen Foto an, das Val mir geschickt hat. Der zarte Stoff erzittert in den Ausläufern ihrer Schluchzer. Sie muss ewig geschrien haben. »Hey, MacFairy, ich bin's, Dad. Ich bin jetzt hier. Alles wird gut, okay?«

Sie sieht mich an. Prüfend, mit viel zu ernstem Blick für ihr Alter, sie zögert. Und dieses Zögern bricht mir das Herz. Ich bin fremd für sie. Ich. Ihr Dad. Die Person, die ihr – neben ihrer Mutter – am nächsten sein sollte. Ich lasse mir nicht anmerken, was dieses Stocken in mir auslöst, versuche, der Fels zu sein, den Willow in diesem Chaos braucht. Denn Val ist es nicht. Sie rumort in einem der anderen Zimmer herum, schimpft und diskutiert mit dem Beamten.

Ich setze mich neben Willow auf den Boden. »MacFairy«, wiederhole ich noch einmal den Spitznamen, den nur ich für sie benutze. Eine Mischung aus ihrer Vorliebe für Mac and Cheese und Feen in allen Varianten. Val hasst es, wenn ich sie so nenne. Zwischen Willow und mir schafft es jedoch die Verbindung, auf die ich gehofft habe. Erkennen huscht über ihr winziges Gesicht, gefolgt von einem Lächeln, das mich von den Füßen holt. Und dann stolpert sie in meine Arme. Ich drücke sie fest an mich, atme ihren vertrauten Geruch von Kleinkind tief ein. Egal, wie lange wir je getrennt sein werden. Diesen Duft werde ich immer und überall wiedererkennen.

»Ich bin jetzt hier«, flüstere ich in ihr Ohr. Und ich werde nie wieder zulassen, dass ihr jemand so etwas antut, sie sich allein oder verlassen fühlen muss. Das schwöre ich.

Es ist spät, als ich den Truck vor Amys Haus parke. Der Papierkram, den ich ausfüllen musste, um Willow mitnehmen zu dürfen, und die Fragen zu meiner häuslichen Situation haben Ewigkeiten gedauert. Natürlich mussten die Verantwortlichen sichergehen, dass ich Willow ein stabiles Umfeld bieten kann, ein Bett, Essen, Zeit und Liebe.

Ich werfe einen Blick auf meine Tochter, die in ihrem Autositz auf der Rückbank eingeschlafen ist. Ihr Brustkorb hebt und senkt sich sanft. Der Motor erstirbt, als ich den Schlüssel umdrehe und aus dem Schloss ziehe. Stille umgibt mich.

Sekundenlang bleibe ich sitzen und starre aus der Windschutzscheibe. Keine Ahnung, wie es jetzt weitergehen soll. Wenn ich Willow mal sehen durfte, waren es ein paar Stunden, nie länger als einen Tag. Über Nacht war die Kleine das letzte Mal vor über einem Jahr hier. Ich habe kaum Spielzeug, dem sie nicht längst entwachsen ist. Außer jeder Menge Sportlernahrung und Proteinshakes ist kaum etwas in meiner Küche zu finden. Ich werde einkaufen müssen. Nicht nur Lebensmittel, die für Kinder geeignet sind, sondern auch Kleidung. Denn die wenigen Sachen, die Val für sie in eine Tasche geworfen hat, reichen nicht aus, und ich bezweifle, dass sie in den nächsten Tagen bereit sein wird, sich noch mal mit mir zu treffen. Vielleicht hat Amy noch Klamotten von Kenzie und Ari auf dem Dachboden, die sie mir leihen kann. Amy. Ich habe das dringende Bedürfnis, meiner Schwester von den Ereignissen zu erzählen, von ihr zu hören, dass alles gut wird. Ihr Glas ist stets halb voll. Sie sieht immer das Licht am Ende des Tunnels, selbst wenn alles in Dunkelheit gehüllt ist. Und ich habe gerade das Gefühl, im Stockdunkeln zu stehen.

Aber im Haupthaus ist alles ruhig. Nicht einmal die Leselampe im Schlafzimmer brennt. Amy ist sicher schon ins Bett gegangen und ich will sie nicht wecken, nur weil ich mit der Situation und meiner eigenen Tochter überfordert bin.

Seufzend schnalle ich mich ab, zerre Willows Tasche und meinen Rucksack aus dem Wagen und schultere beides. Erst dann löse ich vorsichtig die Gurte des Autositzes und hebe sie heraus. Sie streckt sich, verzieht das Gesicht, schmiegt sich dann aber an meine Schulter und schläft weiter.

Auf Zehenspitzen trage ich sie zum Poolhaus, setze die Taschen neben der Eingangstür ab und öffne wenig später das erste Mal seit Monaten die Tür zum Schlafzimmer. Mein Bett steht da, als wäre ich erst heute Morgen darin wach geworden. Schwarz-Weiß-Aufnahmen von San Francisco, Montara Beach und der Bay Area hängen darüber und erinnern mich an Momente, in denen noch alles einfach war. Daneben tanzen rosa Feen über einem weißen Kinderbett an der Wand. Die Bezüge sind bunt und verbreiten eine Fröhlichkeit, die ich lange Zeit nicht ertragen habe. Sie abzuziehen habe ich trotzdem nicht geschafft, was jetzt ein Segen ist. Morgen werde ich das Bett frisch beziehen, aber für heute Nacht wird es so gehen. Ich schlage die Decke ein Stück zurück, lege Willow sanft auf der Matratze ab und spüre sekundenlang der Wärme ihres kleinen Körpers nach. Für einen Moment lenkt mich das von der Panik ab, dass ich es niemals schaffen werde, Willows Bedürfnisse und mein Leben unter einen Hut zu kriegen. Ich muss das einfach packen. Für sie. Mit einem erschöpften Lächeln streiche ich über die gehäkelte Kuschelfee, die Willow fest umklammert hält. Val und ich haben sie ihr zur Geburt geschenkt. Damals habe ich noch gedacht, wir würden das gemeinsam hinbekommen. Wir sind zusammen ins Poolhaus gezogen, ich habe die Stunden in der Werkstatt aufgestockt, meinen Highschoolabschluss gemacht und daran gearbeitet, das Stipendium für Berkeley zu bekommen, um Val und Willow irgendwann etwas bieten zu können. Ich wollte wirklich, dass es funktioniert. Vielleicht zu sehr.

Schwer lasse ich mich auf die Bettkante sinken und

streiche über den grafitschwarzen Stoff des Lakens, während ich Willow ansehe. Es ist schiefgegangen. Ich wage kaum zu blinzeln, weil ich Angst habe, meine Tochter könnte genauso plötzlich aus meinem Leben verschwinden wie damals. Das ist irre. Aber welche Gefühle in Bezug auf Kinder sind schon rational?

Die halbe Nacht sitze ich neben Willows Bett, verfolge jeden Atemzug, jedes erschöpfte Zucken ihrer kleinen Finger, jede Bewegung, bevor ich mich noch immer in Trainingsklamotten auf das Bett lege und in einen traumlosen Schlaf falle.

Durchdringendes Geschrei weckt mich keine drei Stunden später. Orientierungslos rapple ich mich auf, brauche einige Sekunden, bis ich kapiere, dass Willows Weinen real ist und nicht nur in meinen Träumen existiert hat. Mit einem Sprung bin ich bei ihrem Kinderbett und hebe sie heraus. Ich will sie beruhigen, aber sie brüllt nur noch lauter, stützt sich mit ihren Ärmchen an meiner Brust ab und zappelt wie verrückt. In meinem Kopf hämmert ein Ich-habe-eine-ganze-Flasche-Whiskey-allein-geköpft-Kopfschmerz.

»Hey, MacFairy«, versuche ich, sie zu beruhigen. Ich wiederhole ihren Spitznamen monoton immer wieder, lasse meine Hand über ihren Rücken kreisen und laufe auf und ab. Keine Chance. Sie holt gar nicht mehr richtig Luft, schreit, als würde es um ihr Leben gehen. Zwischen den heftigen Schluchzern höre ich zerfetzt das Wort Mommy heraus. Sie brüllt nach ihrer Mom. Das bricht mir das Herz.

Mit Willow auf dem Arm durchquere ich die Wohnung und erreiche die Taschen, die ich gestern im Eingangsbereich fallen gelassen habe. Irgendwo muss doch dieses verfluchte Handy sein. Als ich es endlich finde, ist Willow vollkommen außer sich, und ich … ich bin verzweifelt genug, Val anzurufen. Willow braucht sie jetzt. Egal, was zwischen uns war oder ist. Aber ich lande nur auf der Mailbox.

Hi, Anschluss von Val. Ihr wisst, wie es geht.

Fuck. Ich hinterlasse ihr eine Nachricht, dass sie sich dringend melden soll, lege auf und feuere frustriert das Telefon auf das Sofa.

Hilflos laufe ich in der Wohnung auf und ab, überlege, was Willow, mal abgesehen vom Offensichtlichen, dass ihre Mom eine Katastrophe ist und sie nicht gefragt wurde, ob sie fortan bei mir leben will, fehlen könnte. Vielleicht ist sie durstig. Ich fülle ein Glas mit Wasser und halte es ihr an die Lippen. Und tatsächlich verstummt sie kurz, trinkt ein bisschen, brüllt dann aber sofort weiter. Ich versuche es mit den wenigen Lebensmitteln, die ich in den Schränken finde, aber ihr etwas zu essen anzubieten verschlimmert das Ganze nur.

»MacFairy, bitte, sag mir doch, was du möchtest«, flehe ich sie an, aber vermutlich weiß Willow selbst nicht, was nicht stimmt. Sie spürt nur, dass etwas absolut in Schräglage ist. Ihre kleinen Hände krallen sich in mein Shirt.

Ich zwinge mich zur Ruhe. Hektik ist das Letzte, was Willow jetzt braucht. Also atme ich tief durch und setze mich auf das Sofa. Sanft wiege ich sie, halte Willow einfach und beginne, leise *The Tale of the Sun and the Moon* zu singen. Und tatsächlich werden Willows Schluchzer nach und nach leiser. Ihr Körper bebt aber noch immer. Also beginne ich wieder von vorn. Und noch mal. Und noch mal. So lange, bis sie schließlich einschläft. Die Dämmerung malt bereits rosa-silbrige Streifen an den Horizont, als ich ebenfalls meine Augen schließe. Auf dem Sofa sitzend, meine Tochter im Arm, die mich in eine denkbar unbequeme Haltung zwingt, vollkommen erschöpft und fertig. Und doch bin ich unendlich glücklich, sie wiederzuhaben. Auch wenn sich die Zuversicht verabschiedet hat, mein Leben würde sich hierdurch nicht grundlegend verändern.

Autumn

Im *Haywires* ist heute nicht viel los, was mir jede Menge Zeit zum Grübeln gibt. Deswegen bin ich heilfroh, als Tess auftaucht.

»Hey, Badass.« Sie rutscht auf einen der Barhocker und legt sich mit dem Oberkörper auf den Tresen. Die Hände streckt sie wie eine Verdurstende in der Wüste nach der Kaffeemaschine aus.

Ich lache und mache ihr einen Flat White mit einem Schuss Karamell. Ihr Lieblingsgetränk. »Schlecht geschlafen?« Ich stelle den Kaffee vor ihr ab.

»Solange du mir nichts von deinem Tag mit sexy Ryan Hunter erzählst, verrate ich dir gar nichts.« Sie schiebt die Unterlippe vor. »Ich meine, du verschwindest mit ihm und lässt mich nicht dran teilhaben. Das ist Folter.«

»Da gibt es nichts zu erzählen.« Eine Gruppe betritt das Café und bestellt Sandwiches und Kaffee zum Mitnehmen. Nach ihnen kommt ein Pärchen, das einen American Cheesecake bestellt, den sie sich turtelnd teilen.

Als ich zum Tresen zurückkehre, ist Tess mit ihrem Handy beschäftigt. »Ganz kurz«, murmelt sie. »Bin hier gerade an was dran.«

Wohl eher an jemandem. Seit einigen Tagen textet sie mit einem süßen Kunststudenten, den sie in einem Zeichenkurs kennengelernt hat. Tess hat neben Sportlern eine eindeutige Schwäche für Kunstnerd-Typen.

Da nichts weiter zu tun ist, ziehe ich mein Handy ebenfalls hervor, scrolle durch Instagram und schicke Mom ein Foto von mir mit der *Haywires*-Schürze. Ich gebe ihr ein kurzes Update. Nur Ryan lasse ich bei meinen Schilderungen aus. Er hat sich bis jetzt nicht gemeldet und ich weigere mich, meine Gedanken um diesen Umstand oder ihn kreisen zu lassen. Das Handy lege ich neben die Kaffeemaschine und kassiere das Pärchen ab, das eng umschlungen zum Tresen kommt. Ein Vibrieren zeigt den Eingang einer weiteren Nachricht an, aber als ich nachsehe, ist sie nicht von Mom. Sondern von Ryan.

Tut mir leid wegen gestern. Können wir morgen reden?

Diese paar Worte sollten nicht solche Gefühle in mir auslösen. Sie erinnern mich an Ryans Berührungen, an den Sonnenuntergang, an Wind in meinem Haar und Marshmallows über dem Feuer, an Lichterketten in dunkler Nacht und Wolldecken voller Sandkörner, die eng um unsere dicht aneinandergepressten Körper geschlungen sind. Die Nachricht überflutet mich mit all den Empfindungen, die Ryan in mir ausgelöst hat. Erst Tess' Stimme holt mich zurück ins *Haywires*. Hinter den zerschrammten Tresen, wo es nach Kaffee duftet und ich wieder ich bin. Nicht dieses verknallte Mädchen, zu dem ich in Ryans Nähe werde und das ich kaum wiedererkenne.

»Alles okay?« Tess deutet auf mich und das Handy in meiner Hand. »Ist das etwa unser sexy Schlagmann?«

Ich nicke und schiebe das Telefon in meine Hosentasche. Meine Hände suchen Beschäftigung. Aber Tess kann ich nichts vormachen. Sie arbeitet schon viel länger hier als ich und weiß, dass es gerade nichts zu tun gibt.

»Hörst du jetzt mal auf, den armen Tresen wegzuwischen, und erzählst mir, was los ist?« Sie lacht und schüttelt den Kopf. »Was geht da zwischen ihm und dir?« Tess schiebt sich eine Erdnuss zwischen die Lippen und wackelt mit den Augenbrauen.

»Wir haben nur einen Tag zusammen verbracht. Hatten Spaß.« Mein Lächeln verrät mich. »Wirklich viel Spaß, aber ich will da nicht zu viel hineininterpretieren. Außerdem will ich mich nicht in irgendetwas hineinstürzen.« Aber genau das habe ich getan. Kopfüber. Seufzend drehe ich mich zum nächsten Kunden um und mache ihm einen Coffee to go. Erst als der Typ den Laden wieder verlassen hat, lehne ich mich neben Tess an den Tresen.

»Okay, du wirst mir also keine pikanten Details erzählen?«, fragt sie gespielt beleidigt. »Verrätst du mir dann wenigstens, ob ihr euch noch mal trefft?«

Ich nicke unbestimmt. »Morgen Abend.« Das war der Plan, bevor Ryan abgetaucht ist. Obwohl ich zwischenzeitlich daran gezweifelt habe, sieht es so aus, als würde er mich noch immer sehen und darüber reden wollen, warum er mich versetzt hat. »Und wie sieht es mit dir und deinem Picasso aus?« Wenn ich bis dahin nicht durchdrehen will, sollte Tess mich unbedingt ablenken.

Ryan

Willow sitzt auf Amys Schoß und futtert Blaubeeren aus einer Schale. Ihre Zunge ist verfärbt und mehrere Spritzer zieren ihr Shirt, aber sie wirkt zufrieden. Das ist alles, was zählt.

Kenzie und Ari hüpfen auf dem Trampolin im Garten herum und verbreiten dabei einen Krach, der meine kopfschmerzgeplagten Nerven strapaziert. Vielleicht vertreiben sie so wenigstens den Waschbären, der nachts ständig einen Höllenlärm macht. Ich sitze neben Amy und meiner Tochter auf einem der Barhocker, die an der Kücheninsel stehen. Stöhnend lasse ich meine Stirn auf die kühle Granitplatte sinken.

»Was willst du jetzt machen?«

Ich mache mir nicht die Mühe, Amy anzusehen. »Keine Ahnung«, brumme ich. »Mich darüber wundern, dass MacFairy so ausgeschlafen ist, während ich ein Wrack bin?«

Amy lacht und fährt meiner Tochter durch die seidigen Locken. »Du weißt genau, dass ich das nicht meinte.«

Sie spricht von der Uni, dem Training, meinem Stipendium. »Ich habe mich fürs Erste krankgemeldet, aber das ist natürlich keine Dauerlösung.« Widerwillig stehe ich auf und gehe zum Kühlschrank. Unschlüssig starre ich ins Innere und nehme schließlich den Orangensaft aus der Tür. »Die Kurse bekomme ich schon irgendwie hin, wenn du mir hilfst.« Das war das Erste, was Amy angeboten hat, als ich heute Morgen mit Willow vor ihrer Terrassentür aufgetaucht bin: dass sie mir so viel hilft, wie sie nur kann. »Aber viermal die Woche Training? Zwei davon bis spätabends und ab Saisonbeginn kommen die Spiele am Wochenende dazu. Die Fahrten zu den Auswärtsspielen. Und noch mehr Training. Das wird nichts.« Ich stoße resigniert die Luft aus. »Ich bin dir dankbar für deine Hilfe und werde sie wahrscheinlich mehr beanspruchen, als mir lieb ist. Aber ich will so viel wie möglich selbst für Willow da sein. Gerade jetzt. Und sie nicht ständig abschieben.« Allerdings muss ich auch irgendwann noch arbeiten, um unseren Lebensunterhalt zu finanzieren. Ich verberge mein Gesicht in den Händen und gebe ein verzweifeltes Knurren von mir.

»Du solltest auf jeden Fall mit deinem Coach reden, was es für Möglichkeiten gibt«, schlägt Amy vor.

»Ich kann nicht mit ihm reden. Du weißt, ich habe bei der Vergabe des Stipendiums verschwiegen, dass ich Vater bin. Sonst hätten sie mich bei all den Bewerbern sicher nicht mal in die engere Auswahl genommen. Und selbst wenn sie theoretisch kein Problem damit hätten, dass ich zu blöd zum Verhüten war, ich habe gelogen. Wenn das rauskommt, bin ich das Stipendium schneller los, als ich Baseball sagen kann.« Ich schüttle den Kopf. »Ich kann das niemandem erzählen.«

»Das glaubst du doch im Leben nicht, dass die dir deswegen das Stipendium streichen. Bei deinen Leistungen.«

»Ich werde es nicht drauf ankommen lassen.« Denn die Studiengebühren für Berkeley könnte ich ohne das Stipendium niemals aufbringen.

Amy errät wie immer meine Gedanken. »Du weißt, dass

Cas und ich dir das Geld für das Studium geben würden, wenn es wirklich so weit kommt. Du musst es nur annehmen.«

»Und du weißt, das kann ich nicht.« Das ist selbst für Cas eine Summe, die er nicht mal eben so rumliegen hat. Und ich werde ganz sicher nicht zulassen, dass er für mich einen Kredit aufnimmt. Ich gehe zu Amy, gebe ihr einen Kuss auf die Wange und nehme ihr Willow ab, um der Kleinen die Hände am Spülbecken zu waschen. »Beim Training kann ich sagen, ich wäre noch nicht wieder fit. Das verschafft mir eine Woche oder zwei, um mir eine Lösung zu überlegen. Wenn du in der Zeit während der Kurse auf Willow aufpasst, wäre das super.«

Amy nickt. »Mom und Dad würden auch jederzeit einspringen.«

Das weiß ich, aber das würde gleichzeitig bedeuten, mich Dads prüfendem Blick auszusetzen. Und ich will auf keinen Fall, dass es wieder so zwischen uns wird wie zu dem Zeitpunkt, als Val schwanger wurde.

»Ich werde Dad fragen, ob ich meine Stunden abreißen darf, wenn Willow abends schläft.« Um mehr möchte ich ihn nicht bitten. »Dann müsstest du nur das Babyfon bewachen.« Willow kuschelt sich an mich und schlingt ihre kleinen Arme um meinen Hals. Als hätte sie Sorge, ich könnte jetzt gleich verschwinden. »Ich muss eine Liste machen, was ich alles besorgen muss.« Ganz oben auf den Zettel, den Amy mir reicht, schreibe ich Blaubeeren und ein Babyfon.

Willow und ich waren einkaufen und bei Dad in der Werkstatt. Er liebt seine Enkelin. Aber so liebevoll er mit ihr umgeht, so deutlich zeigt er mir sein Missfallen darüber, dass ich mir durch sie mein Leben verbaut habe. Dad hat immer gehofft, dass ich den Sprung in die Major League schaffe, der ihm durch seine Verletzung verwehrt blieb. Er ist ausgeflippt, als ich ihm von Vals Schwangerschaft erzählt habe und er diesen Traum in Gefahr sah. Dass ich es dann doch nach Berkeley geschafft habe, hat ihn etwas versöhnt. Ich habe mich wie manisch ins Training gestürzt, um beiseitezuschieben, dass ich Willow nicht sehen durfte. Sportlich gesehen war das das Beste, was mir hätte passieren können. Emotional war es der Supergau. Laut Dad etwas, was ich selbst verbockt hatte und durchstehen musste. Jetzt, da Willow bei mir ist, erwartet er, dass ich auch das auf die Reihe bekomme, ohne den großen Traum zu gefährden. Seinen Traum. Für mich zählt im Grunde nur, dass ich genug verdiene, um Willow später etwas bieten zu können. Das muss keine Karriere im Sport sein. Baseball war einfach immer mein Ventil. Und dass ich gut darin bin, habe ich genutzt. Aber das war es auch schon. Mein Herz hängt nicht an einer Profikarriere.

Immerhin hat Dad ohne große Diskussionen zugestimmt, dass ich meine Arbeitsstunden flexibel einteilen kann. Er legt mir die Arbeitsaufträge hin und ich arbeite sie ab, wie ich es mit Willow zeitlich einrichten kann.

Wir befinden uns auf dem Rückweg von der Westfield Mall. Das Auto ist voller Einkäufe, die Willow die Hälfte der Strecke bei Laune halten. Knisternde Klamottenetiketten, eine Handvoll Cheerios zum Knabbern, die ich an der Ampel aus der Verpackung befreit habe, ein paar Blaubeeren, die Willow jedoch nicht gegessen, sondern als Fingermalfarbe auf der Scheibe benutzt hat. Aber als wir den Ortsteil Presidio passieren, ist es mit ihrer Geduld zu Ende. Sie beginnt zu weinen und ruft nach ihrer Mom. Ich strecke meine Hand nach ihr aus und halte sie, rede beruhigend auf sie ein und fahre, so schnell es das City Limit zulässt. Auf der Zufahrt zur Golden Gate Bridge singe ich aus lauter Verzweiflung *Jelly on a Plate* von den *Wiggles* und tanze im Rahmen meiner Möglichkeiten während des Fahrens dazu. Willow verstummt tatsächlich und ein Lachen bricht durch den Tränenschleier, der noch in ihren Wimpern hängt. Meine Performance scheint lustig zu sein und ich bin froh genug, dass ich ihr nicht übel nehme, was sie von meinem Gesangstalent hält.

Vollkommen erledigt erreiche ich schließlich Amys Haus. Zum ersten Mal in über zwei Jahren parke ich meinen Wagen auf der Auffahrt, hole Willow aus dem Auto und lade die Einkäufe aus. Sie hat nicht wieder angefangen, nach Val zu rufen, dafür hat sie offenbar beschlossen, dass sie mich nicht auch noch verlieren will. Also klammert sie sich an mir fest und lässt sich partout nicht absetzen oder dazu überreden, vor dem Fernseher zu warten, während ich die Tüten ins Haus trage. Also schleppe ich alle unsere Errungenschaften mit Willow auf dem Arm ins Haus. Beim Einräumen der Lebensmittel in die Küchenschränke hilft sie mir tatkräftig, vergewissert sich aber die ganze Zeit, dass ich da bin. Ich schlage mit ihr ein, als alles verstaut ist, und trage sie in ihr Zimmer. Als ich sie absetzen will, um das Babyfon aus der Verpackung zu befreien und zu installieren, beginnt sie zu weinen.

»MacFairy, ich brauche nur ganz kurz beide Hände.« Ich gebe ihr einen Kuss auf die Stirn und kümmere mich wieder um das Gerät.

Willow steht wie ein Häufchen Elend neben mir und schluchzt so gottserbärmlich, dass ich aufgebe. Um das

Babyfon kann ich mich auch später noch kümmern. Mit Willow auf dem Arm bereite ich Mac and Cheese zu, und wir essen zusammen vor dem Fernseher, wo *The Wiggles* den Gesangs- und Tanzpart übernehmen, um Willow auf meinem Schoß zu bespaßen, sodass ich auch etwas essen kann.

Es klopft und Amy steckt ihren Kopf durch die Tür. »Na, wie geht es euch?« Sie kommt herein und bewegt sich, den Song im Fernsehen mitsingend, auf Willow zu. Aber anstatt wie heute Morgen offen auf meine Schwester zu reagieren, versteckt sie sich an meiner Brust.

Amy streicht ihr über die Haare. »Mach dir keine Gedanken«, beruhigt sie mich. »Sie lebt sich schon noch ein. Gib ihr einfach etwas Zeit.«

»Sie spricht kaum.« Und das macht mir noch mehr Sorgen als ihre Verlustangst.

»Das wird schon.« Sie zupft liebevoll an Willows Fuß. »Bald quasselt sie mit Kenzie und Ari um die Wette und du wünschst dir, sie würde weniger reden.« Sie legt mir ihre Hand auf die Schulter. »Eigentlich bin ich rübergekommen, weil du sagtest, du hättest heute noch etwas Wichtiges vor. Ich kann sie solange nehmen.«

Willow auf meinem Arm versteift sich etwas. »Das Wichtigste ist jetzt MacFairy«, murmle ich in Willows Haar. »Danke, Ames, aber ich bleibe heute Abend zu Hause. Du hast recht. Sie braucht einfach etwas Zeit. Ich werde sehen, dass ich mir den Rest der Woche so gut wie möglich freischaufle, um gerade jetzt bei ihr zu sein. Nate kann in vielen Kursen für mich mitschreiben. Dann muss ich vielleicht gar nicht los.«

Amy nickt. »Eine gute Idee, bis sie sich eingelebt hat.« Sie runzelt die Stirn. »Hast du noch mal was von … gehört?« Sie spricht Vals Namen aus Rücksicht auf Willow nicht aus, aber ihr Blick sagt alles.

Meine Ex ist abgehauen. Nicht nur für ein paar Tage. Sie hat San Francisco verlassen, Kalifornien, den ganzen verdammten Bundesstaat, um mit ihrem Typen in Arizona neu anzufangen. So umgeht sie es, sich vor den Behörden verantworten zu müssen. Sie hat sich nicht mal von Willow verabschiedet. Alles, was ich bekommen habe, war eine knappe Nachricht.

Ich gebe meiner Schwester mit einem Blick zu verstehen, dass ich darüber nicht vor Willow reden werde. Über kurz oder lang wird sich eine passende Gelegenheit ergeben, Amy davon zu erzählen und meine Wut auf Val herauszulassen, ohne dass meine Tochter es mitbekommt.

Sie nickt. »Du siehst übrigens vollkommen fertig aus. Wenn du den Rat einer Mutter willst, schlaf, wenn sie schläft. Ansonsten schiebst du bald ein Schlafdefizit von der Größe des Grand Canyons vor dir her.«

Kenzie und Ari tauchen in der Tür auf, aber Amy bedeutet ihnen wortlos, umzudrehen und Willow und mich in Ruhe zu lassen. Dann zeigt sie auf meine Tochter, deren rechte Hand winzige Kreise auf meinem Nacken malt. Ihre Augen aber sind zugefallen und ihre Atemzüge werden tiefer. Ich nehme ihr die Schüssel ab und stelle sie auf den Couchtisch. Amy löscht das Deckenlicht und zieht die Tür hinter sich zu. Ich höre, wie sie mit den Mädchen lachend zum Haus zurückläuft, während ich mich mit Willow auf das Sofa lege und die Wolldecke über uns ziehe. Kurz öffnet sie die Augen, sucht nach etwas, woran sie sich festhalten kann, und umschlingt schließlich meinen Daumen. Dann schläft sie weiter und auch ich schließe meine Augen. Aber bevor ich wegdriften kann, fällt mir wieder ein, wegen welcher Verabredung Amy auf Willow aufpassen sollte. Autumn. Sie wartet sicher schon auf mich. Umständlich ziehe ich mein Handy aus der Hosentasche, darauf bedacht, Willow nicht aufzuwecken. Es ist bereits halb acht. Ich würde sowieso hoffnungslos zu spät kommen, selbst wenn ich jetzt sofort loskäme und wie ein Irrer fahren würde. Was ich nicht vorhabe, denn ich werde Willow auf keinen Fall allein lassen, nicht riskieren, dass meine Tochter wach wird und ich wie ihre Mom nicht da bin. Irgendwann werde ich wieder arbeiten gehen müssen, wenn sie abends schläft und Amy aufpasst. Aber nicht heute. Und nicht, um mich mit einem Mädchen zu treffen.

Außerdem, wie fair wäre es, Autumn in mein Chaos mit reinzuziehen? Sie will keinen Prinzen, keine Beziehung, die ihre neu gewonnene Freiheit einengt. Und erst recht will sie nicht erneut die Verantwortung für ein Kind, die sie gerade erst losgeworden ist, als sie nach Kalifornien kam.

Tut mir leid, aber ich schaffe es heute Abend nicht zu unserem Date. Ich will ehrlich sein, ich werde es gar nicht mehr schaffen, dich zu sehen. Die Zeit mit dir war der Hammer, aber manchmal holt einen das Leben ein. Vielleicht denkst du ab und zu an mich, wenn du wieder was total Verrücktes töpferst. Mach's gut, Ryan

Mein Brustkorb fühlt sich an, als hätte ein Dreißigtonner darauf geparkt. Ich will die Nachricht nicht abschicken, aber ich tue es.

Autumn

Ich bin eine Idiotin. Genervt wische ich mir eine Träne von der Wange. Ich sollte nicht traurig sein, sondern wütend. Auf mich selbst. Immerhin gibt es einen guten Grund dafür, dass ich die Regel aufgestellt habe, niemals mein Herz zu verschenken. Genau wegen so einer Scheiße hier. Ich hätte mich nur daran halten müssen.

»Schwarzer Nagellack«, bemerkt Tess, als sie das Zimmer betritt. »Ein Gesicht wie ein Sommergewitter und mit dem Lernen bist du kein Stück weiter als vor fünfzehn Minuten.« Als sie zum Duschen ins Gemeinschaftsbad losgezogen ist. »Red mit mir! Was ist los?« Sie setzt sich nur in ihr Badetuch gehüllt zu mir aufs Bett.

Ich bleibe stumm, drehe mich aber auf den Rücken und lege mir den Arm über die Augen. Tess braucht nicht auch noch zu sehen, dass ich wegen eines Typen heule, der nie mehr als ein One-Night-Stand hätte sein sollen. Das ist so erbärmlich.

»Wenn ich raten sollte, würde ich tippen, es geht um unseren heißen Baseballer?«

Ich stöhne leise. »Bin ich so leicht zu durchschauen?«

»Nate hat mir schon erzählt, dass etwas nicht stimmt bei euch«, gesteht Tess.

Hört sich an, als wüsste er mehr als ich. Denn ich habe keine Ahnung, was zum Teufel passiert ist, was uns innerhalb von zwei Tagen von Es-ist-perfekt zu Ich-kann-dichnicht-mehr-sehen katapultiert hat. »Was genau hat Nate gesagt?«

»Du gibst also zu, dass da mehr zwischen Ryan und dir ist als ein paar ganz nette Verabredungen?« Sie zwinkert mir zu.

»Ich gebe gar nichts zu. Ich versuche einfach nur, dahinterzukommen, wieso er mich seit unserem letzten Treffen ghostet. Weil das eine echt miese Nummer ist. Das ist alles.« Ich verschlucke mich fast an der Lüge. Wenn das wirklich alles wäre, würden die Erinnerungen an uns nicht durch meinen leeren Brustkorb hallen wie Querschläger.

»Ich glaube ja, man kann sich vornehmen, keine Gefühle zuzulassen, aber ich bezweifle, dass das klappt.« Sie ergreift die Hand, mit der ich am Saum meiner Shorts rumknibble. »Und wenn ich Nate richtig verstanden habe, hat es Ryan auch mehr bedeutet, als er sich eingestehen will. Da ist etwas zwischen euch. Und ich vermute, es macht ihm aus irgendeinem bescheuerten Grund so eine Scheißangst, dass er abgetaucht ist. Denn er ghostet nicht nur dich. Er ist komplett vom Radar verschwunden.«

»Wie meinst du das?« Ich gebe es auf, Tess davon zu überzeugen, Ryan würde mir nichts bedeuten. Sie hat sowieso längst kapiert, was ich immer noch gern leugnen würde.

Tess runzelt nachdenklich die Stirn. »Er ist vorgestern mitten im Training abgehauen und seitdem weder zu seinen Kursen noch zum Training erschienen.« Sie zuckt die Schultern. »Er hat Nate gefragt, ob der für ihn in der Uni mitschreibt. Angeblich ist er krank, aber Nate sagte, das ist eine bescheuerte Ausrede. Letztes Jahr ist Ryan sogar mit ’ner Bronchitis und ’nem Muskelfaseranriss noch auf dem Feld rumgekrebst. Seit dieser Nachricht hat auch

Nate nichts mehr von ihm gehört. Er reagiert nicht auf seine Nachrichten, nicht auf Anrufe. Und er wird wohl kaum zu geschwächt sein, ans Telefon zu gehen.«

Er will mich nicht mehr sehen und verschwindet aus seinem bisherigen Leben. Das sind zu viele Parallelen zu Dad, als dass ich länger darüber nachdenken will. Ich schlucke schwer. »Können wir über was anderes reden?«, frage ich leise und Tess versteht.

»Okay, dann sprechen wir jetzt über weniger deprimierende Nagellackfarben.« Fröhlich schnappt sie sich Nagellackentferner und eliminiert das Schwarz von meinen Nägeln.

Ich wünschte, es wäre genauso einfach, Ryan aus meinem System zu tilgen.

»Was machst du heute noch?«, fragt sie und bearbeitet dabei konzentriert meine Hände.

»Heute ist Lacrosse dran.« Ich versuche, nicht daran zu denken, dass Ryan mir geraten hat, mal etwas Sportliches auszuprobieren. »Du könntest mitkommen. Dann mache ich nicht allein eine katastrophale Figur?«

Tess streicht mir die Haare aus der Stirn und gibt mir einen sanften Schubs. »Ich versage immer gern mit dir, aber mich kriegen leider keine zehn Pferde auf einen Sportplatz. Es sei denn, ich darf Männern beim Schwitzen zugucken.« Sie steht auf und reicht mir einen nudefarbenen Nagellack, bevor sie zu ihrem Schrank geht und sich anzieht. »Wenn du mit deinem Sportding durch bist, treffen wir uns später bei Hanna zum Quatschen. Okay?«

Ein Piepen, dann ploppt der Standort eines Wohnheims zwei Blocks südlich von hier auf meinem Display auf. »Zimmer 23«, schiebt Tess ihrer Nachricht fröhlich hinterher und ich hoffe, Lacrosse und Tess werden es schaffen, dass ich nicht mehr darüber nachdenke, was zum Henker passiert ist. Mit Ryan. Aber vor allem mit mir, dass ich das alles so nah an mich heranlasse.

Ryan

Ich hänge unter einem Dodge, dessen Auspuff so zerlöchert ist wie ein Nudelsieb. Aus den Boxen brüllen die Killers ihren Schmerz auf die Melodie von *My Own Soul's Warning*, da tritt plötzlich jemand gegen meine Beine.

Nates Vans und ein Teil seiner Unterschenkel sind zu sehen. Was tut er hier? »Alter«, brülle ich über die Musik hinweg und rolle mich unter dem Auto hervor.

»Alter«, gibt Nate zurück. Nicht mehr. Er sieht mich fest an und lässt seinen Blick dann durch die Werkstatt schweifen.

Es ist das erste Mal, dass er mehr von mir sieht als den Studenten-Ryan, den Baseball-Ryan oder den Party-Ryan. »Die Musik ist ganz geil«, zieht er Sekunden später ein Fazit und lässt damit komplett offen, was er von der Werkstatt oder dem Mechaniker-Ryan hält.

»Woher hast du die Adresse?« Ich habe sie ihm auf jeden Fall nicht gegeben.

»Du hast mal erwähnt, dass du deinem Dad in dessen Werkstatt hilfst, um ein paar Kröten dazuzuverdienen.« Er zuckt mit den Schultern. »Gibt nicht besonders viele Werkstätten in Sausalito und nur einen *Hunter's Body Shop*. Ich kann Google bedienen.« Er lässt sich auf das abgewetzte Sofa fallen, auf dem Dad jeden Morgen seinen Kaffee trinkt und dabei dem Sonnenaufgang durch das geöffnete Garagentor zusieht.

»Also?«

Mit einem Lappen putze ich mir notdürftig die Hände sauber und mustere Nate. »Was also?«

»Also, warum kommst du nicht mehr zum Training? Wieso schwänzt du die Uni? Der Coach meinte, du hättest dich krankgemeldet, aber für mich siehst du ziemlich gesund aus.« Als ich nicht antworte, schüttelt Nate den Kopf. »Okay, hör zu. Ich würde dir ja glauben, dass dir das Studium einfach nicht so wichtig ist oder dir das ganze Training zu viel wird und du 'ne Auszeit brauchst und deswegen so einen Quatsch erzählst. Aber du bist du. Du kommst zu jedem Training sechzig Minuten zu früh, gibst immer zweihundert Prozent und bist ein so schlimmer Streber, dass ich dich hassen müsste, hätte ich dich nicht so gern. Also: Was. Ist. Los?«

Langsam lasse ich mich an der Karosserie hinab in die Hocke gleiten. Keine bequeme Position. Ziemlich passend für dieses Gespräch. »Ich weiß nicht mal, wo ich anfangen soll.«

»Wie wäre es mit Autumn?« Nate lächelt schief und beugt sich zu mir vor. »Ich hätte zwar nie gedacht, dass du der Herzschmerz-Typ bist, aber wenn ich raten sollte, würde ich sagen, sie ist der Grund hierfür, oder?«

Autumn. Wenn überhaupt, habe ich ihr das Herz gebrochen. Ich stoße die Luft aus und schüttle den Kopf. »Sie ist nicht das Problem.« Aber ich muss zugeben, dass ich ihr Lachen vermisse. Die Hoffnung, die sie mir gegeben hat, ich wäre doch noch nicht vollkommen versaut für die Liebe. Ich vermisse das Gefühl, neu anfangen, frei sein und alles hinter mir lassen zu wollen. Aber Willow ist der beste Grund dafür, solche egoistischen Gedanken beiseitezuschieben.

»Was ist dann das Problem?« Nate ist ganz ruhig, seine Stimme so ernst, wie es die Situation erfordert. Das ist, was ich an ihm schätze. Er gibt sich am liebsten unbeschwert und blödelt immer und überall herum, aber wenn es notwendig ist, stellt er die richtigen Fragen und kann verdammt tiefsinnig sein.

Ich fahre mir mit dem Daumen über den Nasenrücken, überlege, ob ich ihm die Wahrheit sagen und damit die Grenze einreißen soll, die ich zwei Jahre lang aufrechterhalten habe. Wenn er weitererzählt, warum ich mich hier vergrabe, könnten sie mich sofort aus dem Programm schmeißen. Etwas, was vermutlich sowieso passieren wird, aber ich will mir erst im Klaren darüber sein, wie es weitergehen soll, bevor andere mir diese Entscheidung abnehmen. Ich zögere, gebe mir dann aber doch einen Ruck. Nate würde mich nie verraten. »Ich habe eine zweieinhalbjährige Tochter.«

Der Satz legt Stille zwischen uns. So dicht wie Nebel, den Nates Lachen kurz darauf auflöst. »Du machst so eine Welle, weil du ein Kind hast?«

»Du willst gar nicht wissen, wie das passiert ist?«, frage ich irritiert, weil das in der Regel das Erste ist, was die Leute mich fragen.

»Ähm, ich weiß ziemlich gut Bescheid über diese Bienchen-und-Blümchen-Sache.« Nate zwinkert mir zu und wird dann wieder ernst. »Aber Spaß beiseite, Hunter, warum machst du so eine große Sache daraus? Und warum ausgerechnet jetzt?«

Ich stehe auf und gehe zu der Filtermaschine hinüber, die Dad ums Verrecken nicht gegen eine Kapselmaschine eintauschen will. »Wir brauchen auf jeden Fall Kaffee, wenn ich dir alles erzählen soll.« Ich warte, bis gut ein

Drittel durchgelaufen ist, und gieße uns dann zwei Becher ein. Ein Tropfen, der auf die Warmhalteplatte läuft, verdampft zischend und hinterlässt einen intensiven Duft von verbranntem Kaffee.

»Starkes Zeug«, bemerkt Nate, nachdem er genippt hat. »Dafür brauche ich mindestens einen Berg Zucker.«

Ich nicke und stelle ihm ein fast volles Paket Würfelzucker hin. »Val war meine Highschool-Liebe.«

Nate sieht mich verwirrt an. »Ist sie die Mutter?«

Ich nicke.

»Aber ihr seid nicht mehr zusammen?« Er stellt die Frage und beantwortet sie kurz darauf selbst. »Nee, du bist Single. Sonst hättest du dich auf keinen Fall auf Autumn eingelassen.«

Das dumpfe Gefühl, das sich bei ihrer Erwähnung in meinem Brustkorb breitmacht, verstecke ich hinter meinem Kaffeebecher. Ich nehme einen großen Schluck. »Val ist meine Ex«, bestätige ich dann. »Aber sie ist eben auch die Mutter meiner Tochter und damit ein Teil meines Lebens.« Zumindest war sie das auf irgendeine abgefuckte Art und Weise, bevor sie sich aus dem Staub gemacht hat. »Mit fünfzehn war ich total verknallt in sie. Erste große Liebe und so. Zwischen uns war es ernst, auch wenn es ein ständiges Auf und Ab war.«

Nate nickt bedächtig. Ein melancholisches Lächeln zupft an seinen Lippen und mir wird klar, dass ich keine Ahnung habe, ob ihm schon mal das Herz gebrochen wurde. Ich nehme mir vor, ihn das bei nächstbester Gelegenheit zu fragen.

»Jedenfalls«, fahre ich fort, »hatte sie es nicht leicht und war ziemlich kaputt, auch wenn ich das am Anfang nicht wirklich begriffen habe. Ich dachte, sie wäre etwas drüber, und fand das irgendwie cool. Bis ich kapiert habe, dass sie nicht cool, sondern verzweifelt war. Sie hat ununterbrochen versucht zu kompensieren, was ihre Eltern ihr nie gegeben haben, und krankhaft nach Bestätigung und Liebe gesucht. Ich habe nie ausgereicht, was echt ein verfluchtes Scheißgefühl ist. Selbst wenn man weiß, wieso das so ist.« Ich stelle den Becher weg und fahre mir durch die Haare. »Die nötige Bestätigung hat sie bei anderen Typen gesucht. Immer und immer wieder. Jedes Mal haben wir gestritten und irgendwann hatte ich die Schnauze voll und habe Schluss gemacht. Aber dann stand sie wieder heulend vor meiner Tür und ich habe ihr vergeben.«

»Klingt, als wäre sie deine verflucht schlechte Angewohnheit gewesen. Ich bin fast ein bisschen beruhigt, dass du wenigstens ein Laster in deinem Leben hattest.«

Das war mehr als ein Laster. Unsere Beziehung war total toxisch. »Sie war mehr als 'ne schlechte Angewohnheit. Aber wir hatten auch gute Phasen.« Und die haben es so verdammt schwer gemacht, den Absprung zu schaffen. »In einer dieser Phasen ist Val schwanger geworden. Da waren wir gerade siebzehn.«

Nate sieht mich an. »Alter, du musst vollkommen in Panik gewesen sein.«

»War ich. Monsterpanik. Ich war verzweifelt, weil ich wusste, das mit mir und Val wird eine mehr als schwierige Kiste. Wir waren zu jung und absolut nicht reif, Eltern zu werden. Aber das Baby – ich wollte es. Vom ersten Moment an.«

»Hast du nie über Abtreibung nachgedacht?«

Nate fragt das nicht, weil er ein Arschloch ist. Mir ist klar, dass es eine legitime Überlegung ist, wenn man mit siebzehn schwanger wird und die Beziehung einer Katastrophe gleicht. Trotzdem stellen sich mir wie damals beim bloßen Gedanken daran, Willow so zu verlieren, die Nackenhaare auf und ich schüttle den Kopf. »Ich war mir sicher, dass ich dieses Kind wollte. Für Val war das hingegen nicht so eindeutig. Ich hatte krasse Angst, dass sie sich für einen Abbruch entscheidet. Ich meine, es war ihr Körper, ihre Entscheidung. Ich hatte im Grunde kein Mitspracherecht, obwohl es auch um meine Tochter ging. War eine echt beschissene Zeit.«

Eine Weile schweige ich, tief in düsteren Erinnerungen versunken, bis Nate mich sachte anstößt. »Was ist dann passiert?«

Ich lockere meine verspannten Schultern und atme tief durch. »Ich habe sie überredet, unsere Tochter zu bekommen, habe ihr versprochen, dass wir das packen, dass wir zusammenbleiben, eine Familie sind und ich sie bei allem unterstützen werde. Und sie hat sich breitschlagen lassen. Aber ein Kind zusammen großzuziehen klappt nicht, wenn einer nicht voll hinter dieser Entscheidung steht. Irgendwann hat Val mir vorgeworfen, sie hätte nur deswegen nicht abgetrieben, weil sie Angst hatte, mich dadurch zu verlieren.« Ich zucke mit den Schultern. »Wahrscheinlich wäre ich wirklich nicht länger mit ihr zusammengeblieben, also hat sie wohl ein Stück weit recht, auch wenn mir damals nicht klar war, welchen Druck ich damit auf sie ausgeübt habe. Ich war einfach erleichtert, dass sie das Kind bekommen wollte.«

»Du bist also ein Dad?«

Ich nicke und spüre, wie meine Gesichtszüge weich werden. »Ich habe eine kleine Tochter. Sie heißt Willow.«

»Glückwunsch, Daddy«, sagt Nate und schlägt mit mir ein. Dann wird er wieder ernst. »Allerdings wüsste ich wahrscheinlich längst von deiner Tochter, wenn alles so gelaufen wäre, wie du es dir vorgestellt hast?«

Die leere Tasse von Nate und meine eigene in der Hand, gehe ich zur Kaffeemaschine und schenke uns nach. Erst als ich ihm seinen Becher reiche und mich wieder neben ihn setze, fahre ich fort. »Dann würden wir uns vielleicht gar nicht kennen, weil ich es nie mit einem Baseballstipendium nach Berkeley geschafft hätte«, gebe ich zu. »Ihre Eltern waren eine Katastrophe und mein Dad drehte total durch, als er von der Schwangerschaft erfuhr. Nur meine Mom und meine Schwester waren zu gebrauchen.«

Nate lacht und zieht die Augenbrauen hoch. »Mein Dad hätte mir wahrscheinlich den Kopf abgerissen.«

»Es war echt die Hölle. Wir konnten unmöglich bei ihren oder meinen Eltern wohnen bleiben und die Kleine dort großziehen. Die Kohle für was Eigenes hatten wir aber natürlich auch nicht. Wir brauchten Unterstützung. Also zogen wir zu Amy und Cas.«

»Wer sind Amy und Cas?«, unterbricht mich Nate.

»Meine Schwester und ihr Mann. Sie sind toll, haben uns ihr Poolhaus hergerichtet, sodass wir für uns waren, sie uns aber helfen konnten, wenn es nötig war.« Ich lege meinen Kopf auf der Lehne des Sofas ab und starre an die Decke. »Irgendwie hatte ich gehofft, dass nach der Geburt alles besser werden würde. Dass Val ruhiger würde und die Liebe zu Willow ihr das geben würde, was sie immer vermisst hat.« Ich schließe die Augen. »Natürlich sind das deutlich zu viele Erwartungen an so einen winzigen Menschen. Und natürlich hat es nicht geklappt. Willow und ich haben nicht ausgereicht. Tagsüber bin ich zur Schule gegangen, im Anschluss war ich hier in der Werkstatt und habe für meinen Dad gearbeitet, um Geld zu verdienen. Wenn ich dann nach Hause kam, hat Val schon auf mich gewartet. Sie hat mir die Kleine übergeben und ist losgezogen. Sie wollte unter Leute. Wenn ich sie bat, zu Hause zu bleiben, wurde sie stinkwütend und warf mir vor, ich hätte dieses Kind gewollt und würde sie nun mit der Arbeit alleinlassen. Mein Leben sei genau wie vorher, während ihres nur noch aus Windeln und Babykotze bestünde. Sie liebt Willow, das weiß ich. Aber das Leben als Mutter hasst sie.« Ich fahre mir über das Gesicht und sehe dann Nate an. »Insgeheim wusste ich die ganze Zeit, was da lief. Ich wusste, dass wir wieder im alten Muster angekommen waren, und habe die Augen davor verschlossen.« Ich beiße mir auf die Lippe, aber es gelingt mir nicht, die Bitterkeit aus meiner Stimme zu tilgen. »Ist allerdings ziemlich schwierig, es nicht zu sehen, wenn ein Scheißkerl deine Freundin auf dem Küchentresen deiner Wohnung fickt.«

»Scheiße, Alter.« Nate drückt meine Schulter, aber ich schüttle den Kopf.

»Schon okay. Es hat mich im Grunde nicht wirklich verletzt, was wohl mehr als deutlich zeigt, dass ich sie zu dem Zeitpunkt schon längst nicht mehr geliebt habe. Ich war einfach nur enttäuscht, weil ich mir für Willow gewünscht hätte, dass es funktioniert. Sie war erst ein halbes Jahr alt, als wir uns getrennt haben.

Meine Schwester hat mir viel geholfen in der Zeit und mir klargemacht, dass Eltern, die einander nur wehtun, schlechter für ein Kind sind als ein Paar, das sich trennt und danach auf Elternebene funktioniert. Das wollte ich. Für Val. Für mich. Aber vor allem für Willow.«

»Ausgehend von dem, was du bis jetzt erzählt hast, stelle ich mir das schwer umzusetzen vor.«

Ich nicke. »Es war unmöglich«, fasse ich die letzten zwei Jahre zusammen. »Val war stinkwütend. Auf mich. Auf sich. Auf die ganze verdammte Welt. Und sie hat mich dafür bestraft, dass ich ihr keine weitere Chance mehr geben wollte, obwohl ich ihr versprochen hatte, ich wäre immer an ihrer Seite. Dass sie es verbockt hatte, weil sie fremdgegangen ist, wollte sie nicht sehen. Sie hat Willow benutzt, um sich an mir zu rächen, und mich sie kaum noch sehen lassen. Ich bin vor Gericht gegangen, habe die Hälfte des Sorgerechts zugesprochen bekommen, aber sie hat sie mich trotzdem nur sehen lassen, wenn ihr danach war oder sie Geld von mir wollte. Im letzten halben Jahr hatte ich dann gar keinen Kontakt mehr.«

»Was für eine Scheiße.« Nate hört sich richtig wütend an und entlockt mir damit ein stummes Lächeln.

»War es«, stimme ich zu. »Nach der Trennung habe ich erst einmal durchgehangen, aber dann habe ich mich an den Plan erinnert, dass ich für meine Tochter etwas aus mir machen wollte. Um ihr später finanzielle Sicherheit bieten zu können. Und ich musste mich ablenken. Deswegen bin ich nach Berkeley. Da Willow zu dem Zeitpunkt nicht bei mir gelebt hat und ich sie kaum sehen durfte, habe ich sie bei der Bewerbung für das Stipendium nicht erwähnt. Ich dachte, es würde meine Chancen erhöhen, wenn ich verschweige, dass ich verantwortungslos genug war, mit siebzehn Vater zu werden. Sie wollen, dass man sich zu hundert Prozent auf den Sport einlässt, dass nichts wichtiger ist. Wie groß wären meine Chancen wohl gewesen, wenn in meiner Bewerbung gestanden hätte, dass mir meine Tochter hundertmal wichtiger ist als irgendein Auswärtsspiel.« Denn das ist sie. Willow ist tausendmal wichtiger als mein Sport. Sie ist wichtiger als alles.

»Vielleicht hätte es gar keinen Unterschied gemacht«, gibt Nate zu bedenken.

»Vielleicht nicht.« Ich mache eine unbestimmte Handbewegung. »Bei der Anzahl an Bewerbern ist das zwar mehr als unwahrscheinlich. Aber das ist jetzt auch egal, denn nachdem ich gelogen habe, macht es einen. Allein der Umstand, dass ich diese Sache verschwiegen habe, könnte mich das Stipendium kosten. Der Anruf neulich beim Training.« Leise stoße ich die Luft aus. »Val hat Mist gebaut. Die Cops haben ihr Willow weggenommen, weil sie sie allein in der Wohnung gelassen hat, um sich mit irgendeinem Typen zu treffen. Anscheinend nicht zum ersten Mal. Und anstatt sich den Konsequenzen zu stellen und um ihre Tochter zu kämpfen, ist sie nach Arizona abgehauen. Sie ist weg, Nate. Und Willow ist seitdem bei mir. Sie ist zweieinhalb Jahre alt, verstört und vermisst ihre Mom. Ich kann sie nicht bei meiner Schwester lassen, um wenigstens zur Uni zu gehen, weil sie panische Angst hat, ich könnte genauso verschwinden wie ihre Mom. Wenn sie schläft, arbeite ich, um den Kühlschrank voll zu bekommen. Ich bin todmüde und am Ende. Baseball klingt derzeit für mich wie von einem anderen Stern. Ich werde das Pensum des Coachs niemals mit meinem Leben als alleinerziehender Vater unter einen Hut bekommen.«

Nate schweigt lange und starrt in seinen Becher, dann hebt er den Blick. »Du weißt, dass du dir helfen lassen kannst.« Er zuckt mit den Schultern. »Vom System zum Beispiel«, schlägt er vor, wobei das eher wie eine Frage klingt. »Von der Uni. Die haben Stellen für so etwas. Menschen, die sich auskennen, und Betreuungsmöglichkeiten.« Seine Stimme wird fester. »Und von deinen Freunden«, ergänzt er eindringlich. »Das sage ich nicht nur, weil wir dich im Team brauchen, wenn wir diese Saison was reißen wollen. Sondern weil wir Freunde sind. Und als Freund sage ich dir auch, dass du deinen Plan nicht aufgeben solltest. Du wolltest was aus dir machen, um deiner Tochter etwas bieten zu können, und Berkeley, das Team, das ist deine und Willows Fahrkarte in eine bessere Zukunft. Sprich mit dem Coach, erklär ihm alles und komm verflucht noch mal zurück ins Team. Denn wenn du so weitermachst, sitzt du den Rest der Saison auf der Bank. Oder verlierst am Ende wirklich dein Stipendium und damit deinen Platz an der Uni.«

Ich lächele, obwohl ich lieber heulen würde. Nate hat recht, aber so einfach, wie er sich das vorstellt, ist das alles nicht. Baseball hat meinem Leben so lange einen Rhythmus gegeben. Aber jetzt habe ich einen anderen Schrittmacher. Willow. Und ich würde alles tun, damit es ihr gut geht. Selbst wenn das bedeutet, nie wieder an die Uni zurückzukehren.

Autumn

Ich fahre mit Hanna, einer von Tess' Freundinnen, nach Fremont zum Bouldern. Weil ich das schon immer mal ausprobieren wollte und weil ich Ablenkung brauche. Seit zehn Tagen ghostet Ryan mich jetzt. Ich werde darüber hinwegkommen. Aber ich muss zugeben, er ist ein ziemlich großer Stolperstein. Genau genommen ein Granitbrocken, gegen den ich mit vollem Tempo gerannt bin. Noch suche ich den Weg drum herum. Zurück in mein altes neues Leben. Ein ziemlich schwieriges Unterfangen, das durch die Tatsache, dass sein bester Kumpel bei diesem Ausflug auf der Rückbank von Tess' winzigem Toyota-Schuhschachtel-Auto hockt, nicht gerade leichter wird.

Normalerweise wäre der Besuch einer richtigen Kletterhalle finanziell überhaupt nicht drin, aber das Ding gehört Hannas Onkel, deswegen kann sie uns umsonst mit hineinnehmen. Als Dankeschön dafür habe ich angeboten zu fahren und mir dafür Tess' Auto geliehen. Hätte ich gewusst, dass Hanna derzeit eine Schwäche für Nate hat und er dabei sein würde, hätte ich es mir vielleicht anders überlegt. Ich schüttle kaum merklich den Kopf. Nein. Ich will hier sein und das macht mir niemand kaputt. Nicht mal mein Herz, das gern alles ausklammern will, was mich an Ryan erinnern könnte.

»Hey, Autumn«, spricht mich Nate in diesem Moment an. »Alles okay bei dir?«

»Klar.« Ich zucke mit den Schultern und lächle ihn fest an. »Wieso fragst du?« Wahrscheinlich, weil ich noch kein Wort gesprochen habe und er sich denken kann, über wen ich nachgrüble.

»Weil du, seitdem wir losgefahren sind, so still bist, als wären wir auf dem Weg zu einer Beerdigung«, mischt sich Hanna ein und schiebt sich einen Jolly Ranchers in den Mund, den sie aus der Mittelkonsole geangelt hat.

»So hätte ich es zwar nicht gesagt, aber ja.« Nate nimmt sich auch einen Bonbon. »Ich liebe diese Dinger.«

Ich will den Tag genießen und gehe deswegen auf seinen Themenwechsel ein. »Welche Sorte magst du am liebsten?«

Er überlegt und wendet das Bonbon dabei hörbar in seinem Mund. »Orange und Kirsche.« Grinsend öffne ich die Abdeckung der Handablage. In dem kleinen Fach stapeln sich Orangen-, Kirsch- und Trauben-Jolly-Ranchers. »Tess isst eigentlich nur die mit Apfel- oder Wassermelonengeschmack. Die restlichen bewahrt sie hier drin für Leute auf, die sie nicht besonders mag.«

Nate verzieht angewidert das Gesicht. »Sie sollte dringend mal mit jemandem über diese komische Geschmacksangewohnheit sprechen.« Er schüttelt den Kopf. »Mit jemand Professionellem.«

»Ich werde es ihr ausrichten«, erwidere ich und lache. Ich bin Nate dankbar dafür, dass er das Eis zwischen uns gebrochen hat. Die restliche Fahrt über blödeln wir herum, hören Musik und Nate lässt sich für total skurrile Heldengeschichten von Hanna bewundern. Gegen Mittag erreichen wir Fremont und Hanna lotst mich durch die Innenstadt an den östlichen Stadtrand. Mitten in einem Gewerbegebiet liegt die riesige Halle, die jedes Klettererherz höherschlagen lässt. Der Parkplatz ist ziemlich voll, aber eine kleine Lücke finde ich. Zwischen einem doppelt bereiften riesigen Jeep und einem Prius. Ich brauche mehrere Anläufe, um den Wagen hineinzuzirkeln. Obwohl der Toyota winzig ist, ist er total unübersichtlich. Als ich es endlich geschafft habe und die Schaltung auf Parken stelle, atme ich erleichtert aus. Die anderen sind bereits ausgestiegen und haben mehr oder weniger hilfreiche Handzeichen gegeben. Immerhin ernte ich für meine Fahrkünste Beifall und eine La-Ola. Ich verbeuge mich noch immer im Auto sitzend und steige dann aus, um Hanna und Nate zur Halle zu folgen.

Ein paar Stunden später steht fest: Ich kann klettern. Auch wenn mir jeder Muskel wehtut, habe ich mich fürs erste Mal wirklich nicht schlecht geschlagen und es hat riesigen Spaß gemacht. Nate und Hanna sind sich im Laufe des Tages nähergekommen und er legt ihr den Arm um die Schultern, als wir über den Parkplatz schlendern. Im Gegensatz zu heute Mittag ist dieser jetzt so gut wie leer. Tess' Toyota steht fast allein auf dem rissigen Asphalt.

»Wenn du zu kaputt bist, kann ich zurückfahren«, bietet Nate an, aber ich lache ihn nur aus und kämpfe mit ihm um den Schlüssel, bis wir den Wagen erreichen und mir das Lachen im Hals stecken bleibt. Schlagartig ist meine gute Laune verflogen. Eine riesige Beule prangt auf dem linken Kotflügel.

»Alter«, stößt Nate hinter mir aus und rauft sich die Haare.

Hanna rubbelt vorsichtig über den zerkratzten Lack, als könnte sie die Monsterdelle so wegwischen. »Wer macht so was und haut dann ab? Das ist so arschig.«

Egal wer das gewesen ist, er ist weg und diese Sache damit meine Verantwortung. Immerhin habe ich mir den Wagen geliehen und muss den Schaden wieder in Ordnung bringen. Das wird ein Vermögen kosten. Die Beule hat die Größe eines Footballs und das Blech ist nicht nur eingedrückt, auch der Lack ist beschädigt. Verzweifelt verschränke ich meine Hände im Nacken. »Scheiße.«

»Total«, stimmt Nate zu und kniet sich fachmännisch neben den Wagen, um die kaputte Stelle zu betrachten. Dabei glaube ich nicht, dass er irgendeinen Plan von Autos hat.

»Was mache ich denn jetzt nur? Tess bringt mich um.« Ich stöhne unterdrückt.

»So schlimm ist es gar nicht. Ein kurzer Werkstattbesuch, und alles ist wieder wie neu«, redet mir Hanna Mut zu.

»Eben, das ist doch nur ein bisschen Blech.« Nate drückt tröstend meine Schulter. »Wir geben alle was dazu und …« Er tippt sich auf die Lippe und ein breites Grinsen erhellt plötzlich sein Gesicht. Er wühlt in seiner Jackentasche, um wenig später einen Zettel hervorzuziehen. »Hast du mal einen Stift?«

Hanna reicht ihm einen.

»Dort kannst du hingehen, um es reparieren zu lassen. Ich kenne den Typen. Sag einfach, ich schicke dich. Dann bekommst du garantiert einen Freundschaftspreis.« Er zwinkert mir zu.

Ich glaube kaum, dass die Reparatur so günstig wird, wie Nate annimmt, aber ein kleiner Rabatt ist besser als nichts. Seufzend nehme ich den Zettel von ihm entgegen.

Ryan

Das Handy liegt neben mir auf dem öligen Boden der Werkstatt und ich sehe alle drei Minuten nach, ob Amy geschrieben hat. Sollte Willow wach werden, fahre ich rüber, um sie zu beruhigen. Amy sagt, das wäre nicht nötig, und vielleicht hat sie recht, aber ich möchte für MacFairy da sein. Auch wenn das bedeutet, dass ich noch mehr Zeit verliere und erst mitten in der Nacht ins Bett komme.

Bis jetzt ist aber alles ruhig, also wende ich mich wieder den Spurstangen des Chevys zu. Mit dem Rollbrett positioniere ich mich so, dass ich die Sicherungsmutter lösen kann, als ich plötzlich jemanden rufen höre.

»Hallo? Ist da wer?«

Adrenalin schießt durch meine Blutbahn. Das ist nicht irgendjemand. Ich kenne diese Stimme. Autumn. Ich wusste, dass ich todmüde bin, aber dass mein Hirn ausgerechnet sie als Halluzination heraufbeschwört, ist echt … Ich schüttle den Kopf und setze den Ringschlüssel auf die Sicherungsmutter, um sie zu lösen.

»Ähm, hallo?«

Das ist immer noch ihre Stimme. Und das sind definitiv ihre Chucks, die in dem schmalen Sichtfeld zwischen Karosserie und Boden auftauchen. Ich erkenne den Smiley, den sie mit Kugelschreiber auf die Spitze gemalt hat, als wir zusammen am Lagerfeuer saßen.

Was tut sie hier? Ausgerechnet hier? Keine Ahnung, wie

es sein wird, ihr nach meinem plötzlichen Abtauchen wieder gegenüberzutreten. Trotzdem gebe ich mir einen Ruck und ziehe mich auf dem Rollbrett unter dem Wagen hervor.

Autumn hat mir den Rücken zugewendet und sieht sich in Dads Werkstatt um.

Als sie die Bewegungen des Rollbretts hinter sich wahrnimmt, dreht sie sich um und zuckt unwillkürlich ein Stück zurück. Fassungslos starrt sie mich an, schluckt schwer. Ganz offensichtlich hat sie nicht erwartet, auf mich zu treffen.

Trotzdem ist der erste Impuls, sie in meine Arme zu ziehen. Allerdings würde sie mir dann vermutlich eine klatschen. Ich habe mich nicht einmal bei ihr gemeldet, seitdem ich sie versetzt habe. Und ich müsste jeden Schritt auf sie zu später wieder zurücknehmen.

Also stehe ich nur auf und lehne mich gegen das Heck des Wagens. Die Hände vergrabe ich in den Taschen meiner Jeans und sehe sie einfach nur an.

»Das ist … Nate …« Sie sieht aus, als würde sie ihn am liebsten umbringen. »Das ist die Werkstatt deines Dads?« Autumn hält einen Zettel mit Nates Handschrift darauf hoch. »Ich hätte darüber stolpern müssen, als er so wissend gegrinst hat.« Sie seufzt. »Er hat mir die Adresse gegeben und meinte, du wärst ein Bastler, der günstig ist. Natürlich hat er mit keinem Wort erwähnt, wer dieser Werkstatt-Freund ist.« Sie stoppt die Flut an Worten, die aus ihrem Mund sprudelt, und deutet hinter sich. »Ich muss Tess' Auto reparieren lassen. Es hat eine Beule, und wenn ich das nicht wieder hinbekomme, leiht sie mir vermutlich nie wieder was.«

Sie ist also nicht freiwillig hier. Nate hat das eingefädelt.

Ich weiß nicht, ob ich ihn dafür lieben oder seinen verdammten Amor-Hintern aufreißen soll. »Der Blechschaden ist deine größte Sorge?« Ein Lachen rutscht über meine Lippen. »Ich würde mir lieber Gedanken darüber machen, dass Tess dich für immer und ewig damit aufziehen wird, dass du nicht Auto fahren kannst.« Ich mache einen Schritt auf Autumn zu, hin- und hergerissen zwischen dem, was ich tun will, und dem, was sinnvoll ist, um es uns beiden nicht noch schwerer zu machen.

»Ich saß nicht mal im Auto, als das passiert ist«, verteidigt sie sich und zuckt dann mit den Schultern. »Uns ist auf dem Parkplatz in Fremont jemand reingefahren.«

Was hatte sie in Fremont zu suchen? Und wieso war Nate bei ihr? Ich habe kein Recht mehr darauf, zu erfahren, was sie so macht, dennoch würde ich sie gerne fragen. Ich möchte wissen, was sie erlebt hat. Was sie tut. Wie es ihr geht.

»Ich kann es mir anschauen«, sage ich stattdessen und benutze dieselben Worte wie heute Nachmittag bei Mister Hedford. Professionelle Distanz. Das ist wohl das Richtige. Auch wenn es sich total falsch anfühlt. Mein Magen dreht sich um, als hätte mich einer von Nates Würfen getroffen.

»Vielleicht …« Sie beendet den Satz nicht, sondern deutet zur Tür. »Ich meine, vielleicht ist das keine gute Idee und ich bringe den Wagen lieber woandershin.«

Es stimmt. Zu viel steht zwischen uns. Zu viel, über das ich nicht reden kann. Und noch mehr, das *uns* unmöglich macht. Aber ich will nicht, dass sie geht. »Vielleicht ist es keine gute Idee«, stimme ich ihr rau zu. »Aber Nate hat recht, ich bin unschlagbar günstig.« Das leichte Prickeln, das ihre Nähe in mir auslöst, rinnt durch meinen Körper.

Ich müsste nur meine Hand ausstrecken und sie an mich ziehen, unseren Körpern das Sprechen überlassen. Für einen Moment könnte ich mich in ihr verlieren. Aber danach würde ich ihr aufs Neue wehtun und das ist das Letzte, was ich will. Also beiße ich mir auf die Lippen und versuche, das Richtige zu tun. Das, weswegen sie hergekommen ist. »Lass mich dir helfen und zeig mir das Auto!«

Autumn

Ryan hat mir erzählt, dass er mit seinem Vater zusammenarbeitet. Aber er hat mir nie erzählt, was genau sie machen. Ich hätte ihn nicht unbedingt für einen Schrauber gehalten, aber da hatte ich ihn auch noch nie so gesehen, wie er jetzt gerade vor mir steht. In der Hand noch immer irgendeinen Schraubenschlüssel. Das weiße Shirt voller Ölflecken. Die Jeans ein wenig zu locker über seinen Hüften. Ich versuche echt, ihn nicht anzustarren, ihm nicht zu zeigen, dass ich auf ihn reagiere.

Ich sollte gehen. Ich habe gesagt, dass ich genau das will. Eine Lüge. Natürlich. Und er hat vollkommen unbeeindruckt davon angeboten, sich die Beule anzusehen. Müsste er dann nicht auf den Parkplatz gehen und tun, was Mechaniker so tun? Aber er rührt sich nicht. Sein Blick haftet auf mir. Dunkel und unergründlich. Die Zähne gräbt er in die Unterlippe. Und jeder einzelne seiner angespannten Muskeln verrät, wie viel Kraft es ihn kostet, die Distanz zwischen uns nicht zu überwinden. Ich wünschte, er würde aufgeben.

Ich verschränke die Arme vor der Brust. Warum denke ich so etwas? »Wieso hast du mich plötzlich geghostet?«, stoße ich hervor, als sich auch noch mein letztes bisschen Stolz verabschieden will. »Du hättest einfach sagen können, dass du kein Interesse mehr hast. Aber eine kryptische Nachricht und dann abtauchen? Das ist echt absurd.«

Ryan nickt. »Ist es. Und es tut mir leid.« Er sieht betreten zu Boden und reibt sich über den Nacken. »Mehr, als du denkst, aber mein Leben ist im Moment das reinste Chaos.« Er führt nicht näher aus, was er meint, und lässt damit die entscheidenden Informationen weg. »Ich kann dich da nicht mit reinziehen. Aber du musst mir glauben, dass ich dich nie verletzen wollte.« Er berührt mich mit dem Daumen am Unterarm. So leicht, dass ich glauben könnte, ich hätte es mir nur eingebildet, wäre da nicht die körperliche Reaktion, die mich fast von den Füßen holt. Ich atme scharf ein und mache einen Schritt rückwärts. Als würde mich das aus dem Gefahrenbereich bringen. Dabei ist vermutlich die gesamte Bay Area eine Ryan-Gefahrenzone.

»Okay«, sagt er leise und Resignation ummantelt jedes seiner Worte. »Das war … Tut mir leid. Aber lass mich trotzdem gucken, was ich wegen Tess' Wagen machen kann.«

Ich nicke, drehe mich auf dem Absatz um und bleibe erst vor dem Toyota auf dem Parkplatz wieder stehen. Mit bebendem Herzen, weil Ryan direkt neben mir stoppt. »Es ist der Kotflügel. Auf der Fahrerseite«, murmle ich, versuche, so viel Distanz wie möglich in meine Stimme zu legen. Und scheitere.

Ryan nickt und umrundet den Wagen, aber selbst zweitausend Pfund Blech schaffen nicht genügend Abstand.

Er bückt sich und wirft einen verärgerten Blick auf die Außenbeleuchtung neben dem Firmenschild, die nur selten ein kurzes Flackern von sich gibt, ansonsten aber dunkel bleibt.

»Dad hat mich schon heute Nachmittag gebeten, die

Neonleuchte auszutauschen«, erklärt er. »Ich gebe es ungern zu, aber ich hätte wohl auf ihn hören sollen.«

Ich folge seinem Blick und im unsteten Flackern erkenne ich den Firmennamen auf dem Schild. Hätte ich den schon vorhin lesen können, wäre ich wenigstens vorgewarnt gewesen.

Seufzend schaltet Ryan die Taschenlampe des Handys ein und beleuchtet den Schaden. Er rubbelt über den Lack, nickt und steht wieder auf. »Ist keine große Sache. Aber ich muss den Kotflügel nach dem Ausbeulen schleifen und neu lackieren. Dafür müsstest du mir das Auto zwei Tage hierlassen.« Er lächelt. »Vorausgesetzt, Tess hält es so lange ohne ihre Schuhschachtel aus.«

Tess nutzt den Wagen eigentlich nur, um zu ihrem anderen Nebenjob nach South San Francisco zu fahren. »Sie braucht es erst Mitte der Woche wieder. Das würde passen, aber …«

»Wenn du dir Sorgen machst, wie du nach Hause kommen sollst …«, unterbricht er mich und sieht auf die Zeitanzeige seines Handys. Das gefühlt zehnte Mal in den letzten Minuten, dann nickt er. »Ich kann dich fahren.«

Das meinte ich eigentlich nicht, auch wenn mich diese Geste rührt und viel eher zu dem Ryan passt, den ich kennengelernt habe, als sein plötzliches Abtauchen. »Ich wollte eigentlich fragen, was du dafür bekommst.« Nate und Hanna wollen sich zwar beteiligen, aber einen ganzen Kotflügel lackieren zu lassen wird sicher teuer.

Ryan winkt ab. »Bei Freunden berechne ich nur die Materialkosten. Das sind vielleicht hundert bis hundertzwanzig Dollar.«

Hundertzwanzig Dollar durch drei. Das geht und lässt mir auf jeden Fall genug Luft, um den Rest des Monats über die Runden zu kommen. Ich atme erleichtert aus, runzle dann aber die Stirn. »Das kann ich nicht annehmen.«

»Weil wir keine Freunde sind?«, fragt Ryan und zieht die Augenbrauen hoch.

»Doch. Nein. Also, ich meine ...« Ich habe keine Ahnung, was wir sind. »Sind wir Freunde?«

»Darf ich dich nach Hause fahren, wenn wir Freunde sind?« Ryan hält den Schlüssel seines Trucks hoch und lächelt mich an. »Denn das würde ich sehr gern tun.«

Anstatt standhaft zu bleiben und ihm zu sagen, dass ich schon eine andere Möglichkeit finde, um zurück nach Berkeley zu kommen, nicke ich.

Die Fahrt über haben wir geschwiegen. Ryan hat eine seiner Playlists angestellt und ich habe versucht auszuloten, wie ich es finde, dass er uns als Freunde bezeichnet hat. Darüber im Klaren bin ich mir selbst dann noch nicht, als wir vor meinem Wohnheim angekommen sind. Ich steige aus und auch Ryan rutscht von seinem Sitz. Nachdem ich den Wagen umrundet habe, bedanke ich mich und zwinge mich zu gehen, obwohl der weitaus größere und verflucht inkonsequente Teil von mir bleiben will. Ich straffe die Schultern und wende mich um. Aber Ryan ergreift meine Hand und hält mich zurück.

»Warte.«

Widerstrebend drehe ich mich zu ihm um.

»Ich weiß, dass ich es verbockt habe, aber heute Abend ...« Er beißt sich auf die Lippe. »Dich zu treffen hat mir gezeigt, dass ich dich wiedersehen möchte.« Er blickt mir fest in die Augen und da ist nichts als Sehnen in seinem Blick.

Wärme breitet sich in mir aus, aber ich rufe mich zur Ordnung. Er kann so etwas nicht sagen und erwarten, dass ich ihm einfach verzeihe. Ich sollte es ihm nicht so leicht machen. »Warum?«, stoße ich hervor. »Um mich dann wieder zu ghosten?«

Er schüttelt den Kopf. »Ich habe dir gesagt, dass mein Leben vollkommen im Eimer ist.« Noch immer hält er meine Hand und erhöht den Druck etwas. »Ich dachte, dich nicht mehr zu sehen wäre vernünftig.« Er knetet seinen Nacken und lässt den Arm dann an der Seite hinabbaumeln. »Aber wie vernünftig kann es sein, als Schiffbrüchiger der einzigen Insel in all dem Chaos den Rücken zuzukehren?«

Er tritt ganz nah an mich heran und gibt mir einen scheuen Kuss auf die Wange. Die Unsicherheit, die in dieser Berührung liegt, berührt mich tief in meinem Inneren, reißt all die guten Vorsätze nieder, ihm keinen Gefühlsboden mehr zu überlassen.

»Du bist diese Insel, Autumn«, flüstert er dicht an meinem Ohr, verharrt einen winzigen Moment und macht dann einen Schritt rückwärts. Dann noch einen.

Ich sage nichts. Alle Worte sind in diesem Moment unpassend, unauffindbar, zu banal. Ich schließe die Augen, horche in mich hinein. Und nicke dann.

Ryan spiegelt meine Bewegung und lächelt. Ganz leicht nur, aber es reicht, um mein Herz leicht zu machen.

»Ich rufe dich an«, murmelt er. »Sobald Tess' Auto fertig ist.«

Ryan

Eigentlich müsste ich Nate in den Hintern treten, weil er Autumn in die Werkstatt gelotst hat. Aber stattdessen will ich ihm einen verfluchten Orden verleihen. Denn als sie vorgestern plötzlich vor mir stand, hatte ich das erste Mal seit Langem das Gefühl, wieder richtig atmen zu können.

Jetzt gerade fühlt es sich allerdings an, als hätte ich verlernt, wie das überhaupt geht. Und das nur, weil Autumn vom Gehweg auf den Parkplatz der Werkstatt einbiegt. Die Haare zu einem unordentlichen Knoten auf den Kopf getürmt und in einer kurzen Hose sowie einem einfachen Oversize-Shirt. Trotz dieser unspektakulären Klamotten sieht sie absolut umwerfend aus.

Ich habe sie angerufen, dass Tess' Wagen fertig ist. In Rekordzeit, weil ich sie so bald wie möglich wiedersehen wollte.

Aus dem abendlichen Halbdunkeln mache ich einen Schritt auf sie zu und hebe meine Hand.

»Hi«, begrüßt Autumn mich, während sie sich die Kopfhörer aus den Ohren zieht.

»Hi.« Mit einer einladenden Geste bitte ich sie herein und warte, bis sie an mir vorbei ins Innere tritt. Ein paar Strähnen sind aus ihrem Knoten herausgerutscht und kräuseln sich verschwitzt in ihrem Nacken. »Möchtest du etwas trinken? Ist immer noch ziemlich heiß«, sage ich und reibe nervös meine Handflächen gegeneinander. Ich benehme mich, als wäre das hier mein erstes Date überhaupt. Wie damals mit dreizehn, als ich Kimberley von nebenan auf einen Milchshake eingeladen habe. Die Luft fühlt sich zu heiß an. Mein Herz zu unstet.

»Das wäre toll, danke«, sagt sie und legt ihre Tasche auf dem Sofa ab.

Ich gehe zu dem kleinen Kühlschrank, auf dem die Kaffeemaschine steht, und öffne ihn. »Cola oder lieber Limonade?« Zugegeben, die Auswahl ist übersichtlich.

»Cola ist super.«

Ich ziehe zwei Dosen heraus, öffne sie und reiche ihr eine. Dankbar nimmt Autumn sie entgegen und trinkt ein paar Schlucke.

»Das habe ich gebraucht. Im Bus war es dermaßen stickig. War kaum auszuhalten. Hier ist es dagegen echt angenehm.«

Durch die Nähe zum Wasser ist die Hitze hier nicht so drückend wie in der Stadt und es weht beständig eine kühle Brise über die Richardson Bay und durch Sausalitos Straßen. »Du hast mich erwischt. Eigentlich arbeite ich nur hier, um mich abzukühlen.« Ich grinse schief. »Wenn du willst, kannst du bleiben. Ich mache dir einen guten Preis für dieses exorbitant schöne Zimmer mit bestechendem Ölgemälde auf dem Boden und minimalem Meerblick.« Ich deute mit zusammengekniffenen Augen auf das winzige Stückchen Blau, das zwischen den Gebäuden vor der Werkstatt hindurchblitzt. »Mach es dir einfach gemütlich. Ich erkläre Dad schon irgendwie, wieso wir seit Neuestem eine Untermieterin haben.«

Sie lacht. Genau dieses Geräusch habe ich gebraucht. Das hier führt vielleicht nirgendwohin, aber Autumn tut mir gut. So gut, dass ich sie mit einer brennenden Intensität um mich haben will.

»Eigentlich bin ich nur hier, um den Wagen abzuholen.«

Ihre Worte sind wie eine kalte Dusche. Natürlich. Ich sollte mir nicht einbilden, dass sie mehr von mir will als die Schlüssel des Toyota und eine Cola. Immerhin habe ich sie geghostet. Vielleicht hat sie mich deswegen vorgestern nicht gevierteilt. Sie hat meine Entschuldigung angenommen, aber das bedeutet nicht, dass sie vergisst, was war.

»Moment«, bitte ich sie, verschwinde kurz in Dads winzigem Büro, sortiere mich und angle dann den richtigen Schlüssel vom Bord über seinem Schreibtisch. »Dann zeige ich dir mal den Zauber eines perfekt lackierten Kotflügels«, sage ich so leichthin wie möglich.

Autumn nimmt ihre Tasche und folgt mir auf den Parkplatz hinter dem Gebäude. Wie bei jedem anderen Kunden auch zeige ich ihr den reparierten Schaden und händige ihr den Schlüssel aus.

Autumn nimmt ihn entgegen.

»Was schulde ich dir?«, fragt sie leise und zieht einen Umschlag mit Scheinen aus ihrer Gesäßtasche.

Wenn ich selbst nicht so knapp bei Kasse wäre, würde ich sie gar nicht bezahlen lassen. »Achtzig Dollar«, sage ich zerknirscht. »Das deckt die Kosten für den Lack. Das Ausbeulen war keine große Sache.«

»Und deine Arbeitszeit?«

»Ich habe dir gesagt, dass ich von Freunden nichts dafür nehme«, erinnere ich sie.

Sie nickt, während das unpassende Wort Freunde zwischen uns nachhallt. Sie zählt vier Zwanzigdollarnoten ab und gibt sie mir. Den Rest verstaut sie wieder und murmelt ein unsicheres »Danke«. Es fällt ihr schwer, Hilfe anzunehmen. Und ich mag selbst das an ihr. Viel zu sehr. Sekundenlang stehen wir voreinander. Sie könnte losfahren, tut es aber nicht. Und ich habe einen Arsch voll Arbeit, der drinnen auf mich wartet. Und bleibe trotzdem.

»Hast du Lust, noch mit reinzukommen?«, frage ich schließlich und blicke sie vorsichtig an, atme tief durch. Das ist Irrsinn und hat keine Zukunft. Ich habe keine Zeit für so etwas. Trotzdem rede ich weiter. »Ich muss zwar arbeiten, aber wir könnten uns unterhalten und du genießt noch ein wenig den einmaligen Ausblick und die perfekte Klimatisierung.«

Autumn

Ich habe Ja gesagt. Einfach so. Ja.

Zwei Buchstaben, die unüberlegt waren, sich aber total richtig anfühlen. Insbesondere weil Ryan, Sekunden nachdem ich zugestimmt habe zu bleiben, seine Hand auf meinen Arm legt und dazu ein Gesicht macht, als hätte er ein Inning, ach was, das gesamte Spiel gewonnen.

Wie soll ich so bitte meine Gefühle ausknipsen? Denn das muss ich, wenn ich ihm keine weitere Gelegenheit geben will, mein Herz zu schreddern. Ganz offensichtlich hat er Probleme, die etwas Tiefergehendes unmöglich machen. Wenn ich mich also hierauf einlasse, sollte ich es als das sehen, was es ist. Eine gute Zeit. Momente, die unseren Alltag durchbrechen. Vielleicht Sex. Nicht mehr.

»Was hast du in letzter Zeit getöpfert?« Er steht gegen das Heck eines Buicks gelehnt und sieht verstörend attraktiv aus.

Und ich rede mir ein, dass ich diese ganze Ryan-Sache im Griff habe. »Ich war bouldern, als die Sache mit Tess' Auto passiert ist.« Ich lächle. »Und wer hätte es gedacht – ich kann klettern.«

Er lacht leise und betätigt die Hebebühne neben sich. »Ich wusste, du würdest etwas finden, in dem du gut bist. Und du hast meinen vollen Respekt, dass gerade das dein Ding ist. Was das Klettern angeht, bin ich eine echte Niete.

Hab's mal mit Nate ausprobiert und echt beschissen abgeschnitten.«

»Ich sagte, ich kann klettern, nicht, dass es mein Ding ist«, erwidere ich und trete zu ihm unter das angehobene Fahrzeug.

Er grinst. »Du könntest ausprobieren, ob eine Mechanikerin in dir steckt.« Er greift um mich herum und kommt mir dabei so nah, dass ich die unverwechselbare Mischung aus Minze und Cola wahrnehme und mich unwillkürlich danach sehne, ihn zu küssen. So, wie Ryan mich ansieht, geht es ihm genauso, aber er gibt dem Gefühl nicht nach. Stattdessen zieht er einen Kanister zwischen uns, der auf einem Stab befestigt ist. »Also schön, lassen wir das Öl ab«, raunt er mir zu.

Ich habe zwar Probleme, mich auf etwas anderes zu konzentrieren als seinen Körper, die hellen Bartstoppeln und seine Lippen, aber ich versuche, mich zusammenzureißen. »Was muss ich tun?«

Er schiebt sich hinter mich. »Erst mal positionieren wir die Ölauffangwanne richtig.« Mit einem prüfenden Blick zieht er das Teil noch ein Stück zu uns heran und nickt. Dann führt er meine Hand an eine Schraube. »Du muss die Ölablassschraube ertasten.« Er reicht mir einen Schraubenschlüssel. »Und jetzt löst du sie hiermit vorsichtig«, sagt er und wartet, bis ich ihm das Werkzeug abnehme. »Aber zieh sie noch nicht raus.«

Ich spüre seine Brust an meinem Rücken, seine Arme, die mich umgeben und mir helfen, den Schlüssel richtig aufzusetzen. Ich muss etwas Kraft anwenden, um die erste halbe Umdrehung zu schaffen. Dann geht es ganz leicht.

»Der Wagen steht noch nicht lange. Das Öl ist also

wahrscheinlich noch heiß. Verbrenn dich nicht, wenn du die Ablassschraube ganz rausziehst.«

Es freut mich, dass er mir das zutraut, obwohl ich im Grunde keine Ahnung habe, was ich hier tue. Er dreht meinen Körper etwas und nickt mir dann zu.

Ganz vorsichtig ziehe ich an dem gelösten Teil und sofort ergießt sich ein Schwall Öl durch das Sieb in den darunterstehenden Kanister. »Ich habe meinen ersten Ölwechsel gemacht«, stoße ich begeistert hervor und streiche mir mit dem Handrücken die Haare aus der Stirn.

Ryan lacht und tippt meine Wange an. »Das ist im Übrigen der Grund, warum man bei einem Ölwechsel besser Handschuhe trägt.« Er dreht meine Hand so, dass ich den schwarzen Streifen darauf sehen kann. Die Hälfte hängt jetzt wohl in meinem Gesicht.

»Vielleicht sollte ich dir noch einen Strich auf der anderen Seite verpassen, dann könntest du dem Footballteam beitreten.« Er hält seine Hände hoch, die nicht besser aussehen als meine.

»Wage es ja nicht!«

Meine Abwehr beeindruckt Ryan absolut nicht. Er kommt immer näher, aber bevor er mit seinem Daumen die andere Wange erreicht, jage ich davon. Quer über Reifen und Werkzeug. Lachend, voller Adrenalin, halbherzig. Denn ich weiß, wie es sich anfühlen wird, wenn er mich erwischt.

Auf Höhe des Büros holt er mich schließlich ein und schneidet mir den Weg ab. Es gibt kein Entkommen. In meinem Rücken spüre ich die Wand, in meinem Körper das Prickeln, das die Jagd durch meinen Körper schwemmt und mit dem meine Vorsätze davontreiben. Ich will nicht vorsichtig sein. Ich will genau das hier. Egal, was am Ende daraus wird.

Ryans Blick liegt auf mir. Seine Kiefer mahlen, als er Schritt für Schritt näher kommt. Mit dem linken Arm stützt er sich gegen die Wand und nimmt mir damit den einzigen Fluchtweg. Nicht, dass ich noch in der Lage wäre, diesen zu nutzen, selbst wenn er nicht versperrt wäre. Mit der freien Hand zieht er einen frischen Lappen aus seiner Gesäßtasche und säubert erst meine Wange und dann unsere Hände.

»Besser«, murmelt er, aber sein Grinsen verendet auf halber Strecke und sein Blick wird ernst, durchdringend.

Mit den Fingerspitzen fasse ich an die Stelle, die er eben berührt hat. Ryan stoppt die Bewegung, indem er meine Hand umschlingt und sie gegen die Wand presst. Sein Atem stolpert gegen meinen. Er kämpft sekundenlang mit sich, während ich längst aufgegeben habe, dann endlich küsst er mich.

Seine Lippen öffnen sich. Seine Zunge teilt meine Lippen und reißt mich mit. Mit Haut und Haaren. Ich schlinge den freien Arm um seine Mitte, berühre seinen Hintern, aber Ryan ergreift auch sie und drückt sie neben meinem Kopf gegen die Wand. Ich bin eingerahmt von seinen starken Armen, während er meinen Mund erobert, mich.

Ich falle in diesen Kuss und da ist kein Boden. Bis plötzlich das Klingeln seines Telefons zwischen uns schlägt.

Atemlos lässt Ryan von mir ab. Sekundenlang presst er seine Stirn gegen meine und entfernt sich schließlich zögerlich einen Schritt von mir. Dann noch einen.

»Entschuldige«, stößt er rau hervor und zieht sein Handy aus der Tasche. »Da muss ich rangehen.« Er dreht sich um und geht ein paar Schritte in Richtung Büro, während ich noch immer damit beschäftigt bin, mich zu sammeln, das Flattern in meinen Zellen zu beruhigen.

Er spricht so leise, dass ich nichts verstehen kann, und ich frage mich unwillkürlich, was er verbirgt. Wieso er mir nicht sagt, was sein Leben so sehr bestimmt, dass er immer erreichbar sein muss und keine Beziehung führen will. Warum er mich geghostet hat und sogar sein Stipendium gefährdet, weil er nicht mehr zur Uni und zum Training geht. Er legt auf und kommt zurück zu mir. Eine Hand im Nacken, sieht er mich mit derselben Intensität nicht an, mit der mich sein Blick vor nicht einmal einer Minute an die Wand gefesselt hat. Aber anstatt sich zu erklären oder mich erneut zu küssen, zieht er mich in seine Arme, hält mich fest und presst seine Lippen in mein Haar. »Ich muss los«, flüstert er und ich spüre seinen warmen Atem und das Bedauern, das in seinen Worten mitschwingt. »Chaos-Leben.« Er zuckt kaum merklich mit den Schultern. »Ein Notfall. Es tut mir ehrlich leid.«

Die Art, wie er das sagt, lässt mich nicken. Er kann vielleicht nicht darüber sprechen, was in seinem Leben schiefhängt, aber ganz tief in mir drinnen spüre ich, dass er mich nicht verarscht. Vielleicht will ich mir das aber auch nur einreden. »Hört sich so kryptisch an, als wärst du ein Geheimagent«, erwidere ich leise.

Ryan schiebt mich ein Stück von sich und umrahmt mein Gesicht mit seinen Händen. Zärtlich küsst er mich. »Dann wärst du auf jeden Fall die beste Tarnung der Welt«, murmelt er an meinen Lippen, nur um sich Sekunden später von mir zu lösen und das Licht im Büro zu löschen. Er nimmt seine Schlüssel vom Bord, ich meine Sachen vom Sofa und gemeinsam treten wir in die einbrechende Nacht hinaus. Er schließt die Werkstatt ab und wir laufen nebeneinanderher zu unseren Autos. Er berührt mich nicht noch mal, zieht mich nicht zum Abschied in seine Arme. Ohne etwas zu sagen, steigt er eilig in seinen Truck und wirft bereits den Motor an, bevor ich überhaupt in Tess' Wagen gestiegen bin. Das Licht seiner Scheinwerfer erhellt den Parkplatz, aber er fährt erst, als ich die Tür des Toyota hinter mir schließe.

Ryan

Amy sagte, ich bräuchte nicht zu kommen. Willow wäre zwar aufgewacht, ließe sich aber von ihr beruhigen. Trotzdem bin ich froh, dass sie sich an ihr Versprechen hält, mich anzurufen, sobald meine Tochter wach wird. Auch wenn Amy es für überbehütend hält, will ich für Willow da sein. Sie war viel zu oft allein, wenn sie nachts aufgewacht ist. Und sie sollte wissen, dass ich immer für sie da bin, wenn das geschieht. Ihr Dad, nicht nur Amy.

Die Fahrt nach Hause war nicht vorgesehen. Dass ich Zeit mit Autumn verbringe, auch nicht. Deswegen liege ich hoffnungslos hinter dem Zeitplan. Wenn ich alle Arbeiten fertig bekommen will, die Dad mir bis morgen aufgetragen hat, werde ich die halbe Nacht brauchen. Dabei bin ich schon jetzt todmüde.

Ich parke den Truck neben Cas' Lexus. Er ist seit heute von seiner Dienstreise zurück und hat sich den ersten Abend mit seiner Frau sicher anders vorgestellt, als ihn mit der Tochter seines Schwagers zu teilen. Mich überkommt das gewohnte schlechte Gewissen, weil ich so viel von Amy und ihm nehme und viel zu wenig zurückgebe.

Cas sitzt auf der Terrasse, als ich zum Poolhaus laufe.

»Hi, Ryan«, sagt er.

»Hi«, murmle ich. »Schön, dass du wieder da bist.« Vor ihm stehen zwei Weingläser. Die Nacht ist sternenklar und wunderschön, aber er sitzt allein hier draußen. Mit zwei verdammten Weingläsern. Trotzdem ist da keine Spur von Ärger in seinem Blick.

»Fühlt sich auch gut an, wieder hier zu sein.« Er setzt sich gerade hin und sieht mich an. »Amy hat mir erzählt, dass du die Uni schmeißen willst.«

Ohne Umschweife. Direkt dahin, wo es wehtut. So ist Cas. Normalerweise schätze ich das, aber heute habe ich keine Zeit für Grundsatzdiskussionen. Ich will so schnell wie möglich zu Willow. »Bin noch unentschieden, aber ja, sieht so aus, als hätte ich nicht wirklich 'ne Wahl«, murmle ich. Ich wünsche mir wirklich, weiter in Berkeley zu studieren, aber so, wie die Dinge liegen, sieht es nicht gut aus.

»Meine Chefs bezahlen mich so gut, dass es fast schon lächerlich ist. Lass uns die nächsten Tage einfach mal darüber reden, ob ich dir bei den Studiengebühren unter die Arme greifen kann, sollten sie dir das Stipendium streichen, okay? Das Studium ist essenziell.«

Für Cas ist das vielleicht keine große Sache. Für mich schon. So eine große Summe werde ich nicht einfach von ihm annehmen. Das ist zu viel. »Danke«, sage ich trotzdem. »Wir reden. Auch über Maine und wie es da war, okay?«

Cas nickt und prostet mir zu, während ich zum Poolhaus haste. Leise öffne ich die Tür. Amy sitzt auf dem Sofa, Willow auf dem Arm. Die Kleine hat die Augen geschlossen, zuckt kurz zusammen, als ich eintrete, und sucht sich eine andere Position an Amys Brust, bevor sie weiterschläft. Ich setze mich neben die beiden und streiche vorsichtig über Willows Haar.

»Ich habe doch gesagt, du brauchst nicht extra zu kommen. Sie schläft schon wieder. Ich warte nur noch etwas, bevor ich sie zurück ins Bett lege.«

»Cas sitzt auf der Terrasse und trinkt seinen Wein am ersten Abend zu Hause allein«, entgegne ich und ziehe die Augenbrauen hoch.

»Cas ist Vater. Er teilt mich seit sechs Jahre mit seinen Töchtern. Er kommt zurecht.«

»Willow ist aber nicht sein Kind. Er sollte nicht für sie zurückstehen müssen.«

»Sie ist aber seine überaus reizende Nichte. Er liebt sie, und wer sagt, dass er zurückstehen muss? Wir sind Meister darin, die uns verbleibende Zeit sehr effektiv zu nutzen.« Sie wackelt mit den Augenbrauen und entlockt mir ein Stöhnen.

»Ich liebe dich echt, aber ich will nicht hören, dass du Sex mit Cas hast. Das ist total eklig. Du bist meine Schwester, verdammt.«

Sie schlägt mir sanft gegen die Schulter, ohne Willow damit zu wecken. »Hast du gedacht, Kenzie und Ari wären durch unbefleckte Empfängnis entstanden?«

Ich halte mir die Ohren zu und stoße die Luft aus. »Unbefleckte Empfängnis, In-vitro-Befruchtung. Klapperstorch. Mir egal. Such dir was aus.« Ich verziehe gespielt gequält das Gesicht und werde dann wieder ernst. »Ist es wirklich okay?«

»Es ist wirklich okay. Und wenn ich wetten sollte, würde ich sagen, du bist noch nicht fertig mit deiner Arbeit.« Sie streicht mir über die Wange und lässt ihre Hand sekundenlang dort liegen. »Also fahr wieder rüber und erledige deinen Kram, wir kommen hier schon klar. Und versuch, dir nicht die ganze Nacht um die Ohren zu schlagen. Ich mache mir Sorgen um dich.«

»Und hast das direkt mit Cas besprochen.«

Sie lächelt. »Ich bespreche alles mit ihm. Das ist einer der Vorteile, wenn dein Mann auch dein bester Freund ist. Also ja, ich habe mit ihm über die Situation gesprochen. Und er ist derselben Meinung wie ich.« Und wie Nate. »Du solltest dein Studium nicht abbrechen. Berkeley ist wie ein Sechser im Lotto.«

»Ein sündhaft teurer Sechser.« Selbst wenn ich es schaffen sollte, trotz Willow mein Studium so schnell wie möglich abzuschließen, würde mich das ohne Stipendium rund hunderttausend Dollar kosten.

»Cas hat das Geld.«

Ich nicke. »Cas schon. Ich nicht. Das ist zu viel, Amy. Ich kann das unmöglich annehmen, und wer weiß, ob und wann ich es zurückzahlen kann.«

»Du müsstest es doch gar nicht zurückzahlen.« Sie ist lauter geworden und Willow bewegt sich. Wir verharren, bis sie weiterschläft. »Du bist so verteufelt dickköpfig«, flüstert sie dann verärgert.

Ich stoße meine Stirn sanft gegen ihre. »Same here.« Dann stehe ich auf. »Ich werde das nicht diskutieren. Ich bin dir wirklich dankbar für alles, was du tust, aber es muss einen anderen Weg geben. Und solange ich den nicht gefunden habe, arbeite ich erst mal weiter für Dad.«

Amy ist nicht einverstanden. Das sehe ich an der Art, wie sie die Stirn kräuselt und die Luft ausstößt, aber sie weiß, dass es keinen Sinn hat, mich jetzt überzeugen zu wollen. Umständlich rappelt sie sich mit Willow auf dem Arm vom Sofa hoch und ich folge ihr ins Schlafzimmer. Sie legt Willow in ihrem Bettchen ab, und erst als ich mir sicher bin, dass die Kleine friedlich weiterschläft, verlasse ich mit Amy das Zimmer. Die Tür ziehe ich leise zu und schalte das Babyfon an.

Amy nimmt es mir aus der Hand. »Okay, aber es gibt auch etwas, was ich nicht diskutieren werde.« Sie spricht mit leiser, aber unnachgiebiger Stimme.

»Und das wäre?«

»Du arbeitest nachts und verbringst sonst jede freie Minute mit Willow.«

»Was mir nichts ausmacht, weil ich sie liebe«, erinnere ich Amy daran, dass ich endlich Zeit mit meiner Tochter habe, die mir zuvor verwehrt geblieben ist.

»Das habe ich nie angezweifelt, aber …« Sie pikt mir mit dem Zeigefinger in die Brust. »… du musst auch mal was anderes sehen als Hebebühnen und Windeln, sonst drehst du irgendwann durch und läufst einen Song der *Wiggles* singend Amok.«

»Ich werde nicht Amok laufen. Versprochen.« Schmunzelnd lege ich drei Finger aufs Herz.

»Wirst du nicht.« Amy nickt und klingt sehr überzeugt. »Weil du nämlich morgen einen ganzen Tag freihast. Wir nehmen Willow mit ins Strandhaus. Cas hat nach seiner Dienstreise frei und wir entschuldigen die Mädchen für einen Tag in der Schule und dem Kindergarten, um nach Montara zu fahren.«

Ich will den Mund öffnen und ihr sagen, dass ich mich freuen würde, den Tag mit ihr, Cas und den Mädchen in Montara zu verbringen.

»Du bist nicht eingeladen«, stellt Amy jedoch klar, bevor ich etwas sagen kann. »Und ich habe Dad verboten, dich morgen in die Werkstatt zu lassen. Besuch Nate. Geh feiern. Triff dich mit Freunden oder leg dich einfach nur auf den Rasen und sonn dich. Was immer dich glücklich macht und dir dabei hilft, alles zu verarbeiten. Und vor Samstag will ich dich nicht in Montara sehen.«

Ich weiß nicht, was ich sagen soll. Das Angebot ist verlockend, gleichzeitig fällt es mir schwer, es anzunehmen. Amy sollte nicht meine Arbeit übernehmen. Ein Tag nicht in der Werkstatt zu arbeiten bedeutet, weniger Geld zu verdienen. Und kann ich Willow wirklich für so lange Zeit abgeben? Wird sie das nicht wieder verstören?

»Sie wird okay sein«, sagt Amy leise, als hätte sie meine Gedanken erraten. »Sie liebt Kenzie, Ari und Cas, und sie liebt mich. Sie wird den Spaß ihres Lebens haben. Hol Luft. Schöpf Kraft, sonst gehst du unter.«

Ein Gedanke leuchtet in meinem Hirn auf wie eine Signalrakete am nachtschwarzen Himmel. Autumn. Den Tag mit ihr zu verbringen würde mir tatsächlich Kraft geben. Nicht nur einen Moment zu haben, wie heute Abend, sondern einen ganzen Tag, ist genau das, was ich brauche. Sie ist mein Luftholen. Auch wenn es egoistisch ist, rede ich mir ein, dass Amy so hartnäckig wie Granit ist. Ich hätte sowieso keine Chance, ihren Plan umzuwerfen, also nicke ich.

»Gut.« Amy ist zufrieden. »Und jetzt werde ich zusammen mit Cas effektiv sein. Du solltest also verschwinden.«

Autumn

Jeans, ein einfaches Shirt, Chucks. Eines von Dads Hemden locker um die Hüften gebunden. So sieht mein Outfit für das Treffen mit Ryan aus. Eine Verabredung, für die ich zwei meiner Kurse schwänze. Besorgniserregend ist, dass ich trotz dieser Tatsache keine Sekunde gezögert habe, als er mich gefragt hat, ob wir uns heute sehen können.

Tess liegt auf ihrem Bett und sieht mir zu, wie ich meine Haare flechte, den Zopf wieder löse und die Haare erst über die rechte, dann über die linke Schulter drapiere. Sieht alles doof aus, und weil es draußen total heiß ist, fasse ich sie schließlich zu einem Knoten auf dem Kopf zusammen. Bevor ich es mir noch einmal anders überlegen kann, drehe ich dem Spiegel den Rücken zu und sehe Tess fragend an.

»Sieht super aus. Ganz du.«

Das war Sinn und Zweck dieses Outfits. Und zumindest aus Tess' Mund hört es sich wie ein Kompliment an.

»Wann geht euer Date los?«

»Das ist kein Date.« Es nervt mich, dass jeder das so sehen will. Inklusive meines bescheuerten Herzens. »Bei ihm ist einfach 'ne Menge los im Moment und er braucht jemanden, der ihn ablenkt.« Ich setze mich zu Tess aufs Bett.

Sie grinst breit. »Und da er nicht Nate gebeten hat, ihn

abzulenken, sondern dich, braucht es nicht viel Vorstellungsvermögen, wie das Ganze aussehen wird.« Sie verstaut ihre Bücher, einen dicken Block und angelt noch einen Stift von der Kommode neben ihrem Bett, der ebenfalls in dem Rucksack seine letzte Ruhe findet. »Ich muss los und werde den Pretty-Woman-Moment verpassen, aber du musst mir später alles erzählen. Ich schreibe für dich mit. Und, Autumn, pass auf, dass er nicht wieder irgendwelche Scheiße baut, die dir wehtut.«

»Er hat weder eine Limousine noch rote Rosen dabei, und wenn er im Anzug kommen sollte, laufe ich weg«, lasse ich ihre Vorstellung von Ryan als Richard Gere platzen. »Außerdem noch mal: Wir haben kein Date. Wir hängen nur zusammen ab. Er kann mir also gar nicht wehtun.«

Sie gibt mir einen Kuss auf die Wange. »Süß, wie du versuchst, dir das einzureden.« Mit einem Augenzwinkern dreht sie sich um und verschwindet.

Die Tür klappt zu und ich atme erleichtert aus. Einen Augenblick lang sitze ich einfach nur da. Dann schiebe ich mein Handy in die Hosentasche, das Portemonnaie in die Gesäßtasche meiner Jeans und mache mich auf den Weg nach unten. Es sind noch zehn Minuten bis zu unserem Treffen, aber ich will Ryan nicht warten lassen. Auch wenn ich damit preisgebe, wie sehr ich mich auf diesen Tag freue. Auf ihn.

Die Sonne brennt von einem wolkenlosen Himmel herab und lässt meine Haut kribbeln. Sein Pick-up steht bereits am Straßenrand. Offensichtlich freue nicht nur ich mich genug, um zu früh zu kommen.

Als ich lächelnd auf ihn zulaufe, öffnet er die Fahrertür, steigt aus und nimmt mich zur Begrüßung in den Arm.

»Hi«, murmelt er an meiner Schläfe und gibt mir einen sanften Kuss.

»Hi.« Wir sehen einander tief in die Augen, aber dann breche ich den Blickkontakt ab, indem ich auf meine Schuhspitzen starre, und erst als ich nicht mehr das Gefühl habe zu schmelzen, blicke ich Ryan wieder an. »Also, was machen wir?«

»Ich zeige dir ein bisschen mehr von mir.« Er begleitet mich zur Beifahrerseite, aber ich komme ihm zuvor, öffne die Tür und schiebe mich auf den Sitz. Nicht, dass er mir am Ende noch die Tür aufhält und dadurch noch perfekter wird. Denn ich bin mir schon jetzt ziemlich sicher, dass tiefer in Ryans Welt einzutauchen bedeuten würde, mich noch mehr in ihm zu verlieren.

Er nickt und akzeptiert damit wortlos, dass ich nicht auf seine Gentleman-Ader stehe. Sobald er den Wagen umrundet hat und ebenfalls eingestiegen ist, startet er den Motor und fährt los. Fort von der Uni, aus Berkeley hinaus und über die Oakland Bridge nach San Francisco. Wir erreichen die schmalen Straßen des Stadtteils North Beach und sofort nimmt mich das rege Treiben in unmittelbarer Nähe zum Pier 39 gefangen. Wir lassen Ryans Wagen in einer Seitenstraße stehen, holen uns einen Smoothie in einem der vielen Green Markets und schlendern an kleinen Ladengeschäften und winzigen Restaurants entlang. Vor einem schmalen Shop hält Ryan an. Noten bedecken die Fassade, und obwohl das Schaufenster eher einer Schießscharte ähnelt, ist klar, dass es sich um einen Plattenladen handelt.

»Musik hilft mir, abzuschalten und mich beim Sport zu motivieren.«

»Wenn du mal wieder zehn Runden Straflauf aufgebrummt bekommst?«

Er lacht. »Zum Beispiel. Dieser Laden ist der beste überhaupt. Lust, reinzugehen?«

Ohne meine Antwort abzuwarten, nimmt er mir den leeren Smoothiebecher ab, entsorgt ihn in einem nahen Mülleimer und ergreift meine Hand. So klein der Laden von außen wirkt, umso größer ist er innen. Über zwei Ebenen erstrecken sich alle Musikgenres, die je auf Vinyl gepresst wurden, fein säuberlich sortiert und in Holzkisten stehend. Stylishe Lampen leuchten die Schätze perfekt aus. Ryan nickt dem Besitzer zu, der ihn anscheinend kennt, streicht im Gehen mit seiner freien Hand über die teilweise noch original verschweißten Platten und bleibt schließlich in der Abteilung mit Indie-Rock stehen. Sie nimmt sicher zwei Drittel der Gesamtfläche ein. Ryan nimmt einen Kopfhörer, der vor einer der Holzkisten hängt, lauscht sekundenlang, nickt und setzt ihn mir dann auf.

Ein schneller Rhythmus, eine einnehmende Stimme, die davon singt, dass sie mehr will. Weil weniger als mehr den Sänger umbringen würde. »Wer ist das?«, frage ich und lüfte kurz eine Seite des Hörers.

»*Animal* von den Neon Trees.«

Die Musik fließt durch meinen Körper und ich wiege mich in ihrem Takt. Explodierende Chemie macht es dem Sänger laut Songtext unmöglich zu schlafen. Keine Ahnung, ob Ryan den Song bewusst gewählt hat, aber das Summen, das sein Daumen auslöst, der auf meinem Nacken kreist, sagt mir, mir könnte dasselbe Schicksal blühen wie dem Leadsänger der Neon Trees.

Ryan löst sich von mir, entfernt sich etwas und nimmt einen anderen Kopfhörer. Er schließt die Augen und bewegt sich wie ich zur Musik, lässt sich mitreißen. Je länger er zuhört, umso ausgelassener wird er. Irgendwann spielt er dann sogar Luftgitarre, bringt mich damit zum Lachen und am Ende dazu, es ebenfalls auszuprobieren. Wir springen gemeinsam zu Stadionhymnen, tanzen zu ausgelassenen Rockliedern, drehen uns sanft zu Balladen, singen lautlos, aber mit vollem Körpereinsatz die schmerzerfüllten Worte der Songwriter mit. Ein bisschen ist es, als würden wir miteinander tanzen. Nur wir. In diesem Moment. Obwohl uns zig Platten trennen, wir nicht einmal dieselbe Musik hören und nicht allein im Laden sind.

Lachend und total ausgelassen stolpern wir rund eine Stunde später zurück in das grelle Sonnenlicht. Ryan verflicht seine Finger mit meinen und ich lehne mich an seine Schulter, während wir weiter in Richtung Pier spazieren. Ein Secondhandladen weckt mein Interesse und ich überrede Ryan hineinzugehen. Ein wildes Sammelsurium aus skurrilen, bunten und abgespacten Retroklamotten erwartet uns. Ryan verdreht lachend die Augen, als ich ihn mit einer knatschbunten Federboa einfange. Zum Ausgleich für diese modische Körperverletzung gebe ich ihm einen Kuss. Es kostet mich alle Anstrengung und einen Mafia-Hut, den ich ihm überstülpe, um meine Lippen wieder von seinen zu lösen. Die ältere, sehr Hippie-angehauchte Lady hinter dem Tresen lächelt nur in sich hinein und lässt uns gewähren.

»Das ist nicht fair.« Ryan kitzelt mich mit der Boa. »Ich sehe aus wie ein Transvestit mit Killerqualitäten, während du …« Er zögert und berührt sanft meine Taille. »… während du so aussiehst.« Kurzerhand zieht er eine Lederjacke vom Ständer, die so viele Pailletten hat, dass es Elton John neidisch machen würde, und legt sie mir um die Schultern. Dann greift er nach einem Schlapphut, den er mir überstülpt. Ich sehe vermutlich echt scheiße aus, aber ich drehe mich in perfekter Marilyn-Monroe-Manier um die eigene Achse und präsentiere seine Kreation, als gehöre sie auf die Laufstege dieser Welt. Wir probieren uns durch das gesamte Sortiment, aber das Beste sind die zarten Küsse, die wir dabei immer wieder austauschen, die Berührungen und das Lachen, das wir teilen.

Ryan steckt in einem Rock mit riesigen Birnen auf kariertem Untergrund, einem Strickalbtraum von Oberteil und unter einer rosafarbenen Perücke, als er plötzlich innehält. »Ich verhungere.«

»Ich auch.« Erst als er es sagt, wird mir bewusst, dass mein Magen zwar voller Prickeln ist, aber ansonsten vollkommen leer.

Wir schälen uns aus den Klamotten und verlassen das Geschäft.

»Burger am Pier?«, fragt Ryan und legt wie selbstverständlich seinen Arm um mich, als ich nicke.

Ich ergreife seine Hand, die lose über meiner Schulter baumelt, verflechte meine Finger mit seinen und lege den Kopf an seine Brust. Unwillkürlich frage ich mich, was die Menschen denken, die uns auf dem Pier 39 entgegenströmen. Das Gleiche wie die ältere Dame im Secondhandladen? Dass wir verliebt sind? Ein Paar? Was denkt Ryan darüber? Was fühlt er? Ich mustere ihn prüfend, aber es ist unmöglich zu erkennen, was er empfindet.

Bunte Wimpel flattern zwischen den weißen Holzhäusern, die Restaurants, Geschäfte und Souvenirshops auf dem Pier beherbergen.

Ryan steuert zielstrebig ein Restaurant an, das ganz im Surferlook gehalten ist. Die Tische sind aus alten Boards gebaut worden, die Stühle aus Bambus und der Boden ist von Sand bedeckt. Wir bekommen einen kleinen Tisch in einer ruhigeren Ecke der Terrasse und bestellen Burger und Cola.

»Gefällt es dir?« Ryan sieht mich fest an, als würde er befürchten, dass ich sein San Francisco nicht mögen könnte.

»Es ist umwerfend.«

»Ja, diese Wirkung hat diese Stadt manchmal«, bemerkt Ryan und grinst mich an.

Ich erwidere sein Lächeln. »Ich mag den Vibe.«

»Ich auch.« Er sieht mich eindringlich an und lässt offen, ob er den Vibe der Stadt meint oder den zwischen uns.

Ryan

Ich vermisse Willow und ertappe mich dabei, dass ich immer wieder aufs Telefon sehe, um sicherzugehen, dass mit ihr alles okay ist, aber ich genieße den Tag mit Autumn trotzdem. So sehr, dass es mir ein wenig Angst macht.

Nach dem Essen haben wir uns zwei Kanus geliehen und sind entlang des Piers über das Wasser gepaddelt. Kurz vorm Anleger hat Autumn versucht, mich umzuwerfen, und sich auch nicht von meinem Protest davon abbringen lassen, dass das Wasser hier echt saukalt ist und es Haie gibt. Sie hat einfach gelacht und weitergemacht. Am Ende wären wir beide fast gekentert. Da Autumn neu in der Stadt ist, habe ich all den Touristenkram mit ihr gemacht wie Grimassen-Fotos vor dem Denkmal der Fisherman's Wharf. Wir sind mit einem der Cable Cars vom Pier in die Innenstadt hinaufgefahren und über die Lombard Street zurückgelaufen. Autumn ist mit ausgestreckten Armen die vielen Kurven hinabgerannt, und obwohl wir vermutlich zig Touristenfotos gefotobombt haben, habe ich es ihr gleichgetan. Am Ende dieses perfekten Tages habe ich sie nach Hause gebracht, aber anstatt uns zu verabschieden, sind wir aufs Dach gegangen, haben geredet, uns geküsst. Wir haben einen Stuhl der Kiffer so vor die Tür gestellt, dass niemand mehr aufs Dach kommen kann, und dann haben wir uns ineinander verloren.

Jetzt spüren wir atemlos dem Vibrieren nach, das noch

immer durch unsere Körper rollt. Wir liegen einfach da, nur unsere kleinen Finger sind miteinander verschränkt.

Die untergehende Sonne kippt einen ganzen Farbeimer über das Firmament und eine leichte Brise lässt Autumns lose Haarsträhnen tanzen. Ich unterdrücke den Impuls, sie ihr hinters Ohr zu streichen. Bisher habe ich ihr nichts von Willow erzählt, habe mir eingeredet, das wäre nicht nötig. Sie wäre nur eine Affäre und die Wahrheit deswegen unerheblich. Aber wenn mir dieser Tag eines gezeigt hat, dann, dass sie verdammt noch mal mehr ist. Mehr als unbedeutender Sex, was wohl so ziemlich gegen jede Richtlinie einer anständigen Affäre verstößt.

»Ist alles okay?« Sie stößt mich an, indem sie ihre Schulter leicht gegen meine stößt. »Du siehst irgendwie traurig aus. Besorgt?«

Beides. Denn ich bin mir zwar ziemlich sicher, dass sie die Wahrheit verdient, bevor das hier noch weiter geht. Aber mindestens genauso sicher bin ich mir, dass uns diese Wahrheit das Genick brechen wird. Autumn ist gerade erst die Verantwortung für ihre Geschwister losgeworden. Sie will ihre Zeit in Kalifornien genießen und sich ausprobieren. Dazu gehört mit Sicherheit nicht, sich um die Probleme zu kümmern, die eine verstörte Zweijährige heraufbeschwört. Außerdem, wie sollte das zwischen uns je dazu passen, dass allein Willow mein Leben bestimmt. Sie kommt an erster Stelle und beansprucht den Großteil meiner Zeit. Autumn müsste immer zurückstecken, damit klarkommen, dass ich sie kategorisch aus diesem Teil meines Lebens heraushalte, denn ich bin nicht bereit, Willow zu diesem Zeitpunkt jemanden vorzustellen. Ich atme tief durch. Das letzte Mal, bevor die Bombe, die ich hochgehen lasse, keinen Sauerstoff mehr übrig lässt.

Autumn

Der Tag war wunderschön. Der Sex mit Ryan im Licht der untergehenden Sonne intensiv. Wie er meinen kleinen Finger umschlingt, herzverschiebend. Aber wie schon beim letzten Mal, als es so wolkenherzschön war, kippt das zwischen uns mit einem Mal.

Gewitterwolken ziehen in Ryans Augen auf. Seine Körpersprache legt Distanz zwischen uns. Er setzt sich auf und ist plötzlich meilenweit entfernt. Als würde er mich schon wieder ghosten, obwohl er noch direkt neben mir sitzt.

»Ist alles okay?« Ich richte mich ebenfalls auf, stoße ihn an, indem ich meine Schulter leicht gegen seine prallen lasse. Ich wünschte, ich könnte mich einfach an ihn lehnen, aber ich weite die Berührung nicht aus. »Du siehst irgendwie traurig aus. Besorgt?«

Er holt mehrfach tief Luft, als wäre die Antwort zu groß, um sie mit nur einem Atemzug auszusprechen. Er fährt sich durch die Haare und kämpft mit sich. »Ich hätte viel früher mit dir darüber reden müssen«, stößt er schließlich angestrengt hervor.

»Du bist doch ein Geheimagent?«, witzele ich, um die Spannung zu durchbrechen.

»Kein Agent.« Er schüttelt den Kopf. »Aber ich habe etwas vor dir geheim gehalten. Vor allen eigentlich.« Ich wende seine Worte in meinem Kopf und überlege, was so schrecklich sein könnte, dass er es nicht einfach sagen kann. Mir. Nate. Seinen Teamkollegen. Den Freunden.

»Das Tattoo …« Er berührt seinen Rippenbogen. »Du hast mich letztens danach gefragt. Das sind keine Berge. Es ist ein W.« Er nimmt meine Hand in seine, als müsste er mich festhalten, um mich durch die folgenden Worte nicht zu verlieren. »Es steht für Willow. Sie ist der Grund, aus dem ich derzeit nicht in die Uni gehe. Nicht zum Training.« Seine Stimme wird weich, zärtlich.

Seine Worte waschen das Glücksgefühl aus meinem Körper wie die einbrechende Nacht, die die Farben vom Himmel tilgt. »Willow?«, wiederhole ich tonlos. Eine Frau.

»Ja.« Er lacht leise. »Sie ist nur so groß.« Er hält seine Hand auf Kniehöhe. »Und trotzdem bringt sie mein komplettes Leben durcheinander.«

Erst mit mehreren Sekunden Verspätung erreicht die Information, die er hinterherschiebt, mein Hirn. Gus ist mit zwei so groß gewesen. »Du hast ein Kind?« Ich sehe ihn fassungslos an. Und gleichzeitig erleichtert.

Er nickt. »Sie ist zweieinhalb Jahre alt.«

Was bedeutet, er muss mit gerade mal siebzehn Vater geworden sein. Sicher kriegt er mit der Geschichte keine Auszeichnung für den verantwortungsbewusstesten Umgang in Sachen Verhütung, aber Unfälle passieren. »Warum hast du mir die ganze Zeit nichts davon erzählt?«, frage ich leise. Warum weiß niemand sonst davon? Das ergibt keinen Sinn.

Er zuckt hilflos mit den Schultern. »Hauptsächlich, weil ich keinen Kontakt zu ihr hatte und deswegen vermieden habe, an sie zu denken. Und du, Baseball, Nate und mein Leben an der Uni haben mir dabei geholfen zu verdrängen, dass ich so lange kein Teil ihres Lebens war. Ich habe mich darauf konzentriert, mein Leben auf die Reihe zu kriegen und so wenigstens finanziell für sie da zu sein.« Er beißt die Kiefer hart aufeinander.

Die Trennung muss schlimm gewesen sein. Ich mag mir gar nicht vorstellen, wie es sein muss, das eigene Kind so gut wie nie zu sehen. »Was hat sich verändert?« Mein Herz schlägt unruhig bei dieser Frage. Denn selbst wenn er seine Tochter plötzlich regelmäßig sehen dürfte, wäre das kein Grund, nicht mehr in die Uni zu kommen, abzutauchen. Da muss mehr dahinterstecken.

»Alles.« Ryan stößt die Luft aus und reibt sich über den Nacken. »Es hat sich einfach alles verändert. Ihre Mom hat Scheiße gebaut und ist abgehauen. Sie hat nur noch mich.« Er seufzt.

»Wo ist sie jetzt?«

»Bei meiner Schwester und ihrer Familie in Montara. Amy hat mich quasi gezwungen, mir mal einen Tag freizunehmen.«

Und den hat er mit mir verbracht. Obwohl ich vollkommen durcheinander bin, wärmt mich diese Tatsache.

»Sie meinte, ich müsste mal den Kopf frei bekommen, und sie hatte recht. Ich liebe meine Tochter und bin froh, sie bei mir zu haben, insbesondere nachdem ich sie so lange nur selten und irgendwann gar nicht mehr sehen durfte, aber das ist alles ein totales Chaos.« Er macht eine diffuse Handbewegung, die ihn und mich umfasst. »Eines, in das ich dich nicht mit hineinziehen wollte.«

Tausend Gedanken schießen durch meinen Kopf und ich weiß absolut nicht, nach welchem ich greifen soll. Ich habe so viele Fragen. Da ist so viel, was ich sagen will. Aber bevor ich weiter darüber nachdenken kann, stolpern die Worte bereits über meine Lippen. »Ich glaube, ich stecke längst mittendrin«, murmle ich. So fühlt es sich zumindest an. »Wie geht es jetzt weiter?« Das ›mit uns‹ spreche ich nicht aus, aber es ist da.

Ryan sieht mich eindringlich an. »Ich meinte es ernst, als ich sagte, du wärst eine Insel in all dem Irrsinn. Wenn wir uns nicht mehr sehen, saufe ich vermutlich ab.« Er legt sein Kinn auf die Schulter und wirkt zu unsicher für einen Ryan Hunter. »Ich will ehrlich sein, Willow ist echt verstört durch die Scheiße, die Val abgezogen hat, weswegen ich ihr niemanden vorstellen möchte. Sie braucht jetzt Ruhe und sollte sich nicht auf noch mehr neue Menschen einstellen müssen. Wenn ich sie habe, könnten wir uns also nicht sehen. Und dann muss ich auch noch arbeiten, trainieren und studieren. Ich werde also verdammt wenig Zeit haben. Ich habe dir am Anfang gesagt, dass ich nicht mehr geben kann als ein paar Momente. Jetzt kennst du den Grund dafür und ich verstehe vollkommen, wenn dir das zu krass ist.« Er beißt sich auf die Unterlippe, sieht zu Boden und dann wieder mich an. »Aber ich wünsche mir trotzdem, dass du mich weiterhin sehen willst.«

Ich bin erleichtert, dass er keine Erwartungen an mich stellt. Erwartungen, die an Verpflichtungen geknüpft sind, aus denen ich gerade erst ausgebrochen bin. Und gleichzeitig versetzt es mir einen Stich, dass er kategorisch ausschließt, mich seiner Tochter je vorzustellen. Er klammert mich aus dem wichtigsten Teil seines Lebens aus und ich frage mich, wo das zwischen uns hinführen soll. Unsere Leben sind so grundverschieden, dass wir kaum Schnittpunkte haben. Sekundenlang ringe ich mit mir, weiß nicht, was ich sagen soll. Deswegen rutsche ich stumm an Ryan heran, lehne meine Wange an seine, spüre nicht das, was gegen uns spricht, sondern was uns verbindet. Vielleicht müssen Dinge nicht immer irgendwo hinführen, denke ich trotzig und küsse ihn. Vielleicht reicht es aus, wenn wir der Schnittpunkt sind. Eine Insel. Füreinander.

Ryan

Wir haben noch lange beieinandergesessen und geredet. Nicht, dass sich irgendeins meiner Probleme dadurch gelöst hätte, aber ich fühle mich besser, jetzt, da ich weiß, ich werde Autumn weiterhin sehen.

Unverbindlich. Immer dann, wenn ich es einrichten kann und sie Zeit hat. Weil wir einander guttun. Mehr lassen meine Situation und Autumns Vergangenheit einfach nicht zu. Da kann mein Herz noch so störrisch sein.

Mitten in der Nacht bin ich nach Montara gefahren und Amy hat mich in einem der Gästezimmer einquartiert. Willow hat schon geschlafen und ich wollte sie nicht wecken, nur weil ich sie am liebsten in meine Arme geschlossen hätte. Da ich sie heute Nacht nicht gehört habe, muss sie durchgeschlafen haben. Durch die bodentiefen Fenster fällt Sonnenlicht in den Raum und breitet ein endorphintrunkenes Glücksgefühl in mir aus, während das Rauschen des Ozeans meinen Herzschlag beruhigt.

Amys und Cas' Ferienhaus steht auf einem Kliff am südwestlichen Zipfel Montaras. Direkt über dem Wasser.

Die durchgängige Glasfront an der Rückseite des Hauses erlaubt einen irren Blick über das Meer von jedem der sieben großzügig geschnittenen Zimmer aus.

Die Tür öffnet sich einen Spaltbreit und meine Schwester lugt herein. »Morgen«, flüstert sie, als ich die Hand hebe, um ihr zu signalisieren, dass ich wach bin. »Ich habe hier jemanden für dich.«

Ich schlucke das schläfrige Brummen hinunter, mit dem ich Amys ekelhafter Morgenenergie normalerweise begegne, und setze mich auf.

Willow klammert sich an ihr Bein. Als sie mich entdeckt, löst sie sich von meiner Schwester und rennt zu mir herüber. »Hi, MacFairy.« Ich fange sie auf und drücke sie ganz fest an mich. »Wie war dein Tag am Strand?«

Amy zieht die Tür hinter sich zu und lässt uns allein.

»Schön«, piepst Willow an meinem Hals. Ich hatte nicht wirklich mit einer Antwort gerechnet. Bisher hat sie sich geweigert zu sprechen. Nur nach Val hat sie immer wieder gebrüllt. Tränen treten mir in die Augen und ich drücke sie noch etwas fester an mich.

Zu fest, denn sie kämpft sich kichernd und unter Aufbietung all ihrer Kräfte aus meinen Armen frei und sieht mich vorwurfsvoll an. »Daddy zu stark«, stößt sie hervor und spricht dabei das Sch nicht richtig aus, was so niedlich klingt, dass ich sie am liebsten wieder umarmen würde. Stattdessen verlege ich mich darauf, ihr einen Kuss aufs Haar zu drücken und mit einer hoheitsvollen Verbeugung um Vergebung zu bitten. »Entschuldigung, werte Feen-Prinzessin.«

Sie kichert und erklimmt mit meiner Hilfe den Deckenhaufen auf meinem Schoß.

»Habt ihr gestern Sandburgen gebaut?«

Willow nickt begeistert und ich gebe ihr ein Highfive.

»Die will ich unbedingt sehen.«

»Du auch baun«, bestimmt sie.

»Nur wenn du mir hilfst.«

»Ich kann das«, bestätigt sie und hüpft auf meinem Schoß auf und ab.

Ich kann nicht genug davon bekommen, dass der Damm gebrochen ist und sie endlich spricht. Mit dieser Stimme, die mit Sicherheit ein Superheldengadget ist, um den Weltfrieden herzustellen. Auf jeden Fall stellt sie meinen Frieden her. »Und was habt ihr noch gemacht? Hast du im Wasser getobt?«

»Nur Ari und Kenzie.«

Ich streiche ihr die seidigen Locken aus dem Gesicht. »Und du nicht?«

»Das war su kalt.« Sie schüttelt sich.

»Und woher weißt du das, MacFairy, wenn du gar nicht drin warst? Haben Ari und Kenzie dich etwa nass gespritzt?«

Todernst schüttelt Willow den Kopf. »Tante Amy.«

Ich kann mir ein Grinsen nicht verkneifen. »Tante Amy hat dich nass gespritzt?«

Sie nickt so kräftig, dass sie einen Schluckauf bekommt. »Das kriegt sie von mir zurück, wenn wir heute an den Strand gehen. Keiner darf ungestraft meine kleine MacFairy nass spritzen.«

Willow runzelt die Stirn. In ihren Augen verschließt sich die Tür, die wir gerade erst aufgestoßen haben. »Amy nicht Aua«, fordert sie ängstlich.

Unwillkürlich flammt Wut in mir auf. Streit, und wenn nur im Spaß, ist für meine kleine Tochter gleichbedeutend damit, einem anderen Menschen Schmerzen zuzufügen. Ich glaube nicht, dass Val Willow geschlagen hat, aber ich bin mir sicher, dass meine Tochter mehr als einmal mit ansehen musste, wie ihrer Mom Gewalt angetan wurde. Und das ist fast genauso schlimm. Ich ziehe Willow in meine Arme und schüttle den Kopf. »Wir machen nur Spaß und spritzen sie ganz doll nass«, beruhige ich sie.

Der Duft von Kaffee breitet sich im Haus aus. »Wollen wir Tante Amy beim Frühstückmachen helfen?«

Der Schatten auf Willows Gesicht wird von einem breiten Lächeln verjagt. »Ja, ja, ja«, sagt sie so schnell hintereinander, dass die Worte ineinanderfließen. »Flühstück.«

»Frühstück«, wiederhole ich das Wort richtig und hebe sie im selben Moment auf meine Schultern. »Kopf einziehen, MacFairy, der Feen-Express startet in drei, zwei, eins.« Und dann düse ich los, drehe eine Extrarunde durch das Erdgeschoss, einfach weil ich es liebe, wie ausgelassen Willow dabei lacht. Ein Geräusch, für das ich töten würde und das jeden Fetzen Dunkelheit vertreibt. Dann setze ich sie auf der Arbeitsplatte der Kücheninsel ab.

»Die kleine Fee hat dir eine ziemlich extravagante Frisur verpasst«, bemerkt Amy und zupft an meinen Haaren, bis ich sie abschüttle. »Schön, dass du da bist. Du siehst besser aus«, sagt sie, bevor sie sich wieder dem Rührei widmet.

Ich nicke. »Ich fühle mich auch besser.« Amy reicht mir eine Schüssel mit Pancake-Teig. »Und sie redet«, flüstere ich so leise, dass Willow mich nicht hört.

Amy nickt und reckt beide Daumen hoch. »Ich weiß«, flüstert sie zurück. »Seit gestern. Ganz plötzlich.«

»Was ist plötich?«

Ich lache. »Plötzlich. Das ist, wenn etwas ganz unerwartet passiert. So wie wenn du und ich die Pfannkuchen zubereiten und sie ganz plötzlich vor Onkel Cas auf den Tisch stellen.«

»Plötlich Teig«, brabbelt sie und zieht an der Schüssel,

sodass etwas davon auf die Arbeitsplatte schwappt. Erschrocken sieht sie mich an.

»Nicht schlimm«, beruhige ich sie, stippe meinen Zeigefinger in die Lache aus Teig und berühre damit ihre Nase. Willow kichert und wischt sich mit dem Pyjamaärmel über das Gesicht. Mit einem Lappen beseitige ich den Unfall und beginne, mit Willow Pancake-Teig auf der vorgeheizten Gussplatte zu verteilen. Sie werden etwas unförmig, aber Willow-einzigartig. Ich helfe ihr beim Umdrehen, dem Schichten auf einem der Teller, passe auf, dass sie sich nicht aus Versehen verbrennt, und nicke nebenbei Cas zu, der in die Küche schlurft und zombiegleich einen Becher unter die Kaffeemaschine stellt.

Er ist genauso wenig Morgenmensch wie ich, und ich frage mich wirklich, wie er es aushält, mit Amy und seinen Töchtern zusammenzuleben, die alle drei direkt nach dem Aufstehen total angeknipst sind.

Erst jetzt fällt mir auf, dass ich die Rasselbande bis jetzt weder gesehen noch gehört habe. »Wo sind eigentlich Kenzie und der Flummi?« So viel Ruhe ist potenziell gefährlich.

»O nein.« Amy zuckt zusammen und sieht auf die Uhr. »Er hat recht. Was haben sie jetzt wieder angestellt? Das ist zu leise.«

Die Pfannkuchen sind fertig und ich hebe Willow von der Arbeitsfläche. »Ich gehe nachsehen.« Den Teller mit den Pancakes stellen Willow und ich auf dem Weg ins Kinderzimmer vor Cas ab.

»Plötlich«, erklärt Willow feierlich. Amy hinter mir lacht und Cas bedankt sich, auch wenn er den Insider nicht versteht.

Mit Willow auf dem Arm gehe ich über den Flur zum

Zimmer der Mädchen. Kein Laut dringt durch die Tür. Vorsichtig drücke ich die Klinke herunter und erwarte das Schlimmste. Eine neue Wandverzierung aus Creme oder Permanentmarker. Ein Gemälde auf dem Dielenboden oder etwas Ähnliches, das eine Vollrenovierung erfordert, aber die beiden liegen auf dem Boden und malen ganz friedlich ein Bild. Ein riesiges Banner, zusammengestückelt aus vielen kleinen Papierbögen.

»O nein. Du darfst doch nicht gucken«, brüllt Kenzie, als sie mich bemerkt. »Und Willow auch nicht.« Sie sieht aus, als würde sie gleich in Tränen ausbrechen. Blitzschnell halte ich Willow die Hand vor die Augen und kneife meine zu. Natürlich habe ich schon gesehen, was auf dem Banner steht. *Herzlich willkommen in der Familie, Willow.* Die Buchstaben bunt und fröhlich. Ein bisschen windschief und ungleich groß.

»Frühstück ist fertig«, sage ich und ernte ein »Keine Zeit!« von beiden. »Wann habt ihr denn wieder Zeit?«

»Heute Abend«, erklärt Ari feierlich. »Bis dahin sind wir nämlich beschäftigt.«

Mit Partyvorbereitungen für die Willkommensparty von Willow. Dass sie das für ihre Cousine tun, ist so süß und rührend. Sollte Amy je an ihrer Erziehung zweifeln, werde ich sie an diesen Moment erinnern. »Was auch immer ihr vorhabt, ihr solltet euch erst mal stärken. Willow hat Pancakes für euch gemacht«, locke ich meine Nichten und tatsächlich beraten sie sich flüsternd und nicken dann. »Okay, wir kommen gleich. Aber nicht gucken, Onkel Ryan!«

Ich schüttle todernst den Kopf. »Bin schon weg. Bis gleich, Mädels.«

Eine Nachricht geht auf meinem Handy ein und ich

ziehe mich vor die Zimmertür zurück, um nachzusehen, wer geschrieben hat. Autumn.

Sie fragt, wie es am Meer ist und ob wir uns morgen sehen.

Ein Lächeln legt sich auf meine Lippen, während ich zurück ins Esszimmer gehe und ihr schreibe, dass ich mich melde, sobald ich weiß, wann ich zurück bin.

»Du grinst«, bemerkt Amy. »Was haben sie angestellt?«

»Nichts«, beruhige ich sie und verschweige, dass meine gute Laune nur zum Teil mit meinen Nichten zusammenhängt.

»Nichts, was mich an den Rand eines Nervenzusammenbruchs bringt, oder nichts nichts?«

Ich setze Willow auf einen der Stühle und mich daneben. Dann fülle ich ihr Obst und Pancakes auf den Teller, schneide alles klein und drapiere etwas Ahornsirup obendrauf. Daneben stelle ich ein Glas mit Orangensaft, der zusammen mit dem Kaffee auch Cas' Lebensgeister wieder geweckt hat.

Er sieht mich genauso erwartungsvoll an wie meine Schwester. »Spuck's schon aus. Müssen wir renovieren oder uns nur bei den Nachbarn entschuldigen?«, fragt er.

»Ich bin mir nicht sicher, ob ihr Realisten oder Pessimisten seid«, frotzle ich. »Aber ihr liegt falsch. Die beiden bereiten eine Überraschung vor.« Genüsslich schiebe ich mir ein Stück Pfannkuchen mit Blaubeeren in den Mund. »Für Willow«, füge ich kauend hinzu.

In dem Moment betreten Ari und Kenzie den offenen Wohn-Ess-Bereich und überreichen jedem von uns eine glitzerüberladende, mit Federn und Perlen geschmückte Einladung für eine perfekte Feen-Willkommensparty.

Willow ist auf meinem Schoß eingeschlafen, der Mund klebrig von Marshmallows, die wir über dem Feuer am Strand geröstet haben. Der letzte Punkt auf Aris und Kenzies Liste von Dingen, die unbedingt zu der von ihnen geplanten Willow-in-unserer-Familie-Willkommensparty gehören. Genau wie ein Sandburgenbau-Wettbewerb und Algenticken auf den Schultern der Erwachsenen. Wir waren baden, und auch wenn Willow sich zunächst ängstlich an mir festklammerte, hatte sie schließlich den Spaß ihres Lebens. Insbesondere wenn sie mich nass gespritzt oder Cas sie gehalten hat, damit sie mich unter Wasser drücken konnte.

Jetzt ist sie vollkommen fertig. Ari und Kenzie sind unter Protest mit Cas zum Haus aufgebrochen, damit er sie ins Bett bringen kann. Vermutlich schläft er vor den beiden.

»Möchtest du noch einen?« Amy hält mir einen gerösteten Marshmallow entgegen, aber ich schüttle den Kopf.

»Ich glaube, meine inneren Organe sind schon verklebt.«

»Du übertreibst«, urteilt sie und schiebt sich die Süßigkeit selbst in den Mund. »Die Dinger sind so gut. Davon kann man nicht genug essen.« Mit einem genießerischen Augenrollen versucht sie, mir doch noch einen anzudrehen, und dieses Mal nehme ich ihn entgegen.

Aber anstatt ihn zu essen, zupfe ich nur daran herum. »Ich habe nachgedacht.«

»Ehrlich?« Amy lacht. »Denken ist ja sonst nicht so deine Stärke.«

»Sehr witzig.« Ich streichele Willow über ihr seidenweiches Haar. »Es geht ihr besser. Deswegen dachte ich,

ich könnte Montag versuchen, wieder zur Uni zu gehen. Vielleicht erst mal nur ein paar Stunden und wir sehen, wie es ist.« Denn in einem hatte Nate recht: Ein Abschluss in Berkeley würde Willows und meine Zukunft sichern. Es ist keine Lösung, das wegzuwerfen. Egal, wie hart es werden wird, allen Anforderungen gerecht zu werden. Ich muss es versuchen.

Amy lächelt. »Du solltest das unbedingt machen. Willow ist gern bei mir. Ich bin sowieso zu Hause mit den Mädchen. Und wenn mir mal etwas dazwischenkommt, springt Mom ein. Sie liebt die Mädchen – alle drei. Also gib der Sache eine echte Chance und mach keine halben Sachen. Deine Tochter wird prima zurechtkommen.«

Willows kleinen Körper an meine Brust gepresst, nicke ich. Sie liebt es tatsächlich, bei Amy zu sein und mit Ari und Kenzie zu spielen. Sie liebt meine Schwester und ihre Großeltern. Sie wird das toll machen. Ich mache mir eher Sorgen, wie ich damit klarkomme, sehr viel weniger Zeit mit meiner Tochter zu verbringen. »Es fällt mir echt schwer, sie so lange allein zu lassen«, murmle ich. Sie freiwillig abzugeben, um in der Uni zu hocken, nachdem ich sie ewig gar nicht sehen durfte.

»Willkommen in meinem Leben«, bemerkt Amy lachend. »Ich hätte allerdings nie gedacht, dass du dasselbe Glucken-Gen besitzt wie ich.« Sie löscht das nur noch schwach flackernde Feuer mit Sand ab. Willow wird halb wach, als ich aufstehe, schläft aber an meiner Schulter weiter, als ich Amy zum Haus folge. Vor der Tür hält sie mich zurück. Es ist so dunkel, dass ich nur ihre Umrisse ausmachen kann.

»Du bist ein toller Dad. Und das wirst du auch sein,

wenn du nebenher etwas aus deinem Leben machst. Weißt du, es kommt nicht darauf an, möglichst viele Stunden neben deinem Kind zu hocken, sondern darauf, die Zeit, die du mit Willow hast, intensiv zu nutzen.«

Autumn

Tess hat uns mit gefälschten Ausweisen in eine Weinprobe der Agrarwissenschaftler der San Francisco University geschmuggelt. Ihr Beitrag zu meinem Plan, neue Dinge auszuprobieren … Ich habe zwar kein Wort von dem verstanden, was die Studenten über die verschiedenen Weißweine erzählt haben, aber wir hatten trotzdem jede Menge Spaß. Und bereits einen ziemlichen Schwips, als wir vom Restaurant zum Thorsen House weitergezogen sind, dem Sitz der Sigma-Phi-Verbindung. Ein riesiges Backsteingebäude, das sich über drei Etagen erstreckt und durch die Säulen und Fensterläden aus Holz sowie die Lage in einem ruhigen Viertel Wohnidylle suggeriert. Nur die vielen Autos, die in der Straße und der Auffahrt parken, und die dumpfen Bässe, die aus dem Inneren des Hauses dringen, brechen mit diesem Eindruck.

Tess zerrt mich über den Rasen ins Haus. Das Licht ist schummrig. Die Räume sind bis zum Bersten voll mit Menschen, die sich im Takt der Musik bewegen, lachen, reden und trinken. In einer Ecke spielen einige Leute Twister, wobei die einzigen Regeln zu sein scheinen, dass man möglichst viel Körperkontakt hat und einen trinken muss, sobald man das Gleichgewicht verliert.

»Das sollten wir ausprobieren«, sage ich und stoße Tess an. Sogleich ist sie Feuer und Flamme. Nachdem wir uns einen Drink besorgt haben, kämpfen wir uns über die provisorische Tanzfläche zu der Spielmatte durch und warten auf die nächste Runde, bei der wir einsteigen und mitspielen. Zusammen mit zwei Typen aus der Verbindung. Eli und Max. Innerhalb von Minuten bilden wir einen einzigen Knoten aus Armen, Beinen und Lachen.

»Ich habe Rot.« Eli deutet zwischen meine Brüste, wo der rote Punkt auf der Spielmatte prangt. Er setzt seine Hand darauf und kommt mir dabei so nahe, dass ich die hellen Sprenkel in seinen ansonsten dunkelblauen Augen erkennen kann. »Hi«, sagt er und lächelt mich an – auf die Art, die zeigt, er ist sich seiner Wirkung auf Mädchen bewusst. »Ich bin Eli«, erklärt er unnötigerweise, denn sein Kumpel hat sie schon vor Beginn der Runde vorgestellt.

»Autumn«, murmle ich und versuche, wegzusehen. Ziemlich schwierig, wenn sich Elis Gesicht direkt vor meinem befindet und er keine Anstalten macht, seinen Blick von mir zu lösen.

Tess muss ihren Fuß auf Blau stellen und verhakt dabei ihr Bein mit meinem. »Sorry, Badass, aber ich will nicht die Erste sein, die rausfliegt und einen trinken muss.«

»Badass?«, wiederholt Eli und zieht amüsiert die Augenbrauen hoch. »Gefällt mir. Was genau macht dich denn zu einem knallharten Mädchen?« Sanft pustet er mir eine Haarsträhne aus dem Gesicht. Irgendjemand pfeift und Gejohle erklingt. Es scheint ein Privileg zu sein, von Eli angegraben zu werden. Nur ich weiß es nicht zu schätzen. Null. Denn der einzige Gedanke, der sich mit Elis plattem Geflirte in mir ausbreitet, ist, dass ich wünschte, ich wäre mit Ryan auf dem Dach des Wohnheims. Ruhe und er wären jetzt genau das Richtige. Ich stöhne unterdrückt. Dieser Abend gehört Tess und mir. Ryan hat nichts in diesem Moment verloren. Er sollte nur eine Insel sein, auf die ich mich ab und zu zurückziehe. Und jetzt habe ich Fernweh. Verdammter Mist.

»Scheint, als wärst du doch nicht so knallhart?«, kommentiert Eli mein Schweigen.

Ich blitze ihn an, richte mich mit einem Ruck auf und mein Abgang bringt um ein Haar den wackligen Menschenknoten zu Fall. Bevor die anderen mich auffordern können, einen Shot zu trinken, weil ich aufgegeben habe, kippe ich freiwillig drei hintereinander herunter und sehe sie dann herausfordernd an.

Tess lacht so sehr, dass erst sie und am Ende der ganze Knoten aus Eli, seinem Freund und ihr zusammenbricht.

»Ist alles okay?«, frage ich Tess und helfe ihr auf.

Sie nickt, während uns Eli bereits zu einer weiteren Partie auffordert.

Ich schüttle den Kopf. »Ich setze aus und gehe einen Augenblick an die frische Luft, aber mach du sie fertig.«

Tess runzelt die Stirn. »Sicher, dass es okay ist, wenn ich nicht mit dir komme?«

»Sicher.« Ich lächle und deute auf die Jungs, die darüber streiten, wer von ihnen verloren hat und einen Shot trinken muss. »Mach sie fertig.«

Tess grinst und gibt mir ein Highfive, während ich mir einen Weg nach draußen bahne. Im Garten angekommen, setze ich mich auf die Stufen, die von der Terrasse aufs Grün führen. Auch hier drängen sich Partywütige. Der basshaltige Rap ist modernen DJ-Hits gewichen, die bis auf die Rasenfläche ausfasern. Ruhe sieht anders aus, aber die kühle Brise tut mir gut. Eine Weile schaffe ich es, mein stures Herz zu überhören, aber dann ziehe ich mein Handy aus der Hosentasche.

Hi, wie ist es bei dir?, schreibe ich Ryan.

Er ist online und es dauert nur wenige Sekunden, bis er antwortet. Ein Foto. Ein schlichtes, elegantes Bett, zerwühlte Laken, dahinter ein bodentiefes Fenster, durch das man den Ozean und das sich darin spiegelnde silbrige Mondlicht sieht. Im Vordergrund Ryans Gesicht. Er grinst. Ein Stück seines Oberkörpers ist zu sehen. Ein paar seidige, dunkle Locken ergießen sich über seine linke Schulter. Sie müssen Willow gehören.

Er hat sie nicht mit fotografiert. Und es versetzt mir einen Stich, dass er mich aus diesem Teil seines Lebens aussperrt. Das war die Abmachung. Ich war damit einverstanden. Ich verstehe es. Dennoch wünscht sich ein Teil von mir, es gäbe diese unsichtbare Grenze nicht. Er würde mir alles von sich erzählen. Was sie miteinander am Strand erlebt haben, wie sie miteinander kuscheln und ob sie problemlos ins Bett geht oder um jede Sekunde Wachsein mit ihm kämpft.

Was machst du gerade?

Die Nachricht reißt mich aus meinen dummen Gedanken. Ich schieße ein Foto von mir und schicke es ihm.

Bin mit Tess auf einer Party.

Hoffe, du hast Spaß.

Die Antwort ist Ja. Aber mit ihm hätte ich den Abend noch viel mehr genossen. Mit ihm auf unserem Dach. Ich habe Twister gespielt, schreibe ich, um nicht genau das zu antworten. Klingt wie ›Ich habe eine Wassermelone getragen‹. Ich verdrehe die Augen und puste mir die Haare aus der Stirn.

Das Spiel ist mir schon mal zum Verhängnis geworden. War keine schöne Nacht auf dem Duschvorleger, aber wenigstens hat Nate mir Gesellschaft geleistet. Wie hast du dich geschlagen?

Ich lächle. Gar nicht mal so schlecht, glaube ich. Wobei es

sicher darauf ankommt, woran man den Erfolg misst. An der Anzahl der Gratis-Shots oder dem Ausgang des Spiels.

Vielleicht ist Party-Twister ja dein Ding.

Ich würde sagen, Ryan ist mein Ding. Lächelnd schreibe ich ihm zurück.

Eher nicht. Ich habe Tess darauf angesetzt, die Jungs unter den Tisch zu trinken, und bin rechtzeitig geflüchtet, um nicht auf dem Badvorleger zu enden.

Ich klicke auf Senden.

Aufs Dach?

Ich lächle.

In den Garten. Kein Dach in Sicht.

Wo feiert ihr?, kommt die prompte Antwort.

Thorsen House

Er tippt. Dann verschwinden die drei Punkte, die anzeigen, dass Ryan eine Antwort verfasst, bevor sie wieder erscheinen und wenig später eine Nachricht aufploppt.

Im Badezimmer im zweiten Stock gibt es einen Zugang zum Dach. ;-) Schreib mir, wenn du da bist.

Das Handy noch in der Hand, stehe ich auf und laufe ins Innere des Hauses. Es dauert etwas, bis ich mich zurechtfinde und durch die Tür ins Bad schlüpfe. Das Fenster ist bereits offen und tatsächlich gelangt man von hier problemlos auf die Schieferschindeln das Dachs, die hier einen seichten Übergang zum Erker bilden. Ich setze mich und genieße die Ruhe, die mich trotz des ohrenbetäubenden Lärms von unten umgibt. Als würde ich hier oben in einer Blase stecken, die alle Geräusche dimmt.

Langsam lasse ich mich zurücksinken, bis ich auf dem Rücken liege, und atme tief durch. Aus einem Impuls heraus fotografiere ich den Nachthimmel und sende Ryan das Bild.

Anstatt einer Antwort schickt auch er mir ein Foto. Von demselben Stück schwarzem Firmament, in das auch ich sehe. Wir liegen auf unterschiedlichen Dächern, Meilen voneinander entfernt, aber wir sehen dasselbe, wenn wir nach oben blicken. Als wären wir in diesem Augenblick zusammen.

Ryan

Nate erreicht zeitgleich mit mir den Campus und hält schlitternd sein Rad neben meinem Truck. Ein schweineteures Karbonteil, mit dem man vermutlich auch Kaffee kochen und Excel-Tabellen erstellen kann. Nur treten muss Nate noch selbst.

»Alter«, brüllt er. »Du bist hier.« Er wartet nicht, bis ich ausgestiegen bin, sondern schlägt durch das offene Fenster mit mir ein. »Gute Entscheidung. Wurde so was von Zeit.« Er stellt sein Rad einfach neben meinen Wagen und schließt es an einen Begrenzungspfeiler an.

»Freue mich auch, dich zu sehen.«

»Alles okay mit der Kleinen?« Nate senkt seine Stimme. »Hast du schon mit irgendwem darüber geredet?«, fragt er mich.

Ich schüttle den Kopf. »Mit niemandem, und ich wäre froh, wenn du auch deine Klappe halten könntest. Wenn rauskommt, dass ich bei der Bewerbung nicht ehrlich war, stecke ich vermutlich ziemlich in der Scheiße, und das würde ich gern vermeiden.«

»Geht ja auch niemanden was an.« Nate tritt ganz nah an mich heran. »Aber wenn du mal einen Babysitter brauchen solltest, ich bin immer für dich und die Kleine da.«

»Als würde ich dir Neandertaler meine Tochter anvertrauen«, sage ich bierernst, lache aber dann, um ihm zu zeigen, dass ich sein Angebot sehr wohl zu schätzen weiß.

Seine Antwort ist ein Schlag gegen meinen Oberarm, der es locker mit Nates Fastballs aufnehmen kann.

»Im Ernst, Mann, es ist echt gut, dass du wieder da bist. Bleibst du bis zum Training?«

Ich nicke. Heute trainieren wir direkt im Anschluss an meine letzten Kurse. Das ist unproblematisch. Schwieriger werden die späten Trainingszeiten, die es mir nicht erlauben werden, Willow selbst ins Bett zu bringen. Ein Tag nach dem anderen. Mit etwas Zuversicht wird sich für alles eine Lösung finden. »Wenn nichts dazwischenkommt, bin ich dabei.« Wir sind bis zum Fakultätsgebäude gelaufen, als ich Autumn entdecke. Sie läuft, die Nase zwischen den Seiten eines Buchs verborgen, auf uns zu.

»Ich komme gleich nach«, murmle ich in Nates Richtung, ohne ihn anzusehen.

»Alles klar.« Das Lachen in seiner Stimme sagt mir, dass er kapiert, wer meine Interesse auf sich zieht, und er versucht gar nicht erst, mit Autumn zu konkurrieren. »Komm einfach nicht zu spät, Romeo.«

Ein Nicken ist die einzige Antwort, die ich ihm gebe, während ich mich Autumn in den Weg stelle.

Sie bemerkt mich nicht, weil sie noch immer ganz auf das Lehrbuch fixiert ist, und prallt ungebremst in mich hinein.

»Sorry, ich …« Sie bricht ab und starrt mich entgeistert an. »Du bist hier.«

Ich nicke. »Und ich würde gern jede Sekunde, die mir neben den Kursen auf dem Campus bleibt, mit dir verbringen. Also schätze ich, war das hier kein schlechter Anfang für meine Mission.« Ohne darüber nachzudenken, ziehe ich sie an mich und küsse sie. Besitzergreifend.

So als würden wir zusammengehören. Wir. Nicht sie und die Typen, mit denen sie gestern beim Twister verknotet war. Mir ist klar, wie scheiße eifersüchtig sich das anhört, und ich bin froh, dass sie nicht in meinen Kopf sehen kann.

Erst erwidert sie den Druck meiner Lippen, aber dann tritt sie einen Schritt zurück und legt ihre Hand auf meine Brust. Als müsste sie sicherstellen, dass ich das nicht wiederhole. Wir haben nie über die Regeln für das hier gesprochen.

»Ich sollte gehen. Mein nächster Kurs fängt gleich an.«

Aber sie bleibt. Sieht mich an. Kann sich genauso wenig losreißen wie ich. »Und deiner auch. Nate ist schon drinnen«, schiebt sie hinterher, ohne den Blickkontakt abzubrechen.

»Weil er meinen Part übernommen hat und den Streber mimt. Der Unterricht beginnt erst in fünfzehn Minuten.« Zeit, die ich unbedingt mit Autumn verbringen will. »Wo musst du hin?«, frage ich deswegen leise.

Sie deutet in Richtung Sather Tower, hinter dem sich der Performing Arts Complex befindet. »Grafikdesign-Grundkurs im PAC«, murmelt sie und lächelt.

»Ich bringe dich hin.« Unsicher reibe ich mir über den Nacken. »Wenn das okay ist?«

Sie nickt und die Sonne wärmt unsere Haut, während wir losgehen. Ihr Körper befindet sich so dicht neben meinem, dass sich unsere Arme immer wieder berühren. Unsere Finger stoßen sanft aneinander. Bis ich meine sanft mit ihren verflechte. Das ist tausendmal verbindlicher als der Kuss zuvor.

Ich versuche zu ergründen, ob es sich für Autumn genauso anfühlt, ob es okay ist. Eine leichte Röte zeichnet sich auf ihren Wangen ab. Ihr Atem zittert. Aber sie lächelt, den Blick auf die Gehwegplatten gerichtet. Und ich bin emotional verstrickt genug, um das als Ja zu deuten.

Auf dem Weg zu ihrem Kursraum erzählt mir Autumn von ihren letzten ›Töpferversuchen‹, die aus Jonglieren, Taekwondo und Mandalas bestanden und allesamt den Hashtag #ifailed erhielten. Im Gegenzug berichte ich ihr von Montara. Gerade so viel, dass sie verstehen kann, wie sehr ich das Wochenende dort genossen habe, aber ich lasse alles weg, was mit Willow zu tun hat. Dabei würde ich ihr so gern von den Quantensprüngen erzählen, die MacFairy in den letzten Tagen gemacht hat. Die wir gemacht haben. Aber ich habe Autumn versprochen, dass ich diesen Teil meines Lebens von ihr fernhalten werde. Und dabei habe ich ihre Erleichterung gespürt, dass ich in dieser Hinsicht nichts von ihr fordern werde.

Wir bleiben vor der Tür zu ihrem Kursraum stehen. Drinnen wuseln bereits rund zwei Dutzend Studenten herum, platzieren Laptops und Notizbücher auf den Tischen und tauschen sich über das vergangene Wochenende aus.

»Nach meinen Kursen gehe ich das erste Mal wieder zum Training.«

Sie grinst breit. »Soll ich vorbeikommen und dich anfeuern?«

»Klingt verlockend.« Ich lehne mich gegen die Wand neben der Tür. »Wir könnten in den Trinkpausen hinter der Tribüne herumknutschen«, schlage ich vor. Ein Scherz, der in der Ernsthaftigkeit meiner Stimme ertrinkt. Ich will sie küssen. Ihr nahe sein.

Sie lacht und zerknüllt den Stoff meines Shirts, als sich ihre Faust darum schließt und sie mich näher an sich zieht.

»Ich kenne deinen Coach. Wenn wir das machen, lässt er dich zur Strafe bestimmt hundert Meilen rennen«, flüstert sie.

Das wäre es mir wert. »Die hundert Meilen brummt er mir sowieso auf. Ich habe zwei Wochen geschwänzt«, erinnere ich sie. Ohne ärztliches Attest. Mit der lahmen Ausrede, ich hätte einen Muskelfaserriss, die er mir sicher nicht abgenommen hat. »Ich würde es drauf ankommen lassen, mir noch ein paar Meilen mehr einzufangen. Aber du könntest auch einfach nur vorbeikommen und zusehen, wie er mir den Arsch aufreißt.«

»Okay«, flüstert sie und ich kann den Kuss spüren, der zwischen uns schwebt und den sie mir dann doch nicht gibt. Anstatt ihre Lippen auf meine zu legen, streicht sie sich unsicher eine Haarsträhne hinters Ohr. Noch immer halte ich ihre Hand. Und sie meine. Unsere Körper entfernen sich voneinander, aber unsere Hände sind nicht bereit loszulassen. Ich bin es nicht. Weil das Mehr, das ich so vehement leugne, doch da ist.

Schwer lehne ich mich in den Türrahmen und gebe Autumn erst widerwillig frei, als der Professor sich hinter mir räuspert, weil ich ihm den Weg versperre. Sekundenlang sehe ich ihr nach, dann gebe ich mir einen Ruck und drehe mich um, haste durch das Gebäude, nach draußen und renne, um nicht zu spät zu meinem eigenen Kurs zu kommen.

Autumn

Es war einfach, Tess dazu zu überreden, mich zum Baseballfeld zu begleiten. Sie steht zwar nicht auf Sport, aber auf Sportler und darauf, mit Ausblick zu lernen. Seit gut einer Stunde sitzen wir jetzt zusammen auf der Tribüne und ich versuche wirklich, mich nicht ablenken zu lassen. Weder von meiner Freundin noch von Ryan und seinen Teamkollegen, die ihn mit wildem Gebrüll, flapsigen Sprüchen und in Sams Fall mit körperlichem Einsatz wieder in ihrer Mitte aufgenommen haben. Tess ist weniger diszipliniert und hat ihre Bücher bereits vor einer Ewigkeit zugeklappt.

»Hunter und du?« Tess bläst ihren Kaugummi zu einer riesigen Blase auf und lässt sie dann zerbersten. »Seid ihr jetzt zusammen oder was geht bei euch?«

»Wir haben uns ausgesprochen und beschlossen, Zeit miteinander zu verbringen. Aber keiner von uns ist bereit für eine Beziehung.« Ich tue so, als würde ich mich längst wieder auf den Text in meinem Buch konzentrieren, während ich hinterherschiebe: »Wir genießen es einfach, wie es ist.« Zumindest versuche ich das. Und solange er in meiner Nähe ist, gelingt es mir auch auszublenden, dass ich gelogen habe, als ich sagte, es wäre okay und ich selbst wollte nicht mehr von ihm. Wenn ich in seinen Armen liege, stört es mich nicht, dass er eine klare Grenze gezogen hat, die seine Tochter und das Leben mit ihr betrifft.

Oder dass er über Willow immer mit seiner Ex-Freundin verbunden sein wird. Verbundener als mit mir. Aber sobald wir getrennt voneinander sind, kriechen die Zweifel hervor, ob ich es schaffen werde, diese Grenze zu wahren. Dann wird mir bewusst, dass ich gelogen habe, weil meine oberste Regel, nie mein Herz zu verschenken, längst nicht mehr gilt. Dann bin ich eifersüchtig auf Val. Ich stöhne unterdrückt. Ich will nicht eifersüchtig sein. Denn das bedeutet, etwas haben zu wollen, auf das man keinen Einfluss hat und das längst verloren ist. Wie Dad. Ich schließe die Augen.

»Hey, Mädels.« Nates Stimme reißt mich aus meinen Gedanken. Auch wenn er uns beide angesprochen hat, beachtet er mich kaum. Stattdessen flirtet er spielerisch mit Tess, obwohl er weiß, dass sie so nette Typen wie ihn zum Frühstück verspeist, und er eigentlich auf Hanna steht. In diesem Moment kommt auch Ryan lachend und außer Atem vor mir zum Stehen und gibt mir einen Kuss auf die Schläfe. Eine Geste, die irgendwo zwischen freundschaftlicher Zuneigung und verdammt heiß herumtaumelt.

Nate fühlt sich anscheinend angestachelt und beugt sich zu Tess hinüber, um so zu tun, als würde er ihr ebenfalls einen Kuss geben.

Auch wenn das Ganze nicht ernst gemeint ist, weist Tess ihn lachend in seine Schranken. »Ich kann Karate. Habe alle Folgen *Cobra Kai* geguckt. Aber probiere es ruhig«, fordert sie ihn heraus. Nate lacht, geht aber auf Abstand, nur um dann todernst zu sagen: »Glaub mir, wenn ich dich echt küssen wollte, dann hätte ich es anders angestellt.« Er springt von der Tribüne auf den roten Boden des Spielfelds. »Kommst du, Hunter?«

»Ich fahre den Idioten nach dem Duschen nach Hause. Wenn ihr wollt, nehme ich euch auch gern mit«, sagt Ryan und sieht mich durchdringend an. Er wartet, bis ich nicke. Erst dann folgt er seinem Freund zu den Umkleiden.

Ryan

Es ist mir schwergefallen, mich von Autumn zu verabschieden, einfach zu fahren, nachdem ich Tess und sie am Wohnheim abgesetzt hatte, und sie im Rückspiegel immer kleiner werden zu sehen. Aber je näher ich Amys und Cas' Haus komme, umso mehr verdrängt die Vorfreude auf Willow die Sehnsucht nach Autumn. Und als ich das Haus betrete und meine Tochter mir um den Hals fällt, in einem Tutu von Ari, mit zerzausten Haaren und glühenden Wangen, wird mir bewusst, wie sehr ich die kleine Fee vermisst habe.

»Hey, MacFairy, wie war dein Tag?«, frage ich sie, während ich sie herumwirble, ihren vertrauten Geruch einatme und sie dann wieder abstelle.

»Toll.« Sie nickt heftig, dreht sich übermütig um sich selbst und fällt dabei fast um. »Willow kann tanze.«

»Ich sehe es, MacFairy.« Ich halte ihr die Hand zu einem Highfive hin und sie schlägt ein.

»Ich fürchte, Ari und Kenzie haben sie angesteckt.«

Willow gibt ihr recht, indem sie vor uns her in die Küche tanzt und dabei eine selbst kreierte Melodie singt.

»Es gibt Schlimmeres als noch eine tanzende Winz-Fee«, sage ich und lache, als Willow zu mir kommt und sich von mir auf den Arm nehmen lässt.

Amy lehnt sich gegen die Kücheninsel und schnippelt weiter Gemüse, während meine Tochter mich mit dem

Endstück einer Karotte füttert. Ich verschlinge es mitsamt ihrer winzigen Hand, was ihr ein ansteckendes zuckersüßes Lachen entlockt.

»Ich soll dir von Mom ausrichten, dass du dich öfter mal bei ihnen blicken lassen sollst.«

»Warum sagt sie mir das nicht selbst? Sie hat meine Nummer.«

Sie hebt die Hände, das Messer noch immer in der Hand. »Don't kill the messenger. Wie war es an der Uni?«, wechselt sie dann gekonnt das Thema und schneidet unbeirrt weiter Gemüse für die Suppe, die es zum Abendbrot geben wird und deren Basis bereits auf dem Herd köchelt.

Ich zucke die Schultern. »Gut, aber ich habe die Kleine vermisst. Wo sind eigentlich die Mädchen?«

»Beim Tanzen. Ich hole sie gleich ab. Esst ihr mit uns?«

Amy hat für mindestens zwei Kompanien gekocht. Wie immer. Ich nicke. »Gern, aber lass mich die Mädchen einsammeln. Ich nehme Willow als Navigatorin mit.« Eine Win-win-Situation. Ich muss nach dem langen Tag nicht noch für Willow und mich kochen und meine Schwester hat wenigsten fünf Minuten ganz für sich allein, wenn ich ihr die Fahrt abnehme.

Amy winkt ab. »Das musst du nicht. Ich hole sie eben. Die Suppe kann auch allein vor sich hin köcheln.«

Ich gehe gar nicht auf ihren Widerspruch ein und schnappe mir bereits die Schlüssel der Familienkutsche von der Kommode neben dem Eingang. »Wann bist du mit dem Abendessen fertig?«

»Um halb sieben.« Sie wirft Karottenscheiben und Lauch in die Brühe und macht sich als Nächstes an das Zerschneiden der schon geschälten Kartoffeln.

»Wir sind rechtzeitig wieder da.« Und Amy bekommt vielleicht sogar eine halbe Stunde für sich und nicht nur fünf Minuten.

»Cupcakes? Dein Ernst?«, flüstert Amy mir zu und sieht mich strafend an. Wir stehen in der Küche, während Cas bereits mit den Mädchen im Esszimmer den Tisch deckt. »Wer will denn noch Gemüsesuppe, wenn es Cupcakes gibt?«, stöhnt sie.

Oder Rosenkohl. Ich muss grinsen, weil mich Amys Aussage unwillkürlich an Autumn und ihre Vorliebe für Desserts erinnert. »Vertrau deinen Kindern etwas mehr.«

»Wer redet denn von den Kindern?« Amy öffnet die Pappbox und saugt gierig den Duft des Gebäcks ein.

Bevor sie ein Stück von einem der Küchlein abbrechen kann, entwende ich ihr die Box und bringe sie in Sicherheit.

Schmollend nimmt sie den Topf vom Herd und drückt ihn mir in die Hand, damit ich die Suppe zum Tisch trage.

Als wir das Esszimmer betreten, tauchen wir in eine ohrenbetäubende Geräuschkulisse ein. Ari und Kenzie quasseln wild durcheinander, um ihrem Vater alle Einzelheiten ihres Tages zu erzählen, während Willow immer wieder zwei Spielzeugautos auf dem Tisch zusammencrashen lässt. Das ist zu viel Lärm nach einem zu langen Tag. Ich reibe mir über die Schläfen.

»MacFairy, gibst du mir bitte die Autos? Wir wollen essen.«

Sie mustert mich einen Moment und schüttelt dann den Kopf. »Nein«, erklärt sie schlicht.

»Süße, Tante Amy hat Suppe für uns gekocht. Deine Autos können einen Boxenstopp auf der Kommode machen, solange wir essen.« Auffordernd halte ich ihr die Hand hin, damit sie das Spielzeug abgibt und der Lärm aufhört, aber Willow denkt gar nicht daran. Sie schüttelt den Kopf.

»Du musst etwas essen«, beharre ich.

»Willow kein Hunger.« Sie sieht mich nicht einmal an. Ich atme tief durch. Suche nach der Ruhe, die mir gerade abhandenkommt.

»Du willst keine Cupcakes?«, locke ich sie.

Jetzt sieht sie doch auf. »Nur Cupcakes«, erklärt sie bestimmt.

Amy drückt unter dem Tisch mein Knie und ermutigt mich, konsequent zu bleiben, aber ich sehe in ihrem Gesicht, wie sie mit sich kämpft, um nicht laut loszulachen. Nach dem langen Tag fehlt mir die Kraft, es so lustig zu finden wie meine Schwester. Am liebsten würde ich nachgeben. Es fällt mir unendlich schwer, Willow nicht jeden Wunsch zu erfüllen, um wiedergutzumachen, dass ich so lange nicht für sie da war. Aber ich weiß, ich würde ihr damit keinen Gefallen tun. »Erst Fitmacher-Suppe, dann Schlappmacher-lecker-Cupcakes«, sage ich und bleibe hart. »Andersherum wird das nichts, MacFairy.« Wieder halte ich ihr die Hand hin und dieses Mal gibt sie mir die Autos, auch wenn sie dabei eine Flunsch zieht.

Nach dem Essen und der erfolgreichen Vernichtung der Cupcakes habe ich mich mit Willow ins Poolhaus zurückgezogen. Ihr hartnäckiges Nein beim Abendbrot war kein kurzer Trotz, sondern der Startschuss zu einer monströsen Dagegen-Welle, die uns beide seitdem fest im Griff hat.

Umziehen – Nein.

Zähneputzen – ein klares Nein.

Aufräumen – mach doch selbst.

Ins Bett gehen – auf keinen Fall.

Irgendwann schlägt Willows Trotz in Brüllen und Weinen um und ich frage mich unwillkürlich, ob das ihre Reaktion darauf ist, dass ich den ganzen Tag an der Uni und nicht für sie da war. Ich nehme sie auf den Arm und halte sie, streiche ihr über den Rücken und versuche, sie zu beruhigen. Alles in meinem Leben fühlt sich wie ein verdammter Kompromiss an. Willow. Die Arbeit in der Werkstatt. Das Studium. Baseball. Autumn. Konzentriere ich mich auf das eine, kommt etwas anderes zu kurz.

Gerade ist das neben Willow unter anderem ein mehrseitiger Antrag der Sozialbehörde, damit ich die finanzielle Unterstützung bekomme, die bislang Val erhalten hat und die es mir ermöglichen wird, einige Stunden weniger in der Werkstatt zu arbeiten. Allerdings komme ich nicht dazu, ihn auszufüllen. Und lernen muss ich auch noch. Geduldig warte ich, bis Willow schließlich auf meiner Brust einschläft. Ihre Atemzüge werden tiefer, und als sie leicht wie eine Feder sind, versuche ich, sie in ihr Bett zu legen. Aber Willow hat ganz offensichtlich andere Pläne. Sie wird nicht mal richtig wach, weint aber und krallt sich an mir fest. Keine Chance. Ich gebe auf und setze mich mit ihr im Arm aufs Bett. Den Rucksack zerre ich neben mich, hole die Seminarunterlagen heraus und versuche, mich auf die Zahlen und Worte zu konzentrieren. Ich muss den Stoff in meinen Schädel stopfen. Am Ende der Woche schreiben wir eine Klausur, aber immer wieder fallen mir die Augen zu. Nichts von dem, was ich lese, bleibt hängen, und schließlich schlafe ich mit Willow auf meiner Brust und den Unterlagen in der Hand ein.

Autumn

Tess hat mir ihr Auto geliehen, damit ich nicht auf den Bus angewiesen bin, wenn ich zu Ryan fahre. Er muss arbeiten und ich lernen. Das wäre eigentlich ein Grund, uns heute nicht zu sehen, aber es ist echt schwer, überhaupt Zeit füreinander zu finden. Deswegen werde ich in der Werkstatt lernen und ihm beim Arbeiten Gesellschaft leisten. Als ich den Toyota dieses Mal auf dem Parkplatz von *Hunter's Body Shop* abstelle, ist das Firmenschild der Werkstatt hell erleuchtet. Ryan steht im Lichtkegel darunter und sieht mir entgegen.

Als ich nur noch wenige Schritte entfernt bin, stößt er sich von dem Pfeiler ab, an dem er gelehnt hat, und legt ohne zu zögern seine Arme um meine Taille. Die Zurückhaltung, mit der wir uns an der Uni begegnen, ist fort, als er mich an sich zieht und küsst.

Mit allem, was ich habe, erwidere ich den Kuss, und das Stöhnen, das ich ihm damit entlocke, elektrisiert den nächsten Kuss, in den wir eintauchen. Als würden wir unter Wasser gezogen, wo es nur uns gibt und eine verschwommene Welt jenseits der Oberfläche.

Mein Herz klopft noch immer viel zu schnell, als Ryan sich schließlich von mir löst und mich anlächelt.

»Schön, dass du da bist«, murmelt er und hat sichtlich Mühe, sich zu sortieren und mich nicht sofort noch mal zu küssen.

Ich wünschte, er würde es einfach tun. Aber ich weiß auch, dass wir nicht den ganzen Abend nur rumknutschen können. »Wollen wir reingehen? Du hast sicher noch jede Menge Arbeit.«

»Ja, im Moment rennen sie uns die Bude ein. Die Aufträge stapeln sich«, bestätigt Ryan. Er sagt das, als wäre es etwas Schlechtes. Kurz zögert er, dann deutet er auf das geschlossene Rolltor. »Deswegen ist mein Dad auch noch da. Das war so nicht geplant. Wenn du also lieber abhauen willst ... Ich würde das verstehen.« Er beißt die Kiefer aufeinander und berührt meinen Unterarm mit dem Zeigefinger. Kurz nur. Eine winzige Berührung, die alles in mir durcheinanderwirbelt.

Ich schlucke, sehe zu dem Gebäude, in dem sich sein Vater befindet. »Willst du denn, dass ich fahre?« Immerhin bedeutet jemanden aus seiner Familie kennenzulernen, seine Sperrzone zu betreten.

Er schüttelt den Kopf, atmet tief durch. »Ich möchte den Abend mit dir verbringen.« Dieses Mal lässt er den Finger länger auf meiner Haut liegen. »Egal, ob Dad da ist.«

Erst als mein Atem mit einem wackligen »Okay« aus meinem Brustkorb strömt, bemerke ich, dass ich ihn angehalten hatte.

Ryan nickt. »Dann lernst du jetzt wohl Joe Hunter kennen. Ehemaliger Baseballstar mit Hang zum Übervater.«

Ich lache und merke, wie Nervosität in mir aufsteigt. Hat Ryan seinem Vater von mir erzählt? Und falls nicht, wie wird er mich vorstellen? Ich will Ryan fragen. Aber mir bleibt keine Zeit, weil er in diesem Moment bereits die Tür aufstößt und mich hinter sich her ins Innere der Werkstatt zieht.

Ryans Vater sitzt im Büro, das durch eine Glasfront vom Werkstattbereich getrennt ist, und erledigt Papierkram. Er blickt auf und ich sehe die Überraschung in seinem Blick, dass Ryan nicht allein von seiner Pause zurückkehrt. Er mustert mich einen Augenblick, setzt die Brille ab und runzelt die Stirn, so als wolle er dahinterkommen, was ich hier will. Dann steht er auf und kommt zu uns heraus.

»Dad, das ist Autumn, eine Freundin von der Uni. Autumn, mein Dad.« Ryan sieht zwischen seinem Vater und mir hin und her. Er wirkt so nervös, wie ich mich fühle. Eine Freundin. Die zwei Worte lassen mich schlucken. Das klingt so beliebig. Genau das sollte unsere Beziehung sein. Und doch versetzt es mir einen Stich.

»Sie wollte mir etwas Gesellschaft leisten, während ich arbeite.«

Sein Dad ergreift meine ausgestreckte Hand und schüttelt sie. »Schön, dich kennenzulernen, Autumn. Ich bin Joe.« Dann stößt er Ryan an und nickt mit dem Kinn in Richtung seines Büros. »Können wir kurz reden?«

»Setz dich ruhig. Bin gleich wieder da«, sagt Ryan und deutet auf das Sofa. »Willst du etwas trinken?«

Ich schüttle den Kopf und lasse mich auf das Möbel sinken, während Ryan seinem Vater ins Büro folgt und die Tür schließt.

Sie reden miteinander, aber so leise, dass kein Wort durch die einfach verglasten Fenster in die Werkstatt dringt. Sein Dad wirft mir einen langen Blick zu, während Ryan sich die Haare aus der Stirn streicht. Eine zutiefst frustrierte Geste. Ich senke den Blick, knibble an den Fransen meiner kurzen Jeans herum und fühle mich unwohl. Sein Vater ist nicht einverstanden, dass ich hier bin. Das ist mehr als eindeutig. Worum sorgt er sich denn? Dass ich seinen Sohn zu sehr ablenke? Dass Ryan seinen Job wegen mir nicht erledigt? Sollte ihn sein Dad nicht besser kennen? Ryan gibt immer zweihundert Prozent. Und davon lässt er sich durch nichts und niemanden abhalten.

Ryan redet noch immer auf seinen Dad ein. Die Muskeln angespannt. Die Gesichtszüge hart. Einen Moment wartet er auf eine Erwiderung, aber sein Vater schweigt und sieht zur Seite, weicht seinem Blick aus und beendet das Gespräch damit. Aber nicht auf die gute Art. Mein Herz klopft hart und schnell, als Ryan sich auf dem Absatz umdreht und das Büro verlässt. Die Tür wirft er hinter sich zu und kommt zu mir. Sein Lächeln ist gezwungen. Mit einem Seufzen lässt er sich neben mich plumpsen und reibt sich mit den Handflächen über das Gesicht.

Ich fühle mich furchtbar, weil sie wegen mir miteinander gestritten haben. So oft war ich der Grund, aus dem Mom und Dad sich früher gezofft haben. Und ich habe mir geschworen, nie mehr der Keil zwischen zwei Menschen zu sein. »Wir können uns auch morgen an der Uni sehen, wenn dein Dad ein Problem damit hat, dass ich hier bin.«

Er sieht zum Büro hinüber, stößt die Luft aus und vergräbt sekundenlang seine Hände in den Haaren. »Er kennt dich ja nicht einmal. Und er hat keine Ahnung, wie wichtig mir die Zeit mit dir ist.«

Damit ist sein Vater nicht allein. Bis eben wusste ich auch nicht, an welchem Ende von Ryans Wichtigkeitsskala ich rangiere. Offensichtlich weit genug oben, um sich mit seinem Dad anzulegen. Das sollte mich vermutlich nicht mit überschäumender Euphorie füllen. Tut es aber.

Ryan sucht nach Worten. »Weißt du, damals, als Val schwanger wurde, da ist für meinen Dad eine Welt zusammengebrochen. Nicht, dass er was gegen Kinder hätte oder ein schlechter Grandpa wäre. Er ist toll, aber er war unglaublich enttäuscht, weil die Pläne, die er für mich hatte, dadurch zerplatzt sind. Wir sind so heftig aneinandergeraten. Dieser Streit war echt episch. Wochenlang hat er danach gar nicht mehr mit mir geredet.« Er zuckt mit den Schultern und reibt über einen Ölfleck auf seiner Jeans, der unbeeindruckt größer wird, anstatt zu verschwinden. »Ohne Mom und Amy wären wir vielleicht nie wieder aufeinander zugegangen. Dad denkt, ich wäre immer noch der Typ, der mit siebzehn seine Freundin geschwängert und kein Stück daraus gelernt hat. Sobald er mich mit einem Mädchen sieht, schiebt er Panik, ich könnte denselben Fehler noch mal begehen. Wobei ich mich weigere, Willow als Fehler zu sehen.« Er beißt sich auf die Lippen, als hätte er zu viel gesagt, indem er über seine Tochter gesprochen hat.

Am liebsten würde ich seine Hand ergreifen, sie halten und ihm zu verstehen geben, dass ich jeden Zentimeter mehr, den er mir anbietet, als ein Geschenk betrachte, aber ich traue mich nicht, solange uns nur eine Glasscheibe von seinem Dad trennt. »Ich vermute, du konntest ihn nicht beruhigen? Er sah aus, als hätte ihn jedes Wort von dir noch wütender gemacht.«

Ryan legt den Kopf schief und der Anflug eines Grinsens lässt seine Mundwinkel zucken. »Ich habe ihm gesagt, dass er mich gern für einen verantwortungslosen Idioten halten darf. Dich aber nicht.« Er schlingt seinen kleinen Finger um meinen und lässt mich erst los, als sein Dad aus dem Büro kommt und ich zurückzucke.

»Ich mache Feierabend für heute. Du müsstest noch die Bremsen des Kias fertig kriegen. Der wird morgen abgeholt. Wenn du es schaffst, erledige bitte beim Dodge schon die Vorarbeiten. Dann kann ich morgen früh gleich die neuen Stoßdämpfer einbauen.«

Ryan nimmt ihm mehrere Zettel ab, auf denen genau steht, welche Teile aus dem Lager der Werkstatt verbaut werden sollen und wie der Arbeitsauftrag lautet.

»Autumn, es war sehr nett, dich kennenzulernen«, wendet sich sein Dad an mich. Er sagt das, als würde er wirklich meinen, was er sagt, aber genauso schnell verschließt sich sein Blick auch wieder.

»Das fand ich auch«, sage ich leise.

Er nickt mir zu, drückt Ryan dann sekundenlang an sich und raunt ihm irgendetwas ins Ohr.

Ryan sagt nichts, nur seine Muskeln spannen sich an und die Wärme in seinem Blick wäscht aus. Wie Farbe, die Schlieren ins Wasser zaubert, dann verblasst und schließlich ganz verschwindet.

Kurz darauf fällt die Tür hinter seinem Dad ins Schloss. Ein Motor wird gestartet und man hört, wie sich sein Wagen in Richtung Bridgeway entfernt.

Erst als uns nur noch die leise Countrymusik aus dem Radio umfängt, rührt Ryan sich. Er kommt mir ganz nah und schiebt sich an mir vorbei zum Kühlschrank.

»Cola?« Er wartet und zieht zwei Flaschen heraus, als ich nicke. Eine davon reicht er mir und stößt leicht mit seinem Flaschenhals gegen meinen.

Wir sind allein. Nur Ryan, ich und der Kia auf der Hebebühne neben uns. Mein Herz pocht hart und schnell gegen meinen Brustkorb und wird mit jeder Sekunde lauter, in der Stille zwischen uns liegt.

Aber anstatt mich zu küssen, deutet Ryan auf meine Tasche. »Du willst lernen?«

»Ich will nicht. Ich muss«, bringe ich hervor. Mit einem Augenrollen tippe ich auf die Uni-Unterlagen. »Sonst schaffe ich meine Prüfung in nonverbaler Kommunikation morgen nicht. Und du musst Bremsen wechseln.« Das stimmt, und dennoch wünschte ich, wir könnten den Lernstoff und die Arbeit nur einen Augenblick vergessen.

Ryan nickt, stellt seine Flasche weg und geht zur Hebebühne hinüber. Der Kia befindet sich bereits darauf, die Reifen sind abmontiert. Er zieht sein Handy aus der Tasche und stellt eine seiner Playlists an. Die Countryschnulze, die bis gerade noch aus dem Radio dudelte, weicht forderndem Indie-Rock.

Auch wenn Ryan deutlich disziplinierter zu sein scheint, als ich es bin, ist es absolut vernünftig, dass wir erst einmal unsere Pflichten erledigen. Allerdings steht nirgends geschrieben, dass wir das zehn Fuß entfernt voneinander tun müssen. Ich schnappe mir eine Pappe, die neben der Bürotür lehnt, und werfe sie neben den rollbaren Werkzeugschrank, wo ich ihm nicht im Weg bin. Dann breite ich meine Aufzeichnungen und Bücher darauf aus und setze mich im Schneidersitz in die Mitte, während sich Ryan routiniert an den Ausbau der Bremsen macht. Er zögert nicht, schraubt, drückt Bauteile auseinander und legt die alten Teile nach und nach auf den Werkzeugschrank. Ein schwarzer Streifen zieht sich von seinem Ellenbogen über den Unterarm und bewegt sich im Spiel seiner Muskeln.

Ich beiße mir auf die Lippe und verbiete mir, ihn länger anzustarren oder meinen Blick auf den schmalen Streifen Haut an seinem Bauch zu lenken, der freiliegt, sobald er die Arme über den Kopf hebt. Sonst werde ich heute ganz sicher nicht mehr zum Lernen kommen. Seufzend beginne ich, mich durch die Kapitel des Buches zu arbeiten und dem Inhalt mit meinen Aufzeichnungen Sinn zu verleihen.

Wenn Ryan zum Werkzeugschrank geht, streift er wie zufällig meine Schulter oder berührt für den Bruchteil einer Sekunde mein Haar. Und immer, wenn ich aufsehe, trifft mich sein Lächeln.

Natürlich ist es unmöglich, es so in den Lerntunnel zu schaffen, den ich normalerweise brauche, um mich gut auf eine Prüfung vorzubereiten. Trotzdem möchte ich nirgendwo anders sein als unter diesem unbereiften Kia, auf einer alten Pappe, in einer winzigen Werkstatt in Sausalito, mit Ryan, der leise *Can You Handle My Love* von Walk the Moon mitsingt.

Ryan ist mit der Reparatur des Kias fertig, als ich gerade beschließe, dass kein Wort mehr auf die Festplatte in meinem Kopf passt. Ich klappe die Bücher zu und verstaue sie in meiner Tasche, während er den Kia von der Hebebühne schafft und ihn vor der Werkstatt parkt.

Als Nächstes hebt er den Dodge bis auf Brusthöhe an. Mit dem Schlagbohrer löst er die Reifenmuttern und baut die Räder ab, stapelt sie hinter sich an die Wand und inspiziert, was dahinterliegt. Außer jeder Menge Schmutz erkenne ich nicht viel.

»Reichst du mir mal bitte den großen Schlitzschraubenzieher?«

Ich sehe mich um und greife nach einem der zig Schraubenzieher, die in der obersten, halb offenen Lade des Werkzeugschranks liegen. »Den hier?«

Er nickt. »Der ist perfekt.« Er schnappt sich den Schraubenschlüssel und arbeitet dann konzentriert weiter.

»Wie kommt es eigentlich, dass du das alles kannst?«

»Du meinst das Schrauben?«

Mit einem Nicken lehne ich mich gegen die Säule der Hebebühne.

»Ich hänge hier ab, seitdem ich ein Kind bin. Dad war immer mein Held, weil er Dinge, die kaputt waren, wieder zum Laufen brachte. Damals wollte ich die Werkstatt übernehmen und so werden wie er. Das hat sich zwar im Laufe der Zeit geändert, aber ich jobbe gern hier. Früher nur in den Ferien. Später dann regelmäßig. Über die Jahre ist 'ne Menge hängen geblieben. Dad kontrolliert als Inhaber natürlich alles, was ich mache, aber in der Regel ist er zufrieden. Ich komme zu Geld und kann mir meine Zeit frei einteilen. Hat also nur Vorteile und Dad braucht die Unterstützung. Für einen allein ist das hier zu viel Arbeit.«

Hört sich an, als würde Joe seinem Sohn sehr entgegenkommen, und nicht nur ihm, sondern auch seiner Enkelin. Das bestätigt mein Gefühl, dass sein Vater eigentlich ein netter Kerl ist. Er sorgt sich um die Zukunft seines Sohns. Vielleicht auf eine Art, die Ryan einengt. Aber immerhin bedeutet ihm sein Sohn etwas. Anders als ich meinem Dad. Ich schließe die Augen, kappe diesen Gedanken. Mein Vater hat nichts in diesem Moment verloren. »Was ist mit deiner Schwester?«, frage ich, um eine andere Richtung einzuschlagen.

Er lacht. »Du meinst, ob sie auch an Autos schraubt?« Bei ihm klingt das so abwegig wie ein Blizzard in San Francisco.

»Es gibt auch Frauen, die gut darin sind.« Ich hätte nicht vermutet, dass Ryan in so altmodischen Schubladen denkt.

»Klar. Vals Freundin Peyton war oft mit uns hier und hat mir bei der Arbeit geholfen. Mittlerweile ist sie eine Weltklasse-Mechanikerin, aber Amy …« Er pustet sich die Haare aus der Stirn. »Meine Schwester hat so viel handwerkliches Talent wie Nates Sombrero-Lampenfrosch. Als sie und Cas in ihr Haus gezogen sind, habe ich sie mal genötigt, ein Loch selbst in die Wohnzimmerwand zu bohren.« Er gibt mir den Schraubenzieher zurück und deutet auf ein Teil, das oben auf dem Werkzeugschrank liegt. »Ratsche bitte.«

Ich reiche ihm das Teil. Es fühlt sich an, als würde er mir das erste Mal einen winzigen Blick auf seine Familie erlauben. Ich sehe Amy vor mir. Eine kleinere Version ihres Bruders, mit der Sonnenbrille von Nates Sombrero-Frosch auf der Nase und einer riesigen Bohrmaschine in der Hand. »Was ist passiert?«, frage ich und versuche, bei der Vorstellung nicht zu schmunzeln.

»Sie hat es irgendwie geschafft, mit einem winzigen Bohrer ein faustgroßes Loch in die Wand zu machen. Keine Ahnung, wie sie das angestellt hat.« Er schüttelt den Kopf, als könne er es noch immer nicht fassen. »Jedenfalls war das das letzte Mal, dass ich sie an ein Werkzeug gelassen habe. Es ist sicherer für die Welt, wenn sie vor einem Computer sitzt. Dasselbe gilt übrigens für Cas.« Er wirft mir einen Seitenblick zu und grinst.

Ich erwidere es. »Meine Mom ist auch eine absolute handwerkliche Katastrophe.« Ich tausche auf Ryans bittende Geste hin die Ratsche wieder gegen den Schraubenzieher. »Aber meine Schwester Summer ist das komplette Gegenteil. Sie repariert alles, was sie in die Finger bekommt. Selbst Dinge, die heil sind.«

»Was ist mit deinen anderen Geschwistern?« Er muss

etwas Kraft anwenden, um eine Schraube zu lösen, und sieht mich dann fragend an. »Wie ist es mit ihnen?«

Es überrascht mich, wie viel Ryan heute preisgibt. Wie unerwartet persönlich unser Gespräch ist, aber es fühlt sich gut an. »Ich liebe sie. Den ganzen chaotischen Haufen.« Sehnsucht steigt in mir auf und Ryan lässt ihr Platz, als er mich kurz und nur mit dem Arm an sich zieht, um meine Klamotten nicht einzusauen. Er riecht gut. Nach einer frischen Brise, obwohl er seit Stunden arbeitet, nach Minze und nach ihm. Nach Ryan. Ich suche etwas Abstand und räuspere mich.

»Erzähl mir von ihnen«, bittet er und schraubt weiter.

»Gus ist ein Wirbelwind und gleichzeitig der anhänglichste Mensch auf diesem Planeten. Er ist immer da, wo man selbst gerade ist. Ständig fällt man über ihn. Aber er ist auch die perfekte kleine Wärmflasche bei einem Filmabend. Allerdings redet er, ohne Luft zu holen, was solche Abende mit ihm wiederum ziemlich schwierig macht.«

Ryan lacht. »Habt ihr einen Lieblings-Familienfilm?«

»*Frozen*«, entfährt es mir spontan. »Den kann Gus mitsprechen.«

Ryan lacht. »Ari auch. Nach rund fünfhundertmal ist das allerdings auch kein Wunder.«

»April spielt lieber Prinzessin, als Filme zu sehen. Aber wenn, dann sorgt sie dafür, dass die Filmwünsche von jedem berücksichtigt werden. Bei ihr muss alles gerecht zugehen, und wir hatten schon mehr als einen Beinahe-Weltuntergang, weil sich das Leben kein Stück fair verhält. Winter ist acht Jahre alt und total in Pferde vernarrt.«

»Das kenne ich von Amys Kids. Die sind auch total tierverrückt – nicht nach Pferden, aber wenn es um den Waschbären in unserem Garten geht. Und ums Tanzen.

Inzwischen hüpft sogar Willow mit einem Tutu ihrer Cousinen durchs Haus.« Er hält inne. Schon zum zweiten Mal an diesem Abend hat er seine Tochter erwähnt. Die Hände über seinem Kopf, das Werkzeug in der Hand, wirft er mir einen tiefen Blick zu. Dann starrt er wieder die Karosserie an, bis er sich schließlich räuspert.

»Winter ist also pferdeverrückt?«, lenkt er das Gespräch wieder auf meine Familie.

»Ja«, sage ich, erleichtert, dass der Moment nicht gekippt ist. »Mom hat zwar nicht das Geld, ihr Reitstunden zu bezahlen, aber es gibt einen kleinen Stall in der Nähe ihrer Schule. Dort darf sie helfen und manchmal kriegt sie ein bisschen Unterricht als Bezahlung. Im Sommer lebt sie quasi zwischen Misthaufen und Paddock. Und April ist einfach immer fröhlich. Selbst wenn man sich mal in seiner schlechten Laune suhlen will, gelingt einem das in ihrer Nähe einfach nicht.«

»Was ist mit Summer?« Er sieht mich fragend an und wischt sich mit dem Unterarm über die Stirn.

»Du meinst, außer dass sie eine Bohrmaschine bedienen kann?«

Er nickt.

»Summer ist nach mir die Älteste.« Ich überlege einen Moment, was meine kleine große Schwester ausmacht. »Sie ist die Erste auf dem Kletterbaum und diejenige, die runterfällt, weil sie bis auf die Spitze klettern muss. Obwohl sie erst zehn ist, ist sie sich schon vollkommen im Klaren darüber, wer sie ist und wo sie hinwill. Nicht mal ein Bulldozer würde sie daran hindern, auf gerader Linie ihre Ziele zu erreichen.« Ich lächle. »Und sie ist ein totaler Marvel-Junkie. Es gibt nichts auf diesem Planeten, was sie nicht mit Hulk und Co. vergleichen würde.«

Ryan nimmt nun die andere Autoseite in Angriff. »Klingt, als wäre sie eine niedliche Version von Nate«, sagt er und lacht.

Ich stimme ein, denn er hat recht. »Wie lange kennst du Nate schon?«

»Er kommt ursprünglich aus Oregon. Ich habe ihn erst hier an der Uni kennengelernt. Vor zwei Jahren. Genau wie die anderen Jungs des Teams. Aber es fühlt sich an, als würde ich ihn schon so lange kennen wie Amy.« Er schweigt. Es ist, als würde er vor einer Mauer stehen, unsicher, ob er darüberklettern will. Aber dann gibt er sich einen Ruck. »Meine Schulfreunde haben sich größtenteils auf Vals Seite gestellt und die wenigen, die mir geblieben sind, studieren jetzt übers ganze Land verstreut.«

»Es gab also Seiten?« Ich sollte ihn so etwas nicht fragen. Es geht mich nichts an. Und ich will auch gar nicht so tief bohren. Eigentlich.

»Jepp. Und dazwischen einen Abgrund mit den Ausmaßen des Grand Canyons.« Er lacht hohl.

Wieder lauschen wir für ein paar Takte der Musik. Mir liegen Worte auf der Zunge, die ich nicht aussprechen sollte, aber ich kann nicht anders. »Vermisst du sie manchmal?« Ich habe Angst vor der Antwort. Aber ich muss wissen, ob er noch Gefühle für Val hat. Egal, wie ätzend diese Frage ist und wie wenig ich ein Recht habe, sie zu stellen.

Seine Muskeln spannen sich an. Er schüttelt den Kopf, bleibt sekundenlang still. »Ich vermisse uns nicht«, sagt er schließlich, aber da ist keine Substanz in seinen Worten. »Eher die Eltern, die wir hätten sein können.« Er dreht sich zu mir um, kommt näher und verhakt seinen Blick mit meinem. »Ich will ehrlich sein. Es gab eine Zeit, als ich mir gewünscht hätte, Val und ich würden wieder zueinanderfinden. Ich habe sie geliebt. Und ich wollte das für Willow. Aber Val hat alles, was ich je für sie empfunden habe, mit Füßen getreten. Sie wird immer Willows Mom sein, aber das ist alles, was uns noch verbindet.«

Das ist alles. Es klingt nach wenig. Aber ein gemeinsames Kind ist viel. Verdammt viel.

Er nimmt meine Hand und zieht mich an sich. »Sie ist kein Teil meines Lebens mehr«, sagt er sanft und sieht mich so durchdringend an, dass ich das ›Du schon‹ sehe, das er nicht ausspricht. Sein Atem streicht über meine Lippen, seine Hände schieben sich in meine Haare. Dann verschmelzen wir in einem Kuss, der nicht wie sonst wild und ungezügelt ist, sondern sanft und unverrückbar. Vielleicht ist nicht klar, wer wir sind. Vielleicht finden wir keine Worte für uns. Aber dieser Kuss zeigt, was wir füreinander empfinden, auch wenn wir nicht darüber gesprochen haben.

Und aus diesem Kuss wird ein ganzes Meer, bis mich Ryan irgendwann atemlos von sich schiebt. Verlangen tobt in seinen Augen. Aber der Rest von ihm ist pure Selbstbeherrschung. Er deutet auf das Heck des Dodge. »Wenn wir so weitermachen, werde ich nie fertig und Dad lyncht mich.«

»Das will ich auf keinen Fall verantworten«, flüstere ich und komme ihm ganz nah, sodass mein Atem einen Schauder über seine Haut jagt. Ich bin noch nicht bereit, unseren Abend seiner Selbstbeherrschung zu überlassen. Ganz langsam gehe ich zum Sofa und ziehe mir dabei das Shirt über den Kopf. »Meine Klamotten haben Öl abgekriegt. Ich ziehe mir nur schnell was anderes an.« Das Flanellhemd aus meiner Tasche hole ich zwar heraus, ziehe es aber nicht über. Mit bebendem Atem warte ich, wie Ryan darauf reagieren wird, dass ich nur im BH in seiner Werkstatt stehe, zähle innerlich die Sekunden, frage mich, ob ich mich gerade komplett lächerlich mache und mich nicht doch besser anziehen und aufbrechen sollte.

Aber dann höre ich, wie er das Werkzeug, das er gerade erst in die Hand genommen hat, weglegt und näher kommt. Fühle seine Nähe, obwohl uns noch immer mehrere Schritte voneinander trennen. Meine Zellen summen, als er auch diese eliminiert. Mein Atem beschleunigt sich.

Mit dem Daumen berührt er meinen Nacken, folgt der Linie meines Schulterblatts, umfasst den Rippenbogen mit seiner warmen, kräftigen Hand.

Ich keuche leise auf, als er mit der anderen Hand meinen BH öffnet und ihn einfach zu Boden gleiten lässt. Noch immer stehe ich mit dem Rücken zu ihm. Die Augen geschlossen und alle übrigen Sinne darauf konzentriert, ihn wahrzunehmen.

Er nimmt mir das Hemd aus den Händen und lässt es auf das Sofa fallen, um dann ganz zart meine Brüste zu berühren. Meinen Bauch. Er streicht über meine Mitte, während sein Atem meinen Nacken streift, dann seine Lippen.

Ich halte es nicht mehr aus und drehe mich in seinen Armen zu ihm um, vergrabe meine Finger in seinen Haaren und küsse ihn. Tief und atemlos.

Mit einer entschlossenen Bewegung hebt Ryan mich hoch und drängt mich gegen die Wand. Ich stöhne und schlinge meine Beine um seine Taille, spüre, wie hart er ist. Ihn so zu fühlen treibt mein Verlangen an. Hastig suche ich nach dem Verschluss seiner Hose. Für einen kurzen Moment setzt Ryan mich ab, hilft mir und streift sich ein Kondom über. Dann hebt er mich erneut an und dringt im selben Moment in mich ein. Mit harten, fordernden Stößen nimmt er mich und ich reagiere auf jede seiner Bewegungen. In meinem Inneren ballt sich Lust zusammen wie eine Bombe, deren Detonation eine Druckwelle durch meinen Körper jagt, die alles einreißt. Jede Vorsicht, alle Mauern, wichtige Regeln.

Mit rasendem Puls und brüchigem Atem stehen wir, einander noch immer fest umklammert, an die Wand gelehnt und fühlen unserem explosiven Höhepunkt nach. Plötzlich lacht Ryan. Leise, aber sein Atem jagt ein Prickeln durch meinen aufgewühlten Körper.

»Dad tötet mich, wenn er hiervon erfährt. Er hatte so eine Vorahnung und hat mir explizit verboten, seine Werkstatt zu entweihen.«

Das hat er also vorhin bei der Verabschiedung zu Ryan gesagt. Er hat uns beiden keinen Millimeter über den Weg getraut. Zu Recht. Ich stimme in Ryans Lachen ein, bis er mir den Mund mit einem tiefen Kuss verschließt.

Ryan

Seit drei Wochen läuft das jetzt schon so. Ich stehe mit Willow auf. Wir streiten uns über die richtige Wahl der Anziehsachen und die Frage, ob man ihre wilden Locken zähmen muss oder nicht. Willow liebt Haarspangen, aber nur, solange man sie ihr nicht ins Haar stecken will. Meistens gebe ich irgendwann auf und liefere sie in den unmöglichsten Klamottenkombinationen bei Amy ab, um es überhaupt noch rechtzeitig in die Uni zu schaffen. Nach den Kursen kümmere ich mich um MacFairy, genieße die Zeit mit ihr, bis sie schläft, und fahre spät am Abend in die Werkstatt. Ich habe schon immer gern dort gearbeitet, aber seit Autumn fast jeden Tag vorbeikommt, freue ich mich wie bekloppt aufs Schrauben.

Ich schüttle mich. Ich muss aufhören, an ihr Lachen zu denken, an ihren Körper, der sich nach der Arbeit eng an meinen schmiegt, während wir nackt auf dem Sofa unserem stolpernden Atem nachfühlen. Das ist allerdings nichts, womit ich mich jetzt beschäftigen sollte. Denn gleich wird Mrs Moore vom Jugendamt vorbeikommen, um zu überprüfen, ob ich meiner Tochter gerecht werde und es ihr bei mir gut geht. Allerdings bin ich jetzt schon so was von zu spät dran. Die Nacht war kurz, weil ich ewig gearbeitet habe. Ein Auftrag, der bis heute fertig sein musste. Wenn ich Dad von dem Termin mit dem Jugendamt erzählt hätte, wäre er sicher eingesprungen, aber ich wollte mein Problem nicht zu seinem machen. Der Plan war, gestern Nacht noch das gröbste Chaos zu beseitigen und heute Morgen den Feinschliff zu machen. Aber dann ist Willow wach geworden und ich habe mich zu ihr gelegt, um sie zu beruhigen. Dabei muss ich eingeschlafen sein und nun klingelt die Frau jeden Moment, dabei liegen noch immer Spielzeug, Klamotten und Willows komplettes Bettzeug im Wohnzimmer verstreut. Keine Ahnung, wieso und vor allem wann sie es hergeschleppt hat. Die Küche ist auch noch nicht vollständig aufgeräumt. Ich bin immerhin schon angezogen, aber Willow springt, ein Bein in der Hose und eines draußen, zwischen meinen Füßen herum und will spielen.

Ich gebe auf, sie fertig anziehen zu wollen, und widme mich erst mal der Wohnung. Amy hat angeboten, mir zu helfen, aber Ari ist krank und ich kann nicht immer auf sie zurückgreifen, nur weil ich mich nicht besser organisiert bekomme.

Hastig schmeiße ich das Geschirr in die Spülmaschine und schiebe sie einfach zu. Wollen wir hoffen, dass die Dame vom Jugendamt keinen Kaffee will. Ich habe nämlich nur noch ein sauberes Wasserglas und jede Menge Shotgläser, was dem Vertrauen in meine väterlichen Qualitäten sicher nicht zuträglich wäre.

Dann schnappe ich mir das Bettzeug und mache die Betten so ordentlich, wie das mit einer Zweijährigen möglich ist, die dabei an meinem Bein hängt und einen neuen Performancetanz ausprobiert. Danach schließe ich die Zimmertür. Auch wenn Willow sie öffnen kann, wird sie das zumindest bremsen, während ich versuche, weiter aufzuräumen.

Als es keine fünf Minuten später klingelt, bin ich so fertig wie nach einem zweistündigen Training, während Willow gerade fröhlich ihre Hose wieder auszieht, in die ich sie Sekunden vorher befördert habe. Zum Staubsaugen bin ich nicht mehr gekommen. Ich hoffe, es fällt der Mitarbeiterin des Jugendamts nicht auf.

Mit einem Lächeln, das in meinen Mundwinkeln festgefroren ist, öffne ich die Tür. »Guten Morgen«, bringe ich steif hervor und bin etwas irritiert, weil kein farbloser Drache vor mir steht, sondern eine junge Frau, die nur wenig älter ist als ich selbst.

Sie lächelt mich freundlich an. »Guten Morgen, wir haben einen Termin. Mein Name ist Ms Moore«, begrüßt sie mich und bückt sich dann, um auch Willow die Hand zu geben. MacFairy klammert sich an meinem Bein fest. Und trägt keine Hose mehr. Die liegt auf links gezogen hinter uns. Innerlich zähle ich bis drei, atme tief durch und hoffe, das gibt keinen Punktabzug. »Kommen Sie doch rein.«

Wenn sie jeden Winkel der Wohnung erfasst und prüft, dann tut sie es so subtil, dass es mir nicht auffällt, wodurch ich mich etwas entspanne.

»Möchten Sie etwas trinken?«

Sie schüttelt den Kopf und zieht eine Mappe aus ihrer Tasche. »Nein, danke. In meinen Unterlagen steht, dass Sie studieren. Sie haben heute doch sicher noch Kurse. Deswegen werde ich versuchen, mich so kurz wie möglich zu fassen. Das Ganze läuft folgendermaßen ab.« Sie notiert Willows und meinen Namen auf einem Formular, dazu unsere Fallnummer. Dann wendet sie sich wieder mir zu. »Sie beantworten mir ein paar Fragen, ich sehe mir an, wo Ihre Tochter spielt und schläft, mache mir einen Eindruck von Ihrer Schwester, bei der Willow ja untergebracht ist, solange Sie arbeiten oder an der Uni sind, und dann war es das auch schon.« Sie sieht sich in der Wohnung um. »Schön haben Sie es hier. Wohnen nur Sie und Ihre Tochter hier?«

Ich nicke.

»Haben Sie derzeit eine Partnerin?«

Ich verkrampfe die Finger miteinander und bin froh, dass Willow in diesem Moment auf meinen Arm will und mir eine Aufgabe gibt, die mich von der Antwort ablenkt. Ich will nicht lügen, aber wäre es die Wahrheit zu behaupten, Autumn und ich seien ein Paar? »Sie ist etwas müde, weil sie heute Nacht zweimal aufgewacht ist«, sage ich und drücke mich damit vor der Antwort auf ihre Frage.

»Das ist ganz normal bei Kleinkindern.« Sie sieht mich an. »Ihr Pensum ist recht hoch. Wie kommen Sie im Alltag klar, wenn Willow Sie nachts weckt und Ihnen dadurch Schlaf fehlt?«

Ich streiche meiner Tochter über den Kopf. »Ich bin müde«, antworte ich ehrlich. »Aber mein bester Freund hat kein kleines Kind und schläft vermutlich weniger als ich.«

»Okay.« Sie notiert sich etwas. »Beschreiben Sie mir doch gern, wie ein normaler Tag bei Ihnen abläuft.«

Vor dieser Frage habe ich mich gefürchtet. Wenn Ms Moore denkt, ich würde zu wenig Zeit mit Willow verbringen, könnte sie sich dagegen aussprechen, dass sie weiter bei mir lebt. »Vor der Uni frühstücken wir zusammen und ich mache sie so weit fertig. Dann gebe ich sie bei meiner Schwester ab und fahre nach Berkeley. Sobald ich nachmittags nach Hause komme, kümmere ich mich wieder um sie und bringe sie auch abends ins Bett. Erst wenn sie schläft, lerne ich oder arbeite in der Werkstatt meines Dads, um etwas Geld zu verdienen. In dem Fall bringe ich das Babyfon zu meiner Schwester rüber. Sie kümmert sich, wenn Willow wach wird, und ruft mich an. Von der Werkstatt aus sind es höchstens fünf Minuten bis hierher. Wenn möglich, fahre ich her und übernehme das Beruhigen selbst.«

Eine Weile ist nur der Stift zu hören, der über das Papier gleitet.

»Wenn Ihr Antrag auf finanzielle Unterstützung durchgeht, würden Sie dann weniger Stunden arbeiten oder könnten vielleicht sogar ganz aufhören?«

»Es wird nicht ganz reichen«, gebe ich zu. »Aber ich könnte die Arbeitsstunden deutlich reduzieren.«

»Das vermerke ich so in meinem Bericht.« Sie schreibt etwas. »Ich werde den Antrag unterstützen, damit Sie dadurch entlastet werden. Kommen wir nun zu Ihrem Studium.« Sie streicht sich das Haar hinters Ohr, blättert die Unterlagen durch. »Sie haben ein Sportstipendium für Berkeley. Beeindruckend.« Sie lächelt mich an. »Das bedeutet bestimmt jede Menge Training und Hingabe. Ein enormer Zeitaufwand, könnte ich mir vorstellen?«

»Die Situation ist noch neu für mich. Ich muss sehen, ob sich der Sport mit Willow vereinbaren lässt, aber ich möchte versuchen, Berkeley abzuschließen, um eine gute Zukunftsperspektive für mich und meine Tochter zu haben.«

»Sie haben das alles gut durchdacht.« Sie lächelt mich an. »Ich frage mich allerdings, ob Sie sich nicht übernehmen.« Sie klappt die Mappe zu. Vermutlich ein Signal, dass dieser Teil des Gesprächs nicht in ihre Beurteilung einfließt. Ein netter Versuch, Vertrauen aufzubauen, den ich ihr trotzdem nur bedingt abkaufe.

»Sie haben ein zweijähriges Kind und müssen sich ganz neu auf die Rolle als Vater einstellen. Dazu studieren Sie und müssen für Ihr Stipendium hohe sportliche Leistungen aufbringen. Das belastet Sie auch körperlich, und als wäre das noch nicht genug, arbeiten Sie nachts, um sich und Ihre Tochter zu finanzieren.«

Wenn sie denkt, ich würde meine Tochter aufgeben, weil es schwierig ist, hat sie keine Ahnung. »Ich weiß, wofür ich all das tue.« Ich atme tief durch und drücke Willows kleinen Körper an mich. »Egal, wie stressig es jetzt gerade erscheinen mag, ich tue das für sie.«

»Gute Antwort.« Ms Moore grinst. »Wenn Sie weiter nur Zehn-Punkte-Antworten geben, werden Sie noch zu meinem Sonnenschein-Wohlfühl-Fall.«

So fühlt es sich zwar nicht an. Eher so, als würde ich drei Viertel des Tages auf Reißnägeln über den Boden robben, aber das behalte ich für mich.

»Wenn es für Sie in Ordnung ist, würde ich mir jetzt gern das Haus angucken.«

Ich bedeute ihr, dass sie sich frei bewegen und gern alles ansehen kann. Das Wohnzimmer erfasst sie mit einem Blick. Dann streift sie durch die Küche und öffnet den Geschirrspüler. Ich halte den Atem an. Aber anstatt mich wegen der Unordnung darin zu rügen, lacht sie. Tief aus dem Bauch heraus. »Sie glauben gar nicht, wie viele Geschirrspüler genau so aussehen, wenn ich vorbeikomme. Als wäre schon jemals ein Kind aus einer Familie genommen worden, weil schmutziges Geschirr in der Küche herumstand. Aber es zeigt, dass Ihnen mein Besuch wichtig ist.« Sie beugt sich verschwörerisch zu mir herüber. »Beim nächsten Mal können Sie es einfach stehen lassen, okay?«

Es wird also ein nächstes Mal geben. Ich nicke und folge ihr ins Bad und Schlafzimmer. Nach der Tour schreibt sie mehrere Minuten und verstaut die Mappe dann endgültig in ihrer Tasche. Mit einem Blick auf die Uhr zeigt sie zur Tür. »Sie müssen sicher los. Bringen wir doch gemeinsam die Kleine rüber zu Ihrer Schwester und dann sind wir auch schon fertig. Ich werde in den nächsten Wochen ein paar unangekündigte Besuche machen. Aber ich habe bei Ihnen ein sehr gutes Gefühl und das wird auch in meiner vorläufigen Beurteilung stehen.«

Ich atme erleichtert aus und beginne, Willows Sachen zu packen, die sie mit zu Amy nimmt.

Auch die Übergabe verlief vollkommen problemlos. Willow hat sich tierisch auf ihre Cousinen, meine Schwester und den geplanten Tag bei Mom und Dad gefreut. Keine Sekunde des Abschiedsschmerzes. Und ehe ich michs versah, hatte Amy Ms Moore zu einer Tasse Kaffee überredet und mich rausgeschmissen. Nicht, ohne mir zu verbieten, nach der Uni bei unseren Eltern vorbeizusehen und den Enkelinnen-Nachmittag zu crashen. Etwas überwältigt, aber mit einem durchaus guten Gefühl bin ich zur Uni gefahren.

Überraschenderweise war es eine größere Herausforderung, während meiner Kurse nicht einzuschlafen, als das Jugendamt im Haus zu haben.

Deswegen ist Autumn neben Willows Lächeln kurz nach dem Aufwachen mein absolutes Highlight, als ich gegen vier den letzten Kurs für heute verlasse. Sie wartet mit zwei Bechern Kaffee auf dem Flur und ich weiß nicht, ob ich sie für die Ration Koffein liebe, für die ich gerade morden würde, oder einfach, weil sie da ist. Fuck. Egal, warum. Ich liebe sie. Drei Worte, die mir die Kehle zuschnüren, weil sie nicht Teil unserer Abmachung waren und ich dieselben Fehler schon wieder mache – jemanden lieben, der nicht bereit ist, genauso viel von sich zu geben. Zur Begrüßung verflechte ich meine Finger mit ihren und nehme den Becher entgegen, den sie mir hinhält, sage aber nichts.

Ich habe nicht das Recht, sie mit meinen Gefühlen zu konfrontieren und sie dadurch in eine doofe Lage zu bringen, nur weil mein Herz die Regeln nicht kapiert hat.

»Was hast du jetzt vor?« Sie nippt an ihrem Kaffee und blitzt mich unternehmungslustig an.

»Etwas essen, lernen.« Ich tue so, als müsste ich nachdenken. »Mit dir die Sonne genießen? Ich habe überraschend den Rest des Tages frei.« Amy und die Mädchen kommen nicht vor heute Abend zurück. Und ich habe keinen Werkstattdienst.

»Ich weiß.« Sie lacht übermütig. »Das ist Nates und Amys Verdienst.«

Dass Dad mich heute nicht braucht und die Idee, mit den Kindern später zu Mom und Dad zu fahren, ist also ein Komplott. »Und warum genau haben die beiden miteinander konspiriert?«

»Bestimmt nicht, damit du nur faul im Gras rumliegst.« Sie lacht und ich folge ihr, noch immer im Dunkeln tappend, nach draußen. Warme, drückend schwere Luft schlägt uns entgegen.

»Bei den Temperaturen gibt es nichts Sinnvolleres, als sich mit dir irgendwo in den Schatten zu verziehen.«

»Warte es ab.« Sie lacht. »Hast du Sportsachen hier?«

»In meinem Spind«, entgegne ich vorsichtig. »Warum?«

Völlig aufgedreht zerrt sie mich zu den Umkleiden, die ganz in der Nähe neben den Sportplätzen liegen.

»Du machst mir ein bisschen Angst«, gestehe ich, muss aber grinsen, weil ihre Freude über was auch immer verdammt ansteckend ist.

»Ich scheuche dich schon nicht zehn Runden über die Aschebahn. Vertrau mir.«

Das tue ich. So sehr, dass ich in aller Eile Jeans und Shirt gegen die Sportklamotten aus meinem Spind tausche. »So«, sage ich, als ich wieder zu ihr ins gleißende Sonnenlicht trete. »Verrätst du mir jetzt, wohin wir gehen?«

»Nein«, sagt sie schlicht, aber sehr bestimmt und nimmt meine Hand. »Du bist so neugierig.«

Sieht aus, als würde sie das ihrem Bild von mir hinzufügen, es aber irgendwie schaffen, darin etwas Positives zu sehen.

Sie schlägt den Weg zum PAC ein. Und wir sind nicht die Einzigen, die in Richtung des modernen Glasbetonbaus strömen. Je mehr wir uns dem Kunstkomplex nähern, umso voller wird es. Eine gigantische Anlage lässt Elektromusik über die Köpfe von rund zweitausend Studenten hinwegdonnern, die sich auf dem Platz davor versammelt haben.

»Was ist das?« Irgendein Flashmob vielleicht. Autumn zieht mich mitten ins Gedränge vor die Bühne. Feiner Wasserstaub legt sich auf ihre Haare, als Schläuche zum Abkühlen in die Menge gehalten werden. Sie hält an, sieht sich um und nickt, offenbar zufrieden mit unserem Platz. Dann zieht sie mehrere kleine Tütchen aus ihrer Tasche hervor, in denen sich verschiedenfarbiges Pulver befindet. Knallige Töne, die das Gute-Laune-Zentrum triggern. In Safrangelb ist das Wort *Holi* daraufgeprägt. Erst jetzt kapiere ich, dass sie mich auf das Holi-Festival geschleppt hat, das heute hier vor dem PAC stattfindet und von dem

Nate mir vor einigen Wochen erzählt hat. Er wollte mit mir hin, aber dann haben wir es aus den Augen verloren.

Autumn gibt mir zwei Tüten und öffnet die, die sie in der Hand behält. »Das wollte ich immer schon mal machen«, schreit sie mir über die Musik zu. Mit leuchtenden Augen und geröteten Wangen. Die Haare kleben an ihrer feuchten Haut. Ich nicke einfach nur, fasziniert von ihrer Begeisterung. Von Autumn. Ausgelassen schlinge ich einen Arm um ihre Taille und vergrabe sekundenlang mein Gesicht in ihrem Haar. Bis jemand das Mikro ergreift und übergangslos einen Countdown zwischen die Beats der Musik brüllt. Bei null explodiert ein Farbenmeer über unseren Köpfen. Eines, das wir mitgestalten, indem wir den Inhalt unserer Tüten in die Luft katapultieren.

Wenn ich müde und überfordert bin, kommt mir die Welt manchmal trostlos vor. Autumn färbt sie bunt. Einfach so. Und das nicht nur heute.

Die bunte Maisstärke bleibt auf unserer Haut haften, in den Haaren. Um uns herum wogt eine Farbschlacht, eine Party, aber ich stehe vollkommen unbeweglich im fliegenden, farbenfrohen Puder und starre Autumn an. Und sie mich. Ganz langsam kommt sie näher. Ihre Hand berührt sanft mein Gesicht. Sie lächelt, aber dann geht dieses Lächeln in ein diabolisches Grinsen über und im nächsten Moment verteilt sie eine riesige Menge Farbe auf meiner Wange. Ich packe sie, um mich zu revanchieren. Und mitten in diesem Kampf aus Farben und zarten Berührungen küsse ich sie. Wir sind durchnässt. Eingesaut bis zu den Haarwurzeln. Aber genau hier. Genau jetzt. In diesem Moment. Unter all den Farbschichten – bin ich so glücklich, wie ich es sonst nur mit Willow bin. So voller Liebe. So absolut ausgelassen und bei mir. Am liebsten würde ich alle Superlative aufzählen, die ich kenne, weil es genau so in mir aussieht. Als könnte es nicht besser werden. Ich löse meine Lippen von ihren, lege den Kopf in den Nacken und schreie meine Gefühle heraus. So wie Autumn damals auf dem Dach. Als ich fest davon überzeugt war, das brächte nichts. Ich habe mich getäuscht. In allem.

Autumn

Tess und ich sitzen auf dem Dach unseres Wohnheims.

»Ich kann nicht fassen, dass du mich bis jetzt nie mit hier hochgenommen hast.«

Ich reiche ihr die Flasche Wein, die wir einem Typen aus den höheren Semestern abgekauft haben, und lasse mich rücklings auf die Teerpappe sinken. Eigentlich ist das hier mein geheimer Rückzugsort, aber ich wollte heute Abend nicht allein sein. Noch immer hängen Farbreste von heute Nachmittag in meinem Haar. Und das, obwohl ich geduscht habe. Es ist, als würde sich dieser perfekte Moment an mich klammern, damit ich ihn nie vergesse. Aber es sind nur Inseln im Alltag. Nicht mehr. Und jedes Mal, wenn uns die Realität einholt, entzweit uns das. Ryan musste irgendwann nach Hause und er hat keine Sekunde darüber nachgedacht, mich zu fragen, ob ich mitkommen will. Dabei ist es genau das, was ich mir wünsche. Ich will ein Teil seines Lebens sein. Seines ganzen Lebens. Dazu gehört auch Willow. Er müsste mich ja nicht sofort als seine Freundin vorstellen, sondern nur als eine. Nate besucht ihn auch und es traumatisiert die Kleine nicht. Und das, obwohl Nate durchaus das Potenzial hat, einen mit seiner Art umzuhauen. »Weil ich dich eigentlich töten müsste, nachdem ich dir von meinem Geheimplatz erzählt habe«, antworte ich Tess mit einiger Verzögerung. »Aber du hast Wein mitgebracht, also mache ich vielleicht eine Ausnahme.«

Sie lacht und legt sich neben mich. Die Flasche stellt sie zwischen uns.

»Erzählst du mir jetzt, warum du so guckst, als wären wir in Alcatraz eingesperrt, obwohl du mit Mister Baseball auf dem Festival warst und ganz offensichtlich Spaß hattest?« Sie zupft an einer leicht pink verfärbten Haarsträhne. »Und obwohl wir am schönsten Ort auf dem Campus sind und Wein trinken.«

Ich richte mich wieder auf, schlinge einen Arm um die Knie und lege den Kopf darauf ab. »Ich glaube, ich verrenne mich gerade in etwas«, gebe ich leise zu, nehme die Flasche und trinke. Als könnte mir Alkohol aus der Klemme helfen.

Tess runzelt die Stirn. »Was Ryan betrifft?«

»Ja.« Ich ertränke das Wort in Rotwein. »Ich wollte das zwischen uns so nehmen, wie es kommt. Es sollte unverbindlich bleiben und ich wollte unbedingt mein Herz da raushalten, aber …« Ich stoße frustriert die Luft aus. »Ich bin eine Niete, was das angeht.«

Mit einem breiten Grinsen setzt Tess sich auf und klopft sich winzige Kiesel von den Handflächen. »Diese ganze Wir-haben-nur-Sex-und-da-ist-nicht-mehr-Sache hat euch doch eh niemand abgenommen. Gut, dass ihr endlich ehrlich zueinander seid.«

Den Blick in den Himmel gerichtet, trinke ich erneut. »Ich habe von mir gesprochen«, gestehe ich leise. »Ryan besteht auch jetzt noch auf den alten Regeln, als hätte sich nichts zwischen uns verändert. Und ich kann ihm nicht sagen, dass es für mich mittlerweile anders ist. Das wäre nicht fair.«

»Wie fair ist es, ihm die Wahrheit zu verschweigen?« Tess nimmt mir mit einem bedeutungsvollen Blick die Flasche aus der Hand. »Das war ein echt philosophischer Rat«, bemerkt sie kichernd und sieht aus, als wäre sie von sich selbst überrascht.

Das Problem ist: Sollte ich den Schritt wagen und ihm sagen, was ich fühle, wird er ziemlich sicher die Notbremse ziehen und das mit uns beenden. Und dafür bin ich einfach nicht bereit. Trotzdem hat Tess recht: Früher oder später muss ich mit Ryan reden. Ihm sagen, was ich empfinde. Weil alles andere feige und unfair wäre. Und da ist ein kleines Fünkchen Hoffnung, dass es ihm vielleicht doch ähnlich geht und er nur deswegen abblockt, weil ich zunächst genauso deutlich wie er gegen etwas Ernstes war.

Tess ist noch mit ihrem Lacrosse-Spieler losgezogen. Weil ich nicht mitgehen wollte, sitze ich nun allein auf der Brüstung des Daches. In meinem Kopf drehe und wende ich die Worte, die ich Ryan sagen könnte, suche den perfekten Einstieg, verwerfe alles wieder und beginne von vorn.

Erst das Klingeln meines Handys durchbricht diese Gedankenspirale. Unwillkürlich denke ich, es ist Tess, die irgendwo abgeholt werden will, aber auf dem Display ist Summers Name zu sehen. Sie ruft mich selten an, und wenn, dann nicht zu einer Uhrzeit, zu der sie längst im Bett liegen sollte. Mein Herz setzt für einen Schlag aus, nur um dann in doppelter Geschwindigkeit seine Arbeit wieder aufzunehmen.

»Summer?«, stoße ich besorgt hervor. Vielleicht ist es doch nur Mom, auch wenn mir kein Grund einfallen will, warum sie mich von dem Handy meiner Schwester aus anrufen sollte.

»Autumn?« Mein Name wird von leisen Schluchzern zerteilt, die Summers Stimme beben lassen.

»Was ist passiert?« Ich springe von der Brüstung und laufe zur Tür, als würden die paar Schritte ändern, dass ich mich am anderen Ende des Landes befinde. Was immer auch passiert ist, ich kann von hier aus nichts ausrichten.

»Mom wollte nicht, dass ich dich anrufe.« Sie schnieft und ich höre lautes Rufen, Motoren und eine Sirene im Hintergrund. »Sie sagt immer, wir sollen dich in Ruhe lassen, weil du mitten in deinen Prüfungen steckst und sowieso nichts tun kannst, aber das war, bevor ... Du hast gesagt, wenn es wichtig ist, soll ich mich melden, und ich weiß nicht, was ich tun soll, also ...«

»Schon gut, Sum. Du hast alles richtig gemacht. Du sollst dich immer melden, wenn etwas ist.« Mom würde noch versuchen, allein klarzukommen, wenn sie den Kopf schon unter dem Arm trägt. Deswegen habe ich meine Schwestern angewiesen, mich im Notfall zu kontaktieren. Ich bemühe mich, geduldig zu sein. Wenn ich Summer anbrülle, mir endlich zu sagen, was zum Teufel passiert ist, wird sie in Tränen ausbrechen und ich erfahre gar nichts. »Sag schon, was los ist, Süße«, fordere ich sie deswegen so ruhig wie möglich auf.

»Es ist alles weg.« Sie schluchzt nun lauter. »Und Mom ist verletzt. Sie bringen sie weg. Und wir sind ganz allein.«

»Ganz ruhig. Sag mir genau, was passiert ist.« Verflucht noch mal, was heißt, sie bringen Mom weg? Wohin? Und was zum Henker ist überhaupt los?

»Ich weiß es nicht«, schluchzt sie. »Plötzlich war überall Feuer. Und Rauch. In der ganzen Wohnung. Ich konnte nicht richtig atmen und habe den Weg nicht gefunden. Aber Mom hat uns alle rausgebracht. Dabei hat sie sich ganz schlimm verbrannt. Am Arm. Und an den Händen. Aber es ging ihr gut. Sie hat mit uns geredet. Und dann …« Summer weint. »Dann ist sie einfach umgekippt. Ich weiß nicht, was mit ihr ist. Keiner sagt uns was. Sie haben sie in einen Krankenwagen gebracht und sind weggefahren.«

Ein Feuer. Mom ist im Krankenhaus. Meine Gedanken rasen. Ich kriege keinen zu fassen, außer dem einen. Ich muss zu ihnen. Jetzt. »Ich komme zu euch.«

»Mom sagt, du musst in Berkeley bleiben«, krächzt Summer. »Wegen der Prüfungen.«

Niemand weiß, wie schlimm es um Mom steht oder ob von meinem früheren Leben mehr übrig ist als Asche. Meine Geschwister stehen allein auf dem Gehweg vor unserem Haus. Alles andere ist jetzt absolut bedeutungslos. »Ich bin so gut wie durch mit den Klausuren.« Und die einzige Prüfung, die ich vor den Thanksgiving-Ferien noch schreiben muss, kann ich sicher verschieben. »Könnt ihr heute Nacht bei Rachel unterkommen?« Unsere Nachbarin. Sehr speziell, aber auch sehr hilfsbereit, obwohl sie selbst kaum etwas hat außer vielen Katzen.

Summer schnieft wieder. »Sie hat es angeboten, aber Gus will nicht. Er hat Angst vor ihr.«

Das lässt sich heute Nacht leider nicht ändern. »Du kümmerst dich um die Kleinen und gehst jetzt mit ihnen rüber.« Bevor irgendwer den sozialen Dienst einschaltet und meine Geschwister einsammelt. »Und ich versuche, im Krankenhaus etwas über Mom in Erfahrung zu bringen.« Während ich rede, rufe ich bereits die Seite mit Flügen auf und buche einen, der morgen früh um acht nach

Charlotte abhebt. Das sind noch zehn Stunden, aber es ist die früheste Möglichkeit. Und die teuerste, die ein riesiges Loch in meine Ersparnisse fressen wird. »Ich bin morgen am frühen Nachmittag bei euch«, informiere ich Summer.

»Okay.«

»Sum?«

»Ja?«, fragt sie kläglich.

»Du schaffst das. Und pass auf Winter, April und Gus auf, bis ich bei euch bin.« Ich drücke einen Kuss auf das Handy und lege auf.

Was, wenn Mom so schlimm verletzt ist, dass sie für Monate ausfällt? Oder …? Ich führe den Gedanken nicht zu Ende, dass sie zu viel giftigen Rauch eingeatmet haben könnte. Die Vorstellung jagt Eis durch meine Adern und macht mich bewegungsunfähig. Panik ist das Letzte, was ich jetzt gebrauchen kann. Mit zitternden Händen suche ich im Internet nach der Nummer der nächstgelegenen Krankenhäuser, in die sie Mom gebracht haben könnten, und rufe dort an. Aber in beiden bekomme ich dieselbe Information. Wenn Mom dort ist, sind ihre Daten noch nicht im System hinterlegt und eine Auskunft über ihren Gesundheitszustand deswegen nicht möglich. Ich muss mich gedulden. Am liebsten würde ich heulen. Eine Panikmonsterwelle schwappt in mir herum und wartet auf einen schwachen Moment, um mich zu zermalmen. Es gibt nur eine Person, die verhindern kann, dass ich in den nächsten Stunden durchdrehe. Ryan.

Ich weiß, er will nicht, dass ich zu ihm nach Hause komme, aber das war, bevor mein bisheriges Leben zu Asche verbrannt ist und meine Familie dreitausend Meilen entfernt von mir vor dem Nichts stand. Bevor ich Angst haben musste, ob meine Mom durchkommen wird oder nicht. Das verschiebt alles. Ich hoffe, auch Ryans Regeln für uns.

Ich brauche dich. Dringend. Kann ich vorbeikommen?

Ohne zu zögern, schicke ich die Nachricht ab und springe die Treppe zu unserem Zimmer hinunter. Ryan hat die Nachricht nicht gelesen. Vermutlich schläft er schon oder hat das Handy wegen seiner Tochter auf lautlos gestellt. Ich sollte vermutlich geduldig sein, bis er sich meldet, aber ich kann nicht warten. Ich brauche ihn, seine Arme, die mich halten. Muss von ihm hören, dass alles gut wird. Dass meine Mom sich erholen und eine bezahlbare neue Wohnung finden wird. Dass sie trotz dieser Sache ohne meine Hilfe über die Runden kommen wird, damit ich weiterstudieren kann. Dass nichts in diesen Flammen verloren gegangen ist als materielle Dinge und die wirklich wichtigen Erinnerungen in mir selbst liegen. Denn mir selbst glaube ich all das nicht. Tess' Autoschlüssel liegen auf der Kommode direkt hinter der Tür. Sie hat gesagt, ich dürfte mir ihren Wagen jederzeit ausleihen. Ich schreibe ihr einen kurzen Zettel, dass ich den Toyota spätestens morgen früh wiederbringe, und ziehe die Tür hinter mir zu.

Ryan hat mir erzählt, wo Amys Haus liegt und wie es aussieht. Trotzdem war ich mir unsicher, ob ich es finden würde, und bin erleichtert, dass ich es auf Anhieb erkenne. Die Straße schlängelt sich ein gutes Stück westlich der Werkstatt vom Bridgeway in die Hügel hinauf. Ganz am Ende steht das moderne Haus seiner Schwester. Kaum zu übersehen: weiß, riesig, beeindruckend. Am Tag durch die vielen Fenster sicher lichtdurchflutet. Jetzt liegt es dunkel vor mir. Grillen zirpen, als ich aus dem Wagen steige und zum Tor gehe, das von riesigen pinken und rosafarbenen Bougainvilleas umgeben ist. Zwei Klingelschilder sind am gemauerten Pfeiler angebracht – auf einem der Name Kipton und darunter Hunter. Normalerweise würde ich klingeln und nicht einfach auf das Grundstück laufen, aber ich will weder Willow noch Ryans Nichten wecken. Also drücke ich leise das Tor auf, schleiche mit klopfendem Herzen aufs Grundstück und erleide fast einen Herzinfarkt, als ein Waschbär hinter den Mülltonnen hervorspringt, die bereits wie Fort Knox gesichert sind, und durch den Garten davonrast. Ich folge ihm um die Hausecke. Dahinter erstreckt sich im Mondlicht ein liebevoll gepflegter Garten mit üppig bepflanzten Beeten samt Pool und kleinem Kinderspielplatz. Sandspielzeug liegt verstreut und eine rosafarbene Piratenflagge bewegt sich träge im Wind auf einem der Spieltürme. Um ein Haar stolpere ich über zwei Schwimmnudeln, die auf den noch feuchten Terrassensteinen trocknen.

Hinter dem Schwimmbereich ragt das Poolhaus in den Nachthimmel. Es ist vom Stil an das Haupthaus angepasst. Bodentiefe Fenster, ganz in Weiß gehalten. Es ist modern, ohne kalt oder unpersönlich zu wirken. Im Gegensatz zum Haupthaus brennt hier Licht hinter den Fenstern. Ryan ist also noch wach. Erleichterung durchströmt mich. Dann wird es vielleicht nicht so schwer, leise auf mich aufmerksam zu machen.

Vorsichtig betrete ich die winzige Veranda, auf die zwei Deckchairs gequetscht wurden. Daneben steht ein Paar winziger rosafarbener Stiefel. Willows Stiefel. Noch nie war mir so bewusst wie jetzt gerade, dass Ryan wirklich ein Kind hat. Eines, das Feenstiefel trägt und tatsächlich existiert. Sie ist nicht länger eine nicht greifbare Tatsache. Plötzlich ist das alles verdammt real. In unserem Alter ein kleines Kind zu haben. Eines, das nicht meins ist und das sicher Probleme haben wird, sich auf mich einzustellen, ist eine gewaltige Herausforderung. Aber ich bin mir so sicher wie noch nie, dass ich trotzdem genau das will. Ich will Ryan. Und alles, was zu ihm gehört. Egal, wie groß diese Aufgabe auch sein wird. Weil ich liebe, wie pflichtbewusst er mit seiner Verantwortung als Dad umgeht. Weil ich nach Summers Anruf nur an eines denken konnte – bei ihm sein zu wollen. Weil ich ihn liebe. Und es wäre weder ihm noch mir gegenüber fair, das weiter für mich zu behalten. Das hat Tess mir bewusst gemacht.

Ich muss es ihm sagen. Ich brauche die Gewissheit, dass er genauso fühlt wie ich, bevor ich morgen früh fliege. Ich brauche uns, um mich daran festzuhalten, wenn mich in North Carolina das Schlimmste erwarten sollte.

Mein Puls flattert wie die kaputte Neonlampe über dem Werkstattschild der Hunters. Noch einmal atme ich tief durch und hebe gerade die Hand, um zu klopfen, da lässt mich eine Bewegung hinter dem Fenster innehalten.

Ryan. Er tritt hinter dem Küchentresen hervor und kommt auf das Fenster zu. Auf mich. Ich will schon die Hand heben, aber dann wird mir bewusst, dass sein intensiver Blick nicht mir gilt.

Auf der Couch sitzt jemand. Ein Mädchen mit dunklen, kinnlangen Haaren. Den Rücken mir zugewandt, ist sie in eine Wolldecke eingewickelt. Die Beine hat sie angezogen und die Arme darumgeschlungen.

»Hey, Val«, höre ich seine Stimme gedämpft durch das Fenster. Mitfühlend. Zärtlich. Er sieht sie eindringlich an und reicht ihr einen Becher, bevor er sich dicht neben sie setzt.

Val. Ich taumle rückwärts. Einen Schritt. Noch einen. Sie ist hier. Er hat mir gesagt, dass sie kein Teil seines Lebens mehr ist. Er sagte, er wäre fertig mit ihr und alles zwischen ihnen wäre kaputt. Er hat gelogen. Sie ist hier, sitzt neben ihm. So nah, dass sich ihre Schenkel berühren. Und als würde das nicht ausreichen, um mich wie ein Kartenhaus umzupusten, zieht er sie in seine Arme. Sie schmiegt sich an ihn, als wären sie ein Paar, während er Worte gegen ihre Schläfe murmelt. Das Bild verursacht einen Kurzschluss in meinem Inneren. Die Neonlampe erlischt. In mir liegt alles in Dunkelheit. Mein Brustkorb ist so leer, dass man ein Echo darin erzeugen könnte. Ein Echo aus drei Buchstaben. V. A. L.

Mit ihr teilt er also den Part seines Lebens, den er mir nie zeigen wollte. Bei ihr zieht er keine Grenze, obwohl sie ihm so viel angetan hat. Und mir ist klar, was das bedeutet. Sein Herz gehört noch immer ihr. Sie ist die Mutter seines Kindes. Val ist Familie. Damit kann ich nicht konkurrieren. Ich will es auch gar nicht. Denn um uns und gegen sie zu kämpfen, würde bedeuten, Willow die Chance auf eine heile Familie zu nehmen. Ich wäre nicht besser als die Frau, die meine Familie zerstört hat, als sie Dad vor fünf Jahren für sich beansprucht hat. Das ist das Aus. Wie betäubt starre ich auf seine Hand, mit der er über Vals Haar streicht. Nehme die Vertrautheit wahr, die zwischen ihnen besteht, und lasse zu, dass sie mich aushöhlt. Sie klammert sich an ihn. Und Ryan hält sie. Sie – nicht mich. Mein Herz zerspringt in diesem Moment auf dem harten Boden der Realität. Den Großteil der Splitter werde ich irgendwann wieder zusammensetzen. Es wird Zeit brauchen, der Weg wird wehtun, aber ich werde es schaffen. Sorgen mache ich mir nur über die Teile, die durch die Wucht ins Nichts geschleudert wurden.

Mir ist schlecht. Ich presse mir die Hand vor den Mund, dämpfe das Schluchzen, das in meiner Kehle tobt. Dann drehe ich mich um, flüchte und stolpere über Willows Stiefel. Das Poltern ist ohrenbetäubend laut. Ohne mich umzusehen, ob Ryan und Val mich bemerkt haben, renne ich. Am Pool vorbei. Ums Haus herum. Über die Straße. Ich hätte Ryan mein Herz nie schenken dürfen. Hätte ich mich an meine oberste Regel gehalten, wäre das hier nie passiert. Ich bin so dumm. So dumm, dumm, dumm. Tränenblind reiße ich die Tür von Tess' Wagen auf und brauche drei Anläufe, um den Schlüssel in die Zündung zu stecken und den Motor anzuwerfen. *Atme*. Ich muss atmen. Mich auf das Einzige konzentrieren, was je von Bedeutung war. Meine Familie. Mom. Sie brauchen mich jetzt. Und ich sie.

Ryan

Willow ist vollkommen erledigt eingeschlafen. Auf mir. Was sonst? Also habe ich mit ihr auf dem Arm gelernt. Aber mein Rücken bringt mich um. Besser, ich lege sie ins Bett, bevor sich eine meiner Bandscheiben verabschiedet. Gerade als ich sie zudecke, klopft es an der Tür. Amy weiß, dass Willow leicht wach wird und es ein Ding der Unmöglichkeit ist, sie danach wieder zum Schlafen zu bewegen. Sie würde um diese Uhrzeit niemals so einen Lärm machen.

Unruhig dreht Willow sich auf die andere Seite. Ich drücke ihr die Häkel-Fee in den Arm, verharre, bis ich mir sicher bin, dass sie weiterschläft, und schleiche dann aus dem Zimmer. Gerade als ich die Tür hinter mir zuziehen will, klopft es schon wieder.

Ich verdrehe die Augen. Cas behauptet immer, nach müde kommt irre. Seitdem Willow bei mir ist, weiß ich, was er meint. Und wenn ich eins nicht brauche, ist es eine übermüdete, irre Zweijährige, die mich vom Lernen abhält.

Leise schließe ich das Schlafzimmer und renne, kaum dass ich die Türklinke losgelassen habe, nach vorn.

»Herrgott, Ames«, zische ich, während ich die Tür aufreiße.

Aber davor steht nicht Amy. Mein Hirn braucht einen Augenblick, um das Bild von Val auf meiner Veranda zu verarbeiten.

Sie sieht aus wie ein Häufchen Elend. Ein verheultes und vollkommen derangiertes Häufchen Elend. Ihr Jochbein ist blau, das Auge geschwollen und zwei schmale Pflasterstreifen halten eine Wunde an der Augenbraue zusammen. Sie ist vollkommen am Ende. Trotzdem bitte ich sie nicht intuitiv herein, wie ich es bei jedem anderen in dieser Situation getan hätte. Stattdessen werfe ich einen unsicheren Blick hinter mich. Die Schlafzimmertür ist immer noch geschlossen. Dahinter ist alles ruhig. Nachdem ich mich vergewissert habe, dass Willow schläft, trete ich nach draußen auf die Veranda und lehne die Tür hinter mir an. »Was ist passiert?«, frage ich leise.

Val zuckt hilflos mit den Schultern und beginnt zu weinen. »Ich habe es versaut«, murmelt sie abgehackt.

Und ich bin die einzige Anlaufstelle, die sie hat. Trotz all der Dinge, die zwischen uns stehen. »War er das?« Ich deute auf ihr Gesicht.

»Es ist nicht Jays Schuld«, sagt sie eilig. Dann beißt sie sich auf die ramponierte Unterlippe. »Okay, eigentlich doch. Wir haben uns gestritten. Irgendwann ist er total durchgedreht. Ich dachte …« Sie führt den Satz nicht zu Ende, sieht mich nicht an, sondern starrt auf den Boden. »Aber ich konnte abhauen und bin zurück nach San Francisco getrampt.«

Ich würde sie am liebsten schütteln, weil sie riskiert hat, von einem Serienmörder gekillt zu werden, indem sie auf einsamen Landstraßen zu wildfremden Menschen ins Auto gestiegen ist. Aber ich muss zugeben, dass sie kaum eine Alternative hatte. Sie hat keine Kohle und niemanden, der für sie durchs halbe Land fahren würde, um sie aus so einer beschissenen Lage zu holen. Früher wäre ich dieser Jemand gewesen. Aber das ist lange her. Ihren Eltern ist es schon immer scheißegal gewesen, was Val tut. Und ihre Freunde sind nur so lange die besten Kumpel, wie es ums Feiern geht.

»Kann ich reinkommen?«

Ich will Nein sagen, kriege das Wort aber nicht über die Lippen. Was auch immer zwischen uns war. Wie beschissen Val sich auch verhalten hat – sie bleibt Willows Mom. »Was willst du, Val?«, stelle ich deswegen die Gegenfrage.

Sie tritt unsicher von einem Fuß auf den anderen. »Ich weiß, du hast keinen Grund, Ja zu sagen, aber darf ich sie sehen? Nur ganz kurz?«

»Du bist Willows Mom. Natürlich kannst du sie sehen. Aber weck sie nicht.« Ich zwinge mich dazu, beiseitezutreten und den Weg ins Haus frei zu geben. »Sie sollte dich so nicht sehen«, schiebe ich leise hinterher und deute auf ihr Gesicht.

Val nickt und drückt sich dicht an mir vorbei. So dicht, dass ich ihr Parfum riechen kann und die Wärme ihrer Haut spüre. Sie tut das nicht zufällig. Mir ist klar, dass sie versucht, alte Gefühle in mir zu wecken. Aber da ist nichts mehr. Nicht einmal, als sie kurz stehen bleibt, mir ihre Hand auf die Brust legt und flüstert: »Das habe ich immer am meisten an dir geliebt. Deine Fürsorglichkeit. Dass du mich und sie beschützt und immer für mich da bist. Egal, wie viel Scheiße ich gebaut habe.« Sie wischt sich über die Augen und lächelt gezwungen.

Sanft schiebe ich sie von mir und deute wortlos auf die Schlafzimmertür.

Sie geht hin, öffnet sie und lehnt sich in den Rahmen, um unserer Tochter beim Schlafen zuzusehen. Mit Argusaugen beobachte ich, ob sie ihren Wunsch, Willow in den Arme zu nehmen, zum Wohl unserer Tochter unterdrücken kann. Es scheint so. Erleichtert lasse ich die Luft entweichen, bringe etwas Abstand zwischen Val und mich und ziehe mein Telefon aus der Hosentasche, um Nate anzurufen.

»Hi, Alter.« Nate lacht, im Hintergrund sind Musik und Gelächter zu hören. »Was geht?«

»Du hast mal gesagt, ich solle fragen, wenn ich Hilfe brauche. Jetzt wäre so ein Moment.«

»Warte kurz. Ich verstehe nur die Hälfte.« Nate entfernt sich von der Musik. Eine Tür wird zugezogen. Jetzt sind nur noch die schwachen Bässe zu hören. Ansonsten ist es still. »So, schieß los.«

Ich drehe mich halb von Val weg und rede so leise, dass sie mich nicht verstehen kann. »Ich brauche deine Hilfe.«

Nate lacht. »Jederzeit, Mann.«

Er würde das nicht so leichtfertig sagen, wüsste er, um was es geht. »Du hast neulich erzählt, in deiner WG wäre ein Zimmer frei?«

Nate lacht. »Willst du etwa hier einziehen, um ein wenig Ruhe vor deinem kleinen Wirbelwind zu haben? Oder geht es um einen ruhigen Ort, an dem du Autumn treffen kannst? Die Wände sind allerdings echt dünn.«

»Meine Ex ist wieder da«, stoppe ich seine kreativen Ausführungen. »Und sie braucht einen Ort, an dem sie vorerst wohnen kann.«

»Deine Ich-lasse-unser-Kind-in-einer-Bruchbude-allein-Ex? Und du willst ihr helfen? Ist das dein Ernst?«

»Nate«, flehe ich ihn an.

»Schon gut.« Er brummt wie ein Grizzly, den man aus dem Winterschlaf gerissen hat.

»Sie kann nicht hierbleiben. Das würde Willow vollkommen aus der Bahn werfen.« Und mich in den Wahnsinn treiben. »Kannst du ihr vorerst das Zimmer überlassen? Nur bis ich mir etwas anderes für sie überlegt habe.« Ich hasse es, dass Vals Chaos zu meinem wird. Weil wir durch Willow immer verbunden sein werden. Um mich abzulenken, setze ich Tee auf. Val wird ihn brauchen. Sie sieht schrecklich aus.

»Vermutlich schon«, sagt Nate zögerlich. »Ich müsste allerdings vorher mit den anderen sprechen, ob sie einverstanden sind. Dafür müssten wir sie kennenlernen. Aber ich denke, das wird klargehen.«

So viel Zeit haben wir nicht. »Sie muss morgen früh hier weg sein. Bevor Willow wach wird.«

Nate seufzt. Ich kann mir vorstellen, wie er sich die Haare rauft und die Augen verdreht. So wie er es immer tut, wenn er vor einem besonders schweren Gegner steht. »So viel zum Kennenlernen und der obersten WG-Regel, alles vorab zu besprechen. Morgen früh also, ja?«

Ich presse mir die Hand gegen die Stirn. »Ja. Vor sechs. Willow ist früh wach.«

»Dann bin ich um halb sechs bei euch. Aber ich habe was gut bei dir.«

»Hast du.« Das werde ich bis in alle Ewigkeit nicht wiedergutmachen können. »Danke, Nate.«

»Kein Ding.« Er stößt die Luft aus. »Bis morgen.« Damit legt er auf.

Val löst sich widerstrebend vom Rahmen und schließt die Tür, als ich das Telefon zurück in meine Hosentasche schiebe. »Wir müssen reden«, sage ich ernst. Und zwar in Ruhe.

Sie nickt, setzt sich auf das Sofa und ich reiche ihr eine Wolldecke, weil sie noch immer die Arme um ihren Körper schlingt, als wäre ihr kalt. Dabei ist es warm. Selbst um diese Uhrzeit noch.

Als der Tee fertig ist, balanciere ich den Becher zu ihr hinüber. Sie hat wieder zu weinen begonnen und starrt apathisch auf den Boden. »Hey, Val«, sage ich leise, um sie aus diesem Zustand zu holen. Meine Stimme ruhig und zugewandt. Ich muss ihr die nötige Zuversicht geben, damit sie sich fängt. Dabei sollte ich schon lange nicht mehr dafür zuständig sein, sie emotional im Gleichgewicht zu halten. Ich reiche ihr den Tee und setze mich neben sie. Dankbar schiebt sie ihre Hände um den warmen Becher und schluchzt leise.

Ich bin wütend und werde ihr nie verzeihen, was sie Willow angetan hat, mir angetan hat, aber wie früher schaffe ich es nicht, dieses Gefühl festzuhalten, weil ich weiß, warum Val so ist, wie sie ist. Und weil es mir leidtut, dass sie immer bei den falschen Menschen nach ihrem Glück sucht. Tröstend schlinge ich die Arme um sie, streiche ihr über das Haar. So wie ich es früher immer getan habe. Nur fühlt es sich nicht mehr wie früher an. Da ist kein Sehnen mehr. Dicht an ihrer Schläfe murmle ich: »Bist du okay?«

Ein Geräusch auf der Veranda begleitet ihr Nicken. Ich sehe mich um, aus dem Fenster. Willows Schuhe sind umgefallen. Ansonsten ist nichts zu sehen. Wahrscheinlich dieser blöde Waschbär, der Amy, Cas und mir den letzten Nerv raubt und den die Kinder so vergöttern. Ari hat sogar ein Bild von ihm gemalt und es neben die krakeligen Porträts aller Familienmitglieder an die Wand in ihrem Zimmer gehängt. Direkt neben meines. Den Namen Mister Snuggels darunter. Ich seufze und wende mich wieder Val zu.

Sie wischt sich mit dem Ärmel die Tränen aus den Augen, bevor sie mich fest ansieht. »Ich weiß, dass du keinen Grund hast, mir zu glauben, weil wir das hier schon zigmal gemacht haben. Ich habe Scheiße gebaut und du hast mir Tee gemacht und warst großartig, obwohl ich es nicht verdient hatte.« Sie lächelt schief. »Aber dieses Mal ist es anders. Noch nie vorher habe ich alles verloren. Dich, Willow, um ein Haar mein Leben. Ich dachte wirklich, ich gehe in Arizona drauf, als Jay so ausgerastet ist. Ich habe es kapiert.« Sie nimmt meine Hand und hält sie fest. »Ich habe kapiert, dass ich etwas ändern muss. Ich habe uns gegen die Wand gefahren, weil ich mich immer wieder auf dieselben Scheißkerle eingelassen habe, die mich wie Dreck behandeln. Ich will mir helfen lassen. Ein Therapeut oder so was wird mich schon irgendwie wieder hinkriegen. *Ich* kriege das wieder hin. Aber ich muss wissen, dass ich Willow nicht verloren habe. Dass ich uns noch nicht ganz verloren habe. Sag mir, dass wir wieder eine Familie werden«, fleht sie und streicht sich nervös die Haare hinters Ohr. »Gib mir nur noch eine einzige Chance. Nur eine, um dir zu beweisen, dass ich es dieses Mal hinbekomme.«

Das ist keine Option. Nicht nur, weil ich ihr nicht glaube und einfach zu viel passiert ist. Ich liebe Val nicht mehr. Schon lange bevor Autumn in mein Leben getreten ist, habe ich damit aufgehört. Ich bin der Vorstellung von uns als Familie nachgerannt, aber Liebe war das nicht. Das weiß ich jetzt. Weil es zwischen uns nie so war wie mit Autumn. Bei ihr bin ich ich selbst. Sie tut mir gut. Ein Lächeln stiehlt sich auf meine Lippen.

Entschlossen entziehe ich Val meine Hand. »Du wirst immer der Mensch für mich sein, der mir MacFairy geschenkt hat, und damit jemand Besonderes. Deswegen helfe ich dir, wenn du es ernst meinst. Fang neu an. Sei eine Mom für unsere Tochter. Aber wir beide, das ist vorbei. Willow braucht klare Verhältnisse und Ruhe anstatt des Chaos, zu dem wir gemeinsam werden. Ein Freund von mir hat ein Zimmer in seiner WG frei. Ich habe ihn angerufen. Er würde dich vorerst dort wohnen lassen.«

»Ry, bitte.« Sie sieht mich verzweifelt an, will etwas sagen, aber ich komme ihr zuvor.

»Liebe ist nichts, was man krampfhaft versucht hinzubekommen, Val. So sollte das einfach nicht sein. Du verdienst etwas anderes. Ich verdiene etwas anderes. Und Willow sollten wir auch etwas anderes vorleben. Heute Nacht kannst du hier auf dem Sofa schlafen.« Es fällt mir schwer, hart zu bleiben, und gleichzeitig war ich noch nie so klar, was uns angeht. »Aber bevor Willow wach wird, will ich, dass du weg bist. Mein Kumpel Nate hat angeboten, dich um halb sechs abzuholen und in die WG zu bringen.«

Sie fährt sich über das lädierte Gesicht und wischt sich unbeholfen die Tränen fort. »Ich vermisse unsere Kleine«, wispert sie und ich weiß, sie hofft, ich würde es mir doch noch anders überlegen.

»Sie dich auch.« Ich lege mir die Hand in den Nacken. »Ich enthalte sie dir nicht vor, Val.« Das würde ich nie. »Alles, was ich möchte, ist, dass du stabil bist, bevor du sie das erste Mal besuchst.«

Val muss mir erst beweisen, dass sie es ernst meint, durchhält und Willow nicht schadet.

Wir haben noch lange geredet. Über uns. Über Willow. Wie Vals Neuanfang aussehen könnte, über meine Pläne für die Zukunft. Und es ist das erste Mal, dass ich denke, sie könnte es dieses Mal auch tatsächlich schaffen. Keine Ahnung, ob ich richtigliege, aber sie scheint begriffen zu haben, dass sie Hilfe braucht, eine Therapie und ein anderes Umfeld.

Irgendwann ist Willow wach geworden und ich habe mich zu ihr gelegt, um sie zu beruhigen. Val hat die Grenze respektiert, die ich gezogen habe, und ist im Wohnzimmer geblieben.

Am Morgen werde ich durch Geräusche in der Küche geweckt. Willow schläft noch tief und fest. Vorsichtig rutsche ich unter der Decke heraus, um zu Val in den Wohnraum zu tappen.

Sie ist bereits angezogen und schiebt mir einen Becher Kaffee zu, während ich mir schlaftrunken durch die Haare fahre.

»Morgen«, sagt sie und deutet zum Sofa hinüber. Die Wolldecke ist ordentlich zusammengelegt. Die Kissen sind aufgeschüttelt. »Danke, dass du mich hier hast schlafen lassen. Ich hoffe, es war okay, dass ich Kaffee gemacht habe. Ich weiß ja, wo alles steht.«

Ich nicke. »Du bist rechtzeitig wach.« Das ist nicht selbstverständlich. Früher hätte Val mit Absicht verschlafen, um ihre eigenen Interessen durchzudrücken. Der Wunsch, unsere Tochter zu sehen, wäre stärker gewesen als unsere Absprache.

»Dein Freund kommt um halb sechs, oder nicht?«

Ich nicke. Ein Blick auf mein Handy zeigt mir nicht nur zwei Nachrichten von Autumn, sondern auch, dass es kurz vor der vereinbarten Zeit ist. Ich drehe das Display nach unten. Autumn werde ich antworten, sobald ich allein bin. Schweigend trinken wir unseren Kaffee und warten auf Nate, der wenig später auf die Veranda poltert. Hat etwas von dem Waschbären-Lärm von gestern.

Val stellt ihren Becher in die Spüle, lässt die Handflächen seitlich gegen die Oberschenkel fallen und atmet geräuschvoll aus. »Dann gehe ich jetzt wohl.«

Ich nicke, berühre sie an der Schulter. Als würde ihr das Kraft geben für den Weg, der vor ihr liegt. Dann laufe ich zur Tür und begrüße einen um diese Uhrzeit reichlich zerknitterten Nate mit Handschlag und einer kurzen Umarmung.

»Was geht?«, fragt er und richtet seinen Blick auf Val, die hinter mir ihre Tasche schultert und zu uns auf die Veranda tritt. »Ich bin Nate, bester Kumpel von diesem Idioten hier.« Er schlägt mir gegen die Schulter. »Und für heute dein Taxi.«

»Val.« Sie reicht ihm die Hand und Nate schüttelt sie, als wäre er ihr gegenüber vollkommen unvoreingenommen. Ich rechne ihm das hoch an.

»Dann lass uns am besten gleich los«, sagt Nate. »So kannst du die anderen noch kennenlernen, bevor sie zur Uni müssen.« Wir wissen alle drei, das ist nicht der Grund, aus dem er Val so schnell wie möglich hier wegschaffen will.

Sie lächelt trotzdem. »Okay, und danke für alles.«

Und ehe ich es mich versehe, haben die beiden sich verabschiedet und verschwinden um die Hausecke. Ich ziehe die Tür hinter mir zu, gehe auf dem Weg ins Bad an der Kücheninsel vorbei und schnappe mir mein Handy.

Endlich komme ich dazu, Autumns Nachricht zu lesen.

Ich brauche dich. Dringend. Kann ich vorbeikommen?

Dann noch eine zweite.

Es ist wichtig. Ich kann jetzt nicht allein sein.

Fuck. Es muss etwas passiert sein. Die Nachricht ist eindeutig. Und ich Esel habe sie nicht sofort gelesen. Ich war nicht für Autumn da. Für geschlagene sieben Stunden, die seit Eingang der Nachricht vergangen sind. Sieben Stunden, in denen ich keine Zeit hatte, weil Val schon wieder mein Leben geentert hat. Hastig wähle ich Autumns Nummer. Freizeichen.

Bin gerade nicht zu erreichen. Ihr wisst, wie es geht. Nachrichten nach dem Piep.

Die Mailbox. Natürlich. Genervt versuche ich es noch einmal. Wieder ertönt die Bandansage. Ich schreibe ihr eine Nachricht. Meine Besorgnis wird mit jeder Sekunde größer. Ohne zu duschen, werfe ich mir die Jeans von gestern über, dazu ein Shirt, das ich von einer Stuhllehne angle. Das Handy stopfe ich in meine Hosentasche und renne, das Babyfon in der Hand, zum Haupthaus. Amy steht in Jogginghose und Sweatshirt in der Küche und betrachtet die Mädchen, die Blaubeeren essen oder sich damit bewerfen. So ganz klar ist das nicht.

Da meine Schwester nichts dazu sagt, schläft sie vielleicht noch. Mit offenen Augen. »Ari, Kenzie«, sage ich streng. »Hört auf mit dem Blödsinn.«

Amy schreckt bei meiner Ansage zusammen. Sie hat also wirklich vor sich hin geträumt. »Wenn du Kaffee willst …«, brummt sie, »… stell dich hinten an. Die erste Tasse ist meine.«

Ich gehe gar nicht darauf ein. »Kann ich dir das Babyfon hierlassen?«, frage ich stattdessen.

Jetzt, da sie wach ist, spürt Amy instinktiv, dass etwas nicht stimmt. »Ist was passiert?«, fragt sie alarmiert.

So viel, dass ich es unmöglich in eine Minute quetschen kann. Und sechzig Sekunden sind schon zu lang, um sie mit Quatschen zu verschwenden. »Erzähl ich dir später, okay? MacFairy schläft noch. Kannst du sie rüberholen, wenn sie wach wird? Ich revanchier mich.« Dafür, dass Amy nun auch noch den morgendlichen Klamottenkampf mit Willow übernehmen muss, der eigentlich meine Aufgabe wäre. Dafür, dass ich sie zwar frage, aber ihr schon einen Kuss auf die Wange drücke und losrenne, bevor Amy zustimmen oder ablehnen kann. Und für alles andere. Aber jetzt will ich, was auch immer passiert sein mag, für Autumn da sein.

Autumn

Ich bin eine ganze Weile einfach nur rumgefahren, habe versucht, mich zu beruhigen, die Bilder von Val und Ryan mit den blinkenden Reklametafeln an der Fisherman's Wharf zu überdecken, mit den Lichtern am Union Square. Nichts hat geholfen. Ich fühle mich immer noch wund und rau. Als hätte ich einen Stoß eingesteckt, der alles in mir durcheinandergeschleudert hat. Ich kann nicht aufhören zu weinen. Auch nicht, als ich gegen Morgen mein Zimmer betrete. Um Tess nicht zu wecken, ziehe ich so leise wie möglich meine Reisetasche unter dem Bett hervor und werfe wahllos Dinge aus meinem Kleiderschrank und vom Schreibtisch hinein. Keine Ahnung, was ich alles für meine Reise nach Hause brauche, aber so wie es aussieht, ist es fraglich, ob ich wiederkomme. Ich sollte also besser alles einpacken. Dafür brauche ich nicht mal Licht, das Tess stören könnte.

Dieser Teil misslingt. Denn sie schaltet die Lampe auf ihrem Nachttisch an, noch bevor ich ein Viertel der Tasche gefüllt habe, und murmelt ein verwaschenes »Badass?«.

Als ich nicht antworte, steht sie auf und kommt schlaftrunken zu mir herüber. »Du weinst«, stellt sie schockiert fest, als sie mein verheultes Gesicht sieht. Für einen Augenblick zieht sie mich in eine Schraubstockumarmung, bevor sie mich auf das Bett drückt und sich mir gegenübersetzt.

»Was ist passiert?« Sie mustert mich besorgt, analysiert. »Ist etwa der Baseballarsch dafür verantwortlich?« Ohne Umschweife kommt sie zum richtigen Schluss.

»Nicht nur«, behaupte ich trotzdem schluchzend. Mein Herz tut weh, weil dieser Umstand nicht am meisten schmerzen sollte, sich aber beharrlich in den Vordergrund drängelt. »Meine Mom.« Ich schüttle den Kopf und verberge mein Gesicht hinter meinen Händen. »Es hat gebrannt und sie ist verletzt worden. Niemand sagt mir, wie es um sie steht. Und meine Geschwister müssen bei der irren Nachbarin mit den tausend Katzen ausharren, bis ich endlich bei ihnen bin. Ich muss hin und mich um sie kümmern. Keine Ahnung, wie es jetzt weitergeht, und …«

Tess sieht mich nachdenklich an, während das, was ich nicht sage, zwischen uns hängt. »Und Hunter hat dir das Herz gebrochen?«, fragt sie schließlich.

Vielleicht hat nicht er mir das Herz gebrochen, sondern ich selbst bin schuld an dem furchtbaren Gefühl in meiner Brust. Vielleicht habe ich es mir selbst gebrochen. Weil ich mein Herz an ihn verschenkt habe, obwohl Ryan mir nie mehr versprochen hat. Trotzdem nicke ich und Tränen rinnen unaufhaltsam über meine Wangen.

»Dafür werde ich ihm so was von in den Arsch treten«, droht Tess und drückt mich wieder an sich. »Aber erst mal helfe ich dir, zu deiner Familie zu kommen.«

Ich heule noch ein bisschen mehr, weil ich Berkeley, dieses Zimmer, *mein* Zimmer, und Tess heute vielleicht zum letzten Mal sehe und absolut nicht bereit bin, all das zu verlieren.

Tess' Pragmatismus schlägt durch, nachdem sie mich von sich geschoben hat. »Okay, du musst packen. Wann geht dein Flieger? Und wie kommst du zum Flughafen?«

»Bin dabei«, krächze ich und zupfe an der Reisetasche. »Um acht. Und mit dem Taxi.«

»Kommt gar nicht infrage. Ich fahre dich. Aber nur mit Socken und Shirts kommst du nicht weit«, kommentiert sie den Inhalt meiner Tasche, nachdem sie einen Blick hineingeworfen hat. Sie nimmt die restlichen Sachen aus meinem Schrank und schichtet sie in den Schlund der Tasche. Danach nickt Tess zufrieden. »Jetzt fehlen nur noch die Sachen aus dem Waschraum. Ich hol sie.«

Sie verschwindet und ich bleibe allein auf dem Bett zurück. Mit einer Reisetasche neben mir, in der sich alles befindet, was ich besitze. Auch das Kleid, in dem Ryan mich kennengelernt hat. Lange wollte ich es nicht zugeben, nicht einmal vor mir selbst, aber schon an diesem Abend habe ich mein Herz verloren. An ihn. Und jetzt hat er es wie einen verdammten Baseball zu mir zurückgeschlagen. Kaputt und mit lauter Schrammen.

Tess kehrt mit meinen Sachen aus dem Bad zurück und legt sie obenauf. Gemeinsam stecken wir auch meine Uni-Unterlagen und den gebrauchten Laptop, den ich mir von meinem ersten Gehalt im *Haywires* gekauft habe, in die Tasche.

Tess sieht auf ihr Handy und nickt. »Noch anderthalb Stunden. Wir sollten los.«

Ich will noch mal anbieten, ein Taxi zu nehmen, aber Tess grätscht dazwischen, bevor ich etwas sagen kann.

»Die Sache mit dem Flughafen-Shuttle-Service diskutiere ich nicht.« Sie zieht sich bereits an. »Ich fahre dich und basta.«

Ergeben und ein bisschen erleichtert nicke ich, schultere das Gepäck, und sobald sie fertig ist, gehen wir wortlos durch das um diese Zeit noch stille Wohnheim. Nur vereinzelt begegnen wir einigen Frühaufstehern, die zum Sport oder einer frühen Lerngruppe unterwegs sind.

Den Toyota habe ich schräg gegenüber dem Wohnheim auf der anderen Straßenseite geparkt. Ich will mich nur noch auf dem Beifahrersitz zusammenrollen und die Augen schließen, aber das Leben kann ein echtes Miststück sein. Bevor wir das Auto erreichen, hält ein Wagen am Straßenrand. Ich erkenne die winzigen Roststellen und das alte Ford-Zeichen von Ryans Pick-up bereits, bevor ich ihn hinter der Windschutzscheibe ausmachen kann. Sobald der Wagen steht, öffnet er die Tür und springt auf den Asphalt. Sein Gesicht ist angespannt, als er auf uns zueilt und meinen Namen ruft. Aber er ist hier. Nicht bei Val. Und für den Bruchteil einer Sekunde will ich einfach nur vergessen, was ich gesehen habe. Ich will um uns kämpfen, egal, was das für Willow bedeutet. Aber das geht nicht. Weil ich schlecht im Verzeihen bin. Weil er mich belogen hat, was Val angeht. Und weil ich Willow nicht ausblenden und ihr die Chance auf ein Leben in ihrer Familie nehmen kann.

»Hätte nicht gedacht, dass ich so schnell die Gelegenheit bekommen würde, ihm diesen absolut verdienten Arschtritt zu verpassen«, zischt Tess und will sich zwischen mir und Ryan aufbauen. Aber ich halte sie am Arm zurück. »Ich schaffe das schon«, flüstere ich. Fühlt sich wie eine erbärmliche Lüge an. »Wartest du bitte im Wagen?«

»Bist du dir sicher?« Tess sieht zwischen mir und Ryan hin und her, der unmittelbar vor mir zum Stehen gekommen ist.

Ich nicke, obwohl ich mich absolut nicht sicher fühle. Im Gegenteil. Tess verschwindet, nicht ohne ein wütendes Schnauben in Ryans Richtung.

Ich vermeide es, ihn anzusehen, und starre stattdessen auf den Boden. Ein Kaugummi klebt auf den Gehwegplatten und passt sich farblich dem Beton an.

»Autumn?«, fragt er und klingt dabei so liebevoll. So vertraut. Als wäre nichts geschehen. Nichts anders.

Aber ich glaube dem Gefühl nicht mehr, das er damit in mir auslöst. Er kommt mir so nah, dass sich seine Sneakers in mein Blickfeld schieben und das Kaugummi verdecken. Wie von selbst gleitet mein Blick an seinen Jeans hinauf über sein ausgewaschenes *Ramones*-Shirt bis hin zu seinem Mund. Ich erinnere mich an jeden einzelnen Kuss. Wie es sich angefühlt hat, wenn mich seine Lippen berührt haben und sich ein Lachen in unseren Kuss stahl. Ich schlucke trocken.

Ryan streckt seine Hand nach mir aus, aber ich weiche zurück.

»Autumn, was zum Henker …?« Er nimmt einen neuen Anlauf, mich in seine Arme zu ziehen, aber ich halte ihn auf Abstand, indem ich meine Hand hebe.

»Ich weiß, ich hätte deine Nachricht früher lesen müssen.« Er hält inne und schüttelt den Kopf. »Es tut mir leid, dass ich nicht für dich da war.« Er atmet tief durch. »Aber ich konnte nicht wissen, dass du mich brauchst. Ich weiß ja noch nicht einmal, was zum Henker eigentlich passiert ist.« Eindringlicher fährt er fort. »Also, was ist los? Rede mit mir, Autumn.«

»Ich fliege zurück nach North Carolina. Es gab ein Feuer bei uns zu Hause. Meine Familie braucht mich jetzt«, sage ich und lege die Distanz in meine Stimme, die meinem Herzen fehlt.

»Sind sie alle in Ordnung?« Er sieht ehrlich schockiert aus und reibt sich über den Nacken, als ich nicht antworte.

Ich weiß einfach nicht, was ich sagen soll. Dass ich es selbst nicht weiß und deswegen durchdrehe? Dass ich ihn gebraucht hätte. Dass ich es noch immer tue, obwohl dieses Gefühl falsch ist.

»Lass mich dich zum Flughafen fahren. Dann kannst du mir alles erzählen. Lass mich für dich da sein.«

Obwohl ich mir nichts mehr wünsche, schüttle ich den Kopf. »Tess fährt mich.« Ich schließe die Augen, um auszusprechen, was so schwer ist, dass es mich innerlich in die Knie zwingt. Das einzig Richtige. »Wir hatten Spaß, aber sind wir ehrlich, in so einer Situation für mich da zu sein, passt nicht zu uns.« Meine Worte drücken schwer von innen gegen meine Magenwand. »Ich muss mich jetzt um meine Familie kümmern, um meine Zukunft. Ich habe einfach keine Zeit mehr für eine Affäre. Das verstehst du sicher.« Ich schlinge die Arme um meine Mitte, um sie nicht doch noch um Ryan zu legen. Ihn nicht an mich zu ziehen und alle meine Grenzen erneut einzureißen. Tränen rinnen meine Wangen hinab. Tränen, die ich Ryan nicht zeige, weil ich den Kopf gesenkt halte. Und er prallt an der Mauer ab, die ich zwischen uns gebaut habe. Einer Wand aus Worten und Kälte.

Seine Kiefer mahlen. »Dann halte ich dich besser nicht auf«, presst er durch seine Zähne.

Er kämpft nicht um uns, versucht keine Sekunde, mich aufzuhalten. Er dreht sich einfach um und geht, während ich auf seinen Rücken starre, der zu einem ausgefaserten Umriss wird, als ihn das durch die Häuserschluchten brechende Sonnenlicht verschluckt.

Ryan

Wir haben nie darüber geredet, dass sich etwas verändert hat. Keiner von uns hat ausgesprochen, dass wir zusammen sind. Ein Paar. Aber genauso hat es sich angefühlt.

Zumindest bis eben. Bis Autumn uns einfach beendet hat. Egal, was ich mir in Bezug auf uns eingebildet habe, ich lag falsch. Ich war nur ein Zeitvertreib für sie, den sie hinter sich lässt, jetzt, da andere Dinge Priorität haben. Eine Affäre, die sich für mich vielleicht nach mehr angefühlt hat, es aber nie war. Autumn sieht mich nicht einmal an. Sie starrt auf den Boden, sagt nichts. Vielleicht, weil es nichts mehr zu sagen gibt. Der Einzige, der das störrisch leugnet und es ihr damit unmöglich macht, einfach zu Tess ins Auto zu steigen und zu verschwinden, bin ich.

Dabei weiß ich, dass es vorbei ist. Denn auf keinen Fall kann ich mich emotional noch einmal an einen Menschen hängen, der nicht das Gleiche für mich empfindet wie ich für ihn. Das habe ich zu lange mit Val praktiziert. Und es führt verflucht noch mal nirgendwohin.

»Dann halte ich dich besser nicht auf«, presse ich hervor, vergrabe die Fäuste in meinen Hosentaschen, drehe mich um und gehe. Als Erster. Das ist der einzige Sieg, den ich noch erringen kann. Und doch fühlt sich jeder Zentimeter Abstand, den ich zwischen uns lege, wie eine verdammte Niederlage an.

Ich sehe mich nicht um. Denn dann würde ich vermutlich einbrechen und all meine Prinzipien über Bord werfen. Grundsätze, die ich durch meine verkorkste Beziehung zu Val auf die harte Tour gelernt habe. Als ich mich hinters Lenkrad meines Trucks schiebe, fährt Tess mit Autumn auf dem Beifahrersitz gerade los. In die entgegengesetzte Richtung. Ich schnaube. Wie bildlich.

Verfluchte Scheiße. Sekundenlang lege ich den Kopf auf das Lenkrad, konzentriere mich auf meinen Atem, auf die Dinge, die wichtiger sind als mein kaputtes Herz. Dinge, die im Gegensatz zu Autumn noch da sind, um die ich mich kümmern muss und die es mir nicht erlauben, mich hängen zu lassen. Meine Freunde, die Uni, meine verdammte Zukunft. Und Willow.

Willow. Sie wird mich davon abhalten, nach dieser Sache ungebremst auf dem harten Asphalt aufzuschlagen. Ich starte den Motor und lenke den Wagen zurück nach Sausalito. Es ist bereits kurz nach sieben. Eigentlich lohnt es sich nicht, zurückzufahren, aber ich brauche jetzt eine Erinnerung, warum ich mich nicht einfach zusammenrollen, Scheiße brüllen und die Welt verfluchen sollte.

Autumn

Charlotte empfängt mich mit feinem Nieselregen und einem Tag, der über das Grau der Morgendämmerung nicht hinauskommt. Als hätte sich der Himmel meiner Stimmung angepasst.

Vom Flughafen aus fahre ich direkt in das Krankenhaus, in dem ich Mom ausfindig machen konnte, nachdem ich gelandet war. Mom liegt in einem winzigen Zimmer. Verbände bedecken ihre Arme und die linke Hand. Aber sie ist wach. Und lächelt mir entgegen. Ihre Augen sind gerötet und füllen sich mit Tränen, als sie mich sieht.

»Was tust du denn hier, Autumn?«, fragt sie schwach. »Du hättest doch nicht extra kommen müssen.« Und doch ist sie sichtlich erleichtert und glücklich, mich zu sehen. »Was wird denn jetzt mit deinem Stipendium?« Ihre Stimme ist so rau, als hätte sie fünf Tage auf einem Rockfestival die Songs mitgegrölt, und zeigt, wie angeschlagen sie ist.

»Alles gut«, behaupte ich. Und zumindest, was das Studium angeht, ist es keine Lüge. Der Rest allerdings … Ich atme tief durch und verbanne Ryan aus meinen Gedanken. Sobald ich nicht aufpasse, ist er in meinem Kopf, breitet sich in meinem Herzen aus, zerstreut meine Konzentration, die jetzt nur Mom gelten sollte. »Ich kann auch hier lernen. Und mit den Prüfungen bin ich so gut wie durch.«

»So gut wie?« Sie zieht eine Augenbraue nach oben.

»Es fehlt noch eine Klausur, aber die kann ich nachholen. Das habe ich mit dem Prof geklärt.« Per Mail vom Flughafen aus. Aber ich wäre auch dann geflogen, wenn er nicht so verständnisvoll reagiert hätte. »Erst mal ist nur wichtig, wie es dir geht.« Ich lege vorsichtig meine Hand auf ihren Arm. Da, wo ihre Haut unverletzt und nicht durch dicke Verbände geschützt ist.

Zum Glück haben sich meine schlimmsten Befürchtungen nicht erfüllt. Sie ist bei Bewusstsein und wird wieder gesund. Auch wenn sie mitgenommen ist, immer wieder hustet und ihr das Atmen noch schwerfällt.

»Du hättest wirklich nicht zu kommen brauchen.« Sie schüttelt den Kopf. »Deine Prüfungen dafür verschieben, Berkeley, deine Freunde und dein neues Leben dort zurücklassen, nur wegen dieses kleinen Zwischenfalls. Wir kommen klar.« Ein Lächeln legt sich auf ihre Lippen und sie drückt ganz zart meine Hand, obwohl es sie vor Schmerz zusammenzucken lässt. »Ich bin schneller wieder hier raus, als du gucken kannst. Solange können die Kinder bei Rachel bleiben. Und es gibt …«

»Nein, Mom«, unterbreche ich sie. Egal, was sie mir sagen will, sie kommt nicht allein klar. Und unsere Nachbarin hat meine Geschwister aufgenommen wie all die anderen vierbeinigen Streuner, denen sie ein Dach über dem Kopf bietet, aber das ist keine Dauerlösung. »Es wird Tage dauern, bis du entlassen wirst, und Wochen, bis wir ein neues Zuhause finden und die Versicherung uns die Sachen ersetzt. Und wenn es dir besser geht, wirst du Hilfe mit den Kindern und dem ganzen organisatorischen Kram brauchen.« Meine Hilfe. »Ich habe zwei Zimmer im Pelicane Motel an der Interstate gemietet. Es ist nicht schön, aber bezahlbar. Ich bleibe, bis alles geregelt ist und du wieder ganz gesund bist.«

Sie sieht mich nachdenklich an, öffnet den Mund, um etwas zu sagen, schließt ihn wieder und setzt erneut an. »Darüber müssen wir noch reden. Aber vielleicht nicht heute. Ich bin ziemlich erschöpft.« Sie schließt die Augen und schüttelt leicht den Kopf. »Wie konnte das alles nur passieren?«, murmelt sie kraftlos.

Ich schlüpfe zu ihr ins Bett, immer darauf bedacht, ihr nicht wehzutun. »Die Feuerwehr kümmert sich darum, das rauszufinden. Aber die Brandermittlungen werden Zeit brauchen, und solange nicht klar ist, wer dafür verantwortlich ist, zahlt die Versicherung nicht.« Und selbst wenn der materielle Schaden ersetzt wird, es wird uns keine der Erinnerungen zurückbringen, die dem Feuer zum Opfer gefallen sind.

»Ich habe schon länger Ärger mit dem Vermieter gehabt, weil die alten Kabel porös waren. Irgendein Schwelbrand. Das muss es gewesen sein und die Ermittlungen werden das sicher bestätigen.« Mom gibt mir einen Kuss auf das Haar und legt dann ihre Stirn an meine. Erst jetzt, hier neben Mom in einem schmalen, unpersönlichen Krankenhausbett, als die schlimmsten Sorgen von mir abfallen, wird mir bewusst, wie müde ich bin. Die letzte Nacht, in der ich keine Sekunden geschlafen habe, steckt mir in den Knochen. Vielleicht wütet aber auch das Bild von Ryan, wie er mir den Rücken zudreht und einfach geht, wie eine Grippe in meinen Zellen. Er hat nicht um uns gekämpft, mir keine Sekunde widersprochen, als ich das zwischen uns als Affäre bezeichnet habe. Weil er nie mehr in uns gesehen hat. Ich war eine Ablenkung für ihn, als Val aus seinem Leben verschwunden war. Aber jetzt, da sie zurück ist, hat er sich für sie entschieden. Und ich kann ihn noch nicht einmal dafür hassen. Denn er versucht, seiner Tochter eine Familie zu bieten. Und das ist etwas Gutes. Etwas Gutes, das verdammt wehtut. Tränen rinnen mir über die Wangen und versickern in Moms Krankenhauskittel.

»Es wird alles gut, Sweetie«, flüstert sie an meiner Schläfe und küsst meine Tränen weg. Jede einzelne, die sich zwischen meinen Lidern hindurchstiehlt. »Wir bekommen das alles wieder hin.«

Ich kann Mom unmöglich gestehen, dass ich wegen eines Typs heule, obwohl es gerade wesentlich schlimmere Dinge zu bewältigen gibt. Deswegen nicke ich, obwohl ich es besser weiß. Das zwischen Ryan und mir wird nie wieder gut.

Ich habe Moms Wagen geholt, meine Tasche in den Kofferraum geworfen und fahre jetzt die Auffahrt vor Rachels Häuschen hoch, das direkt neben den verkohlten Überresten unseres alten Hauses steht.

Unendlich langsam überquere ich die Rasenfläche und lasse Rachels Haus vorerst hinter mir. Reifen- und Fußspuren haben sich ins Erdreich gegraben. Nur die termitenbefallenen Stützpfeiler unserer Veranda stehen ironischerweise noch. Alles andere ist fort. Die schlechten Erinnerungen, aber auch all die guten. Meine Vergangenheit. Die Riefen in den Türrahmen, die anzeigen, wie wir alle im Laufe der Zeit gewachsen sind. Die unförmigen, aber selbst gemalten Pferde-Silhouetten an Winters Zimmerwänden. Fotos, gebastelte Stücke, meine Cheerleading-Pokale. Vorsichtig hebe ich ein Brett an und lasse es zurücksinken. Nichts davon ist noch zu retten. Mein Zuhause ist einfach weg. Die Geborgenheit fort. Genau wie Ryan. Und beides schnürt mir den Brustkorb zusammen. Trotzdem straffe ich den Rücken, atme tief durch und blinzle die Tränen weg, während ich zurück zum Wagen laufe und dann die Auffahrt zu Rachels Haus hinauf.

Schon auf dem Weg zur Tür streifen rund ein Dutzend Katzen um meine Beine. Die meisten sehen ziemlich abgenutzt aus, aber Rachel bietet jedem Streuner ein Zuhause. Was vermutlich ein Segen ist und der Grund dafür, dass sie ohne zu zögern auch meine Geschwister aufgenommen hat.

Ich klingle, zupfe mein Shirt zurecht und streiche mir die vielen Haarsträhnen, die aus meinem Zopf gerutscht sind, hinter die Ohren. Ich sehe vermutlich ebenso zerpflückt aus wie das Katzenexemplar, das neben mir auf der Mauer thront und sich das struppige Fell putzt.

Mein Herz klopft, als ich Gus hinter der Tür schreien höre. Vorfreude breitet sich in mir aus und kümmert sich kein Stück darum, dass ich eigentlich vollkommen fertig bin.

Die Tür wird aufgerissen und Summer, Winter, April und Gus drängeln sich hindurch, um mir in die Arme zu springen. Sie tragen noch immer ihre Schlafsachen. Vermutlich konnten sie nicht mehr als das aus dem Feuer retten. Ich presse sie alle gleichzeitig an mich, bis Summer sich als Erste aus dem wirren Knoten aus Armen und Beinen hinauswindet.

»Voll die Hulk-Umarmung«, murmelt sie und schnauft, als wäre sie bereits zu cool für solche Liebesbekundungen.

Alles an meinen Geschwistern hat mir gefehlt. Selbst

Summers Marvel-Vergleiche, bei denen ich am Ende immer das grüne Monster bin.

Auch Winter und April lösen sich von mir und ich richte mich wieder auf. Gus hängt noch immer an meinem Hals und ich setze ihn mir kurzerhand auf die Hüfte, wie ich es früher immer getan habe. Eigentlich mag er das schon lange nicht mehr, schließlich ist er ein großer Junge mit seinen fünf Jahren. Aber dieses Mal protestiert er nicht. Stattdessen kuschelt er sich in meine Halsbeuge und schlingt seine dünnen Arme um mich, als könnte er nur so sicherstellen, dass ich ihn nicht noch eine Nacht allein bei Rachel lasse.

»Hey, Gus, was meinst du, ziehen wir euch Schuhe an und verschwinden …« Ich beiße mir auf die Lippen, weil ich ›nach Hause‹ sagen wollte. Aber unser Zuhause existiert nicht mehr. Ich lasse mir den Stich nicht anmerken, den mir diese Tatsache versetzt. Das ist meine Rolle als große Schwester – die Kleinen zu beschützen, ein Fels zu sein. »Wir holen uns im IHOP jede Menge Pancakes und ihr dürft sie im Motel auf dem Bett vor dem Fernseher essen.« Ich will ihnen das Gefühl geben, wir würden mitten in einem tollen Abenteuer und nicht bis zum Hals im Mist stecken. Mom bringt mich wahrscheinlich um, sollte sie jemals davon erfahren, dass ich die vier mit jeder Menge Zucker und dem TV-Babysitter ruhiggestellt habe. Aber ich brauche Hilfe, sonst überstehe ich den Rest des Tages nicht.

»Wir ziehen in ein Motel?« Summer streicht sich die Haare hinter die Ohren und verdreht mit einem Schnauben die Augen. »Tony hätte sicher eine bessere Lösung«, mault sie und verschwindet ins Innere des Hauses.

Ich lasse ihren Wunsch unkommentiert, Tony Stark hätte

uns aus dieser Misere befreit und in seinem Stark Tower wohnen lassen.

»Willst du nicht erst mal reinkommen?« Rachel sieht mich mitfühlend an. »Du musst ja vollkommen ausgehungert sein nach der langen Reise. Ich habe noch etwas vom Lunch übrig. Dann könnt ihr euch dieses Pfannkuchenhaus sparen. IHOP. Kein Wunder, dass du so mager bist«, stellt sie mit einem Stirnrunzeln fest.

Ich bin alles andere als mager und ich habe einen gesunden Überlebensinstinkt. So gern ich Rachel habe, ihr Essen ist echt furchtbar. »Das ist sehr lieb, aber wir müssen so schnell wie möglich ins Motel«, rede ich mich raus. »Sonst vergeben sie unsere Zimmer noch an jemand anderen.«

Rachel nickt. »Oh, natürlich. Daran habe ich gar nicht gedacht. Aber ein Keks auf die Hand geht immer, nicht wahr.« Ehe ich es mich versehe, hält sie mir eine Dose unter die Nase, die optisch wirklich ansprechende Kekse enthält, die aber einen leicht muffigen Geruch versprühen. Trotzdem nehme ich zwei heraus und bedanke mich artig. Nicht nur für das Gebäck, sondern vor allem für Rachels selbstlose Hilfe. So schnell sie können, schlüpfen Summer, Winter, April und Gus in ihre Schuhe, mein Bruder schnappt sich seinen Kuscheltier-Affen – das einzige Gepäck der Kinder – und schon sind wir aus der Tür.

Tief atme ich North Carolinas klare Luft ein und treibe April, Winter und die immer noch schmollende Summer zum Wagen. Gus trage ich, aber er weigert sich selbst dann noch, mich loszulassen, als ich ihn auf den Rücksitz setzen will. »Gus, wir wollen doch Pfannkuchen essen gehen.«

Er überlegt eine Weile, ob das nicht doch nur ein abgekartetes Spiel ist, um ihn wieder in Rachels Haus zu bugsieren, lässt mich dann aber widerstrebend los. Ich glaube, für ihn war die Nacht zwischen all den Katzen und mit Rachels überbordender Fürsorglichkeit traumatisierender als das Feuer, dessen Tragweite er sicher noch gar nicht erfasst hat.

Ich lenke den Wagen in Richtung Interstate 77, während die winkende Rachel im Rückspiegel immer kleiner wird.

»Wie geht es Mom?«, fragt Summer, während sie die Kekse wie etwas radioaktiv Verseuchtes vor sich hält. Ich nehme ihr das Gebäck ab und verstaue es im Seitenfach der Tür, während ich mich gleichzeitig auf den Verkehr konzentriere. Die Enten auf dem Lake Wylie werden sich sicher darüber freuen. Ich werde in den nächsten Tagen mit den Kindern hinfahren. Dort können wir alle ein bisschen durchatmen, den Kopf frei kriegen.

»Es geht ihr gut«, antworte ich etwas verspätet. »Aber sie muss noch im Krankenhaus bleiben. Zur Beobachtung. Solange haben wir sturmfreie Bude.« Ich schenke Winter, April und Gus im Rückspiegel ein zuversichtliches Lächeln und drücke Summers Schulter. »Wir holen was zu essen. Dann bringe ich euch ins Motel und gehe ein paar Sachen einkaufen, die wir die nächsten Tage brauchen werden.« Kleidung, Zahnbürsten, Duschgel und das Babyshampoo von *Johnson&Johnson*, das Gus so liebt. Er schnuppert jedes Mal an der Flasche, wenn man sie öffnet. Außerdem noch Bürsten und Haargummis, und ich muss klären, was die Mädchen für die Schule benötigen.

Summer, Winter, April und Gus haben so viele Pancakes verdrückt, dass ich Angst habe, einer von ihnen könnte sich heute Nacht übergeben. Im Fernseher flimmert *Frozen* über den Bildschirm. Der Lieblingsfilm von Winter. Und Ryans Nichten. Unwillkürlich stelle ich mir vor, wie er sich über Olaf kaputtlacht. Sein Lachen. Ich vermisse es. Ich vermisse ihn. Deswegen jetzt zusammenzubrechen ist allerdings keine Option. Wer, wenn nicht ich, sollte sonst das Ruder übernehmen und das Chaos lichten, das meine Geschwister in den zwei Motelzimmern angerichtet haben? Ich schließe die Augen, atme den Schmerz weg und schalte den Fernseher aus. Winters Protest, weil ich Elsa und Anna den Saft abgedreht habe, ignoriere ich und zerre eine Papiertragetasche unter einem Berg Shirts hervor. »Okay, was ihr nicht behalten wollt oder nicht passt, kommt in diese Tüte«, sage ich bestimmt. »Das gebe ich morgen zurück.« Überall liegen Klamotten verstreut und ich hoffe, dass ein sich mir nicht erschließendes System hinter dem Wirrwarr auf Boden, Betten und Stühlen steckt. »Alles, was ihr behalten wollt, wird in die Kommode geräumt. Summer kriegt die oberen Schubladen. Winter, du nimmst die beiden mittleren, und April, dir gehören die unteren.« Meine Schwestern stöhnen, als hätte ich ihnen vorgeschlagen, Geschirrdienst für ein komplettes Jahr zu übernehmen, aber noch sind sie so glücklich, dass ich wieder da bin und sie einer weiteren Nacht bei Rachel entgangen sind, dass sie sich fügen.

Es ist anstrengend, den Überblick zu behalten und für Ordnung zu sorgen, aber so habe ich wenigstens kaum Zeit, an Ryan zu denken. Das ist gut. Gus steht im Bad und verschönert mit dem Zahnpastaschaum, der ihm aus dem Mund tropft, sein Gesicht. Ich puste mir die Haare aus der Stirn und versuche, nicht zu lachen. »Gus, du sollst dir die Zähne putzen und kein Kunstwerk erschaffen.« Ich gehe zu ihm ins Bad und helfe ihm, sich zu säubern.

»Tony macht so und dann den Bart ab«, erklärt er feierlich. Summer hat ihn also mit diesem Marvel-Wahnsinn angesteckt. Ich seufze, hebe ihn hoch und gehe zur Verbindungstür hinüber. »Macht euch bitte bettfertig und seid leise, solange ich Gus drüben hinlege. Ich bin gleich wieder da.«

»Voll Captain-America-oberspießig«, mault Summer, trollt sich aber ins Bad und beginnt, sich die Zähne zu putzen.

Ich trage Gus ins andere Zimmer, in dem er mit mir schlafen wird, während die drei Mädchen sich das größere Zimmer teilen. Im Walmart habe ich Gus' Lieblingsbuch gekauft, *Der Zauberer von Oz*. Ich lege mich zu ihm ins Bett und lese ihm die Geschichte von Dorothy, dem Mann aus Blech, der Vogelscheuche und dem furchtsamen Löwen vor, der sich mehr Mut wünscht. Genau wie dieser Löwe fühle auch ich mich.

Nach zwei Seiten fallen ihm die Augen zu und nach einer weiteren schläft er so tief und fest, dass ihn nicht einmal die einbrechende Apokalypse wecken würde. Es fühlt sich vertraut an, aus seinem Bett zu rutschen, das Licht zu löschen und mich zu den Mädchen hinüberzuschleichen. Das habe ich früher so oft gemacht, und es gelingt mir fast, mir einzureden, wir würden nicht in einem Motel hocken, das zwischen der Interstate 77 und dem Gewerbegebiet der Southend eingequetscht ist, sondern wären zu Hause. Summer, Winter und April haben ihre Betten zusammengeschoben und liegen bereits darin, als ich die

Verbindungstür schließe. Ich schlüpfe zwischen ihnen unter die Decke und nehme sie in den Arm. Leise erzähle ich ihnen von Berkeley, dem Pazifik, Tess, den verrückten Dingen, die ich ausprobiert habe. Und als sie eingeschlafen sind, auch von Ryan. Die ganze Geschichte. Wie glücklich er mich gemacht hat. Wie sehr es wehtut, dass ich ihn verloren habe. Und ich weine. Lautlos. Um ihn. Um uns. Und weil meine Entscheidung richtig war und sich doch falsch anfühlt in jeder Faser meines Seins.

Ryan

Nate lässt sich von Ari, Kenzie und Willow über den Rasen jagen. Sie tackeln ihn und begraben ihn mit lautem Siegesgeheul unter sich, bis er sich Sekunden später wieder aufrichtet. Die drei auf seinem Rücken, schüttelt er sich wie ein Braunbär, der versucht, Angreifer aus seinem Pelz loszuwerden. Eine nach der anderen plumpst ins Gras und wird von Nate durchgekitzelt.

Ich sitze auf einem der Deckchairs der Veranda und sehe ihnen zu. Auf meinen Knien liegt der Lernstoff, der mich seit drei Tagen anklagend ansieht, weil ich ihn konsequent ignoriere. Aber auch jetzt, da Nate mir etwas Freiraum verschafft, kann ich mich einfach nicht auf die Zahlen konzentrieren. Erst war ich enttäuscht, aber mittlerweile bin ich wütend. So verdammt wütend. Wie kann Autumn das zwischen uns als Affäre bezeichnen? Ich meine, wir haben nicht miteinander gefickt und sind ansonsten getrennter Wege gegangen. Sie hat mir all diese intimen Dinge verraten. Über sich. Ihren Vater. Was sie liebt und was sie auf den Tod nicht ausstehen kann. Ich war dabei, als sie die schrägsten Hobbys ausprobiert hat. Da waren so viele Momente, die sich besonders angefühlt haben. Und ich habe sie in mein Leben gelassen. Weiter als jeden anderen. Frustriert fahre ich mir über das Gesicht, weil selbst ich zugeben muss, dass das trotzdem nicht besonders weit war.

»Du siehst aus, als würdest du die Bücher umbringen wollen«, stellt Nate fest, während er sich auf den Deckchair neben mich fallen lässt. Er beugt sich zu mir herüber und hebt den Buchdeckel etwas an. »Financial Economics«, liest er den Titel des Wälzers laut vor. »Ist doch die perfekte Poollektüre.«

»Hmm«, knurre ich.

»Wirst du mir irgendwann erzählen, was in Wirklichkeit dafür verantwortlich ist?« Er deutet auf mich und die düstere Wolke, die mich umgibt, seitdem Autumn in Tess' Wagen gestiegen ist.

Er lehnt sich in seinem Stuhl zurück und blinzelt zu den Kindern hinüber, um sich zu vergewissern, dass wir ungestört reden können. Sie spielen in einiger Entfernung in der Sandkiste. »Hast du etwa noch irgendwo so einen kleinen Feen-Wirbelwind, von dem du mir erzählen musst?«

Ich schlage ihm gegen den Oberarm, muss aber grinsen. Schief, aber immerhin ist es ein Grinsen.

»Das ist also nicht das Problem. Deine Ex macht sich bis jetzt ganz passabel bei uns in der WG. Sie ist es auch nicht.«

Val hat sich gut eingelebt. Sie und Nate verstehen sich erstaunlich gut, was mir etwas Sorge bereitet, aber Nate packt das schon. Er hilft ihr, eine Therapeutin zu finden und sich ein strukturiertes und vor allem normales Leben aufzubauen, wofür ich ihm sehr dankbar bin. Ich muss mir Gedanken darüber machen, wann sie Willow wiedersehen darf und wie wir die Besuchszeiten regeln, aber Nate hat recht. Das alles ist gerade nicht das Problem.

»Auch auf die Gefahr hin, dass ich ein zweites Mal danebenliege, würde ich meinen Arsch drauf verwetten, dieses Mal geht es um Autumn.«

Mit einem ergebenen Seufzen lege ich die Bücher neben mich. »Und wenn es so wäre? Du bist nicht Oprah Winfrey. Und ich nicht der Typ, der sich Liebeskummer von der Seele redet.«

Nate nickt. »Fair enough.« Er steht auf und zerrt mich mit sich in den Stand. »Aber so geht das nicht weiter.«

»Was soll das werden?«

»Du willst nicht reden.« Er zuckt theatralisch mit den Schultern. »Dann machen wir es eben auf deine Art. Ich opfere mich hier gerade für dein Seelenheil, mein Lieber. Du und ich, wir fahren jetzt zur Uni und trainieren, bis es nicht mehr wehtut. Oder gerade. Keine Ahnung. So ganz habe ich dein System für emotionale Bodenwellen nicht verstanden.« Er lacht. »Aber irgendwie kriege ich dich schon dazu, dass du wieder du selbst wirst.«

Das Training beginnt erst in einer Stunde. »Ich glaub nicht …«

»… dass es eine gute Idee ist?«, fällt mir Nate ins Wort. »Ich auch nicht. Ich würde es ja vorziehen zu reden, aber darin bist du sauschlecht, also …«

»Ich muss mich um Willow kümmern.« Die Ausrede ist extrem lahm. Sie spielt mit ihren Cousinen, würdigt mich keines Blickes und in einer Stunde würde Amy sie sowieso übernehmen.

Das weiß auch Nate, der kurzerhand zu Amy hinüberbrüllt, ob sie schon jetzt auf Willow aufpassen kann. Er müsste mich Trauerkloß aus dem Tal der Tränen befreien, und natürlich ist sie einverstanden. »Verräterin«, schimpfe ich, aber sie streckt mir nur die Zunge raus und widmet sich wieder dem Zusammenlegen der Wäsche.

Ergeben gehe ich zu Willow hinüber, die gerade Cupcakes aus Sand formt, damit Ari sie an ihre Schwester verkaufen kann. »Hey, MacFairy.« Ich streiche ihr die Haare aus der Stirn, aber sie schüttelt mich unwillig ab, zu sehr beschäftigt mit der Cupcake-Produktion. »Ich fahre jetzt los. Willst du deinen Gutenachtkuss jetzt oder soll ich ihn dir später geben, wenn ich nach Hause komme?«

»Späta«, sagt sie bestimmt, obwohl sie dann schon schlafen wird, und rieselt gewissenhaft feinen Sand auf den Kuchen. »Bye, Daddy.« Sie winkt, ohne mich anzusehen.

»Komm jetzt, du bist eh abgeschrieben«, frotzelt Nate und gibt mir einen freundschaftlichen Stoß. »Mein Wurfarm und ich können es gar nicht erwarten, dir die Hölle heißzumachen.«

Ich werfe mir die Sporttasche über die Schulter und folge Nate. Vielleicht muss ich ja wirklich einfach das tun, was mir schon immer geholfen hat – Sport treiben, bis ich nichts mehr fühle außer dem Brennen meiner Muskeln und meinem pumpenden Atem.

Autumn

Moms Verbrennungen sind zwar schmerzhaft, aber sie werden vollständig verheilen und sind nicht der Grund, aus dem sie noch immer im Krankenhaus bleiben muss. Die Rauchvergiftung beeinträchtig ihre Lungenfunktion stärker als zunächst gedacht. Es geht ihr noch immer nicht gut. Das ist offensichtlich, obwohl sie lacht und so tut, als wäre sie nur noch eine Handbreit von ihrer Topform entfernt. Meine Schwestern sind in der Schule und Gus habe ich, wenn auch unter Protest, in den Kindergarten geschafft. So bleibt Mom und mir Zeit, die nächsten Schritte zu besprechen. In welchem Stadtteil ich nach einer neuen Bleibe suchen soll. Wie hoch die Miete sein darf. Welche Papiere wir neu beantragen müssen und bei welcher Behörde ich das tun muss. Um das Ganze etwas angenehmer zu gestalten, habe ich uns jede Menge Nachtisch besorgt. Es wird kein berühmt-berüchtigter Jacobs-Dessert-Abend. Dafür ist die Location zu steril, Mom zu angeschlagen und die Themen, die wir zu besprechen haben, zu schwer. Aber ich freue mich trotzdem auf ein bisschen Zeit allein mit ihr.

In Gedanken versunken, steige ich aus dem Aufzug und verstaue die Autoschlüssel in meiner Tasche, während ich auf Moms Zimmer zusteure. Die Fenster auf dieser Etage stehen auf Kipp. Weiter lassen sie sich nicht öffnen, wahrscheinlich um zu verhindern, dass sich jemand wegen des furchtbaren Geruchs und der trostlosen Wand- und Bodenfarbe zu Tode stürzt. Die Tür von Moms Zimmer ist ebenfalls halb geöffnet. Damit die Luft zirkulieren kann und die drückende Wärme aus dem Raum weicht. Irgendein Typ steht neben ihrem Bett und redet auf sie ein. Ein großer Mann, der ein Shirt der Charlotte Fire Station 26 und ein Basecap trägt, das den Großteil seines Gesichts verdeckt. Die Feuerwache liegt in der Tyron Street und ist für unsere Gegend zuständig. »Sie ist noch zu schwach, um Ihnen Fragen zum Feuer zu beantworten.« Die Papiertüte mit dem Essen stelle ich auf Moms Nachtschrank und baue mich vor dem Mann auf.

Mom winkt ab. »Schon gut, Sweetie.«

Aber ich werde bestimmt nicht zulassen, dass sie etwas sagt, woraus die von der Versicherung ihr am Ende einen Strick drehen. Wir müssen uns erst beraten, eine Strategie überlegen, wie wir beweisen, dass der Brand nicht die Schuld meiner Familie war.

Der Typ lässt sich von mir aber gar nicht aus der Ruhe bringen. »Ich bin Tony«, stellt er sich mir mit einer bärigen Stimme vor und streckt mir die Hand entgegen.

Tony. Ich starre ihn an. Dann Mom. Trotzdem braucht es mehrere Sekunden und das Bild von seiner Hand, die zärtlich über Moms Arm streicht, um zu kapieren, dass weder Summer noch Gus über Iron Man geredet haben, als sie Tony erwähnten. Sie kennen den Typ. Weil er mit Mom ausgegangen ist. Er ist jetzt hier. In ihrem Krankenzimmer, was bedeutet, er ist nicht eines von Moms Katastrophendates, das sie alle Jubeljahre mal wahrnimmt. »Ihr seid …« Ich recke hilflos meine Schultern in die Höhe und lasse sie dann wieder fallen.

»Vielleicht sollte ich euch kurz allein lassen.« Tony sieht

Mom fragend an. »Bitte, überleg es dir.« Er sieht aus, als wollte er sich zu ihr runterbeugen und sie küssen, aber mit einem Blick auf mich macht er lediglich einen Schritt vom Bett weg. »Die Kinder sollten nicht in einem Motel wohnen.« Er deutet auf mich. »Sie sollte nicht allein auf die Kleinen aufpassen müssen, sondern in Berkeley sein. Lass mich euch helfen, Rae.«

»Danke, aber wir kommen zurecht«, erwidere ich an Moms Stelle. Das ist so weit von der Wahrheit entfernt, dass ich mich fast an den Worten verschlucke, aber ganz sicher werde ich mich nicht schon wieder abhängig von einem Typen machen. Ich will nicht, dass Mom sich von ihm abhängig macht, indem sie sein Angebot annimmt oder ihn in ihr Herz lässt. Wobei es dafür schon zu spät sein könnte. Denn sie sieht ihn an, wie ich Ryan angesehen habe. Sie sollte ihr Herz nicht noch einmal verschenken und damit riskieren, alles zu verlieren. Die wichtigsten Teile von sich selbst. Ich weiß, wovon ich rede. Und Mom weiß es auch nur zu gut.

Tony hebt beschwichtigend die Hände und geht mit einem letzten Blick auf Mom hinaus. Die Tür schließt er leise hinter sich.

Sobald wir allein sind, klopft Mom neben sich.

Eine Aufforderung, mich zu setzen, aber ich bleibe stehen. »Ich dachte, wir verschenken niemals unser Herz?«, sage ich und verschränke die Arme vor der Brust.

Mom seufzt. »Das ist, was ich dir vorgelebt habe. Dabei solltest du an die Liebe glauben, trotz …«

Trotz Dad. Ich beiße mir auf die Unterlippe, zwinge meinen Atem zur Ruhe und schiebe die Hände in die Hosentaschen.

»Weißt du, ich war so verletzt, dass ich lange nicht bereit war, etwas Neues anzufangen. Ich hatte das nicht geplant, aber plötzlich war Tony da, und jetzt denke ich, vielleicht gibt es Menschen, für die es sich lohnt, es noch einmal drauf ankommen zu lassen.«

Ryan. Sein Name blitzt bei Moms Worten auf wie eine Leuchtrakete, die wenig später im Dunkeln verglimmt.

»Wo war er, als Summer, Winter, April und Gus völlig verängstigt waren und du ins Krankenhaus gebracht wurdest?«, halte ich grimmig dagegen. Er war nicht da. Deswegen haben sie mich angerufen. Deswegen bin ich hier.

»Ich dachte ...« Sie beißt sich auf die Lippen. »... die Kinder könnten zu Rachel gehen und ich wäre innerhalb von ein paar Stunden wieder zu Hause. Summer hätte dich gar nicht anrufen sollen. Und Tony – er war auf einer Fortbildung und hat von alldem gar nichts mitbekommen. Ich wollte ihn nicht beunruhigen oder dass er diese Sache wegen mir abbricht.« Sie schließt die Augen und atmet zitternd aus. Ein trockener Husten reizt ihre angegriffene Stimme. »Ich bin es nicht gewohnt, mich auf jemand anderen zu verlassen, die Hilfe eines Mannes anzunehmen. Aber er hat mir schon den Kopf gewaschen, weil er im Lagebericht von dem Brand lesen musste und es nicht von mir erfahren hat. Er wäre sonst sofort gekommen. Er will wirklich für mich da sein und ich glaube ihm.«

Ich schüttle den Kopf. Das geht schief. Das habe ich gerade selbst miterlebt. »Was ist, wenn er dir wehtut?«, flüstere ich. Dann wird Mom so am Boden sein wie nach der Trennung von Dad. Sie wird mich brauchen. Wie damals.

»Dann sammle ich die Scherben auf und fange neu an. Aber immerhin habe ich es dann versucht.« Mom sieht mich durchdringend an. »Ich will es versuchen.«

Ryan

Baseball hat immer dafür gesorgt, dass alles, was mich belastet, in den Hintergrund rückt. All mein Sinne waren auf den 2,9-Inches-Durchmesser des Balls fokussiert. Aber seit Autumn ist alles anders. Ich trainiere, aber meine Aufmerksamkeit driftet ständig weg. Fort vom Spiel. Hin zu ihr. Und die körperliche Anstrengung befreit mich nicht. Sie bringt mich dazu, mich übergeben zu wollen.

»Hunter, beweg dich«, brüllt mir der Coach zu, aber ich schaffe es trotz seiner charmanten Aufforderung nicht rechtzeitig auf die Base.

»Out«, brüllt Sam und bricht in Siegesgeheul aus, als ich nach Atem ringend neben ihm ins Gras falle. »Jetzt habe ich dich endlich mal an den Eiern.«

Ich würde nicht sagen, dass er mich an den Eiern hat. Dass ich durchhänge, liegt wohl eher daran, dass Autumn weg ist. Nicht nur nach North Carolina. Ich habe sie verloren. Verfluchte Scheiße. Fühlt sich an, als hätte ich innere Blutungen und würde in den nächsten Minuten auf dem Rasen des Infields verrecken.

Sam ist mittlerweile dazu übergegangen, einen bekloppten Siegestanz zu vollführen, während der Coach sich vor mir aufbaut und mich prüfend ansieht. »Was ist eigentlich los mit dir, Hunter?«

Ich habe eine kleine Tochter. Ich schlafe nicht. Ich weiß nicht, wie lange ich noch durchhalte. Und ich habe

Autumn verloren. Ich will Scheiße brüllen, aber stattdessen überlege ich, ob ich dem Coach endlich alles sagen sollte, ihm beichten, dass ich gelogen habe, und die Konsequenzen akzeptieren. Es wäre ein herber Rückschlag, nicht länger in Berkeley studieren zu können, aber es würde ein wenig von dem Druck rausnehmen, der mir die Luft abschnürt. Es wäre eine Front weniger, an der ich kämpfen müsste.

Das Community College in San Francisco kostet nur den Bruchteil von Berkeley. Das Geld könnte ich ohne Stipendium und ohne mich kaputtzuarbeiten zusammenbekommen. Es würde mir mehr Zeit geben. Aber bevor ich dem Coach etwas sagen kann, schiebt sich Nate zwischen uns.

»Das ist meine Schuld. Ich habe ihn dazu überredet, vor dem Training eine Extraeinheit einzulegen, damit er wieder richtig fit wird, und habe es wohl übertrieben.« Er schwingt seinen Wurfarm und grinst fies.

»Ich erstelle eure Trainingspläne nicht, weil ich Langeweile habe.« Couch Benning klatscht in die Hände. »Hunter, für dich ist heute Schluss. Und du begleitest ihn«, wendet er sich an Nate. »Und in Zukunft keine Extratouren mehr.« Damit ist das Gespräch beendet und er lässt uns stehen. »Der Rest von euch geht auf Position«, brüllt er.

Nate wartet, bis der Coach sich ein Stück entfernt hat. »Was genau sollte das werden?«, zischt er mir zu. »Du hast Liebeskummer und haust deswegen deine Zukunft in die Tonne?«

»Nein.« Ich schüttle den Kopf und ergreife seine Hand, die er mir hinhält, um mich hochzuziehen. »Ich denke einfach nur, es muss noch einen anderen Weg geben. Einen, der sich nicht anfühlt, als würde ich im Treibsand feststecken.«

Er nickt und klopft mir auf den Rücken. »Du hast Liebeskummer und siehst alles tiefschwarz. Das ist okay. Für den Moment. Ich weiß, du hast Sorge, ich könnte einen schlechten Einfluss auf deine Tochter haben, sie mit Popcorn vollstopfen und ihr erklären, dass die *Wiggles* kein echtes Fernsehen sind, aber egal, was du sagst, ich komme heute mit zu dir und kümmere mich um den kleinen Feen-Teufel. Und du rennst nicht in die Werkstatt, putzt oder bekochst uns.« Er sieht mich streng an. Ein Gesichtsausdruck, der null zu ihm passt. »Du legst dich hin und schläfst dich aus. Dann bist du morgen hoffentlich wieder der Ryan, der mir in den Arsch tritt. Denn ich bin verflucht scheiße darin, der Disziplinierte von uns zu sein.«

Die Idee ist nicht schlecht, aber sie hat einen entscheidenden Fehler: Auch wenn ich ausgeschlafen bin, wird Autumn noch immer fort sein.

Autumn

Ich kenne Moms Budget für eine neue Wohnung und durchforste schon den ganzen Tag das Internet nach passenden Anzeigen. Aber egal, wen ich anrufe, kein Vermieter ist besonders angetan von einer alleinerziehenden Mutter mit fünf Kindern, die zwei Jobs braucht, um über die Runden zu kommen. Aber ich gebe nicht auf, etwas für meine Familie zu finden. Für uns. Denn nach wie vor sehe ich keine Version, in der ich Mom in absehbarer Zeit allein lassen und zurück nach Berkeley gehen könnte.

Mein Kopf dröhnt und macht es verdammt schwierig, sich auf die Immobilienanzeigen zu konzentrieren. Auch weil Gus zusätzlich mit dem Geräuschpegel eines startenden Düsenjets auf dem Bett herumhopst. »Gus, bitte«, wiederhole ich mich. Es ist das gefühlt hundertste Mal, dass ich ihn auffordere, leise zu sein, und mein Geduldsfaden ist bereits sehr porös. »Scheiße noch mal, deine Schwestern versuchen nebenan, Hausaufgaben zu machen, und mir platzt der Schädel bei deinem Geschrei«, bricht es heftiger als beabsichtigt aus mir hervor.

Erschrocken hält Gus inne, Tränen treten in seine Augen. Wie ein Luftballon, aus dem man die Luft gelassen hat, sinkt er auf dem Bett zusammen. »Tschuldigung, Auti«, murmelt er. »Das wollte ich nicht.«

Ich auch nicht. Warum schreie ich meinen kleinen Bruder an, der rein gar nichts für diese Situation kann? »Mir tut es auch leid.« Ich stehe auf und nehme ihn in den Arm. »Ich wollte dich nicht anschreien.« Ich reibe mir über die Stirn. Meine Nerven liegen einfach blank. Und es ist unmöglich, mir einzureden, dass es an den vielen Verpflichtungen liegt, die derzeit auf meinen Schultern lasten. Schon eher an Mom, die plötzlich wieder an die Liebe glaubt, weswegen ich unter Liebeskummer leidend allein auf der Ich-verschenke-mein-Herz-nicht-Seite stehe. Ich presse die Hand gegen meine Brust. Da, wo der Schmerz, Ryan verloren zu haben, dumpf gegen meine Rippen drückt.

Ein Klopfen lässt mich die Tränen wegblinzeln. Mit Sicherheit ist das einer unserer Nachbarn, der sich genau wie ich an Gus' Lautstärke stört.

Ich öffne die Tür und setze schon zu einer Entschuldigung an, aber die Worte bleiben mir im Hals stecken. »Was willst du denn hier?«, knurre ich stattdessen und ziehe die Tür so weit zu, dass Gus nicht sehen kann, wer davorsteht. Tony. Er sieht genauso aus wie gestern im Krankenhaus. Ein enges Shirt des Charlotte Fire Department, eine Cargohose und das anscheinend obligatorische Basecap. Mom muss ihm erzählt haben, wo wir wohnen. Aber gibt ihm das irgendein Recht, hier aufzutauchen?

Er hält eine Tüte von *Jessy's Diner* vor meine Nase. Ein betörender Geruch steigt daraus hervor und erinnert meinen Magen daran, dass ich zuletzt heute früh etwas gegessen und einen Mordshunger habe.

»Ich komme in Frieden. Lässt du mich rein?«, fragt er und lugt mit einem verschwörerischen Grinsen an der Papiertüte vorbei. »Die Kids lieben das Essen aus dem *Jessy's*.«

Als wüsste er besser als ich, was meine Geschwister

mögen. Und dann tut er auch noch so, als wären wir Partners in Crime. Ich kenne ihn ja nicht einmal. Aber wenigstens lenkt er mich von dem wunden Gefühl ab, mit allem überfordert zu sein. Und von der Tatsache, dass ich Ryan trotz allem noch liebe und mich kein Stück auf der Ich-verschenke-mein-Herz-nicht-Seite befinde. Egal, wie sehr ich versuche, mir das einzureden. »Nein«, sage ich bestimmt. Ich weiß, dass es eigentlich keinen Grund gibt, so zu mauern. Mom liebt diesen Mann. Also sollte ich ihm wohl eine Chance geben. Aber gerade ist es einfacher, wütend zu sein. Wenn ich das aufgebe, breche ich zusammen. Und es gibt verdammt viel, worauf ich wütend sein kann. Darauf, dass ich hier sein muss, zum Beispiel, und so wie es aussieht, Berkeley dafür aufgeben muss. Auf Val, weil sie wieder aufgetaucht ist. Und auf Ryan, weil es ihm so leichtfiel, uns aufzugeben und sich für sie zu entscheiden. Allerdings ist Tony die einzige Adresse, wo ich meine Wut lassen kann. »Schleim dich mit deinen Burgern bei jemand anderem ein«, stoße ich deswegen hervor.

Er nickt und lässt die Tüte sinken. Fast denke ich, er wird gehen, aber als ich ihm die Tür vor der Nase verschließen will, verhindert er das. »Weißt du, ich versuche hier nicht, Pluspunkte durch ein paar Burger zu sammeln.« Er macht keinen Versuch, die Schwelle zu übertreten, hält die Tür aber unbeirrt auf. Im Hintergrund hüpft Gus schon wieder singend auf dem Bett herum. Wenigstens kriegt er so nichts von unserem Gespräch mit.

»Ich bin hier, weil ich deine Mom liebe. Und deine Geschwister. So einfach ist das. Ich will für sie da sein. Euch helfen. Dir helfen. Wir kennen uns noch nicht, aber du bist Raes Tochter, also würde ich das sehr gern ändern. Wenn du das nicht willst, werde ich aber auch das akzeptieren.«

Ich hole Luft, um ihm zu sagen, dass ich seine Hilfe nicht will, aber er schneidet mir das Wort ab, noch ehe ich etwas sagen kann. »Nicht akzeptieren kann ich hingegen, dass ihr noch länger in dieser Kaschemme bleibt.« Er macht eine Handbewegung, die das Motel in all seiner Trostlosigkeit umfasst. »Ich weiß, in der Familie Jacobs ist das mit dem Hilfeannehmen so eine Sache. Wenn du nur ein bisschen wie deine Mom bist, wirst du dich genauso gegen meinen Vorschlag wehren, vorerst mit deinen Geschwistern zu mir zu ziehen, wie sie. Deswegen ...« Er zieht unordentlich gefaltete Blätter aus seiner Gesäßtasche und reicht sie mir. »Das sind einige Wohnungen, die in euer Budget passen. Mit den Vermietern habe ich gesprochen. Sie würden euch nehmen. Du kannst sie anrufen und einen Besichtigungstermin ausmachen. Oder du lässt mich dir dabei helfen. Zu zweit geht es schneller.«

»Wie hast du sie überzeugt?« Ich verschränke die Arme vor der Brust. Nicht, dass er noch auf die Idee kommt, meine Frage könnte echtes Interesse an seiner Person bedeuten. Ich will nur wissen, wie er es geschafft hat, uns gleich mehrere Wohnungen zu vermitteln, während ich mir den ganzen Tag die Finger wund telefoniert und keine einzige Zusage bekommen habe.

»Sagen wir mal so, manchmal hat es auch Vorteile, bei der Feuerwehr zu arbeiten.« Er zwinkert mir zu. »Echte amerikanische Helden und so.«

Ein vorsichtiges Lachen stiehlt sich auf meine Lippen. »Du hast allen Ernstes die Heldenkarte gezogen?«

Er zuckt mit den Schultern. »Ich habe wohl eher die Brandschutzbeauftragtenkarte gezogen und behauptet, die Immobilien würden sonst durch die Brandschutzüberprüfung rasseln.«

Ein Typ, der seine Macht ausnutzt, um Mom aus der Patsche zu helfen. Ich bin mir nicht ganz sicher, ob ich das todromantisch oder widerlich finden soll.

»Zugegebenermaßen nehme ich meinen Job sehr ernst und hätte die Gebäude alle auch so durchgewinkt, aber das müssen die netten Vermieter ja nicht wissen, oder?«

Also kein Macht-Ausnutzer. Er scheint ein echt guter Kerl zu sein. Hinter ihm ziehen sich rosafarbene Schlieren durch den blassblauen Abendhimmel, während sich Tony das Basecap aus der Stirn schiebt und mein Gesicht mustert.

Ich setze mein Pokerface auf, aber ich bin nicht besonders gut darin. Mit Ryan habe ich mich einmal am Pokern versucht und dabei jede Menge Jolly Ranchers verloren.

»Ich verhungere gleich, und so wie du meine Tüte anstarrst, hattet ihr auch noch kein Dinner.« Er streckt noch einmal die Hand mit den Burgern nach vorn. »Was sagst du? Es ist nur ein Essen.«

Das stimmt nicht. Es ist ein Friedensangebot. Dabei hätte ich ihm von vornherein nicht den Krieg erklären dürfen. Zögerlich nehme ich ihm die Tüte ab, schnuppere daran und nicke. »Deine Ansprache war wirklich nicht schlecht. Aber im Grunde hattest du mich schon mit den Burgern.«

Ryan

»Du redest morgens also nicht. Das ist ein echtes Defizit, mein Lieber.« Nate sitzt am Tisch im Poolhaus und kaut Pancakes mit Speck, während ich mich gerade so aufrecht halte. Das sind zwei Komponenten des üppigen Frühstücks, das er gemacht hat, die definitiv nicht gleichzeitig in den Mund gehören.

»Kein Defizit, ein Menschenrecht«, brumme ich und verberge meine Müdigkeit hinter dem Kaffeebecher, den er mir gnädigerweise zuschiebt. Nate hat Wort gehalten und sich gestern Abend um Willow gekümmert. Trotzdem habe ich schlecht geschlafen, mich hin und her gewälzt und an Autumn gedacht. Jetzt fühle ich mich, als hätte ich einen epischen Kater. Nicht von Alkohol, sondern von den Erinnerungen an uns, die ich einfach nicht aus meinem Herzen wischen kann. Durch meine Adern rinnt Blei, aber ich versuche mich trotzdem an einem schiefen Lächeln, weil ich Nate nicht die Illusion nehmen will, er hätte mir mit seiner Aktion geholfen.

»Ich dachte, sie wacht früh auf?« Nate wirft einen Blick zum Sofa, wo Willow noch so daliegt, wie sie gestern mit ihm über dem Buch von *Frozen* eingeschlafen ist, und dann auf seine Uhr. »Sollten wir sie nicht wecken? Ich meine, sie verpasst ja das Beste.« Demonstrativ beißt er in ein Stück gebratenen Speck.

»Glaub mir, sie wird früh genug wach, also genieß, dass

sie heute mal länger schläft, und die Ruhe, solange sie anhält. Regel Nummer eins für Eltern.« Ich liebe MacFairy, aber ich mag es auch, meinen Kaffee zu trinken, solange sie noch nicht auf mir herumklettert.

»Okay.« Nate klingt, als hätte ich ihm sein Lieblingsspielzeug geklaut und zieht eine Flunsch. »Wann musst du in der Uni sein?«

»Mein erster Kurs ist erst gegen Mittag.« Einen Vormittag die Woche habe ich mir freigeschaufelt, um Lernzeit zu haben, in der ich nicht von Willow abgelenkt werde. Meistens verbringe ich diese Stunden in der Bibliothek der Uni oder unter einem Baum auf dem Campus und ackere mich durch den Lernstoff. Heute muss das ausfallen, denn ich werde die gestrigen Stunden bei Dad in der Werkstatt nachholen. »Muss aber gleich los zur Arbeit.«

Ich sehe, es missfällt Nate, dass ich arbeiten gehen will. Aber er kommt nicht dazu, es mir ausreden zu wollen, denn Willow wird wach und tapst schlaftrunken zu mir. Ich hebe sie hoch und setze sie auf meinen Schoß. »Guten Morgen, MacFairy.«

»Morgen«, erwidert sie fröhlich und wischt sich mit ihren Händen die wirren Locken aus dem Gesicht.

Nate gibt ihr ein Highfive und ist damit eindeutig der Coolere von uns beiden. Zumindest was Willow angeht, die ihn anhimmelt, wann immer er hier ist. Ich reiche ihr ein Stück Banane und übergebe sie dann Nate. »Ich hole ihre Klamotten. Damit wir gleich loskönnen.« Gebadet hat sie erst gestern Abend, was in einer Schaumschlacht mit Nate und mir endete, und ihre Zähne putzen kann sie nach einem zweiten, ausgedehnten Frühstück bei Amy. Das hat sich so eingebürgert.

Im Schlafzimmer ziehe ich eine kurze Hose, ein Einhorn-Shirt und eines mit vielen winzigen Kirschen auf weißem Untergrund aus dem Schrank und kehre damit zurück in den Wohnraum.

»Nicht das.« Willow schüttelt vehement den Kopf, als hätte ich ihr vorgeschlagen, einen Kartoffelsack anzuziehen, und katapultiert das Oberteil mit den Kirschen aus dem Rennen.

»Nicht das«, ermuntert Nate sie und grinst fies.

Hätte er nicht MacFairy auf dem Arm, würde ich ihm den Mittelfinger zeigen. So bleibt mir nur, das Gesicht zu verziehen. »Du öffnest hier gerade die Büchse der Pandora«, warne ich ihn. Denn er ermuntert Willow damit zu einer stundenlangen Umziehaktion, in der sie am Ende den gesamten Kleiderschrank ausprobieren wird. Auch wenn ich nicht verstehe, wie eine Zweieinhalbjährige schon ein Fashion-Victim sein kann, bin ich mir sicher, diese Macke hat sie von Val, die mindestens genauso besessen von Klamotten ist.

Aber ich bin vorbereitet und präsentiere das zweite Shirt, das ich hinter dem Rücken hervorziehe. »Das mit den Kirschen oder das Pailletten-Einhorn-Shirt?« Ich bleibe hart und ersticke die Meuterei der beiden im Keim. So hat Willow eine Wahl, die uns trotzdem nicht den halben Vormittag kosten wird.

Willow runzelt nachdenklich die Stirn, als ginge es hier um die Lösung eines komplexen mathematischen Problems. Dann breitet sich ein Lächeln auf ihrem Gesicht aus und sie schnappt sich das Einhorn-Shirt. Vollkommen zufrieden zieht sie sich das Oberteil an, bleibt auf halber Strecke stecken und lacht so sehr, dass sie auf ihren Po plumpst. Ich sammle sie auf und versenke all ihre Gliedmaßen in den richtigen Öffnungen.

Nate betrachtet mich und schüttelt ungläubig den Kopf. »Du bist echt richtig gut in diesem Dad-Ding.«

»Könntest du wenigstens so tun, als würde es dich nicht komplett überraschen?«, frage ich und scheuche ihn von seinem Platz hoch. Gemeinsam räumen wir den Tisch ab. Willow schleppt alles, was bruchsicher und nicht zu schwer ist. Dann bringen wir sie zu Amy rüber.

Auf dem Weg zur Werkstatt halte ich an der Bushaltestelle der Linie 72, die Nate in die Stadt bringen wird. Bevor er aussteigt, ziehe ich ihn in eine kurze Umarmung, die hoffentlich zeigt, wie dankbar ich ihm für seine Unterstützung bin, und fahre los, sobald er aus dem Wagen gekrabbelt ist.

Dad wartet sicher schon, und da ich ihm gestern absagen musste, will ich wenigstens heute Morgen pünktlich sein. Keine drei Minuten später parke ich neben Dads Chevy. Das Rolltor ist geöffnet und die übliche Countrymusik empfängt mich schon, bevor ich die Werkstatt betrete.

Dad montiert gerade die Reifen eines Lexus, der neue Radaufhängungen bekommen hat. Das hätte ich eigentlich gestern Abend erledigen sollen.

»Na, ausgeschlafen?« Natürlich kann Dad sich die Spitze nicht verkneifen. Ich lasse sie ihm durchgehen. Immerhin musste er wegen mir gestern Überstunden machen und ist heute sicher schon seit sieben Uhr hier, um den Rückstand aufzuholen. Trotzdem hasse ich es, dass er so einfach mein schlechtes Gewissen triggert. Und dass er es jedes einzelne Mal tut, anstatt Verständnis zu zeigen. Ich nicke ihm zu und nehme den nächsten Auftrag vom Stapel. Eine kleine Reisschüssel, die schon vor dem Rolltor wartet, soll neue Stoßdämpfer bekommen. Ich fahre den Kleinwagen in die

Halle, wo Dad gerade den Lexus von der Hebebühne lässt.

Nachdem er Platz gemacht hat, positioniere ich den Hyundai über den Hebearmen. Dann lockere ich die Radmuttern und fahre den Wagen halb nach oben. Zuerst nehme ich die Vorderräder ab und setze dann den Federspanner ein. Mein Blick fällt auf das abgeschrammte Ledersofa. Autumn und ich haben uns darauf geliebt. Ich erinnere mich an ihr Lachen, als wir ineinander verschlungen, nackt und erschöpft dalagen und ich ihr von Nate und unserem Trip nach Tijuana erzählt habe. Von dort stammt die Sombrero-Frosch-Lampe, und auch wenn das Ding kackhässlich ist, wird es mich immer an dieses Wochenende erinnern. Und daran, dass Nate mich damals gerettet hat. Er wusste nicht einmal, was mich runtergezogen hat, nur dass ich rausmusste. Val hatte mir in einer unpersönlichen Nachricht mitgeteilt, dass ich Willow nicht mehr sehen dürfte, und nur Nate, seiner grenzenlosen guten Laune und der Ablenkung durch ihn ist es zu verdanken, dass ich nicht komplett abgestürzt bin.

Autumns Lachen hat mehr als das bewerkstelligt. Ich habe nicht mehr nur funktioniert, auf eine Zukunft mit Willow hingearbeitet, an die ich selbst kaum noch geglaubt habe, und mich ansonsten selbst bestraft. Sie hat mich wieder zusammengesetzt. Ich war glücklich. Gedankenverloren ziehe ich den Federspanner an. Und dann hat sie mein bescheuert leichtgläubiges Herz zerquetscht.

»Bist du wahnsinnig?«, brüllt Dad plötzlich, reißt mir das Werkzeug aus der Hand und schiebt sich schützend zwischen mich und den Radkasten. Dann löst er ganz behutsam den Federspanner, dessen Rastnasen nicht richtig positioniert waren und der sich fast verabschiedet hätte.

Hätte sich die gespannte Feder gelöst, würde ich jetzt nicht mehr hier stehen.

»Fuck«, murmle ich.

»Das ist alles, was dir dazu einfällt?« Dad lässt das Werkzeug und den gelösten Federspanner auf den Boden fallen und dreht sich stinkwütend zu mir um. »Du bringst dich noch um.« Er tippt mir mit zwei Fingern gegen die Schläfe. »Wo bist du mit deinem Kopf? Wo, Ryan?«

Ich presse die Lippen aufeinander.

»Seit Wochen bist du nicht bei der Sache, kommst zu spät, gehst früher.« Er mustert mich eingehend und noch immer stocksauer.

»Ich tue mein Bestes«, quetsche ich mühsam hervor.

»Dein Bestes?« Er lacht tonlos. »Nein. Ich weiß, was du kannst, und das …« Er macht eine Handbewegung, die meine komplette Person umfasst. »Das ist nicht einmal in der Nähe von deinem Besten. Keine Ahnung, warum, aber du trittst dein Potenzial mit Füßen. Du fehlst beim Training, kommst nicht zur Arbeit. Deine Schwester kümmert sich ständig um deine Tochter und die Uni hast du auch geschwänzt.« Die Ader an seiner Stirn zeigt, dass Dad kurz vor der Explosion steht. »Und das alles nur, weil dir schon wieder ein Mädchen wichtiger ist als alles andere.«

Wie damals, als ich bereit war, meine Zukunft für Val und Willow aufzugeben. Eine Zukunft, die Dad wichtiger war als mir. Wut baut sich in mir auf, vermischt sich mit dem Adrenalin, das verzögert in meine Blutbahn schießt. »Ich bin eben nicht so perfekt wie du«, stoße ich hervor und zerfurche mit einer Hand mein Haar. »Wie kann es sein, dass ich ständig am Limit bin und trotzdem nie genug? Egal, an wie vielen Fronten ich kämpfe, wie viel Mühe ich mir gebe. Es reicht einfach nie.« Die Worte brechen aus mir hervor, ich kann kein einziges zurückhalten. »Baseball, die ganze Major-League-Scheiße, das war dein Traum, und ich versuche wirklich, dich nicht zu enttäuschen. Ich versuche ständig, es allen recht zu machen. Dir, dem Coach, Val, Willow, mir selbst. Aber ich kann nicht mehr. Und lass Autumn verdammt noch mal da raus.« Ich atme tief durch, weil es schon wehtut, nur ihren Namen auszusprechen. »Sie war ein Lichtblick, keine Ablenkung. Sie hat mir Kraft gegeben.« Ich trete gegen den Maulschlüssel, der am Boden liegt. »Ohne sie hätte ich noch viel früher aufgegeben.« Das ist die verfluchte Wahrheit. Ich brauche sie. Und ich verstehe nicht, was zum Teufel passiert ist.

Eine Weile ist es still. Nur eine Countryschnulze dudelt unbeirrt im Hintergrund.

Dad atmet, öffnet den Mund, um etwas zu sagen, und schließt ihn unverrichteter Dinge wieder. Er dreht sich halb weg, als wollte er mich einfach stehen lassen, nur um sich mir im nächsten Moment wieder zuzuwenden. Die Wut ist aus seinem Blick gewichen. »Ich habe immer geglaubt, ich müsste dich pushen«, sagt er leise und reibt die Handflächen gegeneinander. »Weil du dir sonst selbst im Weg stehst. Ich wollte deinen sportlichen Erfolg. Ich wollte, dass du dein Potenzial nutzt. Nicht, weil du meinen Traum leben solltest. Ich wollte nur verhindern, dass du wie ich in einer winzigen Werkstatt strandest und irgendwann bereust, dass du nicht alles gegeben hast, um deinem Leben eine andere Richtung zu geben.« Ein leises Seufzen entfährt ihm. »Vielleicht ist das zu viel Wollen.«

Die starre Unnachgiebigkeit, die seit Jahren zwischen uns steht, bröckelt, und dahinter sehe ich den Dad von früher, der mit mir Bälle geworfen hat. Nicht, damit ich es irgendwann in die Major League schaffe, sondern einfach, weil er Zeit mit mir verbringen wollte. Es ging nicht um das Ziel, sondern den Moment.

»Aber ich bin dein Vater. Ich glaube nun mal, dass das meine Aufgabe ist. Das Beste für dich rauszuholen. Auch – oder gerade –, wenn du keine Kraft mehr hast, diese Dinge selbst zu wollen.« Kurz legt er mir seine Hand in den Nacken, bevor er sie wieder sinken lässt.

»Was, wenn es nicht die Kraft ist, die mir fehlt?« Ich atme tief durch. »Was, wenn ich gar kein Baseball mehr spielen will? Wenn das die Sache ist, auf die ich am ehesten verzichten könnte?« Baseball ist unsere Schnittstelle. Ich habe nicht nur durchgehalten, weil ich die Chance auf Berkeley nicht verlieren wollte. Oder um mir selbst etwas zu beweisen. Ich hatte Angst, Dad zu enttäuschen und vielleicht ganz zu verlieren, wenn ich das aufgebe.

»Ich würde dir sagen, überleg dir diesen Schritt gut.« Er klingt nicht enttäuscht, eher so, als würde er seine Worte sorgfältig wählen, um das Richtige zu sagen. »Es geht nicht nur um den Sport, sondern vor allem um das Stipendium. Um Berkeley. Und es ist nicht nur deine Zukunft. Du hast ein Kind und damit eine große Verantwortung.«

Sekundenlang sage ich nichts, starre auf den Boden, überlege, ob ich aussprechen soll, was seit der Entscheidung, MacFairy zu bekommen, zwischen uns steht. »Du hättest es lieber gesehen, wenn wir uns damals nicht für Willow entschieden hätten«, stoße ich schließlich leise hervor.

Dad stützt sich an dem Seitenschweller des Autos ab und schüttelt vehement den Kopf. »Ich habe nie gewollt, dass du dich gegen Willow entscheidest.« Noch immer schüttelt er den Kopf. Als wäre das eine vollkommen irrsinnige Vorstellung. »Ich hätte mir für dich nur gewünscht, dass du sie zu einem späteren Zeitpunkt bekommst. Mit jemandem, den du wirklich liebst. Damit du bereit dazu bist und die Beziehung zu ihr mehr genießen kannst.«

Das hat er mir nie gesagt. Oder gezeigt. »Du warst immer so verdammt hart. Hast nie mit mir darüber gesprochen.«

Dad nickt, sieht mich aber nicht an. »Du wirst sehen, dass man als Vater mindestens so viele Dinge falsch wie richtig macht.« Er dreht sich um und hebt den Federspanner auf. »Fehler, die man nicht wiedergutmachen kann. Ich kann nur neu ansetzen und versuchen, es besser zu machen. Also sage ich dir jetzt, geh nach Hause, Ryan, bevor du dich am Ende noch umbringst. Nimm dir die Zeit, herauszufinden, was du tun willst. Komm wieder auf die Beine. Ich mache das hier fertig.«

Ich will ihm sagen, dass ich bleiben kann, ihn nicht mit der Arbeit allein lassen will. Dass er trotz all unserer Probleme ein guter Vater war, aber er hat mir bereits den Rücken zugedreht und ich bin zu durcheinander und erschöpft, als dass mir die richtigen Worte einfallen würden.

Autumn

Mom ist aus dem Krankenhaus entlassen worden. Tony hat zwar akzeptiert, dass weder sie noch ich bereit dazu sind, in seine Wohnung zu ziehen, bis wir etwas Eigenes finden, aber was das Motel angeht, hat er sich auf keine Diskussion eingelassen und uns in einem besseren nahe seiner Wohnung untergebracht. Angeblich kostet es nicht mehr, aber das bezweifle ich sehr. Wahrscheinlich hat er einen Deal mit dem Besitzer gemacht und zahlt einen Teil der Kosten aus eigener Tasche. Aber ich habe keine Beweise dafür. Und keine Kraft, um mich weiter darum zu kümmern.

Meine Schwestern sind in der Schule, Gus spielt auf dem Hof und Mom ruht sich drinnen aus. Ich sitze auf den Stufen der Außentreppe und chatte mit Tess, die mich nicht nur mit den Mitschriften der Vorlesungen versorgt, sondern auch mit dem lebensnotwendigen Campus-Tratsch, der mir das Gefühl gibt, ich wäre bei ihr in Berkeley. Die Sonne wärmt meine Haut, bis plötzlich die Umrisse eines Mannes einen Schatten auf mich werfen. Tony.

»Darf ich mich setzen?«

Natürlich ist er nicht auf der Suche nach einem Sitzplatz. Und wenn, wäre die unbequeme Treppe eine denkbar schlechte Wahl. Wenigstens hat er Kaffee dabei. Ich nicke und deute neben mich.

Tony setzt sich und reicht mir einen der zwei Pappbecher, die er vor sich herbalanciert hat. »Deine Mom schläft?«

Ich nicke und deute hinter mich. »Sie war total erledigt.«

»Was ist mit dir?« Er blinzelt in die Sonne und deutet in den Himmel, wo ein Kondensstreifen die Flugbahn eines Jets markiert. »Weißt du schon, wann du wieder nach Berkeley zurückkehrst?«

Der Pappbecher bekommt einen Knick, weil ich ihn so sehr zusammenpresse. »Ich weiß nicht, ob ich überhaupt zurückgehe.« Wieso erzähle ich ihm das? Als bräuchte ich seine Meinung, um eine Entscheidung treffen zu können.

»Weil du denkst, du müsstest für deine Mom da sein.« Er formuliert es nicht als Frage. »So wie du es all die Jahre warst. Ich will mich nicht in deine Angelegenheiten einmischen, Autumn, aber Rae ist nicht mehr allein. Ich bin jetzt für sie da. Und ich helfe ihr.«

Fragt sich nur, wie lange. »Und was ist, wenn das zwischen euch übermorgen wieder vorbei ist?«

Er nimmt einen tiefen Schluck Kaffee und verschränkt die Unterarme auf seinen angezogenen Knien. »Dann kannst du immer noch aus Berkeley zurückkommen und den Laden wieder übernehmen.« Sanft stößt er seine Schulter gegen meine. »Aber ich habe nicht vor zu verschwinden. Das sollten dir die letzten Tage gezeigt haben.«

Dad habe ich solche zuckersüßen Versprechungen auch immer geglaubt. Alle waren gelogen. Aber Tony traue ich aus irgendeinem bescheuerten Grund. Das muss die Uniform sein. Es ist schließlich sein Beruf, Menschen Vertrauen zu vermitteln.

»Wie habt ihr euch eigentlich kennengelernt? Du und Mom?«

Er lacht. »Sagen wir, ich wusste von Anfang an, auf was ich mich mit deiner Familie einlasse.« Mit dem Fuß befördert er ein vertrocknetes Blatt von der Treppe. »Ich habe Summer aus einer Pappel gerettet, auf die sie geklettert war. Rae hat sie unten in Empfang genommen. Sie war wunderschön und verdammt wütend. Vielleicht war sie auch wunderschön, *weil* sie verdammt wütend war. Ich weiß es nicht. Nur, dass ich vom ersten Augenblick fasziniert von ihr war. Allerdings war ich im Dienst. Und es ist absolut unprofessionell, die Mutter eines geretteten Kinders anzuflirten. Und ich hatte auch etwas Angst um mein Leben. Rae war echt auf hundertachtzig. Drei Tage bin ich um den Bericht herumgeschlichen, in dem ihre Nummer stand, und als ich endlich bereit war, sie anzurufen, tauchte sie plötzlich mit Muffins auf der Wache auf.«

Ich runzle dir Stirn. »Mom hat gebacken?«

»Sie waren gekauft, aber Rae hat sie sehr erfolgreich als selbst gebacken ausgegeben.« Er grinst. »Ich habe sie nach einem Date gefragt, aber sie hat mir natürlich einen Korb gegeben.« Er zuckt mit den Schultern. »Sie ist ein gebranntes Kind. Das verstehe ich. Aber ich habe sie einfach nicht aus dem Kopf bekommen. Also habe ich ihr die Muffinbox nach Feierabend zurückgebracht und sie noch mal gebeten, mit mir auszugehen. Genau genommen bin ich nicht gegangen, bis sie Ja gesagt hat. Wir sind ins *Barringtons* gegangen. Es war so ziemlich das schlechteste Essen und das beste Date, das ich je hatte. Deine Mom ist wunderschön, klug, lustig und unglaublich stark.« Ein Leuchten liegt in seinen Augen, als er von ihr spricht. »Aber sie wollte partout nichts Ernstes.«

In der Beziehung sind wir uns sehr ähnlich. »Und doch seid ihr zusammen«, spreche ich das Offensichtliche aus.

Er verzieht das Gesicht zu einem schiefen Lächeln und wird dann wieder ernst. »Ich kann sehr überzeugend sein, wenn ich etwas will. Und ich will deine Mom. Diese Familie. Das alles hier. Egal, wie chaotisch es manchmal mit Raes irren Vorstellungen und deinen Geschwistern ist. Oder wie sehr es meine Welt aus den Angeln hebt. Das ist, was Liebe tun sollte. Deine Welt verändern.« So wie er Mom verändert und ihren Glauben an die Liebe wiederhergestellt hat. So wie Ryan mich verändert hat.

Es ist, als könnte ich die Wärme seiner Haut noch immer spüren. Die Sonne riechen, die unsere ineinander verschlungenen Körper aufgewärmt hat. Als wäre das Bild in meinem Kopf ein Alle-Sinne-Schnappschuss. Wir, bedeckt von winzigen Sandkieseln auf der Ladefläche seines Pick-ups am Strand von Montara. Bodenlos glücklich.

»Wie heißt er?« Tonys Stimme lässt das Bild von uns zerplatzen.

Erschrocken sehe ich ihn an. »Wer?«

»Der Typ, der dafür verantwortlich ist.« Er macht eine Handbewegung, die mein Gesicht einrahmt. »Wartet er in Berkeley auf dich?« Er sieht über die spärlich befahrene Straße ins Nichts. »Es geht mich vielleicht nichts an, aber immer, wenn du denkst, man sieht nicht hin, liegt dieser Ausdruck des Vermissens in deinem Blick.«

Ich schnaube. »Es gibt niemanden.« Ich blinzle den Schmerz weg, der sich über mein Herz schiebt wie die Sonne über die Häuserschluchten.

»Okay. Wie du meinst.« Tony steht auf und klopft sich die Hose seiner Uniform ab, bevor er mir kurz seine Hand auf die Schulter legt. »Wenn du doch irgendwann darüber reden willst, ich bin ein ziemlich guter Zuhörer. Und überleg dir die Sache mit Berkeley. Du solltest deine Zukunft nicht aufgeben, um eine Verantwortung zu übernehmen, die du als so junger Mensch nie hättest tragen sollen.«

Er klingt wie ein Dad und übertritt damit definitiv eine Grenze, aber da ist kein Widerwille in mir. Nur ein Gefühl von Sicherheit, in dem der Wunsch, nach Kalifornien zurückzukehren, beharrlich größer wird.

Ryan

Der Coach sitzt in seinem Büro und brütet über irgendwelchem Papierkram. Mit den Fingerknöcheln klopfe ich gegen den Türrahmen, lehne mich dagegen und warte, bis er mich mit einem Nicken hereinbittet.

Es riecht nach Bohnerwachs und Turnhalle in dem winzigen Raum. Trotzdem sind die Fenster geschlossen und sperren nicht nur den Lärm vom Campus aus, sondern auch die rettende frische Luft.

»Was gibt es, Hunter?« Er sieht erst von seinen Papieren auf, als ich mir einen Stuhl zurechtrücke und mich daraufsetze. »Oh, okay, du setzt dich.« Er legt die Blätter beiseite und schenkt mir nun seine ungeteilte Aufmerksamkeit. »Ich dachte, es würde nur um den neuen Trainingsplan gehen.«

Dann wäre ich in zwei Minuten wieder draußen, könnte mich zu Nate, Cal, Sam und Xander in die Sonne legen und Blödsinn machen. »Nein, ich müsste mit Ihnen über etwas Wichtiges sprechen, Coach. Wenn Sie kurz Zeit haben?«

Er steht auf, schließt die Tür und setzt sich wieder. Der Raum scheint nun zu klein für das, was ich zu sage habe. Ich presse meine Handflächen gegeneinander, nicht sicher, wie ich anfangen soll.

»Wenn es um deine schwachen Leistungen in der letzten Zeit geht …« Er mustert mich prüfend. »Es gibt manchmal Phasen im Leben, wo die Konzentration für das Wichtigste fehlt. Das passiert, auch wenn ich es nicht gutheiße. Hauptsache, du bist zum Saisonbeginn wieder ganz bei der Sache.«

Für Benning ist das Wichtigste ganz klar Baseball.

Für mich ist es meine Tochter. »Es geht um Willow.« Ich habe es ausgesprochen. Es ist raus. Mein Puls pocht unangenehm gegen meinen Hals. Dieser Moment wird mein Leben verändern. Grundlegend.

»Ein Mädchen?« Coach Benning lacht ungläubig. »Deswegen den Fokus zu verlieren hätte ich eher Nate zugetraut als dir.«

»Es geht nicht um irgendein Mädchen.« Nicht so, wie er denkt. »Willow ist meine Tochter.«

Stille breitet sich zwischen uns aus. Der Coach lehnt sich auf seinem Stuhl zurück und ich kann sehen, wie es hinter seiner Stirn arbeitet. Er denkt vermutlich darüber nach, ob ich Sam mit seinen bescheuerten Scherzen Konkurrenz mache. »Okay«, sagt er dann. Nicht mehr.

»Ich bin kurz vor meinem Highschool-Abschluss Vater geworden. Das habe ich verschwiegen, als ich mich für das Stipendium beworben habe. Tut mir echt leid.« Ich beiße mir auf die Lippe. »Aber zu dem Zeitpunkt, als ich anfing, hier in Berkeley zu spielen und zu studieren, habe ich sie nicht sehen dürfen. Ich hatte keinen Kontakt zu ihr und dachte, es ginge niemanden außer mich etwas an.«

»Aber das hat sich verändert. Deswegen hast du in letzter Zeit so oft gefehlt.« Beides sind keine Fragen. Der Coach kratzt sich mit dem Stift am Haaransatz, legt den Kugelschreiber weg und nimmt ihn erneut in die Hand.

»Sie lebt jetzt bei mir. Ihre Mom, meine Ex, ist keine Konstante. Ich bin allein für sie verantwortlich. Trotzdem dachte ich, ich könnte das alles irgendwie schaffen, aber es wäre dem Team gegenüber nicht fair, mir das weiter einzureden. Ich bin am Ende und die Saison hat noch nicht einmal angefangen.«

»Du willst das Stipendium also zurückgeben und Berkeley verlassen?«

Es fühlt sich merkwürdig an, dem Profibaseball für immer den Rücken zuzukehren, aber ich habe lange darüber nachgedacht und nicke. »Ich will vor allem ein Dad für Willow sein, aber das kann ich nicht, wenn ich mit dem Team von Spiel zu Spiel reise, trainiere und mich zwischen ihr, dem Studium und dem Leistungssport zerreiße. Ich würde nichts lieber tun, als weiter an dieser Uni zu studieren, aber ohne das Stipendium kann ich mir das nicht leisten. Also ...« Ich zucke leicht mit den Schultern. Das ist die negative Seite dieses Schritts, aber trotzdem ist die Entscheidung richtig.

»Ich sollte dir vermutlich den Kopf abreißen, weil du gelogen hast, aber das werde ich nicht tun.« Er tippt mit dem Stift mehrmals auf die Schreibtischunterlage, bevor er ihn aus der Hand legt und mich ansieht. »Denn ich verstehe, warum du das getan hast, und ich bin froh, dass du endlich ehrlich bist und eine Entscheidung zum Wohl deiner Tochter und des Teams getroffen hast.«

Ich hatte mit einem Donnerwetter gerechnet. Mit einem für den Coach so typischen cholerischen Ausbruch, aber er wippt nur nachdenklich auf seinem Stuhl vor und zurück.

Es ist alles gesagt. Das war's. Ich stehe auf und will gehen, aber seine Stimme hält mich zurück.

»Warte.« Prüfend sieht er mich an. »Sagt dir das Student Parent Grant etwas?«

Ich schüttle den Kopf.

»Das ist ein Stipendium der Berkeley Graduate Division, das sich an alleinerziehende Eltern wendet. Wir befinden uns mitten im Semester. Du hast bei der Vergabe des Sportstipendiums gelogen.« Er zuckt mit den Schultern. »Das sind alles Gründe, die dagegensprechen, dein Stipendium umzuschreiben, aber ich denke, wenn ich mich dafür einsetze, könnten sie vielleicht eine Ausnahme machen und dich dennoch aufnehmen.«

Ich hatte Berkeley bereits abgeschrieben und mich informiert, wie der Wechsel auf das Community College ablaufen wird. Dieser Vorschlag hingegen … »Das wäre unglaublich!« Am liebsten würde ich dem Coach um den Hals fallen und ihn abknutschen.

Der befürchtet anscheinend genau das, verschränkt die Arme vor der Brust und rollt auf seinem Stuhl so weit nach hinten, bis ihn die Wand stoppt. »Du glaubst doch nicht, dass ich jemanden aus meinem Team fallen lasse, nur weil er nicht mehr für mich spielt. Außerdem wäre ich schön blöd, wenn ich dich an ein anderes College gehen lasse, wo du dann für dessen Amateurliga spielst und unsere zweite Mannschaft plattmachst.« Er nickt mir zu. »Und du wirst wieder spielen. Vielleicht nicht sofort. Und vielleicht reicht die Zeit nicht mehr für das Profiteam, aber du bist ein Batter. Das liegt dir im Blut und verschwindet nicht, nur weil die Lebensumstände etwas dagegen haben.«

Er hat vermutlich recht. Auch wenn Baseball nicht mehr meine Priorität ist, es ganz aufzugeben würde bedeuten, ein Stück von mir zu verlieren. »Danke, Coach.« Ich stehe auf und verlasse sein Büro. Hinter der nächsten Ecke lehne ich mich gegen die Wand und atme tief durch.

Das Gespräch ist besser gelaufen, als ich erwartet hatte. Sehr viel besser. Bennings Hilfe ist der Silberstreif am Horizont, den ich bitter nötig hatte. Ein Lichtblick.

Autumn

Tess holt mich am Flughafen ab und ich freue mich so sehr, sie zu sehen, dass ich ihr mitsamt meiner Tasche in die Arme falle.

»Ich bin so froh, wieder hier zu sein.«

Tess lacht. »Und ich bin noch froher, dass du zurück bist. Geht's deiner Mom besser? Was ist mit deinen Geschwistern? Habt ihr schon was Neues gefunden?« Sie lässt mich gar nicht zu Wort kommen, schnappt sich mein Gepäck und zerrt mich hinter sich her. »Du musst mir alles erzählen. Jede Kleinigkeit. Aber lass uns als Erstes zum Auto gehen. Ich stehe im absoluten Halteverbot.«

All das hat mir so gefehlt. Tess' offene, fröhliche Art. Die kalifornische Sonne. Selbst der winzige Toyota, an dessen Scheibenwischern bereits ein Ticket klebt.

Tess pflückt es hinter dem Wischblatt hervor und wirft den Strafzettel mitsamt meiner Tasche auf die Rückbank. Dann klemmt sie sich hinters Lenkrad und wartet, bis auch ich eingestiegen bin.

»Bist du kaputt oder hast du Lust auf eine klitzekleine Überraschung?«

»Ich liebe Überraschungen.« Vor allem, wenn sie mich davon abhalten, an Ryan zu denken. In North Carolina war es einfacher, die Erinnerungen an ihn wegzuschieben. Auf meine Geschwister aufzupassen hat mich so auf Trab gehalten, dass ich kaum Zeit hatte, mich mit dem Bild von ihm und Val auseinanderzusetzen, das seit diesem verfluchten Abend in meinem Hirn festhängt. Hier wird das sehr viel schwerer werden. Mit einem Lächeln überspiele ich deswegen die Müdigkeit, die mich fest im Griff hat, und schnalle mich an.

»Jetzt erzähl schon!«

Ich puste mir die Haare aus dem Gesicht. »Mom hat jetzt einen Freund, Tony, nicht zu verwechseln mit Tony Stark«, beginne ich mit der größten Neuigkeit. »Er ist Feuerwehrmann und Katzen-und-Kinder-von-Bäumen-Retter.«

»Ein sexy Feuerwehrmann.« Tess fächelt sich mit der Hand Luft zu. Sie sieht mich kurz an und dann zurück auf die Oakland Bay Bridge, die sich über der San Francisco Bay bis nach Berkeley spannt. »Ist es okay für dich, dass sie jemand Neuen hat?«

Ich nicke. »Er kümmert sich total lieb um Mom und meine Geschwister.« Und bleibt dabei so unfassbar ruhig, als wäre es das Normalste der Welt, einen Sack Flöhe zu hüten, der selbst mich von Zeit zu Zeit in den Wahnsinn treibt. Dabei bin ich im Gegensatz zu ihm genetisch dazu verpflichtet, meine Geschwister zu mögen. »Er hat uns sogar dabei geholfen, eine neue Wohnung zu finden. Sie ist zwar etwas kleiner als das alte Haus, aber schöner und kaum teurer. «

»Sagtest du nicht, er wäre *kein* Superheld?«

Ich lache. »Vielleicht ist er doch einer.« Immerhin hat er es geschafft, dass ich hierher zurückkehren konnte. Ohne ein schlechtes Gewissen haben zu müssen.

Wenig später parkt Tess den Wagen vor dem *Haywires*. Drinnen ist es voller als an einem üblichen Dienstagnachmittag. Und sobald Tess mich bis vor die Tür geschleift hat, weiß ich auch, warum. Einige andere Stipendiaten sind hier, mein gesamter Grundkurs, und mit einem »Tadaa« deutet sie auf einen Tisch, an dem Hanna, Julie und Jake sitzen und mir unisono »Welcome back!« entgegenrufen. Ich umarme sie einen nach dem anderen und zucke nur kurz zurück, als ich auch Nate am Ende des Tisches erblicke.

Natürlich ist er hier. Wir sind befreundet. Egal, was mit Ryan und mir ist. Bevor ich mich in den Gedanken an Ryan verlieren kann, zieht Nate mich in seine Arme und pustet eine Handvoll Konfetti über meine Schulter.

»Schön, dass du wieder da bist, Autumn. Ich hatte schon Angst, du würdest nicht wiederkommen.« Er lacht leise und gibt mich wieder frei. »Mit wem würde ich dann klettern gehen?«

»Mit Hanna.« Die darin deutlich besser ist als ich. »Oder mit deinen Teamkollegen.«

Er schüttelt den Kopf. »Die haben alle keine Jolly Ranchers in der Mittelkonsole liegen.« Mit einem schiefen Grinsen lässt er mich los. »Wäre also nicht dasselbe.«

Ich spare mir, ihn daran zu erinnern, dass nicht ich, sondern Tess die Süßigkeiten in ihrem Wagen bunkert. Stattdessen kriecht ein vorsichtiges Lächeln über meine Lippen.

»Jetzt erzähl mal«, fordert mich Jake auf, während er hinter den Tresen seines Ladens huscht und beginnt, Kaffeekreationen für uns zuzubereiten. »Wie war es in North Carolina?«

Ich lasse Nate los und tauche in das fröhliche Stimmengewirr am Tisch ein, erzähle von meinen Geschwistern, von Mom, Tony, der neuen Wohnung und wie schön es war, Zeit mit meiner Familie zu verbringen, auch wenn die

Umstände schlimmer nicht hätten sein können. Ich bringe meine Freunde mit Summers Marvel-Vergleichen zum Lachen und mit Geschichten von Gus, der eindeutig das Talent zum Stand-up-Comedian hat. Aber obwohl ich mich wirklich bemühe, diese Willkommensparty zu genießen, und die Stimmung ausgelassen ist, hallt mein Lachen in der Leere wider, die Ryan in mir hinterlassen hat. Und das Echo erreicht nicht nur mich. Nate spürt es auch. Wieso sonst sollte er mich als Einziger so eindringlich und ernst mustern, als würden wir ein dunkles Geheimnis teilen?

Ryan

Nate ist mit zum Pier gekommen. MacFairy hat ihre eine Hand in seine geschoben, die andere in meine und lässt sich bei jedem dritten Schritt von uns in die Höhe katapultieren. Ich liebe es, wie ausgelassen sie dabei kichert und jauchzt. Aber dann entdeckt sie Val, mit der wir auf dem Pier 39 verabredet sind, und ihr kleiner Körper erstarrt mitten in der Bewegung. Sie lässt Nate los. Dann mich. Rührt sich aber keinen Millimeter.

Es trifft Val, dass Willow sich nicht in ihre Arme stürzt. Das kann ich selbst auf diese Entfernung sehen und ich hoffe inständig, es wirft sie nicht so aus der Bahn, dass dieses erste Treffen in einer Katastrophe endet. Ich beuge mich zu MacFairy hinunter und umarme sie von hinten. »Siehst du? Mom ist da«, flüstere ich in ihr Ohr. »Sie ist gekommen, um dich zu sehen.« Noch immer macht Willow keine Anstalten, zu Val zu laufen. Sie lehnt sich mit ihrem vollen Gewicht in meine Umarmung. »Sie hat dich genauso lieb wie ich, weißt du? Mom musste dich eine Zeit lang bei mir lassen und dafür sorgen, dass es ihr besser geht. Aber jetzt ist sie wieder da. Und freut sich ganz doll auf dich.«

»Ist Mommy jetzt kay?« Willow streicht sich ungelenk die Haare aus dem Gesicht, die der Wind sofort zurückweht. Ihr Gesicht ist so ernst, dass es mir das Herz bricht. Sie ist noch nicht mal drei und sollte sich keine Gedanken darüber machen müssen, ob ihre Mom klarkommt. Sekundenlang sehe ich in den blassblauen, von bunten Wimpeln zerschnittenen Himmel über mir. Dann nicke ich. Obwohl ich mir alles andere als sicher bin, ob ich Val trauen kann. Aber ich will es versuchen. Für Willow. Und Nate hat mir versichert, dass sie so weit ist. Als ich ihn gebeten habe, Val das Zimmer in der WG zu geben, war ich nicht davon ausgegangen, dass er sich so in die ganze Sache reinhängen würde. Aber das hat er. Und seine Hilfe tut Val gut. Sie vertraut ihm. Ich vertraue ihm.

Damit ist er der beste Kleber, um das zwischen uns zumindest auf Elternebene wieder zu kitten.

»Was meinst du? Sollen wir zu Mom gehen?«

Ein vages Nicken. Sie greift nach meiner Hand und gemeinsam gehen wir auf Val zu, die an der weißen Brüstung steht. Hinter ihr das unnatürliche Blau der San Francisco Bay und die Seerobben, die sich unter dem belebten Pier auf den Holzstegen rekeln.

Val geht in die Hocke, überfordert Willow nicht mit ihren eigenen Bedürfnissen, wie sie es früher auf jeden Fall getan hätte, sondern wartet einfach. Die Arme ausgebreitet. Und tatsächlich löst sich MacFairy von mir und wirft sich nun doch in ihre Arme. Ein Schluchzen schüttelt ihren kleinen Körper. Val presst sie fest an sich, vergräbt ihre Nase am Hals unserer Tochter und saugt ihren unverwechselbaren Geruch ein. Dann sieht sie auf. Mit Tränen in den Augen und Willow noch immer in einer festen Umarmung, formt sie ein lautloses Danke mit den Lippen.

Ich weiß nicht, ob es mir oder Nate gilt, ohne den ich sicher länger gebraucht hätte, um diesem ersten Treffen zuzustimmen.

»Was haltet ihr von einem Eis?« Nate schlägt mir auf

die Schulter und erst jetzt wird mir bewusst, wie angespannt ich noch immer bin.

»Eis«, quietscht Willow voller Begeisterung und zerrt Val und mich hinter sich her, die kleinen Füße in die Holzplanken des Piers gestemmt, damit wir ihr und Nate schneller zu *Dreyer's Grand Ice Cream Shop* folgen.

»Du nimmst Chocolate Chip?«, fragt er Val. Ihre Lieblingssorte. Dass Nate das weiß, irritiert mich etwas.

Sie nickt. »Und du, Sweetie?« Val sieht Willow fragend an. »Edbär.« Sie hebt den Finger an die Lippe, macht die perfekte Denkerpose und schwenkt dann um. »Sitrone.«

»Du kriegst beides«, bestimmt Nate großzügig. Das tut er nur, weil er nicht weiß, wie zu viel Zucker im Kreislauf einer Zweieinhalbjährigen wirkt und dass einen das im schlechtesten Fall die halbe Nacht kosten kann. Ich werde trotzdem nicht den Spielverderber geben. »Ich nehme Vanille«, sage ich deswegen nur und gebe Nate zwei Zehndollarscheine, aber er winkt ab.

»Die kleine Lady lädt uns heute ein.« Willow schwenkt Nates Portemonnaie und kichert, als er sie auf seine Schultern hebt und mit mehreren Sprüngen in der Eisdiele verschwindet.

Jetzt sind Val und ich allein. Kein Nate, der vermittelt. Keine Willow, die uns davon abhält, aufeinander loszugehen.

»Wie geht es dir?«, frage ich unsicher.

Val lächelt schwach. »Es geht so.« Sie sieht mich eindringlich an. »Ich habe viel nachgedacht. Viel geredet. Mit Nate. Und meiner Therapeutin. Ich war so wütend, Ry. So furchtbar wütend. Auf alles und jeden, weil mein Leben so anders gelaufen ist, als ich es mir gewünscht hätte. Und ich habe vor allem dir die Schuld daran gegeben.« Sie vergewissert sich, dass Nate und Willow noch beschäftigt sind. »Das tut mir leid. Und auch, dass ich dich deswegen aus ihrem Leben ausgeschlossen habe. Ich habe mir so oft gewünscht, nicht mehr die Verantwortung für sie tragen zu müssen. Frei zu sein. Nur deswegen bin ich an diesem Abend raus. Ich dachte, ich würde sonst platzen.«

Das ist etwas, was ich ihr nie verzeihen werde. »Aber dann war ich frei …« Sie schlingt die Arme um sich. »… und es war einfach nur scheiße. Ich habe Willow so sehr vermisst. Ich habe es vermisst, ihre Mom zu sein.«

»Dann weißt du ja jetzt, wie ich mich gefühlt habe«, stoße ich dumpf hervor. Mit dem Unterschied, dass ich nicht freiwillig aus Willows Leben verschwunden bin. Ich schlucke die Bitterkeit hinunter, die nach oben schwemmt. Vorwürfe bringen uns nicht weiter. Sie bringen Willow nichts. »So weit dürfen wir es nie wieder kommen lassen. Sie braucht uns beide.«

Val nickt, Tränen schimmern in ihren Augen. Ihr ist bewusst, dass ich ihr die Chance gebe, die sie mir so lange verwehrt hat. »Ich bleibe dran. Versprochen. Ich arbeite an mir.« Sie zögert. »Aber ich bin noch lange nicht so weit, mich allein um sie kümmern zu können. Sonst mache ich am Ende dieselben Fehler wie früher und das möchte ich Willow nicht antun.«

Es erleichtert mich, dass dies kein Streitpunkt werden wird, denn ich wäre im Moment nicht bereit, sie Val länger als ein paar Stunden unter Aufsicht zu überlassen. »Lassen wir es langsam angehen.« Ich fahre mir durch die Haare. »Wir halten es flexibel. Du kannst sie jederzeit sehen, wenn es dir gut geht, du bereit bist und ich es einrichten kann. Du bist ihre Mom.«

»Bin ich.« Und das erste Mal scheint sie stolz auf diese Tatsache zu sein. Ein Lächeln gleitet über ihr Gesicht.

»Eisexpress im Anflug«, ruft Nate. Er trägt Willow noch immer auf den Schultern und stört sich kein bisschen daran, dass sie ihm Eis in die Haare schmiert. In der Hand hält er drei weitere Eiswaffeln. Zwei gibt er an uns weiter. Die dritte behält er für sich und leckt mit einem genießerischen Augenverdrehen die Tropfen auf, die an der Waffel hinunterlaufen.

»Das ist das Erste, was ich heute in den Magen bekomme. Der Coach wäre sicher begeistert von dieser überaus gesunden Ernährung.« Er verzieht das Gesicht, isst aber trotzdem weiter.

Unwillkürlich muss ich an Autumn denken. Ihr hätte diese Art von Frühstück sicher gefallen. »Besser Eis im Magen als Proteinshakes. Stell dir vor, die Welt geht unter und du hättest hierauf verzichtet.«

Nate mustert mich skeptisch. Vermutlich denkt er, ich will ihn auf den Arm nehmen. In der Regel bin ich es, der ihm das ungesunde Zeug ausredet und ihm Fitnessfraß vor die Nase hält. »Bist du dir sicher, dass es dir gut geht?«

Ich nicke. Im Grunde ist das gelogen. An Autumn zu denken erzeugt noch immer ein Vakuum in meiner Brust. Ich will sie wiedersehen, mit ihr über diesen verfluchten Morgen sprechen, an dem sie uns pulverisiert hat. Sie hat sich in einer emotionalen Ausnahmesituation befunden und ich kann nicht aufhören, mich zu fragen, ob sie den Scheiß, das mit uns wäre nur eine Affäre, nur deswegen von sich gegeben hat. Ob ich nicht doch um sie kämpfen sollte. Antworten darauf werde ich aber erst bekommen, wenn sie aus North Carolina zurück ist. Denn das ist nichts, was ich am Telefon klären will.

Zusätzlich zerrt an meinen Nerven, dass ich noch immer keine Ahnung habe, wie es an der Uni weitergehen wird, weil meinem Antrag, mein Stipendium umschreiben zu lassen, noch nicht stattgegeben wurde. Doch all das schiebe ich vorerst beiseite. Denn gerade stehe ich mit einem sauleckeren Eis auf dem Pier in der Sonne. Val hat anscheinend die Kurve gekriegt. Willows Mund gleicht einem zuckersüßen Erdbeer- und Zitroneneismassaker. Und mein bester Kumpel ist hier und hilft mir. Für den Moment ist das genug.

Autumn

Das Wochenende über habe ich mich bei der Arbeit im *Haywires* abgelenkt. Ryan war nie mit mir dort, was das Café zu einem sicheren Ort macht. Sicher vor den Erinnerungen an ihn, die in Berkeley hinter jeder Ecke lauern und das vage Gefühl, ich wäre einigermaßen über ihn hinweg, fortspülen.

Ihn jetzt vor dem Performing Art Center stehen zu sehen, reißt auch noch die Grundmauern davon fort. Er lehnt an dem Geländer der Treppe, die zum Haupteingang führt. Ein Bein lässig mit dem anderen überkreuzt. Sonnenlicht flutet sein Gesicht. Die Augen hat er geschlossen und bewegt sich kaum merklich im Takt der Musik, die aus den Airpods in seinen Ohren strömt. Mit Sicherheit ein Rocksong. Ich schlucke trocken. Er sieht aus, als würde er warten. Auf mich. So wie er es zigmal getan hat.

Mein Herz sollte deswegen nicht flattern wie ein Schmetterling im Todeskampf. Was immer er mir zu sagen hat, es ändert nichts. Er hat sich entschieden. Für Val. Und selbst wenn er an dieser Entscheidung zweifelt, ich kann ihn nicht ermutigen, sie fallen zu lassen, um uns eine Chance zu geben. Das wäre seiner Tochter gegenüber nicht fair. Sie würde mich immer dafür hassen. So wie ich Dads neue Frau. Aber schlimmer noch: Ich würde mich dafür hassen.

Ein dumpfes, schweres, endgültiges Gefühl macht sich in meiner Brust breit, weitet sich aus, bis alles in mir taub ist. Ich kann das nicht tun. Egal, wie sehr ich es will. Einen letzten Schritt mache ich noch auf Ryan zu, bevor die Vernunft siegt und ich zögernd stehen bleibe.

Zu spät, um mich umzudrehen und einfach zu verschwinden, denn in diesem Moment öffnet Ryan seine Augen, taucht aus der abgeschlossenen Welt des Rocksongs auf. Er sieht mich an. Ein Lächeln gleitet über seine Lippen. Ein fragendes, das mein Herz angreift.

Er zieht sich die Kopfhörer aus den Ohren, stößt sich vom Geländer ab und kommt auf mich zu.

Noch immer trennen uns rund neun Yards voneinander und ich will der Anziehungskraft zwischen uns nachgeben. Auf ihn zutreiben und meine Arme um ihn schlingen. Seinen ganz eigenen Ryan-Geruch einatmen, der die letzten Wochen Zuhause für mich bedeutet hat, mich von seinem Lachen mitreißen lassen, seine Lippen auf meinen spüren, glücklich sein. So glücklich, wie ich es nur mit ihm gewesen bin. Stattdessen schüttle ich wie mechanisch den Kopf und diese Bewegung stoppt ihn. Mitten im Lauf.

Das Lächeln verschwindet von seinem Gesicht, der Blick verdunkelt sich. All die egoistischen Teile von mir hoffen mit einer irren Intensität, er wird trotzdem zu mir rüberkommen, darauf bestehen, über alles zu reden, und um mich kämpfen.

Aber das Leben ist kein Hollywoodfilm mit einem halbwegs guten Ende. Stattdessen schiebt Ryan die Hände in die Hosentaschen, sieht mich sekundenlang eindringlich an, als würde er mit sich ringen, und dreht sich dann um. Sein Rücken fängt die Sonne ein. Den Kopf hält er gesenkt.

Ich atme aus. Ein. Aus. Aber als ich wieder einatme, zerplatzt die irrationale Hoffnung, er würde es sich doch noch anders überlegen. Bevor ich mich darauf vorbereiten kann, verschwindet er um die Ecke des Gebäudes und hinterlässt ein klaffendes Loch in mir. So groß, dass ich auf der untersten Stufe des PAC in mich zusammensinke und heule. Lautlos. Weil kein Geräusch der Welt dem Gefühl gerecht wird, das in mir tobt.

Ryan

Ich bin ein Idiot. Ein verdammter Scheiß-Masochist. Wieso konnte ich ihr nicht einfach glauben, als Autumn mir klipp und klar gesagt hat, dass sie nicht mehr in uns sieht als eine unbedeutende Affäre? Wieso musste ich hoffen, sie hätte das nur gesagt, weil sie wegen ihrer Mom durch den Wind war?

Als würde ich, Scheiße noch mal, darauf stehen, mich mit einem Vierkantholz k. o. schlagen zu lassen.

Nicht nur einmal. Sondern immer wieder. Wie damals mit Val. Als ich immer wieder alles gegeben, ihr verziehen und alles in diese Beziehung investiert habe, um nichts zurückzubekommen außer einem zerfetzten Herzen. Autumn hat es nicht zerfetzt, sie hat es zu scheiß Konfetti verarbeitet. Mit ihrem Blick. Der Art, wie sich ihr ganzer Körper versteifte, als sie mich vor dem PAC stehen sah. Dieses Kopfschütteln. Endgültig. Ich stöhne und presse die Fäuste gegen meine Schläfen, während ich über den Campus davonrenne. Vor ihr. Vor meiner Dummheit.

Nate kommt mir mit Xander im Schlepptau entgegen. »Hey, Wingman.« Er hält die Hand zum Highfive hoch, aber ich erwidere seine Begrüßung nicht.

»Jetzt nicht«, knurre ich und schiebe mich an ihm vorbei. Keine Ahnung, wohin ich eigentlich will.

Hinter mir höre ich, wie Nate etwas zu Xander sagt und

mir dann folgt. Er soll verschwinden. Und am besten nimmt er die ganze verfluchte Welt mit.

»Alter, was ist denn mit dir los?« Nate überholt mich und läuft dann rückwärts vor mir her, versucht, meinen Blick einzufangen, und bremst mich aus. »Jetzt bleib doch mal stehen, anstatt wie ein Gestörter wegzurennen!«

»Vielleicht bin ich ja gestört.« Auf jeden Fall, was meine Angewohnheit betrifft, mein Herz an Frauen zu hängen, die nicht das Gleiche empfinden wie ich.

»Dann lass mich an deiner Geistesstörung teilhaben. Denn du machst mir gerade eine Scheißangst.«

Ich werde schon nicht von einer Brücke springen. Das würde ich Willow niemals antun, auch wenn ich gerade in der Stimmung wäre, dramatisch zu sein. Wir haben die Sportanlage erreicht. »Ich will nur ein paar Bälle schlagen.« Auch wenn diese Form der Ablenkung nicht mehr verlässlich funktioniert, muss ich es versuchen. Trinken, bis es nicht mehr wehtut, wie ich es damals bei Val gemacht habe, scheidet aus. In nicht einmal vier Stunden hole ich Willow bei Amy ab, und das werde ich ganz sicher nicht betrunken tun.

Nate nickt. »Okay. Warte.« Er drückt mich gegen die Mauer neben den Umkleidekabinen, als müsste er sichergehen, dass ich nicht wieder wegrenne. Nachdem er aufgeschlossen hat, lässt er mich hinein. Auch wenn der Coach es noch nicht offiziell gemacht hat, habe ich meinen Spind bereits geräumt und den Schlüssel abgegeben. Wortlos wirft er mir Sportsachen aus seinem Schrank zu und beginnt, sich ebenfalls umzuziehen. »Du musst nicht hierbleiben und den Babysitter spielen.«

»Weiß ich«, antwortet er knapp und zerrt sich unbeirrt das Sportshirt über den Kopf.

»Du hast Kurse«, werfe ich schwach ein.

»Auch das weiß ich.« Nate reicht mir einen Baseballschläger. »Und jetzt beweg deinen Arsch aufs Spielfeld. Ich habe nämlich nicht vor, dich hängen zu lassen. Liegt also bei dir, wie viele Kurse ich verpasse, bis wir dich mit ein bisschen Holz und Leder therapiert haben.«

Autumn

Tess hat mich überredet, in der Gemeinschaftsküche des Wohnheims mit Hanna und Julie irgendein marokkanisches Rezept auszuprobieren. Die Aromen liegen schwer und verführerisch in der Luft, aber ich bin nicht halb so begeistert dabei wie die anderen, die lachen, sich unterhalten und alles geben, um mich abzulenken. Zum Teil liegt es sicher daran, dass ich Kochen schon immer gehasst habe. Mit vier kleinen Geschwistern bereitet man ständig dieselben drei langweiligen Gerichte zu und es ist nichts als eine lästige Pflicht, sich an den Herd zu stellen. Aber natürlich ist das nicht der eigentliche Grund, aus dem ich eine katastrophale Gesellschaft abgebe. Ich drehe das Bild von Ryan, wie er mich enttäuscht ansieht und sich dann abwendet, ständig in meinem Kopf von links nach rechts, überlege, ob ich anders hätte reagieren sollen. Ob es irgendetwas geändert hätte, wenn ich mir angehört hätte, was er mir sagen wollte.

»Hey, Badass.« Tess stößt mich an und hält mir eine Paprika hin, die zerstückelt werden muss. »Jetzt komm schon. Wir probieren etwas Neues aus. Das ist doch dein Ding.«

Das war mein Ding. Ich wollte so viel Neues ausprobieren wie möglich. Das hat mich von meinem Heimweh abgelenkt. Es hat mir Spaß gemacht. Aber es fühlt sich nicht länger so an, als könnte ich so den Tag retten. Die

Woche. Den Monat. Irgendwann werde ich klarkommen. Ich weiß das. Ich muss mich nur bemühen. Das ist mir schon einmal gelungen. Nachdem Dad gegangen ist. Allerdings ist das fünf Jahre her und ich habe noch immer nicht damit abgeschlossen.

Weil ich auf keine meiner Fragen eine Antwort bekommen habe. »Gib her, das Ding«, sage ich zu Tess und zerteile dann das Gemüse mit einem gezielten Schlag.

»Richtig so.« Tess lacht. »Lass es raus.«

Und das tue ich. Bis die Paprika Mus ist, anstatt in fein säuberliche Quadrate geschnitten zu sein wie bei Hanna. Aber noch immer denke ich an ihn. An uns.

Ich nehme den Cognac, der eigentlich in den Topf soll, und trinke ihn direkt aus der Flasche. Tess johlt und dreht die Musik lauter. Und während die Mädels mich ablenken, wird das Essen zur Nebensache. Wir feiern und der Alkohol macht die Realität angenehm weich, verzerrt meine Gefühle, bis sie sich wie eine Wunde anfühlen, auf die Mom ein Pflaster geklebt und einen Kuss gehaucht hat.

Ryan

Willow rast durch das Poolhaus, und auch wenn ich eigentlich gerade dabei war, ihr beizubringen, dass Amys Inneneinrichtung ein Ableben findet, wenn sie ihre Energie nicht zügelt, bin ich für den Augenblick inkonsequent. Denn in meinen Händen halte ich die Post von heute. Neben jeder Menge Werbung ist da auch ein Brief von der Uni. Ich werfe die anderen Umschläge zur Seite, atme tief durch und reiße den in meiner Hand auf. Mein Herz klopft unruhig, während ich die Zeilen überfliege. Sie haben tatsächlich zugestimmt, das Stipendium umzuschreiben. Und Willow bekommt einen Betreuungsplatz in der Kita der Universität. Erst als das Gebirge von meinem Herzen poltert, spüre ich, wie sehr mir die Ungewissheit zugesetzt hat. »Yes!« Ich fange Willow ein und mache mit ihr zusammen einen Homerun durchs Wohnzimmer mit gebührender Siegerpose zum Abschluss. Ein Kita-Platz und ein Teilstipendium. Es deckt nur die Hälfte der Uni-Gebühren ab, aber es ist ein Anfang. Ich freue mich, als würden Ostern, Weihnachten und MacFairys Geburtstag auf einen Tag fallen.

Willow imitiert meine Pose, nachdem ich sie wieder abgesetzt habe, und lacht sich so kringelig, dass sie zu Boden plumpst.

»Endlich klappt mal was. Das ist richtig gut, MacFairy.« Ich lege mich neben sie auf den Boden und ahme ihre Sterbender-Schwan-Pose nach.

»Richtig gut«, kräht sie und springt schon wieder auf, um die nächste Runde durch den Wohnbereich zu drehen. Ich liege noch immer auf dem Rücken, sehe ihr zu und hebe erst den Kopf, als Amy klopft und auf mein »Ja« hin eintritt.

»Alles okay?«, fragt sie besorgt.

»Klar.« Ich richte mich halb auf, konzentriere mich auf den Teil meines Lebens, auf den das wirklich zutrifft, und warte, bis Amy sich neben mich auf den Boden setzt. »Falls du nicht deinen Deko-Buddha meinst. Der hat es leider hinter sich.« Entschuldigend zeige ich auf den Mülleimer, in dem ich das Teil heute Morgen versenkt habe.

Sie winkt ab. »Ich wollte eh mal wieder umdekorieren. Willow hilft mir nur, Cas von der Notwendigkeit zu überzeugen.«

Amy gestaltet gefühlt jeden zweiten Tag das Haus um und Cas beschwert sich mindestens genauso oft, dass er bald einen Lagerraum für den ganzen unnützen Deko-Kram anmieten muss. »Wolltest du was Bestimmtes von mir?«

»Nach dir sehen.« Weil sie sich um mich sorgt, seitdem ich wegen Autumn durchhänge. »Ich soll dich von Mom und Dad grüßen. Die Mädchen und ich waren zum Dinner bei ihnen. Du sollst dich auch mal wieder blicken lassen. Und dann hab ich noch eine Überraschung für dich«, sagt sie mit diesem geheimnisvollen Unterton in der Stimme.

»Danke, jetzt habe ich Angst«, bemerke ich trocken. »Bevor ich Panik schiebe, weil deine Überraschungen selten etwas Gutes bedeuten, können wir kurz reden?« Ich klatsche Willow ab, die an uns vorbeidüst.

»Über was?«

Amys Augenbrauen ziehen sich zusammen. Ihr Ich-bin-besorgt-Gesicht. »Sie schreiben das Stipendium um. Ich habe heute den Bescheid bekommen. Und sie haben einen Betreuungsplatz für Willow. Das wird vieles einfacher machen.«

»Das ist großartig.« Sie drückt mich begeistert an sich, nimmt mir das Papier ab und liest sich den Brief durch. »Das sind so tolle Nachrichten. Herzlichen Glückwunsch.«

Ich nicke. »Danke.« Ich brauche zwei Atemzüge, bevor ich weiterspreche. »Aber es ist nur ein Teilstipendium. Kein volles. Die Hälfte der Studiengebühren ist immer noch ein ziemlicher Batzen. Wenn ich das hinkriegen will, müsste ich deutlich mehr Stunden bei Dad arbeiten.«

»Was wegen des Jugendamts ein No-Go ist«, fasst Amy zusammen. »Sie haben dir gesagt, dass du weniger arbeiten solltest, um dich neben dem Studium ganz auf Willow zu konzentrieren.«

Ich nicke und gebe mir einen Ruck. »Ich wollte dich das nie fragen, aber ohne Hilfe schaffe ich es nicht. Damals habt ihr, Cas und du, mir angeboten, ihr würdet mir ein Studiendarlehen geben.«

Sie schüttelt den Kopf. »Ich sagte, ich würde dir das Geld geben. Ein Darlehen bedeutet, du zahlst etwas mit Zinsen zurück. Und davon war nie die Rede.«

Das kann ich nicht annehmen. Und das will ich auch nicht. »Ein Darlehen. Sonst frag ich ’nen fiesen Kredithai.« Ich spucke in meine Handfläche und halte sie ihr hin.

»Okay, Sturkopf, abgemacht. Aber wenn du glaubst, ich schlage mit dir ein, solange du Spucke in der Hand hast …« Sie schüttelt den Kopf und rümpft die Nase.

Ich lache und lasse die Hand sinken. »Ich zahle es euch zurück, sobald ich mit dem Studium durch bin und einen richtigen Job habe.« Das sind meine Bedingungen, von denen ich auch nicht abweichen werde.

Und Amy kennt mich gut genug, um zu nicken.

Ich schließe sie in meine Arme. »Danke«, murmle ich. »Und jetzt verrat mir endlich, was für eine teuflische Überraschung du planst.«

»Überraschung«, quietscht Willow fröhlich und schmeißt sich in meine Arme. Sie kuschelt sich an meine Brust und ich genieße diesen Moment im Auge ihres Energiehurrikans. Aber dann klopft es und sie windet sich aus meinen Armen, um zur Tür zu flitzen.

Nate steht davor und grinst. »Fertig, Wingman?«

Es ist früher Abend und gleich Abendbrotzeit. Er weiß, dass ich mich um Willow kümmern muss. Mein Blick fällt auf Amy, die genauso verschwörerisch grinst wie er. »Moment.« Ich deute zwischen den beiden hin und her. »Habt ihr das etwa zusammen ausgeheckt?«

Amy gibt mir einen unsanften Schubs. »Ich nehme Willow mit zu uns rüber. Die Mädchen freuen sich schon wie sonst was auf die Übernachtungsfeier. Du hast also den Abend und die gesamte Nacht frei.« Sie rückt etwas näher. »Und komm erst nach Hause, wenn du keinen Restalkohol mehr im Blut hast.« Sie lacht und schnappt sich meine Tochter. Der Protest, der sich in mir regt, wäre wohl sinnlos. Egal, wie wenig ich gerade zum Feiern aufgelegt bin. Für einen Abschiedskuss lässt Amy MacFairy kopfüber von ihrem Arm zu mir herabhängen und verschwindet dann mit ihr ins Haupthaus.

»So, sieh zu, dass du in ein paar annehmbare Klamotten springst, und dann geht es los.«

»Erfahre ich noch, wohin es geht, oder ist das auch geheim?«

»Streng geheim.« Unerbittlich deutet er in Richtung Schlafzimmer und geht auf die Veranda, um dort auf einem der Deckchairs auf mich zu warten.

Nate hat mich mit Xanders Truck abgeholt. Ich muss wahrscheinlich froh sein, dass er mich nicht mit seinem heiß geliebten Rad nach Berkeley karrt. Die ganze Fahrt lang verrät er mir nicht, was er mit mir vorhat. Dabei ist er normalerweise so schlecht darin, ein Geheimnis zu bewahren, wie ich darin, Hilfe anzunehmen.

Wir halten vor dem Gebäude von Xanders und Sams Studentenverbindung. Im Inneren des Hauses ist es dunkel. Keine Menschenseele scheint da zu sein. Vermutlich bringen wir nur Xanders Wagen zurück und gehen zu Fuß, wohin auch immer Nate mich schleppt. Aber anstatt nur den Wagen abzustellen, hält Nate auf die Haustür zu.

Ich folge ihm zwar, bin aber vorsichtig. Immerhin kenne ich Nate und seine verrückten Streiche. Gut möglich, dass gleich irgendwo ein Horrorclown aus dem Gebüsch springt oder er Megan engagiert hat, um mich abzulenken. »Was zum Henker hast du vor?«, frage ich, als er mir nichts, dir nichts die Haustür öffnet. »Wir können nicht einfach in ein fremdes Haus spazieren.«

Nate lacht und zieht mich mit sich ins Innere. Im selben Moment flammt die Deckenlampe auf, taucht den großen Wohnraum im Erdgeschoss in Helligkeit und die Jungs aus dem Team springen hinter den Sofas und der Kücheninsel hervor. Sowohl die Spieler der ersten als auch die der zweiten Mannschaft mit dem gesamten Kader. Dazu die Cheerleaderinnen des Footballteams. Sam rennt auf mich zu, schlingt seine Arme wie einen Schraubstock um meine Hüfte und hebt mich hoch, bevor ich flüchten kann. Wie eine Trophäe schwenkt er mich hin und her und setzt mich erst wieder ab, als Nate ihm in die Seite boxt. Dann wendet er sich mir zu.

»Du fragst dich sicher, was das hier werden soll.« Nate nimmt feierlich zwei Tumbler mit Whiskey von Max entgegen und reicht mir einen. »Hast du ernsthaft gedacht, du könntest dich heimlich aus dem Team verabschieden und das war's dann?« Er hebt sein Glas. »Wenn einer von uns geht, dann mit einem Knall, der uns immer daran erinnern wird, dass wir mehr sind als ein Team. Also, Freunde, lasst uns dafür sorgen, dass heute Abend eine Detonation wird, die keiner von uns je vergisst.«

Ich kippe den Whiskey in einem Zug hinunter, um nicht loszuflennen. Irgendwer dreht die Anlage voll auf und wir grölen, springen und tanzen Arm in Arm zu den Beats, die das Haus erfüllen.

Jedes Mal, wenn mein Glas leer ist, drückt mir irgendwer ein neues in die Hand. Wir feiern meine Zeit im Team. Ersaufen die Traurigkeit, weil dieses Kapitel endgültig vorbei ist, und trinken auf das neue Stipendium, das mir erlauben wird, trotzdem alle weiterhin zu sehen. Es wird anders sein, jetzt, wo ich kein Mitglied des Teams mehr bin, aber dank Coach Benning bin ich nicht aus der Welt.

Gegen zwei bin ich nicht nur stockbesoffen, sondern auch heiser und vollkommen fertig. Ich hänge auf einem der Sofas. Sam ist neben mir eingeschlafen, während die Party um uns herum weitertobt. Wütender Gangsterrap kratzt an meinem Trommelfell und verhindert, dass ich genau wie Sam einfach einschlafe. Der Song ist zu Ende und wird durch einen anderen ersetzt. Ich erkenne die Melodie sofort wieder. Ein moderner Elektrosong, der mich zurück auf den Campus des PAC katapultiert. Auf den Platz des *Holi*-Festivals. Als ich zusammen mit Autumn atemlos zu diesem Lied getanzt habe, eingehüllt in bunten Farbnebel, ekstatisch glücklich, aus der Wirklichkeit gerückt und doch so real, dass es fast körperlich wehtat. Fuck. Ich hätte mit ihr allein auf einem Hochhaus sitzen können. Ohne Farbe. Ohne Musik. Ohne den Sog der Masse. Und es hätte sich genauso angefühlt.

Umständlich ziehe ich mein Handy aus der Tasche und rufe unseren Chat auf. Der letzte Eintrag ist zwei Wochen her. Zwei verdammte Wochen. Ich fahre mir über die Augen, weil die Buchstaben verschwimmen. Auf dem Display. Und in meinem Kopf. Aber auch, wenn ich stockbesoffen bin und es mir schwerfällt, die Worte zu formulieren, war ich noch nie so klar, was uns angeht, wie jetzt gerade. Ich liebe Autumn. Und es ist mir scheißegal, ob sie uns nur für eine verfluchte Affäre hält, ob sie mit mir reden will oder nicht. Ich muss es ihr sagen.

Doch bevor ich es schaffe, Worte zu finden und in mein Handy zu tippen, reißt mir Nate das Gerät aus der Hand. »Ist das dein Ernst?« Er schiebt mein Handy in seine Hosentasche und kümmert sich nicht um meinen Protest. »Morgen dankst du mir hierfür. Nachrichten im besoffenen Zustand sind niemals eine gute Idee.«

Ich will ihm sagen, dass ich weiß, was ich tue, und dass er mir mein Scheißhandy wiedergeben soll, aber meine Zunge gehorcht mir nicht. Mein Kopf ist ebenfalls störrisch und sackt auf meine Brust.

»Okay, Großer.« Er ruft nach Cal, und als Nächstes

spüre ich Hände, die mich nach oben ziehen, mich stützen. Wir kämpfen uns durch flackerndes Licht, an den Boxen vorbei, bis die Musik nur noch dumpf durch das Mauerwerk dringt und es dunkel ist.

Nate schiebt mich auf ein Bett und zieht mir die Schuhe aus.

»Lass das. Will nicht schlafen«, lalle ich. Immerhin habe ich etwas Wichtiges vor. Ich muss aufstehen und Autumn erreichen. Ich muss ihr sagen, was ich empfinde. Aber Nate deckt mich unbeirrt zu und setzt sich so auf die Bettkante, dass er im Weg ist.

»Du ruhst dich jetzt erst mal ein bisschen aus und dann sehen wir weiter.«

Ich will widersprechen, aber meine Augenlider sind so schwer, dass ich sie schließe. Nur ganz kurz. Bis ich genügend Kraft gesammelt habe, um Nate zu sagen, dass er sich verkrümeln soll. Ich muss Autumn anrufen.

»Autumn«, murmle ich und ihr Name begleitet mich in einen stroboskopflackernden Traum aus Erinnerungen von uns.

Autumn

Tess liegt zwischen den zerwühlten Laken ihres Betts und schnarcht leise. Ich stehe auf, ziehe mir wie jeden Morgen, seit ich wieder in Berkeley bin, eines von Dads Flanellhemden über Shirt und Sweatshirtpants. Sosehr ich ihn für das, was er uns angetan hat, auch hasse – die Hemden sind das Einzige, was mir von ihm geblieben ist. Noch kann ich nicht loslassen.

Leise stehle ich mich aus dem Zimmer. Die Sonne schiebt sich gerade über die Häuser, als ich das Dach erreiche. Ich setze mich auf die Brüstung und sehe zu, wie sie nach und nach den Horizont erklimmt. Ihre Strahlen wärmen meine Haut.

In meinem Hirn stecken die immer gleichen Fragen fest. Wie in schlammigem Morast. Sie in Cognac zu ertränken hat nicht funktioniert. Sie mit Aktionismus zu überlagern, auch nicht. Sie sind jeden Morgen meine Gesellschaft, wenn ich Berkeley von hier oben beim Aufwachen zusehe.

Von Dad habe ich nie Antworten bekommen. Ich habe ihm auf die Mailbox geschrien, ihm geschrieben, aber nie auch nur eine Reaktion erhalten. Vielleicht werde ich deswegen nie mit ihm abschließen können und noch mit vierzig in alten Flanellhemden herumrennen, aber das mit Ryan und mir ist anders. Er hat vor dem PAC auf mich gewartet und wollte mit mir sprechen. Er ist bereit, mir

Antworten zu geben. Ich nicht. Und ich bin es auch jetzt noch nicht, aber ich muss mit ihm abschließen. Und das kann ich nur, wenn ich weiß, warum er mich belogen hat. Wie ich mich so in ihm täuschen konnte. Wieso er nicht ehrlich war, dass Val längst wieder ein Teil seines Lebens war. Und ich muss wissen, wie ich so viel fühlen konnte, wenn von seiner Seite aus nie mehr da war.

Fast hätte meine fehlende Konzentration Tess noch einen neuen Kotflügel beschert. Aber am Ende schaffe ich es unfallfrei bis nach Sausalito und bis vor Amys Haus. Bei Tageslicht wirkt es sogar noch größer als bei Nacht. Und offener. Wie aus einer Ausgabe von *Schöner Wohnen*. Im Obergeschoss sind die bodentiefen Fenster geöffnet und die seichte Brise der Bay bläht die Vorhänge auf.

Ich bleibe noch eine Weile sitzen, sammle mich, versuche, mir vorzustellen, wie es sein wird, ihm gleich gegenüberzustehen. Ich darf nicht einknicken. Ganz sicher werde ich nicht die andere Frau sein, die Willows Familie zerstört. Ich werde Dads Fehler nicht wiederholen. Val und Ryan haben eine Chance. Das habe ich an diesem Abend gesehen. Daran, wie er sie in den Arm genommen und gehalten hat. Da war so viel Vertrautheit. Liebe. Sie ist die Mutter seines Kindes. Das ist mehr, als viele andere Paare haben, die jahrelang glücklich zusammenleben. Ich bin nicht gekommen, um das kaputt zu machen. Egal, wie sehr mein Herz schreit. Ich bin nur hier, um Antworten zu bekommen und dann ein für alle Mal damit abzuschließen.

Ich straffe die Schultern und steige aus dem Wagen. Der

Asphalt ist warm unter den dünnen Sohlen meiner Flip-Flops, als ich zum Tor gehe. Wie schon beim ersten Mal schlüpfe ich hindurch, ohne zu klingeln, und laufe durch den Garten direkt zum Poolhaus.

Mein Herz schlägt viel zu schnell. Ich will flüchten. Aber stattdessen klopfe ich. Das hier ist wichtig. Zu wichtig, um wieder abzuhauen.

Die Klinke bewegt sich nach unten. Mein Herz rast. Die Tür öffnet sich. Der Boden scheint unter mir wegzukippen. Ich schnappe nach Luft, habe aber dennoch nicht genug, um Worte zu formen. Mein Blick fällt auf Turnschuhe, die ich noch nie bei Ryan gesehen habe. Auf Beine, die nicht ihm gehören. Verwirrt hebe ich den Blick und blinzle das Bild von Nate scharf.

»Autumn«, sagt er überrascht. »Komm doch rein.« Mit diesen Worten lässt er mich einfach vor der Tür stehen und geht zurück ins Haus.

Ich habe mir so oft gewünscht, Ryan würde mich hierher einladen. Jetzt betrete ich sein Zuhause das erste Mal und er ist nicht da. Es fühlt sich falsch an, aber weiterhin vor der halb offenen Tür zu stehen, während Nate im Inneren herumpoltert, wäre genauso merkwürdig. Der Wohnraum ist hell und luftig. Die Einrichtung modern und gradlinig. Helle Grautöne wechseln sich mit Weiß und Anthrazit ab. Nur das Kinderspielzeug, das überall verstreut liegt, bricht mit dem durchdesignten Wohnstil.

»Bin hier hinten«, höre ich Nate vom Ende des kleinen Flurs, der in den hinteren Teil des Gebäudes führt. Er steht in einem Raum, der halb modernes Schlafzimmer und halb Kinderzimmer ist. Vorherrschendes Thema: Feen.

»Dich schickt übrigens der Himmel.« Nate deutet auf

die Tasche in seiner Hand und den Kleiderschrank, dessen Türen offen stehen. »Du musst mir helfen.«

»Eigentlich bin ich hier, um mit Ryan zu sprechen.«

»Hmm.« Nate nickt, ist aber überhaupt nicht bei der Sache, sondern verschwindet halb im Kleiderschrank, taucht mit einem Schlafanzug wieder auf und stopft ihn zurück.

»Weißt du vielleicht, wo er steckt?« Er könnte in der Werkstatt sein. Oder beim Training.

Nate stopft wahllos einige Klamotten in die Tasche. »Klar weiß ich, wo er ist. Sonst wäre ich doch nicht hier.« Er sieht mich an, als wäre ich auf den Kopf gefallen. »Oh, du willst wissen, wo …« Er haut sich mit der Hand gegen die Stirn. »Im Krankenhaus.« Bevor ich deswegen in Panik verfallen kann, hebt er beschwichtigend die Hände. »Er ist okay. Willow hat letzte Nacht hohes Fieber bekommen. Heute Morgen hat sie dann plötzlich gekrampft.« Er sieht ehrlich betroffen aus. »Ry ist mit ihr ins Krankhaus gefahren. Seine Schwester passt auf, dass er nicht durchdreht. Und ich soll eine Tasche mit den nötigsten Sachen für Willow zusammenpacken und vorbeibringen.« Er zuckt hilflos mit den Schultern. »Leider habe ich keine Ahnung, was das Nötigste ist.«

Ich will mir gar nicht ausmalen, was für Sorgen Ryan sich gerade um seine Tochter macht. »Gib her.« Ich nehme Nate die Tasche ab, kontrolliere, was er schon eingepackt hat, entferne die Hälfte wieder und fülle sie mit den Dingen, von denen ich denke, dass Ryan und Willow sie brauchen könnten. Währenddessen fällt mein Blick auf ein Foto, das auf der Kommode steht. Ryan, Val und die Kleine sind darauf zu sehen. Sie stehen auf dem Pier 39 und halten alle eine Tüte Eis in der Hand. Es muss ein ganz neues Bild sein, denn die Eisdiele dort hat gerade erst wieder aufgemacht.

Etwas in meinem Magen verklumpt. Mein Herz zieht sich zusammen. Was tue ich hier überhaupt? »Warum holt Val nicht die Sachen, sondern du?« Nate folgt meinem Blick zum Bild. »Weil er sich auf mich verlassen kann. Im Gegensatz zu ihr.« Er sieht mich prüfend an.

»Sie sehen glücklich aus.« Ich räuspere mich und zeige schwach auf das Bild. »Bevor ich nach Hause geflogen bin, habe ich sie zusammen gesehen. Ich verstehe, wieso er ihr noch eine Chance geben will, aber er hätte mir gegenüber ehrlich sein müssen.«

Nate schüttelt den Kopf und lacht leise. »Hast du deswegen mit ihm Schluss gemacht?«

Ich presse die Lippen aufeinander. »Wir waren nie zusammen.«

»Wenn du dir das einreden willst, bitte, aber wir wissen beide, dass das nicht stimmt. Und was Val angeht: Sie ist an diesem Abend hier aufgetaucht. Vollkommen durcheinander und übel zugerichtet, weil ihr Ex sie als Sandsack missbraucht hat. Ry hat ihr geholfen. Weil sie nun mal Willows Mom ist und er ein anständiger Kerl. Aber das war es auch.«

Ich höre, was Nate sagt, aber mein Herz glaubt ihm nicht.

»Er hat mich angerufen, damit ich sie mit in die WG nehme, weil er sie unter keinen Umständen hier in Willows Nähe haben wollte. Da ist nichts zwischen den beiden, was Val nicht schon vor Jahren kaputt gemacht hätte, Autumn.« Er deutet auf das Foto. »Und das Bild auf dem Pier habe ich letzte Woche geschossen. Val macht sich gut. Deswegen hat Ry zugestimmt, dass sie Willow sehen darf.

Er passt auf, dass sie nicht wieder Scheiße baut. Deswegen waren wir alle zusammen dort.«

»Ich …« … habe das Gefühl, als würde der Boden unter mir wegkippen. Mit der Zunge befeuchte ich meine Lippen, während ich mich an der Kommode festklammere. Habe ich wirklich alles missverstanden? Alles falsch interpretiert? »Aber da war etwas zwischen ihnen«, sage ich schwach. »Sonst wäre er doch nicht einfach gegangen. Wenn es stimmt, was du sagst, warum hat er dann nicht um uns gekämpft?« Er wollte mit mir reden. Vor dem PAC. Und ich habe abgeblockt.

Nate verdreht die Augen. »Meine Güte, ihr seid schlimmer als Romeo und Julia. Ry ist bis über beide Ohren in dich verknallt.« Nate stößt mich mit der Handfläche leicht an der Stirn an, als müsste er meinem müden Gehirn auf die Sprünge helfen. »Val hat seine Gefühle nie erwidert. Er hat alles gegeben, ihr immer wieder verziehen. Zum Dank hat sie mit irgendeinem Typen auf seiner Küchenzeile gefickt. Natürlich hat er sich geschworen, nie wieder sein Herz an jemanden zu verlieren, der seine Gefühle nicht erwidert. Und dann kommst du und sagst ihm, er wäre nicht mehr als eine Affäre, auf die du verzichten kannst.«

Mein Magen zieht sich zusammen. Ich bin so eine Idiotin. So eine blöde Idiotin. »Ich muss mit ihm reden«, stammle ich. »Kannst du ihm das sagen?«

Nate hält mir die Tasche entgegen. »Wieso bringst du ihm das Zeug nicht vorbei und sagst ihm das selbst?«

Weil das Krankenhaus sicher nicht der geeignete Ort ist, um das zwischen uns zu klären. Außerdem könnte der Zeitpunkt nicht ungünstiger gewählt sein. Es geht Willow schlecht und er hat sicher keinen Kopf, um sich mit uns zu befassen. Und ich muss das auch alles erst mal sacken lassen, brauche die richtigen Worte und einen wirklich guten Plan, wenn ich es nicht noch einmal verbocken will.

»Fahr einfach zu ihm. Er wird sich freuen, dich zu sehen.« Nate drückt mir die Tasche in die Hand. »Glaub mir.«

Ryan

Ich verstehe nicht, wie Amy so verflucht ruhig sein kann. Sie ist in dem Sessel neben der Tür eingeschlafen, während ich schon seit über einer Stunde neben Willows Bett stehe und jeden ihrer Atemzüge beobachte. Analysiere. Mehr als einmal war ich kurz davor, eine Krankenschwester zu rufen, weil sie so fest schläft, dass es mir Angst macht. Amy sagt, das ist normal. Ihr Körper regeneriert sich. Willow ist einfach erschöpft. Fieberkrämpfe sind nichts Ungewöhnliches. Gerade bei Kleinkindern. Ich weiß das alles. Immerhin habe ich mir all die schlauen Ratgeber durchgelesen, als Val schwanger war, aber jetzt, da es um mein eigenes Kind geht, glaube ich weder den Büchern noch den Ärzten oder Amy.

Ich kann sie einfach nicht aus den Augen lassen. Auch wenn ich vollkommen übermüdet bin und mich meine Kopfschmerzen nach der gestrigen Abschiedsfeier umbringen. Val hat sich bis jetzt nicht gemeldet. Entweder hat sie nicht auf ihr Handy geguckt oder sie hatte einen Rückfall in ihre Scheißegal-Phase. Aber damit kann ich mich gerade nicht auseinandersetzen.

Ich stecke noch immer in denselben Sachen, mit denen ich morgens laufen war, um den Restalkohol aus meinem System zu befördern, eine Jogginghose und ein verschwitztes Shirt. Nate hätte längst mit den Wechselsachen da sein sollen. Aber noch immer gibt es kein Lebenszeichen von ihm. Ich streiche Willow eine Locke aus dem Gesicht, aber sie reagiert nicht, was meine Panik erneut anfacht. Ich stütze mich auf der Bettkante auf, atme, versuche, das Gedankenkarussell zu stoppen, das mir einreden will, etwas würde nicht stimmen. Die Ärztin hat erst vor einer Stunde nach ihr gesehen und war zufrieden mit den Werten.

Es klopft leise und ich atme erleichtert aus. Das muss Nate sein. Endlich. Ich kann mich umziehen, mich zumindest äußerlich wieder wie ein Mensch fühlen, und er wird mich ablenken. Aber es ist nicht Nate, der sich durch die Tür schiebt. Ich blinzle, aber das Bild bleibt dasselbe. Autumn steht mit meiner alten Sporttasche in der Tür und wirkt verloren.

»Darf ich reinkommen?«

Ich nicke. Und frage mich gleichzeitig, wie müde man sein muss, um zu halluzinieren. Ich beiße mir auf die Lippe, um zu testen, ob das hier real ist.

Autumn kommt näher, stellt die Tasche ans Fußende und mustert Willow. Es ist das erste Mal, dass sie meine Tochter sieht. Und obwohl sie den kleinen Menschen vor sich gar nicht kennt, liegt so viel Wärme und Zuneigung in ihrem Blick. »Wie geht es ihr?«

»Sie sagen, gut.« Ich zucke hilflos die Schultern. »Aber ich glaube ihnen nicht.«

Autumn erklärt mich nicht für verrückt oder versucht, mich vom Gegenteil zu überzeugen. Sie nickt einfach, als könnte sie das absolut nachvollziehen. Sie zögert, legt dann aber ihre Hand auf meine. Kurz nur, doch es reicht aus, um sicher zu sein. Sie ist keine Halluzination. Das sagt mir jede meiner Zellen, die bei dieser winzigen Berührung durchdrehen.

Undeutlich erinnere ich mich an den festen Entschluss

auf meiner Team-Abschiedsparty, ihr sagen zu wollen, dass ich sie liebe. Betrunkene sagen immer die Wahrheit, und das ist die verfluchte Wahrheit. Aber betrunken macht man sich auch zum Idioten. Und das kann ich mir einfach nicht leisten. Außerdem bin ich jetzt gerade stocknüchtern. Also bleibe ich stumm, stütze mich erneut auf der Matratze auf und lasse den Kopf zwischen meinen Armen baumeln. Ich zeige ihr meine Schwäche, obwohl das irre ist, denn damit mache ich mich unendlich angreifbar. Und wenn ich eins nicht sein sollte, ist das angreifbar für Autumn Jacobs zu sein.

Sie hat mich zurückgewiesen. Mir den Boden unter den Füßen weggezogen. Aber jetzt ist sie hier. Und umschlingt wortlos meinen rechten Arm, während sie mir über den Rücken streicht und wie ein Mantra leise wiederholt: »Sie wird wieder.«

Autumn

Ryan hat sich zum Umziehen in eine der Toiletten zurückgezogen. Ich sollte vermutlich gehen, bevor es unangenehm wird, aber ich schaffe es einfach nicht, mich von Ryans Mini-Me loszureißen. Willow sieht ihm so ähnlich. Die gleichen Augen. Der gleiche Mund. Selbst im Schlaf derselbe entschlossene Ausdruck im Gesicht. Nur ihre Haare sind lockig und dunkel wie die von Val.

»Du musst Autumn sein.«

Ich zucke zusammen. Bis eben hat Ryans Schwester in einem der Sessel hinter mir geschlafen. Jetzt streckt sie sich mit einem herzhaften Gähnen und wirft eine Wolldecke mit dem Krankenhauslogo auf den Sessel.

»Ich bin Amy. Ryans Schwester«, stellt sie sich vor. »Aus meinem Bruder ist nicht besonders viel rauszukriegen. Aber Nate hat mir von dir erzählt. Freut mich wirklich, dich kennenzulernen.«

Etwas perplex schüttle ich ihre Hand.

»Wo ist Ryan?«

Ich deute auf den Flur. »Er zieht sich um. Ich habe ihm ein paar Sachen vorbeigebracht.«

Amy lacht. »Er will hier einziehen.« Sie schüttelt den Kopf. »Anders ist nicht zu erklären, warum er den halben Hausstand herschafft. Ich habe ihm gesagt, dass Willow mit Sicherheit heute noch entlassen wird.«

»Und ich habe dir nicht geglaubt.« Ryan taucht in der Tür auf. Er trägt eine frische Jeans und ein schwarzes Shirt.

Amy stellt sich ihm in den Weg und er verwuschelt ihre Haare, damit sie ihm den Weg zu seinem Platz an Willows Bett frei macht.

»Du siehst aus, als würdest du jeden Moment umkippen«, sagt Amy und weicht nicht von der Stelle. »Sie schläft, Ry. Mach ’ne Pause.« Als er stur den Kopf schüttelt, wendet sie sich an mich. »Könntest du mir einen Gefallen tun, Autumn, und diesen Dickkopf in die Cafeteria bringen, damit er etwas isst und trinkt?«

Sie schiebt ihn in meine Richtung. »Ich bleibe bei Willow. Wenn was ist, rufe ich an.«

»Maximal der Automat auf dem Flur«, bietet Ryan als Kompromiss an und bringt Amy dazu, die Augen zu verdrehen. Aber sie nickt gottergeben und scheucht uns aus dem Zimmer. Am Automaten angekommen, zieht Ryan ein Sandwich und zwei Cokes.

»Was hältst du von ein bisschen frischer Luft?«, frage ich leise.

Er folgt meinem Blick zum Treppenaufgang. Nur eine Etage über uns liegt das Dach. Mit einem Blick zurück zu Willows Zimmer nickt er, hält mir die Tür auf und läuft dann neben mir her durchs Treppenhaus. Unsere Schritte sind das einzige Geräusch, das uns bis ins gleißende Sonnenlicht auf dem Dach folgt.

Ryan geht zur Brüstung und stützt sich schwer auf die Umrandung aus Beton, bevor er mir eine der zwei Dosen reicht und etwas aus seiner eigenen trinkt. Das Sandwich liegt unangerührt zwischen uns. Dann wendet er mir das Gesicht zu, blinzelt in die Sonne und sieht mich noch immer schweigend an. Nachdenklich. Durchdringend. »Warum bist du hier?«, fragt er schließlich leise.

»Ich wollte mit dir über uns reden. Aber dann habe ich von Nate erfahren, dass es Willow schlecht geht, und mir ist klar, dass es ein schlechter Zeitpunkt ist. Trotzdem wollte ich kommen und sehen, wie es euch geht. Wie es dir geht.« Ich zucke unbeholfen mit den Schultern.

»Worüber wolltest du mit mir reden?« Er berührt meinen Arm. Leicht nur, aber seine Fingerspitzen erzeugen eine Wärme, die seit dieser Nacht, als ich ihn mit Val gesehen habe, fort war.

Ich zupfe unsicher an meinem Shirt. »Über das, was ich an dem Morgen gesagt habe, bevor ich nach Hause geflogen bin.« Ich hole tief Luft. »Ein paar Stunden zuvor war ich bei dir zu Hause.« Ich streiche mir die Haare aus der Stirn. »Ich habe dich und Val zusammen gesehen und geglaubt, dass du ihr noch eine Chance geben willst. Dass ihr es noch einmal miteinander probieren würdet. Ich wollte euch das nicht kaputt machen.«

Er verzieht gequält das Gesicht. »Du hast gesagt, wir wären nur eine Affäre.«

»Euch so zu sehen ... Sie war bei dir zu Hause, lag in deinen Armen. Du hast sie in den Teil deines Lebens gelassen, aus dem du mich immer ausgesperrt hast. Ich war verletzt und dachte, so wäre es das Beste. Ein klarer Schlussstrich.«

»Aber jetzt bist du hier.« Er fährt sich durch die Haare. Die Sonne steht tief und taucht den Beton in helles Gold. »Warum?«

Ich schlucke trocken. »Weil ich falschlag«, flüstere ich. »Nate hat mir alles erzählt. Ich hatte einen ziemlich guten Masterplan. Ich wollte niemandem mein Herz überlassen und mich nicht komplett verlieren, wenn dieser Jemand wieder aus meinem Leben verschwindet. Aber das Problem ist, dass ich mich verloren fühle ohne dich.« Mein Atem geht unregelmäßig. Mein Herz rast. Und mein Mund ist so trocken, als würde es all meine Körperfunktionen außer Kraft setzen, Ryan meine Gefühle zu offenbaren.

»Als du mir gesagt hast, du würdest nicht mehr in uns sehen als eine Affäre ...« Sein Atem streift mein Gesicht. »... ich musste einfach weg in diesem Moment. Es hat sich angefühlt, als würde sich die ganze Scheiße mit Val wiederholen. Aber ich hätte wissen müssen, dass du nicht so bist wie sie. Ich hätte um dich kämpfen, mit dir reden müssen.«

Der zarte Geruch von Cola und Minze breitet sich zwischen uns aus. Eine unmögliche Kombination, die mich gefangen nimmt. Ich will ihn küssen, doch Ryan zögert.

»Du würdest nicht nur mich bekommen.« Er macht eine vage Handbewegung. »Sondern auch einen Feen-Hurrikan. Und eine irre Ex, die immer ein Teil meines Lebens sein wird, weil sie Willows Mom ist.«

Ich nicke. »Das weiß ich.« Und ich liebe ihn dafür, dass er Willow an erste Stelle setzt. So wie ich es jederzeit mit meiner Familie tun würde. Was Dad nie getan hat. »Ich stehe auf Feen. Insbesondere wenn sie so süß sind wie Willow und ein Teil von dir. Und ich liebe Hurrikane.«

Er ist mir jetzt so nah, dass sich unser Atem mischt. »Das ist gut«, raunt er an meinen Lippen. »Denn ich fühle mich seit unserem ersten Treffen, als würde ich in einem Herbststurm der Kategorie fünf feststecken. Nichts befindet sich mehr an seinem Platz. Und ich liebe alles daran.« Seine Hände umrahmen mein Gesicht. »Ich liebe dich.«

Er liebt mich. Und plötzlich verstehe ich, was Mom gemeint hat, als sie sagte, es lohnt sich, mutig zu sein und sein Herz zu verschenken. Es gibt noch vieles, worüber wir sprechen, was wir über den jeweils anderen herausfinden müssen. Wenn der richtige Zeitpunkt da ist, möchte ich Ryan all die Dinge sagen, die ich mir auf der Fahrt in die Klinik zurechtgelegt habe. Dass ich mich nicht mit aller Macht in sein Leben drängen werde. Dass ich nicht versuchen will, Val ihre Rolle als Willows Mom streitig zu machen. Dass wir nichts übereilen sollten, um es dieses Mal richtig zu machen. Aber jetzt gerade spielt all das keine Rolle. Denn Ryans Worte lassen dieses unabänderliche Gefühl in mir aufsteigen, er wäre dieser eine Mensch für mich. »Ich liebe dich auch«, flüstere ich. Die Worte berühren Ryans Lippen, als er sie zu einem sanften Kuss auf meine senkt.

Epilog

Ryan lacht übermütig und albert mit Nate herum, als sie gemeinsam aus dem Vorlesungssaal kommen. Er sieht gut aus. Glücklich. Durch das Teilstipendium und das Darlehen seiner Schwester arbeitet er weniger und hat mehr Zeit für Willow und um auch selbst mal zur Ruhe zu kommen. Wobei die Sache mit der Ruhe so seine Tücken hat, wenn man frisch verliebt ist.

Ich grinse breit, als die beiden mich erreichen, und versinke sekundenlang in einem Kuss, der eigentlich hinter verschlossene Türen gehört.

»Ernsthaft, Leute?« Nate prustet verzweifelt. »Müsst ihr in meinen Wunden bohren?«

Damit meint er die Hanna-Wunde, die sie geschlagen hat, als sie vor einer Woche dem Geflirte zwischen ihnen ein Ende gesetzt hat, weil sie sich auf einen Typen aus ihrem Kurs eingelassen hat.

Widerwillig löse ich mich von Ryan und reiche Nate einen Kaffee als Friedensangebot. »Immer noch Liebeskummer?«

»Frag lieber nicht«, sagt Ryan mit einem Augenrollen und nimmt sich auch einen Kaffee aus dem Papphalter, bevor er mich noch einmal küsst. »Erzähl lieber, wie dein Tag war. Was hast du getöpfert?«

Ich schiebe meine Hand unter den Saum seines Shirts und spüre warme Haut über festen Muskeln, die mein

Innerstes zum Flattern bringen. »Das ist eine Überraschung.«

Er zieht fragend eine Augenbraue hoch. »So schlimm?«, witzelt er und weicht dem Schlag aus, mit dem ich antworte. »Ich muss MacFairy abholen. Kommt ihr mit?« Er fragt uns beide, aber sein Blick ruht allein auf mir.

Es bedeutet mir viel, dass er mich Schritt für Schritt in Willows und sein Leben integriert. Wir haben uns bewusst Zeit gelassen, haben uns bemüht, die Kleine nicht zu überfordern. Nichts zu überstürzen.

Die Kindertagesstätte der Uni liegt nur einen Block entfernt und gemeinsam laufen wir durch die Straßen. Die Hände miteinander verflochten. Wärme breitet sich von dieser Berührung in meinem ganzen Körper aus und macht mein Herz leicht.

Nate, der sich uns angeschlossen hat, erzählt vom Training und dem ersten Spiel der Saison. Ryan hört ihm aufmerksam zu und fragt nach, aber er scheint es nicht zu bereuen, dass er kein Teil des Teams mehr ist. Die Entscheidung hat ihm Frieden geschenkt und ich glaube ihm, dass er sie immer wieder genauso treffen würde.

Willow spielt in dem kleinen Garten, der sich neben dem Gebäude der Kindertagesstätte erstreckt, und rast quietschend auf Ryan zu, als sie ihn erblickt. Sobald er die Tür öffnet, schmeißt Willow sich in seine Arme. Sie erzählt lachend und ohne Luft zu holen, was sie heute erlebt hat. Dabei leuchten ihre Augen, die Wangen glühen und die Haare stehen wirr und gar nicht feengleich von ihrem Kopf ab.

Dass Val sie jetzt schon zweimal hintereinander versetzt hat, weil sie in alte Verhaltensmuster zurückgefallen ist, hat ihr zum Glück nicht so sehr zugesetzt, wie Ryan befürchtet hatte. Das Umfeld, das er mit seiner Familie für die Kleine geschaffen hat, ist ein sicheres Sprungtuch, das Willow immer auffangen wird, wenn Val sie mal wieder enttäuscht. Denn auch wenn Nate sich um sie kümmert, ist Val alles andere als stabil. Seit er sie dazu überreden konnte, wieder zu ihrer Therapeutin zu gehen, geht es immerhin wieder bergauf. Obwohl Ryan ihr nach wie vor nicht vertraut, legt er ihr keine Steine in den Weg, was Willow angeht.

»Siehst du, wen ich dir mitgebracht habe?« Ryan winkt der Erzieherin zu und dreht sich dann mit Willow zu uns um.

Normalerweise bin ich abgeschrieben, wenn Nate dabei ist, aber heute begrüßt sie mich zuerst, schnappt sich eine meiner Haarsträhnen und dreht sie andächtig um ihre kleine Hand, während sie sich an meinem Namen versucht. »Autun.«

Die Art, wie sie meinen Namen ausspricht – dass sie es überhaupt tut –, macht mich so glücklich, als hätte ich gerade all meine Abschlussprüfungen mit der vollen Punktzahl bestanden. »Hi, Willow«, begrüße ich sie und versuche, mir nicht anmerken zu lassen, wie sehr es mich berührt. Ich öffne meine Tasche. »Soll ich dir was verraten?«

Sie nickt überschwänglich.

»Ich habe dir etwas mitgebracht. Eine Überraschung, die ich selbst gebastelt habe.«

Erwartungsvoll sieht sie mich an und ich zaubere den Sonnenhut hervor, den ich heute Nachmittag genäht habe. Aus rosa Stoff mit winzigen Feen darauf.

Das Strahlen auf Willows Gesicht explodiert. Sie setzt den Hut auf, als wäre er der größte Schatz auf diesem Planeten, und schlingt dann ihre Ärmchen um meinen Hals.

Der schönste Dank überhaupt.

Ich grinse mindestens so breit wie Willow, die sich zappelnd von Ryan befreit, um Nate ihr Geschenk zu zeigen.

»Dein Töpferwerk von heute? Wie kommt es, dass man erkennt, was es sein soll?« Er grinst und schlingt seine Arme um mich, damit ich ihn für diesen Kommentar nicht vierteilen kann.

»Traust du mir das etwa nicht zu?«

Er lacht. »Du hast mir jeden Versuch, dein nicht vorhandenes handwerkliches Geschick zu erproben, gezeigt. Was das angeht, kannst du dir mit Amy die Hand geben. Also Nein.«

Ich seufze. Er hat leider recht, und seine Lippen, die er kurz auf meine senkt, bringen mich dazu, es auch zuzugeben. »Okay, erwischt. Tess war mit in dem Nähkurs und sie ist echt gut. Sie hat mir geholfen.«

»Dir ist schon klar, dass Ari und Kenzie mit Sicherheit auch so einen Hut wollen, wenn Willow ihn heute Abend zum Grillen trägt.«

Der Gedanke an die Abendeinladung versetzt meinem Herzen Schluckauf. Alle werden dort sein. Ryans Schwester mit ihrem Mann. Seine Nichten. Seine Eltern. Willow. Ryan wollte unbedingt, dass ich auch dabei bin. Ich habe keine Angst davor, damit eine noch größere Verbindlichkeit einzugehen. Das Einzige, was mir zusetzt, ist die Sorge, sein Dad könnte wieder so abweisend sein wie damals in der Werkstatt. Vielleicht reagieren seine Nichten nicht so positiv auf mich wie Willow. Und Amy könnte weniger offen auf mich zugehen als im Krankenhaus, jetzt, da sie weiß, dass ich eine Beziehung mit Ryan führe.

Mit einem unsicheren Lächeln ziehe ich zwei weitere Sonnenhüte aus der Tasche und halte sie Ryan hin.

»Bestechungshüte.« Er nickt anerkennend und gibt mir einen Kuss. »Aber du wirst kein Bestechungsgeschenk brauchen. Sie werden dich lieben.« Er streicht mir die Haare aus dem Gesicht und lächelt. »Weil ich dich liebe.«

Irgendwo hinten im Garten ist Gepolter zu hören. Der Waschbär ist eingeschnappt und randaliert, weil er nicht zum Grillen eingeladen ist.

»Aber Mister Snuggels hat auch Hunger, Papa.« Kenzie sieht ihren Vater vorwurfsvoll an und Ari imitiert ihre größere Schwester sofort. Sogar Willow zieht die Stirn in Falten und filetiert Cas mit ihrem Blick.

»Wir könnten ihm doch nur ein ganz kleines bisschen abgeben«, bettelt Ari.

»Wenn ihr das tut, kitzele ich euch durch, bis ihr keine Luft mehr bekommt. Der Waschbär ist kein Haustier.« Cas macht zwei Kitzelkrallen und sorgt so dafür, dass die Mädchen klein beigeben.

Das Essen war wunderschön. Bunte Lampions erhellen den Garten, obwohl die Sonne noch nicht ganz untergegangen ist. Meine Befürchtungen waren tatsächlich unbegründet. Alle haben mich herzlich aufgenommen. Nate hat seinen Teil dazu beigetragen, das Eis zu brechen und für lockere Stimmung zu sorgen. Val ist der Einladung nicht gefolgt. Sie hat sich nicht bereit gefühlt, mir und den anderen gegenüberzutreten. Deswegen ist der Platz neben Nate leer geblieben. Ich versuche, deswegen kein schlechtes Gewissen zu haben. Selbst wenn ich heute Abend nicht gekommen wäre, hätte Val vermutlich das Zusammentreffen mit Amy, Cas und Ryans Eltern gescheut.

Mein Telefon klingelt. Es ist Mom. Ich entschuldige mich bei den anderen und versichere, dass ich gleich wieder zurück bin. Erst als ich im Inneren des Poolhauses bin, gehe ich ran. »Hi, Mom.«

»Hi, Süße.« Im Hintergrund höre ich Gus spielen und April und Summer streiten. Es entlockt mir ein Lächeln. Das übliche Chaos. »Wie geht es dir und Ryan?«

»Gut. Wir sitzen gerade bei seiner Schwester und grillen.«

»Und die Kleine?«

Mom hat nie versucht, mir die Sache mit Ryan auszureden, aber sie macht sich Sorgen, dass ich durch die Beziehung mit ihm und durch Willow zu viel Verantwortung tragen muss. Anfangs hatte ich dieselbe Angst, aber jetzt nicht mehr. Ryan gibt mir nie das Gefühl, ich müsste mehr geben, als ich bereit bin. Er erwartet nicht, dass ich Willows Mom ersetze. Oder ihm seine Pflichten abnehme. Und doch lässt er mich nun endlich wie selbstverständlich ein Teil ihres Lebens sein. Ich sehe aus dem Fenster. Die Kinder flitzen auf der Suche nach dem Waschbären durch den Garten.

»Jetzt sag es ihr schon«, höre ich Tony sagen. Seine Stimme bringt mich dazu, mich wieder auf Mom zu konzentrieren.

»Was sollst du mir sagen?«

Mom holt tief Luft. »Wir überlegen, zu euch zu fliegen. Tony hat mir die Tickets zum Geburtstag geschenkt. Ich habe ihm gesagt, dass das zu viel ist, aber er besteht darauf. Angeblich ist das Geschenk nicht umtauschbar.« Ich höre das Lachen in ihrer Stimme und wie glücklich Tony sie macht. »Also habe ich Ja gesagt. Ich war noch nie in San Francisco. Und ich möchte unbedingt sehen, wie du dort lebst. Tess kennenlernen. Und den Jungen, der dein Herz erobert hat, obwohl du es nicht zulassen wolltest. Also, was sagst du?«

Vorfreude breitet sich in mir aus, blubbert in mir hoch wie Brausepulver. »Das wäre so toll.« Ich vermisse sie unendlich, und auch wenn mir meine Geschwister bestimmt nach drei Minuten auf die Nerven gehen werden, kann ich es gar nicht erwarten, sie endlich wiederzusehen.

Mom und Tony steigen direkt in die Planung ein, und nachdem ich mich eine Weile von ihrer Begeisterung habe anstecken lassen, verabschiede ich mich schließlich. Ich bin schon viel zu lange hier drinnen. Die anderen werden sich fragen, wo ich abbleibe.

»Hey, alles okay?« Tatsächlich tritt Ryan in diesem Moment durch die Tür, kommt zu mir und zieht mich in seine Arme. Ich nicke und umschlinge seine Mitte. Unsere Lippen finden sich und mein Herz ist sich sicher: Ich will nie wieder nur eine Insel für Ryan sein. Ich will das ganze Atoll für ihn sein. Das und der Ozean dazwischen.

Danksagung

Zu Beginn ist in meinem Kopf nur eine Idee, ein Funke, ein Impuls. Und dann ist da lange Zeit nur noch Chaos, durchwachte Nächte, zu viel Schokolade, Chai Tee und zu viele Notizen. Ich habe das Gefühl, niemals einen Roman aus alldem gebastelt zu bekommen. Aber am Ende gelingt es doch.

Und das ist keine Magie, sondern das Verdienst von ganz vielen wunderbaren Menschen, die Teil meines Lebens sind.

Allen voran meine Eltern, die besagten Chai Tee gepustet vor mich stellen, whenever needed, und die immer da sind, wenn ich lieber quatsche als zu schreiben. Danke.

Meine Schwester, die mit mir widerspenstige Pferde bekämpft und auch sonst regelmäßig dafür sorgt, dass ich Frischluft bekomme. Du bist die beste Gehirnknotenentwirrerin überhaupt. Danke, dass du meine große Schwester bist.

Meine Jungs, die mir immer wieder den perfekten Grund zum Prokrastinieren geben, indem sie die wirklich wichtigen Fragen im Leben aufwerfen, wie zum Beispiel »Wieso geht denn das Internet schon wieder nicht?« oder »Wo ist denn mein Lieblingshirt? Ich brauche das Teil. Dringend! Ahh, mein Bruder hat es an«. Ich liebe jede Sekunde. Auch diese Momente, in denen ihr euch um eines von zwanzig unifarbenen Shirts streitet, die genau gleich aussehen.

Ganz besonders diese. Denn bei euch kann ich ich sein. Und ich hoffe, ich werde immer der Mensch sein, bei dem ihr ihr sein könnt. Danke, dass es euch gibt.

Mein Schreibbuddy Jana. Ohne dich würde Ryan anders heißen, Football spielen und hätte keinen wilden Waschbären im Garten. Und das kann ja niemand wollen. Danke für all die Plottingsessions. Dein bestimmtes Nein, wenn ich hundertachtzig Grad in die falsche Richtung denke. Und für deine Freundschaft.

Meine Schreibmädels Rici und Maja, die jedes Fragezeichen finden, das ich aus Prinzip nie setze. Danke, dass es euch gibt und ihr all die Launen und Macken von Knut (meinem MacBook) ertragt. Und danke für all den Prosecco, der ständig fällig ist.

Meine Freundin Ilona. Du bist meine Schweinehundbesiegerin, mein Auszeitnehmerin und einfach immer für mich da. Danke.

Kris und Lucie, ohne euch wäre die Hasengang nur ein Hasenpaar. Danke, dass es euch gibt, für unvergessliche Tage, wo auch immer wir zusammenfinden, und den Austausch über einfach alles, aber vor allem, was das Schreiben angeht.

Kathinka, für all deine wertvollen Tipps, den Austausch über unsere süßen Fellnasen und deinen genrespezifischen Durchblick, wenn ich keinen mehr habe. Danke für deine Freundschaft und Sprachnachrichten zu jeder Tages- und Nachtzeit.

Viola, für den Austausch und das immer offene Ohr. Und für unsere rekordverdächtig langen Sprachnachrichten.

Frau Schöbel, meine Agentin. Danke, dass ich Sie an meiner Seite habe und Sie all die schönen Wunder auf meinem beruflichen Weg wahr werden lassen. Sie haben definitiv einen Regenbogen verdient.

Christine, meine Lektorin. Auch wenn wir aus dem schönsten Grund überhaupt nicht den gesamten Weg zusammen gehen konnten, hast du dieses Projekt mitbegleitet und deine Ideen waren Gold wert.

Susann, meine Lektorin. Es ist immer schwierig, sich in ein bestehendes Projekt einzufuchsen. Danke, dass Sie es getan haben und *Carry me* zu dem Text gemacht haben, der heute zwischen diesen wunderschönen Buchdeckeln steckt.

Der dtv und all die Mitarbeiter, die im Hintergrund an dem Erfolg des Romans mitgearbeitet haben. Ohne euch gäbe es dieses Buch nicht. Danke.

Und das gilt vor allem auch für meine Leser*innen. Ohne eure Unterstützung und Begeisterung für meine Geschichten würde ich wahrscheinlich etwas ganz anderes tun. Ameisen umsiedeln oder so. Wäre auch schön, aber nicht mein Traumjob. Danke, dass ihr mich weiterträumen lasst. Danke. Danke. Danke.